中公文庫

マネーの魔術師

ハッカー黒木の告白

榎 本 憲 男

中央公論新社

目次

登場人物

黒木 透（ボビー）　ハッカー

柴田 澪　ツタエテ代表幹事　家具・木工・竹・漆器担当　大学院生

〔ツタエテ選定委員〕

桜井真美　織物・染色担当　大学院生

須藤令佳　金工品担当　全国金工品組合事務員

伊藤啓司　陶磁器担当　博物館勤務

風間武彦　和紙・文具など担当　ライター

高沢康久　石工品・仏具担当　雑誌『アーツ＆クラフト』編集者

〔和歌山県田辺市中辺路町〕

津越剛琉　伝統工芸士　津越木工房を営む

楠本さん　近所のお婆さん

〔東京〕

真行寺弘道　警視庁刑事部捜査第一課　巡査長

白石サラン　音楽制作会社ワルキューレ　代表

森園みのる　ミュージシャン

吉良大介　内閣府国家防衛安全保障会議（ＤＡＳＰＡ）インテリジェンス班　警視正

〔海外〕

ジョセフ　黒木の友人　ヘッジファンドＪ＆Ｂ代表

ビョルグ　アイスランド在住のミュージシャン

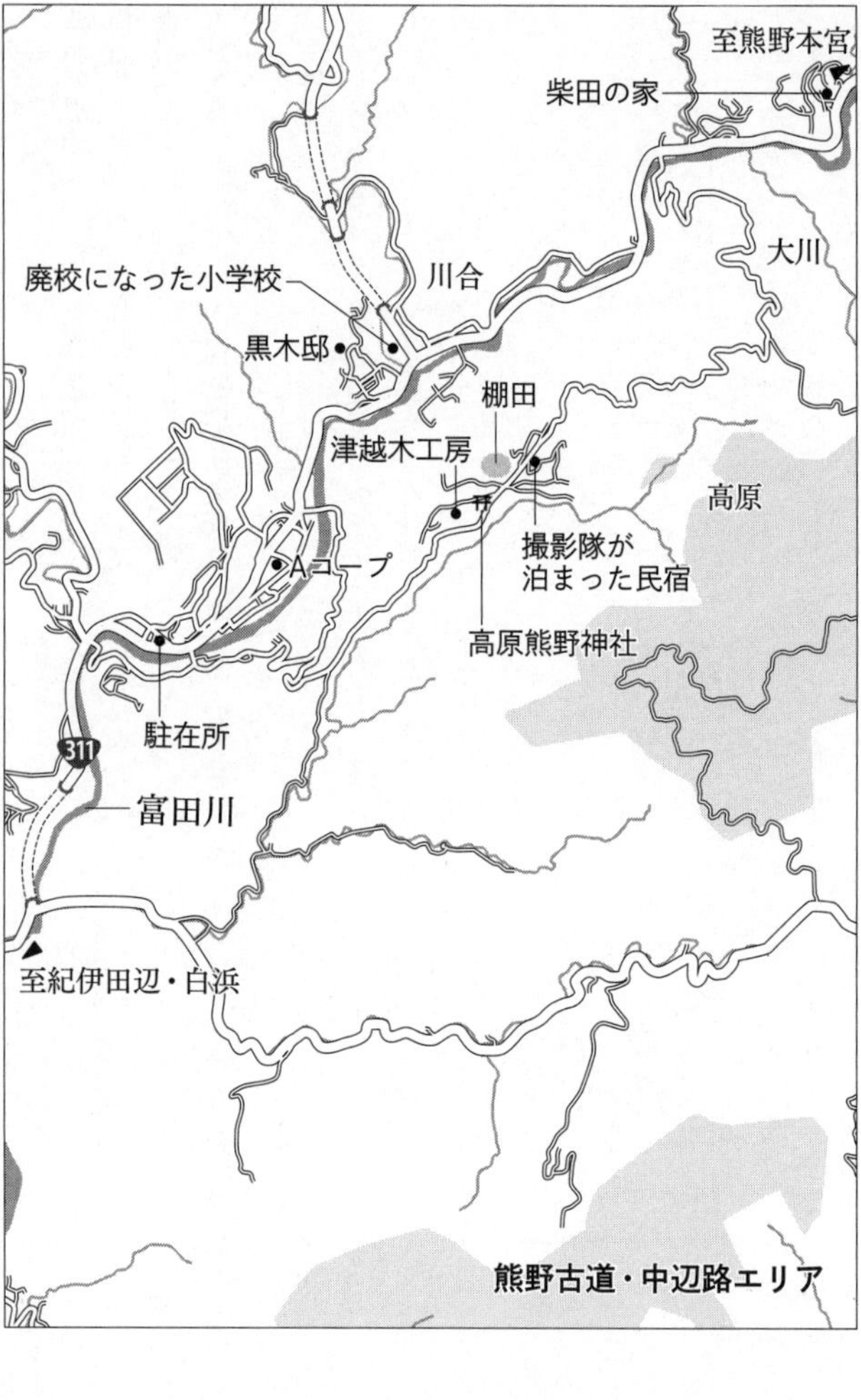

至熊野本宮
柴田の家
廃校になった小学校
川合
大川
黒木邸
棚田
津越木工房
高原
撮影隊が
泊まった民宿
Aコープ
高原熊野神社
駐在所
311
富田川
高原
至紀伊田辺・白浜
熊野古道・中辺路エリア

マネーの魔術師

ハッカー黒木の告白

稲妻

稲妻のようだった。

人生のずっと先になって、これから語られる物語を思い返すときにも、きっとそう感じるだろう。あいつの言葉やおこないは、真心《まごころ》からのよきものだったのか、人を惑わす悪戯《いたずら》にすぎなかったのか、それとも妖術を弄《もてあそ》んだだけだったのか、いまだにはっきりしない。稲光は突然、心の中に射し込んで、一瞬閃《ひらめ》いては、闇《やみ》の中に溶けていった。

世界にあの疫病が蔓延《まんえん》する前、人と人との距離が近く、肌と肌の触れあいがいまのように疎まれず、まだ忌まわしい病原体が社会を痛めつけてはいないある秋の日から、この物語ははじまる。

10

気前のいい客

澄んだ川面《かわも》が跳ね返す柔らかい光に目をやりつつサイドウインドウを下げると、車内に流れ込んだ秋風は、ハンドルを握る女の髪と襟元を揺らした。場所は和歌山県田辺《たなべ》市中辺路《なかへち》町《ちょう》。富田川《とんだがわ》を右手に、沿うように国道３１１号線を上流へ流していると、人気《ひとけ》のない道の前方に、男の背中が見えた。

肩まである長い髪と背中のリュックから、バックパッカーかなと一瞬思ったけれど、大きなスーツケースを曳《ひ》いてとぼとぼ歩いているから、これから熊野古道《くまのこどう》を行脚《あんぎゃ》するわけではなさそうだ。ただ、宿を探しているのだとしても、ここからだとどこもかなり遠いぞ。ああ、さては……とこれだけのことをいっぺんに考えて、柴田澪《しばたみお》は男の横に車を付けた。

「こんにちは、ひょっとしてちがうバス停で降りちゃいました？」

男は立ちどまって、

「あれ」

と驚いたあと、

「わかる」

と意外そうな表情をこちらに向けた。その顔から年齢を読み取るのは難しかった。まだ二十代のようにも見えたが、ひょっとしたら三十を過ぎているかもしれない。

「わかるって？」

「僕が理解できる日本語だ」

柴田の頬が思わずほころぶ。

「ああ、私もここらへんの土地の者じゃないから。——紀州《きしゅう》弁ってわかりにくいですか」

「ときどき」

「で、大丈夫なの？」

と柴田は質問に戻る。

「ああ、間違ってはないはず。津越《つごし》木工房ってとこに行こうかと」

柴田は驚いた。

「じゃあ乗って行ってよ。ていうか、そんなものゴロゴロ曳いて行くにはちょっと遠いよ」

柴田はドアを開け、男の返事も待たずにバンを降りると、後ろのドアを開けた。

青年は屈託《くったく》ない笑顔をみせ、いや助かったと言ってジュラルミンのスーツケースを後部座席の床に横倒しにして押し込むと、走りだしたバンの助手席から、

「でも、地元の人じゃないのに、どうして津越木工房なんてマイナーっぽい場所まで知ってるんですか。それとも、常連のキャンパーかな」

と尋ねた。

「たしかに、こういう車で現地まで行って、キャンプするのって流行《はや》ってるんだって？　でも、ちがう。実は私もいまから先生のところに行くの。先生ってのは津越剛琉《たける》。津越木工房の主《あるじ》。で、これは工房の車」

「え、てことはスタッフなんですか」

「スタッフねえ。ちょっとちがうかな」

「なら、お弟子さん？」

「まあ、そう見られがちではあるけどね。でも、答えは、ちがう。私は先生の弟子じゃない」

「じゃあ、何者なんですか」

「うーん、何者なんだろうなあ。――それよりなんのご用？」

「作ってもらいたいものがあるので」

「え、注文くれるんですか？　それは嬉《うれ》しいな」

柴田の声は弾《はず》んだ。なぜ喜んでいるのかを説明する間もなく、車は川に架かる橋を渡って向こう岸に抜け、小高い丘をうねうねと這《は》い上がる細い道を登ると、木造小屋の前に着いてしまった。

柴田は、後部座席のスーツケースを押し込んだドアの逆側を開いて、床《フロア》に置いてあった小さなトロ箱を持ち上げると、それを脇に抱え、青年に「こっちです」とひと声かけて、工房の中に入っていった。

「靴はそのままで」

柴田は作業台と板材と道具がきちんと揃《そろ》えられた工房の土間に足を踏み入れると、

「呼んできます。そっちはショップ。時間つぶしに見ててください」

とトロ箱を抱えたまま体をひねって、売店のドアを教え、

「店番もいなくて、ちょっとした商品が陳列してあるだけなんですけど」

とつけ足して、作業場から二階へ続く急な階段を上っていった。上りきって板戸を引いた彼女の目は、中年男の猫背と、その肩越しに、ワイドショーを映しているテレビを認めた。

「先生、買ってきましたよ」

と声をかける。昼の番組は芸能人の浮気を糾弾《きゅうだん》している。こんなもの見たくもないだろうし、見てる姿を見るのも嫌だと思いつつ、

「今日のエバグリーン、鰹《かつお》のいいのがありました。この間、わざわざ高原《たかはら》から買いに来たのになかったことを蒸し返して文句言ったのに、おまけしてくれなかったけど」

と声をかけると、

「魚がないの漁師やのうてスーパーのせいにされたらかなわんな。ほな、ごはん炊いといたから、切ろか」

背中を向けたまま、土地のイントネーションで返事があり、六十過ぎの、知性よりも野性が勝る顔がこちらを向いた。

「いや、あとにしましょ」

と言って柴田はトロ箱から出した鰹を冷蔵庫にしまう。

「いまお客さんが来てます」

「どうせ、土産《みやげ》のカップかなんかやろ。売店でも見ててもろて、ちゃっちゃと食べてまおや」

「駄目です。なんか大物を注文してくれそうな雰囲気ですよ。さ、行きましょ」

津越を連れて柴田が工房に下りていくと、若い男は作業場にいて、壁に立てかけてあった板材を指でコンコン叩《たた》いていた。

いらっしゃい。お預けを食らったのが癪《しゃく》に障《さわ》るのか、やや重ったるく津越が声をかけると、青年は振り返って、

「変わった板がありますね」

と笑った。

「そこどうぞ」

津越は接客用のテーブルの向かいを指したあとで、

「どれにしましょ」

とパンフレットを突き出した。

「いや、ちょっとオーダーメイドで作って欲しいものがあるんです」

と微笑《ほほえ》んで、青年はリュックの中から紙をいちまい取り出すと、テーブルに広げた。それ

が図面だということは、遠目に眺めていた柴田にもわかった。

「できますかね」

津越は一瞥《いちべつ》して、

「こんくらいいわけあらへん」

と言ったあと、

「けど、これはいったいなんや」

と尋ねた。

「スピーカーです。ですから左右で二個」

スピーカーなあ、とぼんやり言ったあとで津越は、

「ほんで、材はなんでいくん？」

「いつもは合板かＭＤＦを使ってます」

そばで聞いていた柴田は顔をしかめた。合板は安くあげなければならないときに時たま使うが、木材チップを蒸して煮詰め、合成樹脂を混ぜてから熱で圧力を加えて板状にしたＭＤＦなんか絶対に使わないはずなのに、

「まあ、ＭＤＦは狂いは出にくいわな」

などという言葉が津越の口から出たのは、仕事に対する情熱を失いかけているのかもしれない、と不安になった。すると青年は、

「あと、スピーカーで人気なのは樺《かば》か橅《ぶな》、それから胡桃《くるみ》ですね。ただ――」

と言って身体《からだ》をひねり、さっきコンコン叩いていた板を指さして、

「あれで作っても面白いかなと思いました」

「桐《きり》かいな」

津越の口元が苦笑気味にゆるんだ。

「やめとき。ごっつう高《たこ》なるで」

しかし、ここで柴田は、

「いいと思います」

と割り込んで、椅子《いす》を引いて津越の隣にかけた。

「桐は琵琶《びわ》や琴にも使われるんです。桐で作ったスピーカー、きっといい音がしますよ」

「せやけど、MDFでちょうどええ按配《あんばい》や思《おも》て図面引きよるんやろ、桐で作ったら、最初に狙《ね》ろた音にはならんで」

こういう生真面目《きまじめ》さは津越のいいところなのだが、この時は、いらん忠告だと柴田は思った。だが青年は、

「あれだけ軽いと鳴りはいいでしょうね、それもまた問題なんですが。まあ、ちょっとサイズを変更して、出たとこ勝負で作ってみますか」

とこちらの提案に乗りかかった。津越は、

「せやけど、値《ね》が全然ちがうがな」

と心配そうに顔を曇らせる。それでも青年は、

「まあ、折角《せっかく》ですから」

といたって気楽な調子だった。柴田はここをつかまえた。

「ほんと、そうですよ。折角なにかの縁でここまで来たんだから。津越木工房は本来は桐箪《きりだん》笥《す》を専門に手がけてたんです。津越さんは伝統工芸士にも認定されてるんですよ」

「それもなあ、返上せなあかんと思てんや。桐箪笥を花嫁道具に持たせるなんて習慣はとうの昔に廃《すた》れたさかいな。いまはなんでも作らな食ってかれへんのやけど、そがいなものばっかり作ってたら、よそのちゃんとした工芸士らに迷惑やさかい」

津越は嘆くように言ったが、青年はまったく聞いていない様子で、テーブルの上に置いてあった鉛筆で図面の寸法を直しはじめた。

「じゃあ、これで」

青年が突き出した図面を見た津越は、

「これやとまたかかるで」

「折角ですから」

「ほんまに？　ほな、見積もり出させてもらうけど、びっくりしいなや」

びっくりしいなや、というのは驚きなさんなよという意味です、と解説してから柴田は、

「塗装はどうしますか」

と尋ねた。そして、

「塗装かあ」

といま気がついたという感じで復唱する青年の前で、すかさずパンフを開いた。

「これ。きれいでしょう。ぜんぶ津越さんがひとりで仕上げるんです」

「ほんとだ。この塗料はなんですか」

「漆《うるし》。先生、漆も上手《じょうず》なんですよ」

「おいおい。そんなふっかけたらあかん」

主人は注意するように言う。

「でも、折角なので見積もりだけでも」

「折角折角ってどこまでいくんや」

津越はうろたえている。青年は笑って、

「じゃあ折角ですから、見積もりもらえますか」

「そうそう、ほんと折角ですから、ですよ。見積もりは無料《ただ》だし。それにきっと先生おまけしてくれます。桐でなにか作りたくてウズウズしてるんだから。桐でビアカップまで作ったことあるんですよ」

「余計なこと言いなや」

「余計なことじゃないですよ。『匠《たくみ》の技展』で優秀賞までいただいたじゃないですか」

「そや。最近は身体も昔みたいに動かへんさかいな、ああいう小さいのがちょうどええんよ」

津越はぶっきらぼうにそう言ったが、内心ぜったい喜んでいると見てとった柴田は、

「ほな、ちょっと待っといて。上で計算してくるさかい」

と言い残して階段を上っていった津越のあとを追いかけて、二階でふたりだけになると、

「先生、ディスカウントしなくていいから。ここは正規のお値段でいきましょ」

と提案した。

「おまけする言《ゆ》うたん、澪ちゃんやないか」

津越は呆《あき》れている。

「あれは方便ですよ。いいんですよ、先生とこもここんところ苦しいんだし」

「こっちの台所事情を向こうに皺寄《しわよ》せするわけにもいかんがな」

「じゃあ、最初は正規の値段を出して、向こうが値切ってきたらオマケしてあげましょ、ちょっとだけ。百円くらい」

「おとろし女やなあ。けど正規の値段ゆうたかて、スピーカーなんか作ったことあらへんし」

「先生、そんなこと言ってるから伝統工芸は廃《すた》れるんですよ」

「べつに俺らが遠慮したから廃れたわけやないで。そんなもん欲《ほ》しない言《ゆ》われてこうなっただけや。それより、そこでなんやかんや言《ゆ》われたら計算でけへんさかい、下いっとき。あの兄《にい》やん、ひょっとしたら気前のええこと言いすぎた思《おも》て、逃げたかもしらへんで」

　はっとした柴田が、転びそうな勢いで階段を下りていくと、果たして青年の姿はなかった。

やはり冷やかしだったかと焦ったが、彼のものとおぼしきノートPCはテーブルの上に残さ

れている。リュックも床に置かれたままだ。おかしいなと思っていたら、引き戸が開いて、青年はさっきはなかったポーチをたすき掛けにして戻ってくると、

「見積もり出ましたか？」

　とまた椅子に腰かけた。

「どこ行ってたんですか」

「えっと、取ってきたんです、現金」

　青年はお腹《なか》のあたりにぶら下がっているポーチを叩いた。

「お金？」

「ええ、前金のほうが心配がないかと思って。作ったはいいけど払わなかったなんてことになったら、スピーカーボックスなんて簞笥とちがって他所《よそ》に売るわけにはいかないじゃないですか」

　そのとおりなのだが、これを聞いて柴田はかえって失望した。こちらの心配を見越して言ってくれたこの言葉は、身につけている現金で二、三万、せいぜい四、五万くらいで足りると値踏みしていることを意味していた。ならばこの商談は壊れるだろう。欲をかいた自分のせいだ。先生にも悪いことをした。そんなふうに反省していると、津越が下りてきて、

「悪いけど、桐で作って漆で仕上げたらこんくらいになってしまうわ」

　と手にした紙切れをテーブルに置いた。これを見た青年は、ふんふんとうなずいて、ポーチから分厚い封筒を取り出した。柴田は息を呑《の》んだ。しかし青年が摑《つか》んで引き出した札束は

くすんだ緑色をしていた。

「いけね、これは米ドルだ。もちろん支払いは日本円オンリーですよね」

などと言って、これは冗談のつもりなのかと思いながらも笑えないでただ当惑している柴田と津越の前でそれをしまって、こんどは福澤《ふくざわ》諭吉《ゆきち》の束を摑んで引っ張り出すと、津越の前に置いた。

「とりあえず半金です」

「とりあえずって、もらいすぎやがな」

数え終わった津越が言った。

「スピーカーを置くスタンドも作ってもらえますか。それから、机と椅子も。もちろんそれだと足りないでしょうが」

「いや、足りる思うで。まあ、ものによるけど」

「この三つはなるべく重くて硬い材質がいいんですが」

「せやったら胡桃《くるみ》やな」

「じゃあ、それで。いま図面出します」

青年は薄いノートＰＣの蓋《ふた》を開けるとカチャカチャとキーを叩いた。

「ちょっとそこのプリンターお借りしますね」

と言い終わるやいなや、作業場の隅のプリンターが動き出したので柴田は驚いた。いつＷｉ‐Ｆｉのパスワードを教えたっけと思ったが、

「その見積もりもください。現金置いていきます。足りなければ口座番号教えてくれれば後で振り込んでおきますよ」

などとまた金離れのいいことを言ってくれたので、柴田は急いで席を立ち、埃《ほこり》を被《かぶ》ったプリンターが床に落とした図面を拾い上げた。

「で、宛名はなんにしましょ」

内金（と言っても、青年はポーチからもうひとつ封筒を出し、釣りが出るほど置いてくれたのだが）の受取証を書いているときに津越が尋ねた。

このとき青年は、

「そうだなあ」

と頭をかいてから、

「黒木《くろき》でいいや。黒い木で黒木」

などと、あとあと考えると不思議な返事をしている。

けれど柴田は、大きな注文が入った喜びが大きくて、気にしなかった。青年の「そうだなあ」は、法人宛にするか個人宛にするかを迷っただけのことだ、くらいに考えていた（当人は「あれ、黒木の下の名前はなんだったっけ」などと首をかしげていたのに！）。まさか数ある偽名の中から黒木を選んだとは思わなかったらしい。しかし、黒木という苗字を使ったのはマズかった。あんなに賢明な男がなぜそんなポカをやったのかは理解に苦しむところだ。

ただ、このときは下の名を、前に使った良平《りょうへい》ではなく、透《とおる》にしていた。ともかく、この青年をここでは黒木と呼ぶことにしよう。

「ほんで、どちらに届けたらええんよ」

津越がまた訊《き》いた。

「ああ、あとで連絡します。これから駅に行って探すので」

「駅？　駅ってどこ」

「紀伊《きい》田辺です。不動産屋を探すとしたらそこになりますよね」

紀伊田辺駅は和歌山県で乗降客が二番目に多い駅ではある（一日平均千三百人程度なので、駅周辺に広がる町の佇《たたず》まいは落ち着いたものではあるけれど）ので、田辺駅前まで行けば不動産屋だってあるだろうというのは自然な発想ではあるのだが、

「えっ、家を探すってここらへんに住むんですか」

唖然《あぜん》としている津越に代わって、柴田が尋ねた。ただしこちらも大いに驚いている。

「そのつもりです。どこか空き家で貸してくれるところないかなあ」

「ある」

柴田は間髪容《かんはつい》れずに切り返した。

「え、あるんですか」

「ええ、すごく感じのいい古民家が。本当はそこに住みたかったんだけど、高すぎて……」

「どこや」

不思議そうに津越が訊いた。

「ほら、亡くなった画家の先生が住んでた」

「ああ、川合《かわい》の絵描きさんが使《つ》こてた家か。まあ都会から来た人にはええかもしらへんな」

でしょでしょと柴田が答え、ふたりで勝手に黒木を都会人だと決めつけた。

それから柴田は、わざわざ田辺駅まで行くことはない（「行くのなら送ってあげる。バスで行くと二時間くらいかかる。本数も少ないし」）、不動産屋に来てもらえばいいと言い残し、自分が世話になったとこはとても親切だったのでそこにしましょう、私が話してみる、と言って外に出た。電話をかけるためにわざわざ席を外したのは、ここにいる男はとても金離れがいいから、すぐに決めてくれるだろう、だから契約書の類《たぐい》も一揃《ひとそろ》え持ってきたほうがいい、と入れ知恵するためだった。あいにく社長は出払っていて、電話に出た父親はずいぶん耳が遠いので苦労したが、一時間後に物件のある現地で落ち合うことになり、柴田がそこまで連れて行くと言った（「大事なお客様ですから、そのくらいサービスしますよ」）。

時間があるから昼《ひる》膳を一緒にしないかと柴田が誘い、作業場で戻り鰹の刺身を一緒に食べた。

食べている間も柴田は、

「ねえ、おいしいでしょう。東京で売っているのとぜんぜんちがうでしょう」

とこんどは黒木を東京者《とうきょうもの》と決めつけて地元の魚を自慢し、黒木のほうも、

「これ鰹ですか。色からしてぜんぜんちがいますね」

と応じながら、

「その古民家、気に入ったらすぐに入居できますか。身元保証人とか探してる時間はないんですが」

と言って鰹を頰張った。大丈夫大丈夫と柴田は請けあった。

「先生が大家さんに電話入れてくれれば一発ですよ」


その家は、津越の工房とは富田川《とんだがわ》を挟んでちょうど向かい側の斜面にポツンと建っていた。不動産屋はもう先に来て、玄関の戸と縁側の窓を開け、家に風を通していた。思っていた以上に年かさの爺《じい》さんで八十は超えているんじゃないか、と柴田は思った。

この平屋の古民家を黒木は気に入った。たいそう古い（というか古い家屋をベースにいにしえの情緒を意図的に増幅した）住まいで、土間には、博物館でしかお目にかかれないような、焚口《たきぐち》がふたつある古い竈《かまど》があった。東京から来た画家がこれに惚《ほ》れ込《こ》んでここを借り、さらにあちこちに自分好みの趣向を凝らしたんだそうだ。竈の横に設《しつら》えられた薪《まき》ストーブがその成果のひとつである。紀南《きなん》は本州ではかなり南に位置し、冬の厳しさはさほどではない。けれども、これを使うと、家全体が満遍なく暖かくなるとのことだった。土間を上がってすぐの和室の掘《ほ》り炬燵《ごたつ》と囲炉裏《いろり》も古風な印象を与える。

まず、赤錆《あかさ》びた竈を見て黒木が、画家の先生はこれで煮炊きをしていたのかと尋ねた。

「いや、見てくれが気に入っただけで、さすがに使《つ》こうてはなかったんちゃうかいの」

不動産屋の爺さんは首を振って、

「この向こうに、ちゃんと台所があるさかい」

と、土間の奥の引き戸の向こうに案内した。台所は床が浮いておらず土間の続きになっていて、古い賃貸住宅でよくお目にかかるふた口コンロのついた流しがあり、木製のキッチンテーブルのセットも置かれていた。

「トイレも風呂もちゃんと中にありますよって」

と爺さんが自慢げに言ったので不思議に思っていると、このあたりの古民家はトイレと風呂が母屋の外に作られているのが普通なんだそうだ。ただ、老画家は、これには耐えられなかったらしく、玄関の引き戸を開けてすぐ右手にトイレと風呂を作った。確かに、そこは床が無理矢理にという感じで上げられていて、手前にトイレ（くみ取り式）、奥には浴室がこしらえてある。

「いいでしょいいでしょ。本当は私が借りたかったんだ」

とはしゃぐ柴田に勧められ、黒木は入居の手続きを済ませた。縁側で契約書にサインしたあと、その場でＰＣを操作し、指定の口座に振り込んだ。借主の名義も振り込み人もワルキューレという法人名だったけれど、不動産屋の爺さんは、保証人がないことも合わせ、問題にしなかった。

保証人については、黒木が、敷金礼金と仲介手数料に加えてまる二年分の家賃を先に納めると言ったので、不動産屋の爺さんは「ほな、問題あらへんやろ」と判断し、家主に電話を

入れた。爺さんは黒木と柴田を夫婦だと思っていたようで、

「感じのええ旦那さんと奥さんやさかい」

と言って、大家に了解を求めた。津越が「うっとこのお客さんや」と口添えしたことも多少は効果があったのだろう（そうだと柴田は主張した）、保証会社をつけずに入居できることになった。

この周辺《あたり》は、高齢者の家主が他界するにつれて、どんどん空き家が増えている。住人を失った家は傷む。そんな中、きちんと家賃を払って住んでくれる借り手は希少で、それが若い夫婦となれば、これほどありがたい借主もなかった。

午後三時過ぎに鍵をもらった黒木は、縁側で胡坐《あぐら》をかいて、膝《ひざ》に載せたノートＰＣから生活必需品のもろもろを Amazon で注文したあと、畳に寝転がって昼寝した。

畳の上で黒木がうとうとしているうちに、彼のことを紹介してしまおう。先にすこし触れたように、契約書にサインした黒木という名は偽名だ。彼の本名は僕も知らない（知らないことはいろいろとある）。ボビーという妙な名前を使うこともあるけれど、ここでは黒木で通させてもらう。

年齢は三十をすこし超えたあたり。職業はフリーランスのコンピュータ技術者である。そうとうに腕が立つようだが、どのように凄腕《すごうで》なのかを技術の方面から解説することはできない。外国で仕事をすることが多く、主な雇い主はアメリカやヨーロッパの国家機関や多国籍企業だと聞いている。イスラエルとも仕事をしたことがあるらしい。しかし、イランやトル

コ、中国、インドとはまだないようだ。

ところで、このときの黒木は、アメリカでひと仕事してから、帰国し（彼が自分は日本人だと言ったことがあるのでこう書く）、関西国際空港に降り立ったあとは、宿を転々としながら、紀伊半島の熊野古道に遊んで、そのルートのひとつである、半島を東西に横断する中《なか》辺路《へち》にほど近いどこかに長逗留《ながとうりゅう》することを決めて、まずは腕のよさそうな木工房を探すことにしたのである。

なぜ木工房なのか？　実は黒木はクラシック音楽の熱心なリスナーで、どんな場所で寝起きするにせよ、バッハやモーツァルトを聴けないと三度の飯がうまくないと感じる人間だからである。居場所を転々とする生活を続けていても、行く先々には自作のアンプを連れて行く。ただ、ことスピーカーとなると、持ち運びするには大きすぎるので、これは現地で調達しているのだそうだ。

また、音には一家言ある御仁《ごじん》だから、聴けるならそれで満足というわけではない。逗留する場所が決まると、黒木は自分でスピーカーをこしらえることにしている。スピーカーというのは、アンプから電気エネルギーをもらってコーンを振動させるユニットと、その振動を共振させる箱から出来ている。箱は音の善し悪《あ》しを決定する大きな要素だ。黒木は製材所で板材を切ってもらい、箱は自分で組み立てる。ただ、なぜか今回は、図面だけ引いて工房にまかせることにしたらしい。おそらく構造がこみ入っていたからだろう。そこでまず、腕の確かな木工所を探し、その結果、津越木工房が当選した。そして、そこに向かっている時、偶然にも、津越と親しい謎の女、柴田澪の車に拾われたというわけであった。

そうして柴田の斡旋《あっせん》で住処《すみか》まで決めてしまった黒木だったが、この家の決め手になったのは、彼女が絶賛する古風な雰囲気というよりは、周囲が静かであることと、隣家から百メートル以上隔たっていたことだった。これは、仕事に熱が入ると夜中に起きていることが頻繁《ひんぱん》になる黒木が、気分転換にオーディオを大音量で鳴らしても、近所《よそ》に迷惑がかからないようにするためだ。周りは静かであって欲しいし、自分は大きな音を出したいというのは、都心部では、なかなか難しい条件だが、このあたりではさほどの難題にはならなかった。

ただ、僕が不思議に思うのは、たまたま訪れた津越木工房が、桐簞笥を専門としているところだったとしても、わざわざ当初の図面に修正を加えてまで、桐という難儀な材でこしらえてもらったことだ。スピーカーボックスというものは、基本的には硬くて重い素材のほうがよいとされている。さらに、漆で仕上げたのも謎だ。いつもの黒木なら、ニスも塗らずに木目のまま放置して平気でいるのに。

それに、そんな凝《こ》った注文をしたものだから、品物が届くのは一週間後だと言われた。その間は、山間《やまあい》の村を吹く風が杉《すぎ》や檜《ひのき》の枝葉を揺する音を聴きながら過ごさなければならない。俳句を詠むにはいいだろうが、クラシック音楽を聴けないと禁断症状を起こしかねないコンピュータ・プログラマーにしては、おかしな選択である。ただ、黒木にはそういう無謀なところがある。とにかく頭は度外れにいいのだが、そんなお前がなぜそんなことを、と言いたくなるようなことをときどきしでかす。

さて、黒木は昼寝から目を覚ました。目をこすって起き上がると庭に出て、持参のコッヘルとキャンプ用のバーナーで湯を沸かし、カップ麺《めん》を食べた。そして、まだ電気が通っていないこの日は、日が翳《かげ》ると寝袋に潜り込んで早々に寝た。

あくる日の午前中には関西電力が来て電気を通してくれた。午後になると、地元の宅配便のバンが庭先に停まって、冷蔵庫や箒《ほうき》が運び込まれ、たわし、雑巾《ぞうきん》、洗剤、紙皿、紙コップなどもろもろの雑貨が詰まった段ボールが縁側に並べられた。地元のガス会社もやってきて、プロパンを台所に据えつけてくれたので、流しのコンロも使えるようになった。

黒木は、借りている家から坂を下ったところの三軒に挨拶《あいさつ》に行った。関西空港の売店で買ったスイス産のチョコレートを持って、よろしくお願いします、うるさかったら言ってくださいね、と頭を下げたあとで、一番近所の楠本《くすもと》の婆《ばあ》さんに、最寄りのスーパーを訊いた。国道沿いに川を下っていけばすぐ近くにAコープというのがあるそうだ。空にしたスーツケースを曳いて歩くと、二十分かかった。「すぐ近く」と言うにはちょっと遠い。この店で、肉や野菜やミネラルウォーターやパスタやインスタントラーメン、調味料などを調達し、スーツケースを満タンにして戻った。

夜は細切れ肉を焼いて、フライパンで戻した冷凍野菜をつけあわせにして食べた。

あくる日は、近くを気ままに散策した。人家は川に沿ってポツリポツリと建っている。黒木が家を借りた川合《かわい》という村は右岸に、津越木工房のある高原《たかはら》は左岸に位置する。川合も高原も、熊野古道のメインルート中辺路にある中辺路町の村落である。

熊野古道、正式には「紀伊山地の霊場と参詣道」は、二〇〇四年にユネスコが認定する世界遺産に登録された。だから、このあたりには、黒板に白墨で英語のメニューを書いた西洋風の看板を店の前に置いたカフェや軽食堂、それにゲストハウスと名乗る、民家を改装した宿泊所（昔風の呼び名で言えば民宿）がそこかしこにある。

黒木は、近くの冨源《ふげん》神社にお参りしたり、川向《かわむ》こうの高台から棚田や川沿いの集落を眺《ちょう》望《ぼう》したり、川原《かわら》の石に尻をつけ中流の流れをぼんやり眺めては、二十歳《はたち》の頃、半年ほど滞在したライン川沿いのスイスのある街を思い出したりしていた。

五日後、黒木はまたAコープまでてくてく歩いて、スーツケースにパンやら卵やらソーセージやら、ついでにバーボンのボトルも詰め込んで帰ってきた。

上流へと向かう帰り道は緩やかな上りになるので、満タンにしたトランクを曳《ひ》いていくのはなかなか骨が折れた。足よりも、把手《とって》を摑んでいる手が先にやられた。

すると、後方から忍び寄ってきたエンジン音が、近づいてくるにつれて低くなり、停止し、サイドウインドウがするすると下りた。

「またひとりでとぼとぼ歩いちゃって」

と笑いかけたのはやはり柴田だった。彼女の口調は一緒に鰹《かつお》を食べたあたりからかなりくだけたものになっていた。

「乗って。いい知らせがあるから」

言われるがままに黒木は乗った。

「それで、いい知らせってのは」

「できたよ」

「できたって」

「スピーカーだよ、お待ちかねの。それとスタンドだっけ。あと机と椅子も後ろに積んである」

「あれ、まだ一週間たってないんじゃ」

「そうなんだけど、先生、あんまり仕事がないからね。あはは。それに桐となるとほかの仕事は後回しでそっちを優先するから」

「先生……か。君はやっぱりお弟子さん」

「いや、ちがう」

「ふーん、ちがうんだ」

「うん、ちがう。でもさ、そんなことより、いい知らせってなにって訊いてよ」

「え、それはいま訊いただろ」

「いや、まだだよ」

「予定より早くできたこと以外になにが……」

「だからさ、すっごくきれいなんだよ、そのスピーカーとやらが」

「ああ、それがいい知らせか。了解」

「え、なにが了解よ。どうしてそんなにノリ悪いわけ？」

「それはたぶん、まだ自分の目で確認していないからだと思うな」

「うむ。ま、そうか。いや、いいのよ、これが。やっぱさすがだな津越先生の漆仕上げは」

「で、お弟子さんでもないのに、どうして先生って呼んでるの」

「その話は後回しって言ったでしょ。お披露目《ひろめ》が先だよ。ウキウキするよね」

黒木は、「うん、するよ」とは言った。「しないとは言わせないよ」と柴田がちょっと不気味なことまで言ったからである。彼女はバンを庭先に停めると、

「そいつを先に中に入れて戻ってきて」

と指示するように言った。黒木はおとなしくこれに従って、スーツケースを土間に入れると、バンに戻って搬入を手伝った。マホガニーで組まれた机は両の辺をふたりで持って運んだ。それから黒木が椅子を、柴田はスタンドを担当した。これらを縁側に並べ終わると、次はいよいよスピーカーである。

「お、軽い」

保護用の分厚い布が被《かぶ》せられていた箱は、手にしたとたん抵抗なく持ち上がり、椅子やスタンドとはまるで感覚がちがっていた。

「どこで使うつもりなの、これ」

手にひとつ抱えた柴田が尋ねる。

「まあ、奥の部屋だろうな」

土間で靴を脱ぎ、敷台《しきだい》を踏んで上がってすぐの十畳間の向こうに、広い板間が続いている。

前に住人だった画家が畳を剝《は》がして檜《ひのき》の板材を張った、と不動産屋の爺さんが言っていた。その部屋の奥には床の間が残っている。

「ほら、早く見よ」

板の床にスピーカーを置くなり柴田はそう言って急《せ》かす。黒木が箱を包んでいた布を剝ぎ取ると、艶《つや》やかに光る朱箱《しゅばこ》が現れた。朱《あか》く塗られつつ、その朱には濃淡がつけられ、さらにそれに透《す》かされてほんのり見える桐の木目もうまく生かされて、絶品の趣がある。

「ほら、きれいでしょ。ここの陰影《いんえい》の加減なんかいつまでも見てられるよね」

と柴田は褒《ほ》め、黒木も見とれた。

きれいだきれいだすごい、と賛嘆している柴田を板の間に置いて、黒木は和室の隅から布袋を取り、それからショートケーキがふたつ入るくらいの大きさの紙箱をふたつと、ビニールコードを抱えて戻った。布袋の中に入っていたのはドライバーなどの工具類、ケーキの箱の中身はスピーカーユニット、コードはこれにつなげるケーブルである。

そんな無粋《ぶすい》なものをこんなきれいな箱に取り付けるのはもったいないと文句を言う柴田を尻目に、黒木はドライバーを使って木ネジを回し、ユニットを箱に装着しはじめた。

「こいつをつけないとスピーカーとして用をなしてくれないんでね」

そう言い訳するように言ったあとで、

「君もこのへんに住んでいるの？」

と黒木は尋ねた。

「うん、もうすこし奥へ行った大川《おおかわ》って村。でも、ここのほうがいいなあ」

「ここは水道代は無料《ただ》って不動産屋が言ってたけど」

「私のとこもそうだよ、ここらへんは谷の湧き水を溜《た》めたのを使っているから」

「へえ。その貯水槽の管理はどこがやってるの」

「村。家賃にはその管理費分が含まれてますよってこと」

「だけど、あの不動産屋、風呂が薪《まき》だなんてことは教えてくれなかったなあ」

「あ……え、じゃあ、お風呂入ってないの」

「まあ、もう秋だからね。東南アジアみたいに川で沐浴《もくよく》するってわけにはいかないよ」

「うわっ……」

「だって、Aコープでも薪なんて売ってなかったよ。しょうがないからAmazonで注文しようと思ってた」

「えっ、Amazonで薪なんか売ってるの？」

「売ってる。Amazonにはたいていのものはある」

「ちょっと待って。……ほんとだ。なにこれ、高《たっか》っ。こんなもの買って外資の大資本を儲《もう》けさせてどうするのよ。ちゃんと中辺路にお金落としなさいよ」

「だからAマートまでとことこ歩いて買い出しに行ってる。けれど売ってくれないのならしょうがないじゃないか」

「ここらじゃ薪は買うもんじゃないよ、山から採ってきて乾かして使うんだよ」

「はあ。じゃあ、山も借りろってこと？　借りてもいいけど、契約がめんどくさいな」

「もう、へんなこと言わないで」

「そう言われたって……？」

黒木が言い終わらないうちに柴田は立ち上がっていた。

「取ってくる」

仁王立《におうだ》ちした柴田を黒木は見上げた。

「薪。そんないつまでもお風呂入らないでいられるわけないでしょ。そういうの私も困るし」

　別に困らないだろう、と黒木は思ったが、

「え、これからどこかの山へ？」

と訊いた。だが、女の答えは、

「馬鹿《ばっか》じゃないの」

　とにべもなかった。

　そして、スニーカーを突っかけると、庭に停めてあったバンに乗って出ていった。

　スピーカーの組み立ては無事終わった。黒木は、見目麗《みめうるわ》しい箱をスタンドに置いて、アンプから延びたケーブルを背面のターミナルに留めた。それから椅子に腰かけ、机の上に頬《ほお》杖《づえ》をついて、ブラームスのヴィオラソナタの二番をアントワーヌ・タムスティの演奏で聴いた。すると、庭にエンジン音が入ってきてまた収まった。柴田だろうと思い、そのままヴィオラの音に耳を傾けていたけれど、なかなか現れない。やがて、土間の奥のほうから水を使う音が聞こえてきた。気にはなったが、このときの黒木にとって、スピーカーの品評以上に重要な案件はなかった。タムスティを退場させ、こんどはアンドリス・ネルソンスを呼び出して、「田園」の四楽章を振らせてみた。

うむう、と黒木が唸《うな》っていると、やっと柴田が現れ、軍手を取りながら、

「お風呂の沸かし方ってわかる？」

と尋ねた。

「まあ、キャンプの要領でやるよ。薪取ってきてくれたの？」

「うん、半月ぐらいは持つと思う。いま沸かしてる。あとで入ればいいよ」

「薪はどこから？」

「先生のとこ。木工やってるわけだから。薪なんかいくらでもあるよ」

「ありがとう。で、いくら払えばいいのかな」

「薪をAmazonで買おうとしてるって言ったら、先生、馬鹿《ばっか》じゃないかって言ってたよ」

柴田は解釈に困る答えを寄こした。

「正確には、アホちゃうかって言ってたんだけど」

どっちでもいいと思いながら、黒木は同じ質問をくり返した。

「いいよ、あれだけ買ってくれたんだから、薪くらい」

それが柴田の意向なのか津越がそう言ったのか、よくわからないが、最後にはっきりとこう足した。

「無料《ただ》です」

　薪の件が決着したあと、

「で、どうなの」

と柴田は尋ね、紙皿の上のタラコスパゲッティをプラスチックのフォークで巻いた。

「先生のスピーカーは」

　彼女にとっては、いまはモーツァルトの弦楽四重奏曲「狩り」を奏でているこのスピーカーは「黒木の」ではなく、「先生の」という表現が適切なのだろう。

「まあちょっとエージングが必要かな」

　黒木はすこし考えたあとで、煮え切らない返事をした。

　エージングという言葉は、オーディオを趣味としない人にはわかりにくいので、解説しておこう。組み上がったばかりのスピーカーシステムは、ユニットと、それが出す振動を受け止めて共鳴させる箱が馴染《なじ》むまで、時間がかかることがある。その馴染ませ具合や、馴染ませるのに必要な時間がエージングだ。慣らし運転、ウォーミングアップだと思えばいい。そして、「エージングが必要かな」は、現段階ではいまひとつ満足できない、もっと頑張って欲しいという感想になる。

　この台詞《せりふ》を聞いた柴田は、「エージングって？」とは訊き返さなかったが、絶賛はしていないということはわかったらしい。

「私のスマホに入っている音楽ファイルって鳴らせたりしないの」

「できるよ。聴いてみる？」

「うん。イヤフォンでしか聴いたことがないから聴いてみたいな」

　黒木は手を差し出した。柴田は、写真とか見ないでよ、と言いながらロックを外して黒木に渡した。黒木は一分も経《た》たないうちに、

「できた。ここに入っているオーディオファイルは僕のシステムで鳴らせるよ。どれを聴きたい？」

「そこに『トール』って曲あるでしょ。スペルはt、o、r。それがいい」

　これかな、と言って黒木がタップすると、ざらざらした電子音が流れ、ノイズの嵐が吹きすさぶ中、電子ドラムとシンセをバックに、鋼《はがね》のように真《ま》っ直《す》ぐな女の声が、なまなましく息を継《つ》ぎつつ、時に鋭くシャウトしながら、どことなくメランコリックな曖昧《あいまい》な発音で歌った。やがて、複雑な和音と和声のオーケストレーションがあやしい世界を押し広げた。

「うわ、いい音じゃない。そして、こうしてあらためて聴いてみると、やっぱりいい曲だと思っちゃう」

　クラシックしか聴かない黒木の耳にもこの曲は、明確な調性で書かれたポピュラーミュージックとはまるでちがって聞こえた。

「これは誰？」

「知らないの？」

柴田はスマホの画面上に示されたアルバムのジャケット写真を見せた。声質《せいしつ》から判断してヨーロッパ人だと思っていたが、写真から受けた印象は、高原で馬を駆っていそうなアジアの遊牧民の顔立ちだった。黒木がそんな感想を漏らすと、

「そうだね、このジャケ写《しゃ》、日本のアラーキーが撮ったからよけいにそんな気がするのかもしれない」

と教えてくれた柴田だったが、実は、このアルバムには日本人がもうひとり参加していたことに、彼女は気づいていなかった。

「ビョルグ？　スウェーデン人かな」

「ううん、アイスランド。彼女はね、宇宙の調べを聞いて、それをこんどは私たちに向けて歌っている気がする」

柴田はそう言ったあとで、ちょっと大げさすぎたかな、と思って、照れ隠しのつもりで笑いを浮かべたけれど、目の前の男は、

「なるほど」

と神妙にうなずいた。

「ふーん、アイスランドか」

「行ったことあるの？」

「いやない。でも、感心してる」

「どこに？」

「アイスランドっていっとき国が破産しかけたことがあるんだ。けど、うまく立て直したよね、——なんて話はどうでもいいや。有名なの？　いま聴かせてもらったビョルグって人」

「うん。世界的なビッグヒットを飛ばしているよ。だけど、ロサンゼルスなんかじゃなくて、アイスランドに住んでるのがいいでしょう。雑誌に載った彼女の家も見たけど、それがまた素敵なんだ。湖の畔《ほとり》に建っていて、インテリアもこれ見よがしにお金をかけてますよって感じじゃなくてね。歌詞もいいんだよ。『希望は過去にしかない』『死灰《しかい》が現在《いま》を覆い、過去だけが輝いている』とか言われると、ぐっと来ちゃうね」

　柴田は、伝統工芸に対する自分の思いと重ね合わせてそう言ったらしいが、黒木のほうも、紹介された歌詞の断片を、自分の感情と照らして、興味深く聴いたそうだ。

「楽想も北欧の神話から得ているみたいで、これもいいんだよ」

「ああ、それで『トール』ってタイトルなのか」

「え、どういう意味？」

「トールは北欧神話の神様だ。北欧神話で一番有名なのはオーディンだけど、アイスランドじゃ断然トールと言ってもいいんじゃないかな」

「へえ、どんな神様なの、そのトールって」

「大きく言うと軍事。北欧神話の神様は王権を司るオーディン、それから軍事のトール、豊《ほう》穣《じょう》と平和を願うフレイのトライアングルになってる。トールについてもうちょっと言うと雷神だな。雷撃で相手を倒すんだけど、暴雨はのちに豊穣につながる、この二面性で人気があるんだろうね」

「へえ。でも、なんでそんなことまで知ってるの」

「ワーグナーを聴く時、北欧神話を知っていたほうがいいんだよ」

「ワーグナーって？」

「ドイツの作曲家」

「一番有名な曲は？」

「『ワルキューレの騎行』かな。『ニーベルングの指環』の第二部の中の一曲なんだけど、ワルキューレってのも実は北欧神話のキャラだよ」

「ふーん。そのドイツの作曲家って、北欧神話とどう関係があるの？」

「ドイツの神話は、ヨーロッパがキリスト教化されるなかで、ほとんど失われたんだ。だけど、その原形が北欧神話として残っている。そういえば、いま聞いたビョルグの『トール』のオーケストレーションってワーグナーを意識しているみたいだったよ」

「そうか、やっぱりビョルグって、ヨーロッパの伝統の中に生きてるんだね」

「ただ、ちょっと分厚いオーケストラを鳴らし切れてない気がするなあ」

　ここでまた黒木はスピーカーの品評に戻ってそう言ったのだが、自分の好きなアーティストにケチをつけられたと思った柴田は、

「まあ音なんかどうでもいいでしょ、見た目があれだけきれいなんだから」

とオーディオ愛好家にとっては言語道断《ごんごどうだん》なひとことで黒木の感想を斬《き》って捨てた。黒木はただ苦笑しながら紙のボウルのサラダにプラスチックのフォークを突き立てた。

「例えば、ここはこんなに気持ちのいいとこだし」

と柴田は続けた。ふたりが座っていたのは庭に向いた縁側である。ガラス戸が冷たい風を遮り、秋の光をふんだんに招き入れている。

「たとえ、インスタントのソースを振りかけたタラコスパゲッティだったとしてもよ、こういう使い捨ての紙皿じゃなくて、例えばそうだなあ」

とちょっと考えて、

「有田《ありた》焼の皿に盛るとか、私だったら杉で作ったパスタボウルなんかに盛って食べたいなと思う。孟宗竹《もうそうちく》でもいい。そうしたら、ぜんぜん味がちがうと思うよ」

「なるほど。そういうのも津越先生のところで作ってるの」

「うん、いまはなんだって作んなきゃ」

「じゃあ、作ってもらおうかな」

「え、なにを」

「まあ、ご飯や汁物をよそえるようなお椀《わん》は欲しいかな」

「おお、いいじゃない。津越木工房の財政は順調に逼迫《ひっぱく》しているので、どんどん注文くださいな」

「じゃあ、ささやかながら、お箸《はし》とそれからお皿も」

「お椀とお皿とお箸ね。スプーンやフォークはいらないの？　パスタやカレーだって食べるでしょ」

「そうだね。じゃあそれも。材のお見立ては君にまかせるよ。で、君は弟子でもスタッフでもないとしたら、あの工房とはどうかかわってるの」

黒木は同じ質問をくり返した。柴田が黙ったので、答えにくい質問なのだなとわかった。

「私、日本の伝統工芸を研究しているの」

柴田はようやくそう言った。黒木は、なるほどやはりそうか、と思った。

「社会学ですか」

「だといいんだけど、私は美大出身。だからいま結構苦労している。アカデミックな文章の書き方が身についていないから」

「じゃあ、ここだけじゃなくて日本のあちこちの伝統工芸をいろいろと調べているわけ？」

「そうね。でも、いまはここが気に入って沈没してるんだけど」

「で、ここで論文を書いてるんですか」

「まあ、そういうことにしておいて。そんなもの書いてどうするんだって気にだんだんなっているんだけど」

「だけど、学者は勉強して論文書くのが本分でしょう」

「そうなんだけどさ。ただ、『このままだと日本の伝統工芸はいつごろにどのぐらいまで縮小し、消滅するだろう』って趣旨の論文書いてもしょうがないんじゃないかって思い直してるとこ」

「どうしょうがないの？」

「そんなの末期癌《がん》の患者に余命宣告する医者みたいじゃない」

「だったら治療法を書けばいいのでは」

「そんなのあったら苦労しないよ」

「ないわけ？」

「ないと言えばない。あると言えばある」

「あるとしたらそれはなに？」

「お金だよ。マネー」

「金なんだ」

「お金があれば何とかなるでしょ。経営問題だって、後継者問題だって」

「そう思う？」

「思うよ。お金ほどの特効薬はない、悲しいことにね。それを手に入れようとがんばった時期もあったなあ」

「ならロビー活動するのはどうかな。伝統工芸は必要だと力説して、助成金をつけてもらうよう行政府に働きかける。ヨーロッパ人なら絶対そうすると思うな」

「だから、それを狙《ねら》って論文書いてたんだけどね。どうやら駄目らしいや」

「駄目ってのは？」

「お上《かみ》も多少はやってくれてるんだけどね。だけど基本路線はそうじゃない。なんてったっけ。〝ハイオク満タンで新自由主義への道を突っ走ろう〟そういう風潮には逆らえないってことがだんだんわかってきた」

「なるほど」

　黒木は笑った。

「いまの洒落《しゃれ》わかった？」

　笑う黒木の顔を疑わしそうに覗《のぞ》き込みながら柴田は言った。

「ハイオクをハイエクにかけたんでしょ」

「お、君、インテリだね」

と柴田は褒めたが、実は彼女はハイエクという経済学者について大した知識があるわけではなかった。とにかく、新自由主義にもとづく経済政策を唱えた学者、その政策を推進する政府の御用学者の元締めだ、くらいに思っていた。

　そして彼の主張を、「へたな手を打つくらいなら市場の判断に委ねてしまえ、要するに、ほったらかしにしておくにしくはない」くらいだろうと理解して、これを伝統工芸に当てはめれば、「滅びるのなら、滅びてしまえ。助成金をつけるなんて、納税者にとっては泥棒に等しい」となり、これが彼を筆頭とする新自由主義者の結論だと解釈して、腹を立てていた。

　黒木は、ハイエクは新自由主義の元祖のように言われているけれど、根っからの自由放任

主義者じゃない、ある意味じゃ保守主義者だ、と弁護するのは控えて、

「コーヒー飲みますか」

と尋ねた。

「飲みたいけど、あるの？」

黒木はうなずいて、スーツケースの中からアルミ缶とキャンプ用のミルを取り出した。

「中に豆が入っているから挽《ひ》いておいて」

と柴田に手渡してから、土間に下りて、そこから続く台所に入った。

ケトルがなかったので、キャンプ用のコッヘルを台所のガスレンジの五徳《ごとく》に載せた。すると、バンのエンジン音が聞こえ、すぐに遠ざかった。またか、と思って縁側に戻ると、女の姿はない。ミルの中の豆は、ハンドルを二、三度回したくらいで、ほとんど挽かれていなかった。

ミルの下にはメモ紙が敷かれていて、「やっといて。すぐ戻る」とボールペンで書かれている。忙しい人だなと半ば呆れつつ、ハンドルをくるくる回していると、戻ってきた。

「そのコーヒー、すごくいい香りがしてたから」

不思議な釈明を口にしながら、土間ではなく庭から縁側へ上がってきた柴田は、「はい」と言って木製のマグカップをふたつ板の間に置いた。

「もったいないでしょ。紙コップなんかで飲んじゃ」

それはそうだと黒木も思ったらしいが、

「このマグはどこから？」

と尋ねた。

「もちろん先生のところ。コーヒーカップもないのなら、言ってくれれば、薪取りに行ったときにいっぺんにすませたのに」

黒木は渡された木製のマグをしげしげと見た。

「あ、それ、先生の作じゃないよ。一応、マイスターの名誉のために言っておくね」

確かに、床に置かれたマグは、津越木工房の売店で見たほかの品々とはちがい、荒削りで野性味にあふれている。

黒木はもういちど台所に入ってガスをつけ、沸かした湯をコッヘルに入れて戻った。キャンプ用のドリッパーをマグの上に載せ、コッヘルから慎重に熱湯を注ぎ、ペーパーフィルター越しに豆をドリップした。

「おお、いい香りだよ」

挽かれた黒い粉が湯を含んで膨らんでいくのを見て、柴田は喜んだ。

「そう、この豆おいしいから、まとめ買いしたんだ」

「どこのものなの？」

「目の前にどーんと海が開けてるカフェだった。名前は忘れた。熊野《くまの》那智《なち》大社《たいしゃ》で滝を見たあと山を下りて入ったんだ」

「てことは、たぶん勝浦《かつうら》だね」

「ああ、たしかメニューには『勝浦ブレンド』ってあったよ。はい、どうぞ」

「ありがと。……うん、うまい。こんなおいしいコーヒー、紙コップなんかで飲んだらバチが当たると思わない？」

「まあ、このくらいのもので飲んであげたいよね。でもこれ、なんの素材だろう」

「欅《けやき》。鉈《なた》とナイフだけで削り出したんだよ。刳物《くりもの》だね、言ってみれば」

その誇らしげな口ぶりから、

「ん？　てことは、このマグの作者は？」

と尋ねると、柴田は人さし指で自分の鼻の頭を押さえてから、

「なんの批評も要《い》らないからね。なにも言わないのなら置いていってあげる」

と言い添えた。だから黒木も、

「じゃあ、遠慮なく」

と言うだけにした。

ふたりはガラス戸を開け放って、縁側の縁《ふち》に腰かけると、庭に足を垂らして遠くに視線を投げた。風が庭の楓《かえで》の枝葉を揺らし、ここからすこし下ったところの集落からは薄い煙がたなびいて、さらにその下では川面が秋の澄んだ光を浴びて燦《きら》めいている。そして、向こう岸には、美しい棚田が連なるのが見えた。

「先生の工房は、ここからだとちょうど川を挟んで真向かいだな。棚田の上あたりだよ。高《たか》原《はら》って言うんだ」

柴田はそんなことを教えてくれたあとで、

「で、こんなところで家借りてなにしようとしてるの」

と尋ねた。

「まあ、ちょっとね。少しのんびりしながら、あれこれ考えようかと」

「余裕だな」

「フリーランスの特権ってことで」

「ふうん、なにやってるの」

「コンピュータ」

「コンピュータ？　てことはＩＴ関連の人」

「まあ、そう言ってもいいのかな」

「フリーってことは技術者？」

「ああ、プログラマー」

「プログラマーかあ」

なにか言いたげなまま柴田がコーヒーを飲んでいたのは、コンピュータ・プログラマーという職業が気に食わないからであった。そして、その理由を考えるために彼女は黙っていた。しかし、この場では結論を出せないまま、家に持ち帰って整理した。風呂を沸かすために焚口に薪を焼《く》べながら、気に食わないのはつまりはこういうことらしいぞ、と思った。

コンピュータ・プログラマーはプログラムを書く人だ。プログラムは情報工学である。この情報ってやつは抽象的で手応えがない。自分は手触りのある具体を手間暇かけて作る人間が好きだ。情報みたいな抽象的なものを扱っている人間は詐欺師《さぎし》みたいなものだと思ってまちがいないだろう。

　また、コンピュータ・プログラマーはインターネットと深い関係がある（おそらく）。インターネットはコンピュータ・プログラムで動いている（んだよね）。インターネットがグローバル化を促している（ここは大丈夫だろう）。グローバル化の中で新自由主義が進む（ここらへんの理屈は突っ込まれると心もとないが、おそらくそうだ）。新自由主義は、情報をこねくり回して大金を稼いでいる投資銀行とか証券会社とか、そういう連中の味方だ（リーマン・ショックは新自由主義が原因だと書いてあったのをどこかで読んだ）。ならば、新自由主義は伝統工芸の敵、ひいては自分の敵である。となると、あの黒木という男は、敵の手先くらいなところだろうか。

　――とりあえず、こういう結論に達したのだが、不思議なことに、柴田はあの黒木という男が憎めなかった。その好ましさが、高価な品を注文してくれたことに由来するのか、それともまた別の理由によるのかは、深く考えようとしなかった。

　ここで僕なりに注釈を加えさせてもらえば、グローバリゼイションがコンピュータ技術によって加速したことは事実だ。そして現在の資本主義は、柴田澪が固執しているものづくり、つまり生産から、金融へとパワーシフトしている。世界の潮流は〈モノから情報へ〉移行しているのである。そして、このシフトチェンジを可能にしたのがコンピュータ・ネットワークなのだ。

おまけにこの黒木という男は、これはあとでわかることだけれども、金融資本主義のお先棒を担ぐどころか、重要な役割を果たしていた。黒木は、金融の膨大で高度な情報処理システムを支える、もっとも先鋭的なプログラムの書き手のひとりだった。

金融市場にはすさまじい量の情報がひっきりなしに飛び交っている。その膨大な情報を瞬時に捉《とら》え、計算し、処理する、つまりすべてのプログラマーが座右の銘とする、速く・軽く・安定したプログラムを、思いもよらない式で書くということにおいて、黒木の右に出るものはいないのだそうだ。黒木が僕にそう自慢したわけではない。黒木がプログラマーとして本格的なデビューを飾った当初に相棒を務めたアメリカ人（あとで登場する）や、完全自動運転で画期的なプログラムを書いたインド人による黒木評である。

とにかく、黒木は、新自由主義と金融資本主義に深く関わることで、いまの地位を築いたのであり、現在も完全に無縁ではない。だから単純に図式化して言えば、黒木は柴田の敵であり、彼女が風呂の焚口から揺れる炎を覗き見ながら出した結論は、まちがってはいないことになる。

さて、ここで話をもういちど柴田と黒木のいる古民家の縁側に戻そう。

「いいよねえ」

この時はまだ「気に食わない理由」を整理できていなかった柴田は、ため息まじりにそう言った。もっとも黒木のほうも、プログラマーという職種から柴田がどんな感想を抱くのか

は見当がついていたが、

「なにが？」

　と気軽な調子で尋ねた。

「だって勝ち組じゃん」

「勝つってどういうこと？」

「だから、まあお金持ちってことだよ。ノリであんな無謀な買い物したり、二年分の家賃をポンと出せるくらいだからさ」

　柴田は、プログラマーの中でもこの男は上位ランカーだと見当をつけていた。プログラマーすべてが勝ち組なわけでないことも知っていた。自分の知り合いの同業者は、派遣社員として客先に常駐し、納期に追われながら、指示されるがままにプログラムを書かされ薄給を嘆いている。ついでに言えば、大学院に進みながらも論文を書けずにこんなところで〝沈没〟してる自分も負け組。そして、安価な大量生産の品々に淘汰《とうた》されていく伝統工芸は兵《ひょう》糧《ろう》攻《ぜ》めにあっている城みたいなものか。

「で、さっきあれこれ考えるって言ってたけど、なにを考えるの？」

　と柴田は最初の質問に戻った。

「自分がやってきたことの意味とか、これからの世界とか、だよ」

「ふうん、なんかデカいこと言うね」

「デカいかどうかわからないけど」

「だけどいいよね、これからの世界を考えられる人は。私なんか考えたくもないよ、なんだか悪くなっていくだけのような気がして。ビョルグじゃないけど、『希望は過去にしかない』『過去だけが輝いている』、そんな気分だよ」

　柴田はてっきり、相手は冷笑とともに受け流すものとばかり思っていた。だけど男は、欅《けやき》のマグを手にしたまま、真面目な顔で黙っている。機嫌を損ねたのかなと思ったが、そのまま物思いに沈んでいるようにも見えた。それならとほうっておくことにしたが、いつまでたってもなにも言わない。しびれを切らした柴田は、

「おーい」

　と呼びかけた。

「こちら管制塔。トム少佐、応答せよ」

「え？」

「知ってる？　デヴィッド・ボウイの『スペイス・オディティ』」

「はあ？」

「いや、宇宙遊泳してるのかと思って」

「ああ、君の代わりに考えてたよ」

「え、なにを」

「だから、これからの世界をさ」

「ふーん、じゃあ心ゆくまでどうぞ」

柴田はマグカップを置いて立ち上がった。この時の彼女は、男が考えている〝これからの世界〟の中に、自分と自分が腐心している伝統工芸の未来が含まれているとは、想像だにしなかった。

あくる日、柴田は、津越木工房の駐車場にバンを戻し、黒木からもらった注文を通すために、工房に顔を出した。

作業場に津越の姿がなかったので、二階に上がった。ドアを開けると、丸い背中が見えた。テレビにはまたワイドショー番組が映っている。よくないな、と柴田は思った。技を追究する伝統工芸士たるもの、たとえ注文がなくても、手は動かしているべきだ。不必要なくらいに技に磨きをかけて魂を込め、その技で物品に魂を宿さねばならない。柴田はこんなふうに伝統工芸士を定義していたので、津越のこの態度に不満を覚えた。また、不思議でもあった。つい先日まで、「桐でこんなん作んのはじめてやさかい」とブツブツ言いながらも、嬉しそうに手を動かしていたのに。柴田が、また黒木から注文をもらった、と告げたあとで、

「あー失敗した、お椀なんか漆塗りで注文取ればよかった」

と悔しがってみせても、津越はほとんど無反応である。

「先生の作ったスピーカー、とてもきれいだと喜んでましたよ」

と黒木の反応に下駄を履かせておだてても、

「さよか」

と言ったきりでほとんど関心を示さない。機嫌でも悪いのかなと思ったら、のそりと立ち上がり、タンスの抽斗《ひきだし》に手を入れて戻ってきた。

「これ、ほんまに少ないんやけど」

突き出された茶封筒の中を検《あらた》めてみると、一万円札が五枚入っている。

「え、どうして？」

伝統工芸の世界では、弟子であっても（あるがゆえに）給金を出さないのが普通だった。そして、いまもそうしているところが少なくなく、世間の常識と照らし合わせて、よく批判される。

しかし、業界の理屈で言えばこうなる。師匠が長年かけて体得した技を金を払わずに無料《ただ》で伝授してもらえる、それが弟子の特権である。弟子はやがて師匠の許《もと》から旅立って独り立ちする。師匠にしてみれば、商売敵《しょうばいがたき》を育てたことになるけれど、そこは技の伝承を重んじて目をつぶる。だから、無給なのはさほど非人道的な処遇とは言えない。

ただし、そうは言っても、完全に無給で朝から晩まで師匠に仕えていては、弟子だって餓死してしまう。だから、いったん弟子として認められれば、寝床と三度の飯だけは保証されるし、小遣いをもらえることもたまにはある。伝統工芸はおおよそこのような仕組みでやって来た。

けれど、個人の自由やプライバシーを重んじる世間《せけん》の空気が濃くなった現在では、弟子は近くに部屋を借りてそこから通うことが多くなった。こうなると、ある程度の給金を渡してやらないと、弟子が修業を続けることは不可能である。しかし、経済的に厳しいところに追い込まれている現場の多くは、まともな給料は払いたくても払えない。

　ましてや、柴田は弟子ですらない。あくまでも取材という名目でここに出入りしている学者の卵にすぎない。ことあるごとに工房の宣伝をし、注文を取ってきたり、品物を配達したり、ときには木工の技術を教わったりもするけれど、それらはあくまでもボランティアであり、ボランティアに対する返礼にすぎない。

　ただ、周囲の目に弟子として映《うつ》るのも無理ないところはある。取材というには期間が長い。もう一年以上もこの村に住んで津越の工房に通っている。薪は勝手に持ち帰ったりしているし、道具の使い方について簡単な手ほどきを受けたこともある。かつての弟子に使わせていた鑿《のみ》と鉋《かんな》を譲ってもらったりもした。工房で作業することも許されていて、柴田は気まぐれに、余りの木材を使い、マグやら皿やらを作り、それらしいパッケージを施して、近くの道の駅に置いてもらって、それらが思い出したように売れたと聞くと喜んだ。

「そらよかったやないか。ほな、わしも作ろかな」

　津越に報告すると、そう言って笑っていた。

　頼まれた食材を買って帰り、一緒に料理して食べることもあった。津越は七年前に妻を癌で亡くし、後を継ぐことを嫌ったひとり息子《むすこ》は京都の大手半導体メーカーに勤務して、もう何年もこの村に帰って来ていない。

「気いつけなあかんで」

村の目を心配して、津越はそう忠告し、夜には工房に近づくなと言ったし、柴田のほうもそんな噂《うわさ》はご免だと思って、この勧告を受け入れていた。

ともあれ、柴田と津越の関係は曖昧で不思議なところがあったが、津越が「自分ひとり食べるにも苦労してるのに、弟子とるやなんてそんな無責任なことようせんわ」と言ってたように、やはり柴田は津越の弟子でなく、熱心な研究者にしてファンというのが妥当なところだった。だから、これまで柴田は津越から金を受け取ったことなどなかった、と僕は聞いている。本当だと思う。

「まあ、いろいろとやってもろたさかいな。渡しとくわ」

やってもろたという過去形と、渡しておくという言いかたが気になった。なんとなく、ケリをつけるというニュアンスがあるように感じて、

「いや、やっぱり受け取れません」

と突き返し、

「まあええやないか、取っときよし」

と押しつけようとする津越から逃げるように、慌ただしく階段を下りて、自分の原付バイクに跨《また》がって、ヘルメットを被った。

上流へと原付を飛ばし、柴田は自宅に戻った。黒木が借りたのよりもずっと小ぶりな平屋の庭に原付を停めると、鍵のかかっていない引き戸を開け、蹴飛ばすようにスニーカーを脱

ぎ捨てて、土間から上がってすぐの和室に寝転んだ。

畳の上で黒い天井を見上げながら、ため息をついた。どうしていきなり金なんかくれようとしたのだろう。自分があの木工房に出入りしているのは、論文のためなので、礼をしなければならないのはむしろこっちだ。それができないからこそ、あれこれ手伝っていると言っていい。手伝いすぎてお釣りが出ると向こうが思うのも不思議ではないが、弟子でさえ給金がないというのに……。ただまあ、弟子でないからこそ、すこしくらい渡さなければならないという考え方もある。ただやはり、このタイミングでの支給は不自然だ。大いに儲かっているので、お裾《すそ》分《わ》けとして渡された大入り袋でないことはまちがいない。

柴田はもういちどため息をついた。これはそろそろ結論を出す潮時だというサインなのかもしれない。伝統工芸の未来もそうだが、それに関わっている自分の立場についても。

自分は伝統工芸の継承者ではない。やりたいと思ったことがないわけではないが、素質的に無理だと諦《あきら》めた。この判断はおそらく正しい。だけど、研究者として伝統工芸の現状を客観的に分析したり、批評したりすることにも馴染めない。自分の発言や執筆の舞台をアカデミックな世界からジャーナリズムへ移動させ、この現状を世に問うということも考えたが、そこにもあまり意味を見出《みいだ》せないでいる。

自分はいったい何者なのだろうか。いつまでも弟子のような弟子でないような立場に甘んじながら、論文はおろか、ウェブのコラムさえ書けずにいていいはずはない。伝統工芸を中心に自由気ままに綴《つづ》っていたブログも更新しなくなって一年は経つ。ああ、マズいパターンだよこれは、と柴田は思った。いつものようにいつものところへ思考が沈み込んでいく。

　畳の上で仰向けになったまま動けなくなった柴田は、視線だけを小さな庭に転じた。山の稜線《りょうせん》に日は落ちていく。山の向こうに太陽が落ちると、それから薄暮《はくぼ》は急速に漆黒《しっこく》の闇へ様変わりする。闇もしじまも、柴田が生まれ育った東京都大田《おおた》区とは比べ物にならないくらいに深い。そのぶん迷いも沼に落ちたように重く、身動きがとれなくなりそうだ。柴田は気力を振り絞って起き上がり、文机《ふづくえ》の上に載っているノートPCを開いて、ウエブ会議のアプリケーションを立ち上げた。〝ツタエテ〟というグループの名簿をスクロールし、いちばん本音で話しやすいひとりを選んだ。


――確かに澪には向いてないかもね。

　悩みを打ち明けると、桜《さくら》井《い》真美《まみ》は言った。

「どっちが？　研究者？　それともジャーナリスト？」

――どっちも。

「ひどいなあ」

――とりあえずもっと知りたいと思ったから研究って体裁をとっただけで、本当の興味は別のところにあるんだよね。

「なんなの私の本当の興味って、教えてよ」

――うーん、なんだろうなあ、あえて言えば、運動じゃないかな。

「運動？」

――そう。伝統工芸を絶やさないための運動。アンディなんかにもよく叱《しか》られる。あ、うちに漆の研究しに来てるイギリス人なんだけどさ、日本人はきれいだとかぼんやり語っているだけで運動をしないって。もっと論理的に語って、政府や資本家に訴えていかなきゃ駄目なんだってさ。それ言われるとカチンとは来るんだけど、確かに足りてないところではあるよね。

「それ、真美はいつから気づいてた」

――日本に運動が足りてないってこと？

「ちがう、私が運動向きだってこと」

――それは最初から。なんとなくだけどね。グループに〝ツタエテ〟なんて名前をつけたときには、これはまさしくそうだな、と思ったし。

　ツタエテは、柴田や桜井と同じように学問として伝統工芸を研究したり、熱心に調べたりしている仲間どうしの情報交換のグループだ。柴田のようにいちおう院に籍のある者もいれば、出版社に勤務している者もいるし、美術系ライターと称している者や、博物館に勤務している者もいる。因《ちな》みに桜井も修士課程で伝統工芸について研究している、社会学専攻の院生である。さて、このグループに名前をつけようとしたときに柴田は、

「ツタエテにしよう」

と提案した。

「伝えて」という請願と自分たちが〝伝え手〟になるという意思表明が混ざりあった語として、柴田はツタエテにこだわった。

「どう、そちらの調子は？」

気が滅入りそうなので、柴田は話頭を転じた。

――京都はまだ元気なほうだと思うけど、それでも厳しいよね。

桜井は京都の伝統工芸を研究テーマに選んでいる。漆器や織物、それに染色に詳しい。

「ヨーロッパとのコラボの結果は出たの？」

京都の伝統工芸連合組合は、昨年、パリで開催された「伝統とモダンのクロスオーバー」と題した展示会にこぞって参加した。

――まあ、いくつかはうまくいったみたいだけど、全体的にはそんな大きな売り上げにはなってないんじゃないかな。

「えー、あんなに向こうの言われるがままに作ったのに」

――そうなんだよ。なにせ主眼は新しいマーケットの開拓でしょ。つまりヨーロッパで売るためにやってるわけだから、向こうのデザイナーの言うこと聞いて作らなきゃいけない。だけど、こんなことばかりやってると、技の継承にはならないかもしれないよ。やつらは伝統の技の常識を覆すようなことを平気で要求してきたりするからさ」

「たとえばどんな？」

――これはアンディに聞いたんだけど、塗り師に、わざとムラを出すように塗ってくれとか。

重ね塗りはするなとか言ってきたりもするみたい。

「マジ？　で応じたの？」

――うん。フランスで売りたければ、そうしないと駄目だって言われて、従ったみたい。

「で、そのアンディってイギリス人はそれもやむなしって意見なの？」

――やつの本音はわからないな、フランス人が言いそうなことだって笑ってたけど。

「だけど、そこまでして大して売れなかったんだから、あんまり笑えないよね」

――まあね。アンディに言わせれば、日本人はこういう時に理論武装が弱いんだって。

「理論武装もなにも、そんな馬鹿な注文には応じられませんって突っぱねればいいだけじゃん」

――だから、それは前提がちがうんだってば。前提としては、変わっていかないと前進できないってことになってる。いまの時代に合わせて新しいことに挑戦しないのは自堕落《じだらく》だってことになってるの。確かにそれって正しいことのように聞こえるんだよね。だってこのままだと滅びるだけだもん。

「……だけど」

――わかるよ、澪みたいに伝統をそのままの形で残したいと思っている人間にはおもしろくないってのは。

「おもしろくないね」

――だけど、圧倒的多数の人はそんなこと思ってない。ていうか、私たちこういう話を何回すればいいんだろ。

「別にしたくてしてるわけじゃないけどさ」

——でしょ。私たちはビジネス・コンサルタントじゃないんだから、最終的には客観的に観察して批評するか、それが嫌だったら、運動に舵《かじ》を切るしかない気がするな。〝ちょっとした提言〟なんてのがいちばん罪深いかもよ。

「キツいこと言うなあ」

——ごめん、言い過ぎた。

「ただ、運動って言われてもさ。方法が思いつかないんだよね。日本の伝統工芸は守るべしなんて大声上げるだけじゃ、そうかもしれませんねって言われるだけで、有効性がまったくないんだもの」

——そこなんだよね。同じように伝統を背負っているヨーロッパ人なんかには、君たちはどうしてロビー活動をやらないんだ、なんて言われるけどさ。フランス映画なんてほとんど助成金で作ってるようなものなんだって。

「え、映画に公的資金が使われてるの？　どうして？」

——だから、まあ映画ってフランスで発明されたものだから。やっぱりそれは伝統なんじゃないの。

「へえ、誰からの情報？」

——伊《い》藤《とう》君。ほら彼、映画オタクで博物館勤務だから、助成金とか詳しいんだよね。

「ふーん、元気なの、伊藤君」

――いや、非常勤はきついとか言ってるよ。学芸員への道は思ったより険しいってしょげてた。

「須藤《すどう》ちゃんは？」

――彼女はわりと燃えてるね。南部《なんぶ》鉄器に入れあげて新潟から盛岡《もりおか》に通ってる。いい若い職人を見つけて、こんど組合の広報誌に書くらしいよ。職人のお父さんには、南部鉄器じゃなくて燕《つばめ》鎚起《ついき》銅器《どうき》のことを書けって怒られてるみたいだけど。書くと言えば、風間《かざま》君はいろんなところに書けるようになったって喜んでた。高沢《たかざわ》君のおかげだよね。

「へえ」

――まあ、いちばんいいポジションにいるのは、高沢君じゃないの。なんていっても大手出版社の社員だし、『アーツ＆クラフト』なんて雑誌の編集部にいるんだから。

　高沢の名前を出した途端に柴田が黙り込んだので、まずいなと思ったのだろう。桜井は話題を変え、伝統工芸が大好きな俳優か歌手かスポーツ選手か、とにかく大変な人気者が、毎週どこかの現場を訪ね、伝統工芸士の仕事ぶりを眺めながら、職人たちに話を聞いて、教えを請い、そして絶賛する、そんなテレビ番組が毎週ゴールデンタイムで放送されたら、世の中の空気も多少は変わるのでは、なんて夢物語を持ち出した。いいねいいねと柴田も応じて、すこしは快活さが戻った。通信を切った柴田は、その晩は、近所の猟師の爺さんからもらった鹿の肉を焼いて食べて、寝た。

一方、黒木は柴田が帰った後に家を出た。ほとんど車の通らない国道のバス停から乗り込むと、山登りの恰好《かっこう》をした旅行者がちらほらいた。日本に来る観光客といえば圧倒的に中国人だが、このあたりはむしろ西洋人の姿が目立つ。下流に向かうバスに揺られていると、すこしずつではあるが、家屋敷の数が増えてきた。川沿いの道から離れて右折すると、交通量も増えた。乗り込んで一時間半くらい経ったころ、坂を登りきる手前のつぶり坂というバス停で黒木は降りた。この先へすこし行くと、県下で二番目に大きい紀伊田辺駅に着く。しかし、降り立った場所ではそんな賑《にぎ》わいはまったく感じられない。ここでいいんだよな、と地図アプリで確認してから、黒木は歩きだした。

目当ての店は人気《ひとけ》のない住宅街の中にぽつんとあった。

「こんにちは」

店先で声を上げても誰も出てこない。困ったなと思っていたら、向こうからバンがやって来て店の前で停まった。後部ハッチの窓にはステッカーが貼られている。〝スポーツサイクル&出張修理〟。

「すまんの。ちょっと出てたんや」

初老の男が降りてきて日焼けした顔をほころばせた。

「パンクやろ。じてこはどこや」

「いや、クロスバイクを買いたいと思って」

店主は思いがけない客が来たとでもいうように驚いて、黒木に身長を尋ね、

「ほな、ちょうどええのがあるわ」

と言いながら中に入って、天井から吊《つる》していた青い一台を下ろし、

「ちょっと跨《また》がってんか」

と言った。

「ええ按配《あんばい》や。これにしよし」

と店主はサドルに尻をつけた黒木を横から眺めて、そう薦《すす》めた。

「じゃあ、そうしましょう」

と黒木も従った。

前方を照らすライトと後方の車にこちらの存在を知らせる紅い尾灯《びとう》、盗難防止用のチェーン鍵《キー》、走行中にダウンチューブからペットボトルを取るためのボトルホルダー、ついでにＧＰＳも買い求め、装着してもらった。

これに乗って中辺路の川合《かわい》まで帰るんだと言いながら、ＧＰＳで目的地を探していると、

「そんなもんいらんやろ」

と店主が近道を教えてくれた。

「本線に出たら、左。あとは川に沿って登るだけや。まあ大した登りとちゃうさかい、このバイクやったらなんちゅうことないわ。若いんやし、一時間ちょっとで行ける思うで」

店主の言うとおりだとしたら、待ち時間など入れると、バスを利用するよりもずっと早く

着けることになる。礼を言って出発した。

店主に言われた小路《こみち》を走っていると小料理屋を発見したので、すこし早いが熊野牛のステーキで夕飯をすませ、また走りだした。富田川《とんだがわ》を右に見ながら、川沿いの緩やかな坂を登っていると、日が翳《かげ》ってきた。太陽は自分の背後に落ちていく。家に着いたときには、もうほとんど暮れかけていた。

それから台所でコーヒーを淹《い》れ、マーラーの五番を鳴らした。やはり、音にしまりがない気がする。桐などという暴挙に出たのがいけなかったのかしら、と思いながら、置く場所を変えたりしてまた聴いていると、スマートフォンが鳴った。メールが届いたことを知らせる音だった。通知音の種類で、すぐコンタクトを取るべき相手だとわかったので、パソコンを立ち上げ、ウエブ会議用のアプリから、先方を呼び出した。ワンコールで出た。黒木は英語で話しかけた。

「おはよう。ジョセフ、ずいぶん早いな」

――ああ、時差を考えるとこのくらいの時間がいいと思って。

「そうだな。そちらも九時を回ると忙しいだろうし。いまはまだ家なのか」

――ああ、これから車で出る。日本はどうだ。

「魚も肉もうまいよ。今夜は牛肉を食ったんだけど、あれを食べるとほかのは食えないな」

――よく言うよ、テキサスのステーキを食って、こんなにうまいものがあるのかって感動してたじゃないか。

「あの頃はステーキってものをまだ口にしたことがなかったからさ。それにいまはちょっと愛国者な気分なんだ」

――そりゃいまのアメリカと一緒で危険だぞ。

相手は笑いまじりに忠告した。

「ところで今日は何の用だ？」

――そうだ、えっと、昔一緒に作った例のシステムだが、ある企業から使いたいとオファーがあった。

どこの企業だと黒木が尋ねると、アメリカに本社を置く投資銀行の名が返ってきた。基本的にはオーケーだと返答し、契約書はできているのかと尋ねた。こちらで精査し、先方に都合の良すぎるところのいくつかは修正済みだ、とジョセフは請けあった。では、ネット上で閲覧したら電子サインすると約束した。

あちこちにジョセフが熱心に売り込んでいるのは、黒木が開発した情報処理システムだ。常識外れに軽くて速いこいつは、黒木がまだ十代の頃、アメリカに渡って開発チームに加わって完成させたものである。そのチームのキャプテンに抜擢《ばってき》されていたのがジョセフだった。両人にとって、このシステムの構築は、キャリアを築くためのデビュー戦となった。

当時、最もスマートなプログラムを書く天才と謳《うた》われ、開発チームにキャプテンとして引っ張られたジョセフだったが、彼の賢明さは別の方面で発揮された。彼は開発をはじめると黒木のずば抜けた才能を見抜き、チーフプログラマーの地位を譲り、自分はマネジメントに回り、ほかのプログラマーが黒木をサポートするチーム体制に組み替えた。

「どんなに常識外れだと思う指示であっても、黒木の指示に従ってプログラムを書け」

そんな通達を出し、従わない者は問い詰めて矯正《きょうせい》し、言うことを聞かないプログラマーはチームから追放した。追い出されたのも腕に覚えのある連中だったので、不平不満が続出し、彼らは「開発チームでよからぬことが起こっている、止めたほうがいい」と連名でクライアントに注進した。しかし、システムは納期のかなり手前でほぼ完成しており、テスト走行を見たクライアントはおおいに満足して、放逐《ほうちく》された連中からの非難は聞き流された。

いまやジョセフは、金融におけるコンピューティング・システムの分野では、要人のひとりと目されているらしいが、その地位は、黒木のプログラミングを採用したことを足がかりにして築き上げたものだという。

――金融の仕事はもうやらないのか。

いつもする質問を、ジョセフはこの日も忘れなかった。

「ああ、もういいだろうと思って」

――なにがもういいって言うんだよ。

「あの時も言ったけど、金が金を生む詐欺《さぎ》に手を貸すのは終わりにしようと思ったんだ」

――金が金を生むから金融はやめられないんだ。それにいくらなんでも詐欺は言い過ぎだぞ。

じゃあ、なんならいいんだよ。

「ここ最近は〝生産〟ってやつが気になってる」

――生産？　いったいいつの話をしているんだ。いつまでもそんなこと言ってるから日本の経済は駄目になったってのが、こちらの定説だぜ。

「そうだろうな。ただ、いま僕の気分は中世なんだよ」

ジョセフは笑った。

――〝気分は中世〟か。資本主義が生まれる前だ。国境もなくなって世界がひとつになる日が近いっていうのに、ふざけたこと言ってるな。

「そうなんだ。ついては、頼みたいことが出てくるかもしれないから、その時は力になって欲しい」

――君が僕に頼みがあるって？　めずらしいな。いったいなんだ、それは？

ジョセフは興味を持ったようだった。

「その時になったら詳しく話すよ。君にとってはたいした規模の話じゃないから、つまらんだろうけど」

――そう言われると余計に気になるな。ヒントくらいは聞かせてくれよ。

「昔一緒にヨーロッパを回ったことがあっただろう」

――たくさん回ったな。ポルトガル、スペイン、イタリア、フランス、どこの話だ。

「スイスだ」

――スイス？　システムのほうか、それとも時計か？

「時計だよ。あれを日本でやりたいんだ」

——ふむ、なるほど。確かに規模は小さいが面白いかもな。気分は中世だと言ったのもわかった。連絡を待ってるよ。

通信を切り、黒木はもういちど新しいスピーカーを鳴らした。しばらくすると、音の雑味がなくなり、すっきりしたように思えてきた。

あくる日から、クロスバイクを手に入れて移動の自由が増した黒木は、もっと辺鄙《へんぴ》な山の奥まで入り、キャンプ用のバーナーとコッヘルで沸かした湯で淹れたコーヒーを飲みながら、山間の景色を眺める、という酔狂なことをくり返した。時々は、ショートパスタを作って食べることもあった。二時間ほどかけ、名湯として知られる湯治場目当てに、龍神《りゅうじん》という名前からして秘境めいた村までうんうん登って行ったこともあった。

スペインを旅行したときに、ひとり立ち寄った酒場《バル》のテレビでヨーロッパで人気の自転車ロードレースを眺めたことがあったが、ピレネー山脈を自転車で越えようとする選手達を思い出し、彼らに自分を模してペダルを踏んでいるとつらい登坂《とはん》も楽しめた。

自転車であちこち出かける合間に、黒木は柴田とときどき顔を合わせ、立ち話をした。狭い村なので不思議はない。いちど黒木の家から上流に向かって二十分ほど走った道の駅に立ち寄ったら、客は誰もいなくて、柴田がひとりで店番をしていた。「私が住んでる大川は、ここから川沿いにすこし下ったところだよ」と教えられた。この道の駅の近所なので、ときどき店番をしているのだそうだ。「賞味期限が切れてるけど」と言って、プラスチックの容器に入ったさんま寿司をくれた。

「大丈夫かな」

　と尋ねたら、

「大丈夫、私がもらったぶんのお裾分《すそわけ》だから」

　と柴田は答えた。黒木の質問は品質についてだったが、柴田がよこした答えは、商品を柴田が勝手にできるのかについてのものだった。結局、もらうことにした。

　そのかわりなにか買って行きなさい、これがいいと言われ、じゃばら飴という柑橘《かんきつ》系のキャンディーを押しつけられた。

　さらに、富田川《とんだがわ》の支流沿いにすこし奥に入ったところには、炭焼きをしながら鶏を飼ってる土屋《つちや》さんって家があって、そこで卵も売っている、とてもおいしいから、行って買ってくるといい、と勧められ、

「ついでに私のぶんも買っておいて」

　と体《てい》よくお使いを頼まれた。しかし、教えてもらった住所をＧＰＳに打ち込んでみると、「すこし奥に入った」程度ではなさそうだ。どう見ても、自宅からこの道の駅に来るよりも遠いし、ＧＰＳのモードを切り替えて斜度を調べてみたら、そこそこ登りもあることがわかった。けれど、良質な卵ならばと思い、買い出しに出かけた。予想どおり、土屋さん家《ち》はずいぶんと奥地にあり、切り拓《ひら》いた平地で、大阪から移住して来た若い家主は、鶏と羊を放し飼いしていた。卵を持ってきて見せてもらうと、スーパーのとはちがって、ずいぶんと大き

い。

家に戻って、冷蔵庫に卵をしまい、柴田がくれたさんま寿司のプラスチックの蓋を取って嗅《か》ぎ、大丈夫そうだと診断してから、ティーバッグのほうじ茶を飲みながら、つまんだら、うまかった。腹も壊さなかった。じゃばら飴は甘さが控えめで、こちらもなかなかいける。

午後、スピーカーの前に胡坐をかいて、ベートーヴェンのピアノ三重奏曲「幽霊」を聴いていたら、引き戸が開く音がして、

「こんばんは」

とすこし声をひそめて柴田が入ってきた。

土屋さん家《ち》の卵を取りに――と言うので、冷蔵庫の中にあるから勝手にどうぞと返事した。柴田ははいと言って台所に入り、戻ってくると、こんどは靴を脱いで上がってきた。金を払うと言う。卵一個いくらだったか忘れたと言うと、

「じゃあ三十円」

と決めて机の上に硬貨を並べた。その時、お裾分《すそわ》けだと言って、ラベルを剝がしたワインボトルも一本置いた。中身は、田辺の梅で作った梅酒だと言う。それからメモ紙を瓶の横に添えて、和歌山の人は必ず食べるんだ、とつけ加えた。なんのレシピなんだと訊くと茶粥《ちゃがゆ》（「このあたりじゃ〝おかいさん〟って言うらしいけど」）なんだそうだ。

「あ、それから、このあいだ注文もらったお椀とかお皿とかなんだけど、いま先生の体調があまりよくなくて、まだしばらくかかるみたい。それまでの間に合わせにボウルとお匙《さじ》を置

いといたから、よかったら使って。拙作で申し訳ないけどさ」

　と言い残して帰って行った。

　実はこの頃、津越はまた悪くなっていた。手を動かそうとしないのだ。黒木の注文に取りかかる様子もなく、

「最近は身体がえらいさかい。ええもん作りたいんでちょっと休んでからや」

　などと体調のせいにし、二階でテレビをぼんやり眺めている。柴田はだんだん腹が立ってきた。伝統工芸士に肩入れする理由は、夢中になって手を動かしてものを作り、その結果出来上がったものが美しいと喜ぶ正直さのほかにない。素材に魂を込めるがごとく、手を動かし続ける彼らは芸術家だ。しかし、昨今の津越の体たらくは目に余った。

　この日、黒木の家に卵を取りに行ったあと、工房に様子を見に行くと、やはりプロ野球のデイゲームを見ながらビールを呑んでいた。この時は、かなりきつく苦情を言った。

「すまんの」

　津越は詫《わ》びた。その素直さがまた不自然である。追及すると、のらくら逃げていたが、

「銀行に、借り換えを断られての」

　と白状した。細かいところを端折《はしょ》ると、借入《かりいれ》が積み重なり、メインバンクの地銀《ちぎん》から愛想をつかされたという。こうなったら売れるものはみんな売って廃業するしかない、と自暴自《じぼうじ》棄《き》になっているとわかった。

柴田はこの真相が判明した時、遠慮なく言えば、なんだ意気地《いくじ》のない、と思った。そして、経済的な困難を根性論で包《くる》んだ上で、まあなんとかなるのでは、と高を括《くく》った。

しかし津越は、

「たとえ金の工面ができたところで、また借金がかさむだけや。そろそろこのへんが潮時やろ」

と頑《かたく》なだった。だんだんと柴田は困惑し、また焦りだし、

「借金がかさんだっていいじゃない」

と乱暴に励ましはしたけれど、

「そやかて、桐簞笥の注文なんか今日日《きょうび》めったにあるもんやないしな」

と津越がうつむいてこぼしたときには、

「注文なんかなくたって作り続けなきゃ駄目ですよ！」

と自棄《やけ》になって言うことくらいしかできず、そんな自分にいたたまれなくなって下にドタドタ下りていった。

「ちくしょう、やっぱりお金だ。お金さえあれば、どやしつけてでも作らせるのに」

原付バイクに跨がって走りだしながら、柴田は悔しがった。

しかし、金のあてなどどこにもない。自分の親もしかり。デパート勤務の父親は、この先もう昇給は難しいな、とこぼしている。「お前もいい年になったんだから、すこしくらい家に入れてくれ」などといつ言われるかわからない。友人を見渡しても、気立てがよくてやさ

しく、正義感の強い者はいるが、いつも懐具合を気にしてるような連中ばかりだ。

金を持っていて、気前のよさそうな者は、柴田の知り合いにはひとりしかいなかった。

それでもぐずぐずと迷い、三日も経ってから、道の駅のバイトが終わったあと、柴田は原付バイクで出かけた。庭先に原付を停め、玄関の引き戸に手をかけて、息を整える。いつもの快活な澪ちゃんになるべく、無理やり笑顔を作り、さて、どんな声をかけて中に入ろうか、と思い巡らした。「おはよう」には似つかわしくない時刻だし、「こんにちは」では平凡すぎる。むしろ、これからの交渉にはもっと親密な、馴《な》れ馴《な》れしい呼びかけのほうが、都合がいいかもと思い、

「来たよー」

と明るい声を上げ、ガラガラと戸を引いて土間に足を踏み入れたとたん、彼女は香ばしい匂いに包まれた。

黒木は竈《かまど》の焚口の前にしゃがみ込んで火の具合を見ていた。その手にはどこから取ってきたのだろう、竹筒まで握っている。

「どうしたの」

と柴田は訊いた。この質問は二方面へ投げられていた。なぜ、ガスが使えるのに竈で煮炊《にた》きしているのか。そもそも、ずっと使われていなかったこいつをどうやって使えるようにしたのか。

「だって、日本の竈って煙突もないし、要は土で固めて中をくり抜いただけだろ。単純な構造だから使えるはずだと思って、中の灰を掻《か》き出《だ》してみたんだ」

「だけど、お釜《かま》は？　ずっと使ってなかったはずだよ」

「錆《さび》はスゴかったね。スチールたわしと錆落とし液でやったんだけど、腕が痛くなった。ただ、穴は開いてなかったから、錆さえ落とせば問題ないだろ」

「スチールたわしと錆落とし液なんてどこで買ったの」

「Amazonで注文しないで、ちゃんと上富田《かみとんだ》のエバグリーンまで行きましたよ」

「え、バスの待ち時間も入れたら片道一時間くらいかかるんじゃない」

「いやいや、行きは下りだから、すぐだよ」

「えっ、てことは自転車で行ったの？」

「もちろん」

「なんでそんなことしてるのよ」

「君が茶粥《ちゃがゆ》のレシピなんかくれたからだよ。どうせなら釜で作ったほうがうまいんじゃないかと思ってさ」

「てことは、おかいさん作ってるの」

やはり先程から漂っていたのはほうじ茶の匂いだった。

「このへんではそう呼ぶらしいね。さてと、もういい頃なのでは」

黒木が木蓋《きぶた》を持ち上げると、盛大に湯気が立ち上《のぼ》った。立ちこめる蒸気の下では、ほうじ茶の中に茶色く染まった米《こめ》が漬《ひた》されていた。

　黒木は、金茶色《きんちゃいろ》の米をお玉ですくい、このあいだ柴田が置いていったボウルにすこしよそって、木の匙といっしょに差し出した。

「味見してもらえるかな。どんな味がオーケーなのか見当がつかないから」

　柴田はひとくち食べてから、ボウルと匙を黒木に戻し、

「いいね、バッチリ」

と請けあった。これを受けて黒木も匙を口に運んだが、

「ふむ、これでいいのか」

とこちらは不思議な顔つきでいる。

「茶の味しかしないけど」

「いいのいいの。これに金山《きんざん》寺《じ》味噌《みそ》とか合わせるとおいしいんだから」

「だけどそんなものないぜ」

「じゃあ、もらってくる」

「どこから」

「坂を下ってすぐ下に一軒あるよね、そこから」

「え、知り合いなの」

「じゃないけど、お味噌くらいくれると思うよ。ここに越してきたとき挨拶に行った？」

「楠本さんだろ、行ったよ。チョコ持って」

「よし、なら大丈夫だよ」

柴田はすぐに坂を下って、「楠本」の表札がかかった民家の戸を叩いた。そして、戸口に出てきたお婆さんに、この坂の上に越してきた兄ちゃんにおかいさん（茶粥）の作り方を教えてやったところ、感心なことにちゃんと自分で作った。しかも、ずっと使ってなかった竈を直し、お釜もきれいに洗って炊いたというから驚きだ。うまく炊けているようなので、これから食べるのが楽しみなのだけれど、あいにくと家には塩しかない。もしお味噌があればすこしわけてくれないか、と単刀直入に頼んだところ、楠本さん家《ち》のお婆さんは、

「そらまた、たいしたもんや。ほな、これも持っていきよし」

と紀《き》ノ川《かわ》漬と南高梅《なんこううめ》となぜかわからないが花林糖《かりんとう》まで持たせてくれた。

坂の上の家に戻ると、黒木は粥が炊けた釜を隣の口に移し、火がおこっている竈のほうにはキャンプ用の銀色の焼き網（おそらくチタン製）をかけて、その上にやはり銀色の（こちらはアルミだろう）フライパンを載せていた。銀色の板のうえで目玉焼きがふたつ焼きあがっている。

「あれ、下の楠本さんがお漬物までくれたから、そんなの作らなくてもよかったのに」

と咎《とが》めるように柴田が言うと、

「だけど、具の入ってないお粥だろ。これじゃあ動物性蛋白質《たんぱくしつ》が摂《と》れないじゃないか」

と釈明した。

柴田作の大きめのボウルに〝おかいさん〟をよそい、土間に向かう敷台《しきだい》に腰かけて、味噌

や漬物と合わせて食べると、さっきは首をかしげていた黒木も、

「なるほど」

とうなずいて、おかわりした。

食後には焼き網の上に水を満たしたコッヘルを置いて湯を沸かし、コーヒーを淹れた。この日はちゃんと柴田がミルのハンドルを回した。ほうじ茶に代わって〝勝浦ブレンド〟の香りが漂った。二人は和室の囲炉裏を切ってある掘り炬燵（どちらもまだ火は入れてない）に移動してコーヒーを飲んだ。

柴田はマグを口に近づけた時、ここにきた目的を思い出してはっとし、密《ひそ》かに黒木の人物鑑定をはじめた。錆を落とした釜で竈を再利用するなんて酔狂で古風なことを面白がってやるのだから、きっと伝統工芸にも理解を示すにちがいない、伝統をなんとか守りたいという自分の気持ちだって汲《く》んでくれるはず、と都合のいい解釈を下した。

とはいえ、つい最近知り合ったばかりの人物に狙いをつけ、金を出させようとする自分の魂胆《こんたん》については、品がいいとは思えず、言いだせないままちびちびコーヒーを飲んでいた。

すると突然――、

「あ、そうだ」

と黒木が言った。口元には悪戯《いたずら》っぽい笑みが浮かんでいる。

なにを思い出したのか見当のつかない柴田はただ目の前の笑顔を見つめていたが、相手は笑みを湛《たた》えたまま立ち上がり、奥の板間に消えたと思ったら、室内楽の音を連れてまた戻っ

てきた。

「ずいぶんよくなったよ」

　と謎の言葉とともに黒木はまた敷台に腰を下ろす。そして、難しい顔をしている柴田に、

「いや、桐のスピーカーがさ、ほら」

　と人さし指を立てて宙を指さした。そこに音が漂ってるかのように。

「よくなった？　例のエージング？」

　黒木はうなずいた。

「へえ、本当に時間が経つと音がよくなったりするものなの？」

　と柴田は尋ねた。

「ああ、僕も不思議なんだけど、そういうことはたまにあるんだ」

「なるほど」

　と柴田は調子を合わせたものの、正直これほど興味のない話題もなかった。

「最初は、失敗したかなって焦ってさ、楢《なら》かなんかでもう一度作り直そうかなとも考えたんだけど、なかなか味のある音になってきた。地味だけど外連味《けれんみ》がなくて渋い音だね」

　と黒木が満足そうに笑ったときも、どうでもよかったのだが、ついでのように、

「津越師匠《ししょう》は元気？」

　とひとこと足したときには、いつもの柴田なら、

「私は弟子じゃないよ、ただのボランティア」

と訂正するところなのに、

「元気じゃない！」

と叫ぶように言ったものだから、尋ねた黒木は目を丸くして口をつぐんだ。そのまま閉じていられても困るから、

「ねえ、訊いてよ。ほら訊きなさい」

と催促すると、「ああ」と気がついて、

「津越さんどこか体調でもお悪いの？」

とようやく話の糸口をよこした。

「体調は悪くない」

とまず柴田は言った。そして、

「いや、最近体調がどうのとか言ってるけど、あれは仮病《けびょう》だね」

と医者でもないのに勝手に診断を下した。

「仮病ってなにかをサボろうとするときに使う言葉だけど」

「いや、サボろうとしてるってよりも、やる気が出ないんだよ」

「どうして」

「実はね――」

と柴田は立ち上がり、敷台に腰かけている黒木の前に立った。それからは、津越の窮状《きゅうじょう》と伝統工芸品の衰退が一緒くたにして語られた。

黒木は、楠本さんがくれた花林糖の袋を開けて、ボリボリやりながら聞いている。柴田はこれまで、公的機関の役人、メセナに理解があると評判の企業の重役らの前でプレゼンした折、提出した資料をこちらの説明のペースを無視して乱暴に捲《めく》られたり、捲り終わったあとでスマホを見られて蔑《ないがし》ろにされて凹《へこ》んだことがままあった。そこまで露骨《ろこつ》じゃないにせよ、いま花林糖をつまみながら聞いている黒木も、こちらの熱弁に感銘を受けているようには見えない。それでも柴田は、ここにかけるしかないと思い定め、喋《しゃべ》り続けた。ただ、最後にとりあえず必要な額を口にしてから、

「それでね、本当に失礼で厚かましいんだけど、もしあなたがこういったことに理解があるのなら……」

とまで言ったが、最後のひとことを足すことができなかった。急に自分の企《くわだ》てが非常識で無遠慮なふるまいに思われてきた。そして、さっき自分が口にした「こういうこと」ってなんだろうという疑念が自分の中で燻《くすぶ》りはじめた。

いったい私はなにをやりたいのだろう。

そう考えると、また沼の底に沈んでいくようなあの感覚に囚《とら》われた。

ふいに声がした。

「なるほど」

柴田は黒木を見た。けれど相手は、そう言ったきりで、貸すとも貸さないとも言わない。せめて「返せるあてはあるのか？」とでも訊いてくれたら、「わからない」と正直なところ

を話せるのに。そう思っていると、

「ところで、この花林糖、意外にコーヒーに合うね」

と呆れるほど的の外《はず》れたことを言われ、さらに、

「ただ、ここで僕がお金を貸して、津越さんの工房がすこし延命したとしても、それは君が願う伝統工芸の救済につながるのかな」

と嫌みな質問までされたので、かっと頭に血が上り、

「つながらないかもしれないけど、救わなきゃいけない」

と問答無用の一言を投げつけた。けれど相手は、ふーんなどと言ってまた花林糖を齧《かじ》っている。くそ、と思いながら柴田は言葉を継いだ。

「なぜ、と訊きたい？　それは、いま私の目の前で滅びようとしているのが津越さんの桐箪笥だから。とりあえず目の前のものを救おうとする。すべては救えない。だけど、目の前で死のうとしてる人に手を差し伸べなくてもいいということにはならない」

「ふむ」

と黒木はうなずいて、

「たしかにすべてを救うことはできないな」

と言ってから、

「それでいいんだね」

と念を押すように言った。

「いいもなにも……」

この時の柴田は、金を出してくれるかどうかだけが気がかりだったので、なにを確認しているのと問い返す余裕がなかった。

黒木はうなずいて、「オーケー」と言った。

「じゃあ、別の質問をさせてもらえるかな」

第一関門を突破した気になった柴田は、次の答えが気に入ってもらえれば金は出してもらえるのだろうか、それとも、私の理屈の弱いところを突《つつ》いてからかいたいだけなんだろうか、と考え、答えを摑めないでいるうちに、次の質問が発せられた。

「伝統工芸品はどうして死滅しちゃあいけないのだろう。同じ機能を果たす安い工業製品に取って代わられてはいけない理由ってなんだと思う？」

この大上段に構えた問いを受け取った柴田は、もうこうなったらしかたがない、相手が気に入る回答の見当がつかないのなら、言うだけのことは言ってしまおう、それが採用されなければ諦めるしかない、と覚悟を決めた。

「伝統工芸品は単なる実用品ではありません」

とまず宣言した。そして、黒木が抱えている花林糖の袋を取り上げ、中に手を突っ込んで、

「伝統工芸は芸術なんです」

と言ってからひとつつまんで口に放り込んだ。

「ふむ」

と相手はかすかにうなずいて続きを待つ。待たせたまま柴田は花林糖を齧って飲み込んだ。

「そして、芸術は人生を豊かにする。逆に、芸術がなくなると、人間は人間でなくなる気がする」

黒木はこんどは、

「ほう」

と口をすぼめて言った。

「なにを極端なこと言ってんだこいつは、と思われるかもしれないけれど、これは真実です。たとえばこれ」

柴田は、さっき黒木がしたように、人さし指を立てて宙を指さした。

「このモーツァルトだって、だんだんよくなってきたわけでしょ。それは、あなたに言わせると、エージングが進んだから、なんてことになる。つまり、科学的なプロセスを経て改善が図られたんだって言いたいんだよね、でもそれは大きなまちがい、錯覚なのです」

黒木は返事をする代わりに、かりっと花林糖を齧った。

これを合図にしたかのように、柴田はコーヒーのマグと花林糖の袋を持って立ち上がり、

「来てよ」と言って、隣の板間へ進み、

「ほら」

と朱塗《しゅぬ》りの箱を指さした。

「こんなきれいな箱から汚い音が出るはずがないって思わない？」

理屈をねじ伏せるような主張に、黒木は薄く笑った。そして、マグを手にしたまま床板に尻をつけ、柴田が座るのを待った。柴田も花林糖の袋と一緒にしゃがんで、そのままアクロバチックな説を続けた。

「きれいな箱を見つめているうちに、いやむしろ箱に見つめられていると言ってもいいんだけど、あなたの心が豊かになって、耳の感性も研ぎ澄まされ、あなたの心の中で鳴っている音楽も美しくなったというのが本当です」

「なるほど」

と相手はいちおう同意を示した。

「もともと録音されているのはモーツァルトという一流芸術なんだろうけど、録音されたものを再生するっていう複製品のダメージをさほどこうむらないで美しく鳴っているのは、この箱がこんなにも美しいからなんです」

そのきっぱりした口調に黒木は、これはモーツァルトじゃなくてハイドンだよと訂正できなかった。

「考えてみて。例えばこの箱が、ラワン合板とかＭＤＦで組まれて無塗装のままだとしたら、こんないい音に聞こえると思う？」

たしかに、スピーカーの見た目が麗《うるわ》しければ出てくる音も典雅《てんが》に響くというのは、オーディオ愛好家の間ではよく言われることなので、たとえそれが錯覚にせよ、柴田の話は少なくとも真実の一端《いったん》は摑んでいる。これは黒木に代わって僕が請けあおう。

「不必要な手間をかけて美しいものを作る。このことを人間は遠い昔からやってきた。機能だけを考えると無駄と思えるようなことをしてきたわけ。なぜだと思う」

黒木は花林糖を齧りながら首をかしげた。

「それはね、手間をかける側、つまり作り手にとっても、それを使う人間にとっても、そのことに喜びを感じられたからなの。作る側は、苦労して作った商品が美しく完成したのを見るととても嬉しい。それを受け取って使う側だってその美しさに喜びを感じる。ほらあなただって、このスピーカーを見るたびにいいなと思うでしょ。いいよね、ここまでは」

「うん、とりあえず、いい」

「さて、ここからが問題です。人間とはなにか」

マグカップを口元に持っていこうとした黒木の手が止まった。

「え、そんな大きなテーマに突入するの」

「します。いいですか。人間とはなにか？　問いの形を変えると、どんなものを人間と呼ぶべきか。どう？」

「さあ、ホモ・サピエンスの遺伝子を継いでいるヒト科じゃないの」

「馬鹿。そんな答えはつまらないでしょ」

「つまらないか。うん、まあ、そうかもしれない。では先生、人間とは——？」

「——芸術を喜ぶことのできる存在、です」

黒木は感心したように口をすぼめた。

「人は芸術を楽しむことができてこそ人間と呼べるのです。芸術は無駄だって言われるけど、だとしたら、無駄ができないようなやつらは人間じゃないと反論したい。なぜなら人間は芸術という無駄をする存在だから。だから、ホモ・サピエンスはホモ・ムダと呼んでいいわけ」

「ホモ・ムダ。あんまり響きが美しくないなあ。それにホモはラテン語でムダは日本語だから一緒にするのはヘンだよ」

「だったら辞書引いといて。たしかにあんまり響きが美しくないことは認める。で、崇高《すうこう》な無駄たる芸術が実用品の形を取ったものが伝統工芸品なわけ。美しい工芸品を使うことによって、ひとは幸せになれる。幸せになれないっていうのなら、そのひとの心はもう新自由主義という妖怪《ようかい》が跋扈《ばっこ》する現代社会に蝕《むしば》まれていると判断していい」

　黒木は曖昧《あいまい》な笑みを口元に漂わせた。

「とにかく無駄ってのが必要なの。無駄に奉仕するからこそ、喜びと希望がその仕事にもたらされる。いちど職人が仕事をしているところを見せてあげたいよ。いかに彼らが面倒な手作業を愛《いと》おしそうにやっているのかをね」

　黒木はひとこと「ぜひ」と言った。

「幸福になるコツってのはそんなに難しくないんだよ、きっと。ひとつは日常生活のもろもろの細部に心から興味を持つことだ。株価なんかじゃなくてね。そしてそうすることを本当の職人が作った工芸品は助けてくれる。それを無視するなんて本当に馬鹿げたことだ。わかるかな。こういうことを私は何度も言ってるけど、わからない人はいる。でも、そういう人は、えっとなんだっけ――」

「新自由主義が蔓延《はびこ》る現代社会に――」

「――蝕まれている。そうそれ。そういう人間が幸福なら私の出る幕はないんだけど、どうやらそんなこともなさそうだ。無駄を憎むあまり、その人の心は美しさに感応する力を失って、かえって不幸になっている。美しいものが高価《たか》くなることはあるんだけど、たんに値段の高いものが美しいと感じるような人間になっちゃう。ただ、それもその人のせいじゃない気がするな。やっぱり社会が悪いよ。社会が悪いと言ってなにもかも社会のせいにするのは芸がないけれど、やっぱりこんな社会じゃ、ろくな人間にならない。いまの社会は病んでるよ」

　黒木は黙ってマグを口元に持っていった。

「さて、その社会がどう病んでるのかっていうとね、この間も言ったけど、市場の成りゆきにまかせてほったらかしにしておく社会ってものには〝恵み〟ってものがない。工芸品ってのは作り手にとっても、そしてそれを手に入れた所有者にとっても〝恵み〟なんだよ。芸術の役割ってのは生きることに対する祝福だと思う。だから、たぶん私がやりたいのは、芸術によって生きていることが祝福される、そういう社会を取り戻すことなんだ。まあ、言うは易《やす》く行うは難《かた》しで、ぜんぜんできてないから、忸怩《じくじ》たるものがあるんだけど。私の野望を素直に言えばそういうことになる」

「なるほど」

こんどはさっきよりもはっきりした調子で黒木は言った。

「けれど、みんなはそう思っていない。伝統工芸は死ぬべき運命にあるって言う。私はそうさせたくないんだけど、悲しいかな私は非力だ。だけど、彼らの予言どおり、死んだときには、それは同時に恵みのない世界が出現したってことになって、本当の願いや望みを持たず、単純な快楽しか望まなくなった私たちは、むき出しの虚無《きょむ》の中をさまよいながらただ呼吸しているだけの存在になると思うな。要するに生きてるんだか死んでるんだかわからないような存在になるんだよ。そうさせないためにも最後の最後まで悪あがきをしたいわけ。なぜなら伝統工芸品って、なくなったときには、『やっぱりいいな』と思っても、もう手に入らないから。だって、伝統は工芸士の身体とともにあるわけだから、いったん途切れたら、そう簡単に元には戻せないんだよ」

柴田は、これでおしまいだと伝えるために、しばらく手に持ったままだったマグを口に運び、残ったコーヒーをくいと飲み干してから、それを板張りの床に置いたけれど、黒木はなにも言わない。いつの間にか柴田から取り戻していた花林糖の袋に手を入れ、最後のひとつを口の中に放り込んで、空になった袋をくしゃくしゃに丸めて、膝を立てた。

「急がないのなら」

とひとこと残して立ち上がり、和室に移動すると、置いてあった屑《くず》入《い》れにそれを放り込んで土間に下りていった。そしてちょっと間を置いてから声がした。

「コーヒーもう一杯飲むかい」

「君の話は面白かったよ」

もういちどマグカップを片手に黒木と向かい合った柴田はそう言われて、これはあまりよろしくない切り出し方だなと思った。案の定、

「ただし、僕はお金は貸さない」

と早々に拒絶の意を告げられた。

柴田はショックを受けつつも、でもこれは最後通牒《さいごつうちょう》ではないはず、この先なにもないのなら、コーヒーもう一杯どう？　なんて、引き止めやしないはずだ、なにかある、なにもなければ一発殴る、と思いながら、

「そうなんだ」

ととりあえず相槌《あいづち》を打った。すると黒木は、

「いま大学院に所属して論文を書こうとしてるんだよね」

と実に心地の悪い質問をよこした。

「いちおう」

「いちおう？　と言うのは？」

「この間も言ったけど……なかなか書けなくて」

「おかしいな、いま僕に話したことを押していけばいい気がするけど。主張は明白だし、あ

とは現状の資料をかき集めて論を補強していけば書けるでしょ」

「ひょっとして院卒？」

「いや、中卒」

柴田は悪い冗談だと思って、笑いもしなかった。

「それで、論文を書くことにあまり意味を見出せてないのだとしたら」

「え、そう思ってるわけ？」

「いちおう仮定で訊いてるけど、君は前にもそう言ったし、いまも言ってたよ」

「え、そうだっけ」

「君はいまの世の中は駄目だと言った。新自由主義の社会はけしからんと。だけど、現実には現代社会は、基本的には市場原理で回っている。この社会を動かしているもの、それは市場原理と自然科学の法則、そして言い訳ていどのやさしさだ。そのやさしさの程度をもっと詳しく知りたければ、伝統工芸のために経産省や文科省が出している助成金の額を見ればいい。あんなものさ、伝統工芸に対するやさしさなんて」

柴田は深くうなずいた。

「そんな社会を嫌う君は、社会に出て就職し、その企業の業績のために働くということはそんな社会を肯定してることになると思って、そこから一歩身を引くために、とりあえず大学院に避難した。——そうなんじゃないかな」

図星を指され、柴田は口をつぐんだ。

「話は戻るけど」

と黒木に言われて、また顔を上げる。

「もし君が研究者の道にあまり執着していないのなら、さっき語ってくれた君自身の目標達成の可能性にかけて、そこに向かって飛び込むつもりはあるかい」

「どういうこと」

「どういうことって言われても困るな。いま言ったとおりの意味だよ」

黒木はさらりと言った。曖昧ではあるが人の人生を左右するような問いを浴びせておいて、干支《えと》を尋ねたくらいなつもりでいるようだ。

「だから、どこに身投げしろって言ってるの」

「うん、まあ、具体的なことはもうすこし詰めてから話すよ」

「それだと返事のしようがないじゃない」

「じゃあ、いま返事しなくていいさ。ただ、僕の質問については、気持ちを整理しておいて」

こちらの返答とともに、求めた答えも先延ばしにされてしまったことに気づいて、柴田は愕然《がくぜん》とした。すると、また黒木が妙なことを言った。

「で、いくらだったっけ」

「……なにが」

「津越さんが取りあえず必要な額をもういちど教えてもらえるかな」

「さっき貸さないって言ったよね」

柴田はちょっと拗《す》ねたように、黒木を睨《にら》んだ。

「うん、貸すつもりはない」

「じゃあ、くれるわけ」

柴田の語調はまるで挑発するようだった。

「いや、それだと面白くないだろう。それに津越さんは受け取らないのでは」

柴田はため息をつきながら首を振り、しびれを切らしていることを相手に教えてから、

「謎々《なぞなぞ》はいい加減にして」

とやや乱暴な調子で言った。わかったよ、と黒木はうなずいて、

「ただ、種明かしの前に、君に訊いておきたいことがある」

「どうぞ、なんなりと。答えられることはすべて話すから」

「じゃあ、単刀直入に答えて欲しい。できる限りイエスかノーで」

「オーケー」

「君は、自分の伝統工芸を見る目に自信があるかい」

「はあ」

「これはシンプルな質問だ。君の鑑識眼は確かですかって訊いている」

「その質問の意図はなに？」

「君がさっき言ったことに関連する。君は言ったね、すべてを救うことはできないって。世

の中は変わる。変わるってことは新たに生まれるものと消えるものがあるってことだ。だから、この世に残しておくべき伝統工芸と、滅びてもしかたがないものを峻別《しゅんべつ》する必要がある。それを見極める眼力があるか、さっき君が言ったことをちょっと言い換えさせてもらえば、この世を祝福で満たすような工芸品を見捨てて、まがい物を延命させてしまったなんて愚行を犯さない自信はあるかい」

　ねっとりした沈黙のあとで柴田は口を開いた。

「あります」

「じゃあ、二つ目の質問、というかこれは確認に近いかな。津越先生が作るものは我々の人生を祝福するようなもの、先の文脈で言えば後世に残さなければならない伝統だと君は判断しているんだね」

　柴田はまた沈黙した。そして、

「桐なら。津越さんの桐は残さなきゃならない」

と言った。黒木は胡桃材の机の天板をとんとんと叩いて、

「そうか。でもまあ、こいつは桐で作るというわけにはいかなかったからな」

と笑った。その笑い声を聞いて、柴田の胸には不安が不吉な蛇のようにとぐろを巻いた。いったいこの男はなにをしてくれようと言うんだろう。

「買うんだよ」

　唐突に、ごく軽い調子で黒木は言った。

「買うってなにを？」

「なんでもいい。津越さんが作りたいものを作ってくれればそれを買います」

話がついに種明かしに移ったことを覚《さと》ったものの柴田は、

「どういうこと」

と尋ねないではいられなかった。

「そんなに難しい話でもない。とりあえず津越さんが事業を続けられるだけの発注をさせてもらいますってことさ。材料の買い付けもあるだろうから、前金で支払う。そしてこれは借金にはならない。前払い金として、津越さんが堂々と受け取っていいお金になる。だけど、受け取ったからには作り続けなきゃならなくなるよ」

柴田は驚いた。銀行から借金しなくても、あちこちへの支払いが滞ることなく、さらにしばらく食っていけるだけの金が手元に残るような発注をする、という黒木の提案を、柴田はひとことふたこと質問したのちに理解した。こちらのほうが、また借金をして借財が増えるより魅力的な案なのはまちがいない。しかし、なぜそんなことをするのか皆目見当がつかないのが困る。

「作ったものはここで使うわけ？」

「さあ、それは津越さんが作ったものを見て考えよう」

「わからない。なにをしようとしてるのか」

「単純な話だよ。伝統工芸はなぜ滅びようとしてるのか。それを欲しがる人が少なすぎるからだ。それはけしからんと言ってもしかたないんだとしたら、欲しがってみせようじゃないかってことだよ。ケインズはこれを有効需要の創出と言った。まあ、この言葉で連想するのは土木工事だけどね。今回はこれを伝統工芸に適用してみようってことさ」

　そう言いながら、黒木は机に移動して、ノートＰＣを開き、いまいちど必要な金額を柴田に尋ねてから、先日、津越から渡された注文伝票を机の抽斗から取り出した。そこに書いてある口座番号を打ち込んで、

「いま、支払った。振り込み人はワルキューレってなってるから、そこのところを津越さんに伝えておいてくれないかな」

　と言った。柴田はあわててスマホを取り出し、

――はい、津越木工房です。

　と暗く眠たげな声で出た相手に、

「あのね、先生、実はいま黒木さんちにいるんだけど。うん、あの桐のスピーカーの」

　と前置きしてから、こういう振り込みがあれば、それは黒木からだ。この入金の意味については機会を設けて説明するので、とりあえず驚かないで、また手をつけないでそのままにしておいて、とだけ伝え、

「なんやて」

　と当然のことながら驚いている津越に、

「とにかくあとで寄るので待っていてください」

と言って電話を切ると、ふーとため息をついてから、

「うー気持ち悪い」

とつぶやいた。


「気持ち悪い」は、金を振り込んでくれたことに対する感想としてはあんまりだけれど、花林糖を食べ過ぎた後悔がつい口に出たものだから、と柴田は近くの川原を散歩していたときに弁解した。

「それでね」

と言って、川原の石を拾ってサイドスローで川面に投げ、水面を切ることなくぼちゃんと沈んだのを見届けてから、

「駄目だな」

とつぶやき、

「で、もし、津越さんがその注文を引き受けたとしたら、なにを作らせるの」

と柴田は尋ねた。

「だから、それはさっきも言ったけど、君が決めるんだよ。ただ、君がなんとしてでも後世に残したいと思うものにしてください」

「だったら桐簞笥になるけど。だけど、おかしいな、使うのはあなたなのに」

「いや、そうとも限らない」

「え、どういうこと」

「でも、使ってもいい。いま僕が借りているところは収納するキャビネットの類《たぐい》がなにもないからね」

「使いなさいよ。あの和室に桐簞笥を置くと似合うと思うな」

「じゃあ、シャツと下着でも入れとくかな。収納するものといえばそのくらいしかないから、抽斗《ひきだし》は余るだろうけど」

「だけど、振り込んでもらった金額は桐簞笥ひとつ作ったくらいじゃ使い切れないよ」

「だから、なにをどのくらい作るかは君が決めるんだ。ふたつ作ってもいいし、みっつでもいい、贅《ぜい》をこらしてもっと単価を上げてもいい。ただ、それは後世に残す価値があるものでなきゃならない」

柴田は怯《おび》えたような顔つきになって、

「やっぱり気持ち悪い」

と言い、黒木は西洋人のように肩をすくめた。

「たしかに私も悪いよね。あなたのことをよく知らないままこちらから相談を持ちかけておいて、こんなこと言うのはほんと失礼だと思う。だけど、いったいなにを考えてるのかまったくわからないから」

「わからないところは訊いてくれれば、なるべく答えるようにするよ」

「ほんとうに正直なところを答えてね」

「ああ、なるべくね」

「まずあなたは、日本の伝統工芸にはたいして興味がないわけね」

「これから学ぶよ」

「だから、それがわからないんだよな。好きでもないのにさ」

「だけど君が持ちかけた相談だよ、これは」

「そう、そうなの、だから私も混乱してるんだけど、とにかく驚いている、いま私は」

　そう宣言すると、すこし気持ちがすっきりして、

「私の言いなりに桐でスピーカー作ったり漆塗ったりしたのにも、正直びっくりしたんだけど。お金を貸してあげてって頼んだら、貸さないでそのぶん発注するっていう。むしろそちらのほうがありがたいけど、あなたがそうする理由がやっぱりわからない」

　黒木はかがんで石を拾うと、すくうように腕を振って投げた。彼の石はうまい具合に水面を跳ねながら遠ざかり、ずいぶん先で水中に沈んだ。

　石が起こした波紋が静まった川面を眺めてから、黒木は左手首に右手を持っていった。そこからはずされ柴田に突き出されたのは、淡いブロンズ色の薄い腕時計だった。ここまでの会話の流れからすると、かなりの高級品だろう。見つめていると、そこはかとなく気品が備わっている気がする。こういう控えめなエレガンスは要注意で、おどろくほど高価なものなのかもしれない。工芸品をずっと鑑賞して培《つちか》った勘が、そんな警戒心を抱かせた。ただ、この男は油断ならないから、実は上野のアメ横で千二百五十円で買いました、なんてオチも

ある気がする。迷っていると、

「だいたい日本円で二百五十万円くらいだよ」

と言われたので驚き、

「買ったの？」

と馬鹿らしい質問がつい口をついて出た。

「買った当時はもうちょっと安かったけどね」

「どれだけお金持ちなの」

「いや、まとまったギャラをもらったばかりだったんで思い切っただけさ」

「スイス製？」

「うん。現地で見てすごく気に入ったってこともあって」

いろいろと含みのある発言だと思い、柴田はここまでの会話の中で留意しなければならないことをすばやく整理した。

①とにかくこいつはお金持ち。
②そして金離れもよい。
③伝統工芸品に興味がないわけでもないようだ。だって、時刻を知るためだけであれば九百八十円のデジタル時計でじゅうぶんだもの。
④しかし、「気に入ったってこともあって」という含みを持たせた言い方をしているのは気

になる。工芸品に「気に入る」、私の言葉で言えば「幸せにしてくれる」ってこと以外になにがあるというのか。

そして、二投目のために手頃な石を探してかがんでいる男の横顔を見て、

⑤顔だって悪くない。

とつけ足した。

「君は伝統工芸を保護したいんだよね」

石を握って背筋を伸ばした黒木がこちらを見て言った。

「はい」

柴田の答えはこうあるべきだった。

「そして、自分の鑑識眼には自信がある。そうだね」

「はい」

柴田の答えはこれ以外にありようはずがなかった。

「じゃあ、考えときなよ」

考えるべきなのは、研究者に見切りをつけ、自分が掲げた目標のために人生を捧げるつもりがあるか、であった。さっき聞いたときには漠然としたものに感じられた問いが、いま切実に迫ってきていた。

あくる朝、津越木工房に顔を出すと、作業場には主人の姿があった。

「なんやあの金は」

手入れしていた鑿《のみ》を置いた津越にそう言われ、柴田は軽い衝撃を受けた。ほんとうに金は振り込まれたのだ。と同時に焦りだした。その金についた色を説明することは柴田にはできない。有効需要がどうしたとか言っていたので、昨夜《ゆうべ》ネットで調べてみたが、どのページを読んでも桐箪笥とどうつながるのかまったくわからなかった。

そこで柴田は、とりあえず、なるべく嘘《うそ》をつかないですむような、ただしなんとか納得してもらえるような話をこしらえて、次のように説明した。

①黒木はああ見えて超一流のコンピュータ・プログラマーで、我々一般庶民には信じられないくらいの額を稼ぐ。
②昨日話してみたところ、意外にも伝統工芸が好きだということが判明した。これまではヨーロッパの工芸品に興味を持っていたが、私が強く推薦すると和物《わもの》にも興味を持ってくれた（それはひとえに、先生が作ったスピーカーのおかげです）。
③そして、先生が作る桐の箪笥を、それも最上の品を、ひとつ自分の部屋に欲しいのだが、と相談された。
④それにとどまらず、黒木の周りには、ヨーロッパの伝統工芸品を愛する同好の士がたくさんいて、彼らにも紹介して買ってもらおうと思っているらしい。だから一息に何棹《さお》か

作っておいてくれ、とまで言ってくれた。買ってくれなかったら、自分で保管して持っておいて、欲しくなったら友人に売ればいいと思っているようだ。買い手が見つかったときには、すこしばかり手間賃を上乗せするのかもしれない。なんだかへんな話だが、実際にお金は振り込まれているので信じるに足る話ではないか。

⑤納期は無理をしないで、先生のペースで進めてくれればいい、と言っていた。ただし、不必要に休んではいけない。だから、（もちろん黒木はそんなことは言っていなかったけれど）昼のワイドショーなど見ている暇はなくなるのです。

合っているのは①くらい。②も半分くらいは本当だけれど、③④⑤に関してはほとんど柴田の作り話である。③から④にかけての飛躍はかなり大胆だ。だから津越も最初は、

「ありがたい話やけど」

といちおうの謝辞《しゃじ》は口にしながらも、むつかしい顔をしていたし、柴田が④のところを継ぎ当てをしながら話しているときには、

「べつにいっぺんに注文もろたかて、単価安《やす》うできるわけやないで」

と顔をしかめていた。けれど、話が進むにつれて、さしあたって金の心配をしないで制作できることが嬉しくなってきたのか、

「まあけど、確かに前金でもろてしもたさかいな」

とぶつぶつ言いだし、

「金だけもろて手を動かさんちゅうわけにもいかへんし」

などと言って、桐材の在庫を確認しはじめ、

「ほな、ほんまに箪笥こさえてしもてもええんやな」

と声にもだんだん張りが出てきた。昨今は、桐での注文自体が少なく、あってもビールやエスプレッソのカップであることがほとんどなので、やはり箪笥の注文が複数あると嬉しいのだろう、

「えらいこっちゃ。箪笥は手間かかるんや」

と嘆《なげ》くふりをしながら、金槌《かなづち》を使って鉋《かんな》の歯の調整をはじめた。が、その手をふと止めて、

「あれ、黒木の兄《にい》やん、皿とかお椀とかお匙とか作ってくれ言《ゆ》うてなかったか。そっちは杉かなんかで作るんやろけど」

と急に思い出したように言った。

「ええ、それもぼちぼち作ってあげて欲しいんですけど」

「そらそうやけど。やっぱり箪笥優先や。皿とかお椀やったら、売店のほうにいくらかあったやろ。在庫から見繕《みつくろ》って適当に持っていって」

それでもぜんぜんかまわないと柴田は考え、

「あ、じゃあ、そうします。値札って商品についてますか」

と尋ねると、

「それは剝がしといてや」

と津越は言ってから、不思議そうな顔をしている柴田に振り返って、
「そのくらいのサービスはせな。やにこい注文もろたんやし」
と言ったその声はすこし弾んでいた。

そんなわけで、柴田はこれらの品を届けに黒木邸に出向かなければならなくなった。ただ、正直なところを言えば、彼女はこのタイミングで黒木に会いたくなかった。預かった質問に対して答えを出すのにいますこし時間が欲しかったのである。いや、答えはとっくに出ていたけれど、発表するのが怖いと言ったほうが正確かもしれない。

伝統工芸の保全という目標に向かって、研究者としての道を諦め、人生を賭《か》けるつもりはあるか、という問いに対する柴田の答えは当然イエスだった。そんなことが可能なら実にありがたい話だ。ただ、それを口にするのがためらわれる理由は、あの黒木という男には、人を油断させる屈託のないところがあると同時に、どこか得体のしれない、危険な影がちらついているからであった。

もしも、学友から同じ質問をぶつけられれば、彼女はすぐに「やるよ」と返事しただろう。その質問はきっと、たとえば昼下がりの学食や、夕方のカフェや、夜の居酒屋で、打ち解けた雰囲気の中、なされるにちがいない。そして、質問者も回答者も、所詮《しょせん》は淡い夢だと知りつつ、罪のない空想を促すきっかけとしてそんな問いと答えをかわし自分たちを慰めあう、その程度の気楽な話題にすぎないからだ。

だが、あの黒木という男は、「まさか……」と思うようなことをやりかねない。これまでは、桐のスピーカーにしろ、古民家の提案にしろ、こちらの誘いに向こうが乗ってきたのでその「まさか」を喜んでいたのだが、それについてもいまとなっては、わざと騙《だま》されてやるというような気味の悪い余裕が感じられる。不謹慎な表現になってしまうが、誘惑したこちらに「しめしめ、飛んで火に入る夏の虫」という感覚はもはやない。

そんな男がこんどはこちらに提案してきた。しかも、残りの人生を賭けることが条件だという。なんとなく、見透かされているような気がして気味が悪い。鋭くて、刺激的ではあるけれど、会っていると、居心地の悪い澱《おり》のようなものが心の中に沈殿していく。

あの男がなにか企《たくら》んでいることは確かだ。その正体がわからないうちは迂闊《うかつ》に返事しないのが利口だ。うかうかと誘いに乗って、結果的に犯罪に手を貸していたなんてことになったら最悪だもの。

その通り。黒木はたいへん危険な男である。と彼女より黒木とのつきあいが長い僕が保証しよう。ただ、ここで踏みとどまっていればよかったものを、彼女はこうも考えた。いったいどういう犯罪があり得るのだろう。こっちは正真正銘の貧乏人だから、騙して金品を巻き上げようという計画は成立しない。とにかく、金を出せという話になったら、それを合図に逃げればいい。そのほか、伝統工芸を使っての犯罪っていったいなんだと考えてみると、贋《がん》作《さく》を真作《しんさく》と偽って売るというのが思いついた。しかし、こちらが作るのは正真正銘の真作なのだから、これも当てはまらない。考えに考えた末、柴田の思索は、

「ひょっとして身体《からだ》が目当て？」
という、突拍子もないところに迷い込み、
「じょ、冗談じゃない！」
とひとりで腹を立て、黒木邸に足を向けなかったのである。黒木に危険な匂いを嗅ぎつけたまでは正しいが、こちらの方向で結論を出したのは大まちがいであった。

一方、黒木のほうは、のどかな風景に慰められつつ自分の本業についてあれこれ考えていて、伝統工芸のことは忘れていた。ただ、食事をするとき紙皿によそったカレーをプラスチックのスプーンで食べたり、大きすぎるボウルに落とした粉末スープに熱湯を注ぐときには、お椀や木製の皿や箸やスプーンはいつ届くのかな、と思い出したりしていた。

夕暮れに、散歩がてら、向こう岸の斜面を山のほうへすこし登ったところにある高原熊野《たかはらくまの》神社にお詣《まい》りに行ったときのことだった。ここに祀《まつ》られてある、木彫りの龍神《りゅうじん》を見た。なんでも、境内の樹齢《じゅれい》二百五十年を超すタブノキが台風で倒れたのを、チェーンソーで削り出したものらしい。見事な手際である。ここいらは、木の手仕事にかけては達者な者が多いなと感心していると、そういえばあの津越木工房は桐簞笥づくりに取りかかっているのだろうか、とまた津越のことを思い出した。

このあと、この神社からほど近い霧《きり》の里《さと》という休憩所に立ち寄って、見晴らしのいいベンチに腰かけ、自販機で買ったコーラを飲んでいると、スマホがチンと鳴った。ジョセフからだった。ウエブ会議用のアプリはスマホにもインストールしてあったので、イヤフォンを耳に入れ、その場でログインした。

——なんだか屋外にいるみたいだな。

「ああ、日本の古い村にいる。いま、いい景色をプレゼントしてやるよ、ほら」

そう言って黒木はスマホのカメラを眼下の棚田に向けた。

——おお、素晴らしい。

「当然だ。世界遺産だもの」

——へえ、そう聞くと、いっそう美しく感じられるな。

「だろ。ん、ちょっと待てよ、ここは世界遺産のエリアに含まれないのかな」

——まあそれはどっちでもいい。ところで、このあいだ君が言っていたアイディアだけど。興味ありそうな連中に声をかけてみたんだが、反応はなかなかよかったよ。

「ほんとうか」

——例のヨーロッパ旅行でのことも話した。これは説得力があったね。悪いけど、自分のアイディアみたいに話させてもらったよ。いいだろ。

「ああ、そのほうが好都合だ」

——もっと規模を拡大してもいい気がするけどな、日本だけじゃなくて世界的に展開しても。そう主張する者もいたよ。

「いや、まずは日本でやろうと思う。それでかまわないか」

――いいけれど、なぜヨーロッパじゃなくて、日本からはじめるんだって言われたらどう答えればいい？

「伝統の保全に関しては、ヨーロッパはわりと積極的だからって答えればいいんじゃないか」

――つまり日本は伝統を顧みることがなく、それゆえに伝統はいまや風前《ふうぜん》の灯火《ともしび》だってことだな。確かにそのほうが好都合だ。

「こら。不謹慎だぞ」

――本当なんだからしかたないさ。それでいくらくらい用意しとけばいいんだ。

「そうだなあ、五千くらいかな、とりあえず」

――わかった。聞いてみるよ。

「ただ、ちょっと条件がある」

――なんだ。

「その五千は五年間は凍結する。つまり引き上げさせないって条件だ」

――それは、キビシいぞ。

ジョセフの声音《こわね》は急に沈んだ。

「そこをなんとか交渉してくれないか」

――いや、それは難しいと思うね。

「頑張ってくれたら、前から君に言われていた例の件は譲歩してもいいんだけどな」

――……なんだって。本気なのか。

ジョセフの声はまた快活になり、むしろ前より真剣みを帯びた。

「ああ」

――それだと話はぜんぜんちがってくる。わかった、考える。いや、すぐに動こう。あとで気が変わったなんて言わないでくれよ。じゃあ、また。

通信を切ったあとしばらく、暮れゆく秋の光の中で黒木はベンチに座ってじっとしていた。眼下の稲刈りを待つ棚田も、ゆっくりと闇の中に沈んでいく。黒木がつらつらと考え、

「うん、いいんだ」

とつぶやいたときには、あたりはもう宵闇《よいやみ》に包まれていた。

真っ暗にならないうちに下りて川向こうに戻ったほうがいいだろうと思い、腰を上げた。このあたりは街灯などないのだ。

山道を歩いているうちに、見覚えのある建物に出くわした。津越木工房だった。なんだここにあったのかと思い直し、玄関ドアにはまったガラスの窓から中を覗くと、津越が鉋《かんな》がけをやっているのが見えた。黒木はしばらく、そこに突っ立って作業を眺めていた。腕のいい職人が仕事をしているところを見るのは幸福だというのは柴田の言うとおりだ。するとマイスターが、体の向きを変えたので、先方の視線がこちらとまともにぶつかった。驚いたのは向こうも同様だったらしく、津越はあわてた様子で道具を置き、こちらに向かってくると勢いよくドアを開けた。

「なにしてんの、そんなとこ立って。ほら、中に入りよし」

いやいや、この先の神社にお詣りに行った帰りに通りがかっただけで別段用事はない、仕事の邪魔をしたくないので帰ります、と黒木が断っても、

「そがいなこと言わんと、ビールでも呑んでいってえな。ウツボのお造《つく》り食べていって」

などと言って離してくれない。ウツボなんて気味の悪いものを食べるのもごめんだと思い、楽しみにしているのだから、マイスターもはやく桐簞笥を仕上げてください、ととっさに口実をこしらえたところ、これが思った以上に効いて、

「そや。あれだけ注文くれたんやさかい気張《きば》らな。身体《からだ》がえらいとか言《ゆ》うてられへん」

と態度を変えて、

「けど、ちょっとだけ待って、ちょっとだけ」

といちど引っ込んでから、また紙袋を提《さ》げて戻ってきた。

「これもよかったら使《つ》こたって」

中を覗くと、桐製の小箱がある。開けると、薄い滑《なめ》らかな木目の肌の器《うつわ》がペアで入っていた。

「それでビール呑んだらうまいで。自信作や」

と津越が言うところを見ると、酒杯らしい。前にこの工房を訪れた時、津越がビアカップでなにか賞を獲《と》ったと柴田が言ってたな、と黒木は思い出した。財布を取り出そうとすると、

「ええんやええんや。もうじゅうぶんもろたあるさかい」

　そのほかには、５００ミリリットルの缶ビール二本と袋詰めの珍味も入っていた。珍味の袋には〈ウツボ揚煮《あげに》〉と書いてある。どうしてもウツボを食べさせたいらしい。

「前に澪ちゃんに届けてもろたお椀とか皿やけど、あれも使いにくかったら交換するよって言うてな」

　と言われてはてと思った黒木だったが、いや、まだ届けてもらってませんよ、とは言わずに、美しい木の酒杯を手にして眺めながら、すみません、ありがたく使わせていただきますと礼を述べてその場をあとにした。背後で、

「ウツボも食べてな」

　という声が聞こえた。

　一夜明け、津越木工房に立ち寄った柴田は、黒木が昨夜ここにふらりと現れ、津越がビアカップを持たせたことを知った。当然、彼女は焦った。

　ところが、

「なんや澪ちゃん、届けてなかったんかいな」

　とは言われない。あの男はどうやらこちらの怠慢《たいまん》を暴露《ばくろ》しなかったらしい。

　しかし、なるたけ早いうちに黒木邸に顔を出さなければならなくなった。ゆうべの残りのウツボを唐揚げにして津越がこしらえてくれた昼膳《ひるぜん》をよばれたあと、

「兄《にい》やんにも食べさしたって」

とお余りを持たされた柴田は、川向こうへ原付バイクを走らせなければならなくなった。

原付で庭に乗り入れると、黒木は、石で作った竈の上に網を置き、その上に載せた鍋から麺を箸で引き上げて、手にしたアルミのコッヘルに移していた。昼にひとりで鍋を作って、いまはシメのラーメンを食べているのだろう。しかし、この庭には石の竈なんてものはなかったはずだ。突如出現したそれは、柴田がここに寄りつかなかった時間を象徴していた。と同時に、案外と手の込んだものを作るんだな、と感心もした。石はそこらへんにあるだろうが、わざわざ運んで来て組むなんて、コンピュータのプログラマーがやりそうにないことじゃないか。

「ごめん、ちょっといろいろ忙しくて来れなくて」

とりあえず、原付の上から声をかけた。相手はほとんど食べ終わっているアルミの器から最後のひとくちを啜《すす》り終えると、立ち上がり、引き戸を開けて中に入って行った。やがて、

「僕はこれからビール呑むんだけど、つきあうかい」

と声がした。運転できなくなるので呑めない。そう言って断ろうとしたが、

「アルコールが抜けてから帰ればいいさ」

と先手を打たれて、驚いた。帰さないつもりで呑ませようとしているのだろうか、泊まっていけと誘われているようにも聞こえる。気がつくと、黒木は缶を一本ずつ両手に持って縁側に立ち、こちらを見ていた。

「身長と体重はどのくらい？」

という慎みのない質問をぶつけられ、あ、やっぱり身体が目当て……などと思いながらも、

「一七〇の五三」

と馬鹿正直に答えてしまう。

「だったら、五時間もあれば抜けるよ。いまうちにはビールはこれしかないからね」

と言われて、こんどは拍子抜けし、缶ビール一本で前後不覚になるような自分ではないので（ロング缶なのが心配だけど）、

「呑みます」

とうっかり言ってしまった。

和室の掘り炬燵にふたりははす向かいに座り、土産に持ってきたウツボの唐揚げを届け物の木の皿に柴田が並べ、黒木は昨日もらった袋を裂いて、やはりウツボの揚煮をその横にあけた。

「ゆうべ写真を見て確認したんだけど、ウツボってグロテスクだよな」

と言いながら、黒木は、桐の箱から津越作の酒杯を取り出して、

「それに比べてこちらはエレガント」

とちょっと見とれたあとで、ビールを注いで柴田に渡してくれた。それからふたりは乾杯した。ただ、これからはじまる黒木との対話に身構えていた柴田は、カップを合わせたあとで、いま自分たちはなにに乾杯したのだろう、と妙な不安を覚えたそうだ。

しばらくは、四方《よも》山話《やまばなし》が続いた。買い物はどうしているのか。なにか足りないものはないか。道の駅からさらに奥に走ると、おいしいパン屋がある。実は昨日はそのパン屋の近くの旅館で昼飯を食べた。ここを北に上ったところにある龍神温泉は日本三美人の湯のひとつに数えられているけれど、名湯なのはともかくとして、美人とつく根拠はなんだ、それにその三つはだれが選んだのか、などというたわいのない話をつないでいった。そんな時間が思ったより長く続いたので、

「それで、この間の話だけど」

と柴田が切り出したときには、５００ミリリットルの缶はほとんど空になっていた。

「なんだか、よくわからないんだよねえ」

と柴田はとろんとした声で続けた。酔っぱらっているという程ではないにしろ、アルコールのおかげで硬かった舌はかなり柔らかくなっていた。

「なにが」

「いろいろある。まず、あなたの企みがぜんぜんわかんない。もちろん伝統工芸は守りたいよ。守りたいけど、守るためにどういう作戦で挑むのかはもうちょっと知りたいんだよね。こっちも人生かかっているわけだから。有効需要の創出なんて言われてもチンプンカンプンだよ」

「なるほど」

「ただあなたは、労を惜しまず念入りに美しく作られたものを慈しむ気持ちがある人なんだ

って、なーんとなくなんだけど、思うんだよね」

　さりげなく褒めたつもりだったが、相手は黙ってウツボの揚煮を齧《かじ》っている。柴田はしょうしょう拍子抜けして、「それでね」とつないだ。

「だから、よくわからないってところに話が戻るんだけどさ。このままじゃだめだと思って、『このままじゃだめだ』と訴える論文や文章を書く。『そうだ、もっともだ』と思う人がいて、私の文章が価値を持つことはあるかもしれないし、それによって私は学者や物書きとして認められるかもしれないけれど、それだけだと伝統工芸は死んでいく。そのとき私は『そら見たことか、死んじまったじゃないか』とまた書くだろうけど、それで溜飲《りゅういん》が下がるわけじゃない。つまり私は研究者としての自分にあまり魅力を感じていないみたい。友達が言ったんだ。私がしたいのは研究じゃなくて運動じゃないかって。だけど、運動の方法なんてまったくわからないんだよね。それにはやっぱりお金がいるってことだけはうすうす感じているけれど、私にお金はないし、工面する力もなかった。それに、そもそもお金と効率を追求してできあがった社会を私は憎んで、そんな社会に背を向けるようにして研究者になったっていうところもあるからさ。あ、これはこのあいだあなたに指摘されたんだった」

　そこでいったん黙ると、相手もまたウツボの揚煮を齧りながら黙っていたが、

「どうしていいかわからないってことはわかったよ。で、どうする――？」

　とその先を促されてしまった。

「まあ、だから、あなたの戦略を聞いた上で、それがまともなものだとしたら、ぜひ参加さ

せてもらえればとは思うんだけど」

「まともなもの、か」

男はそうつぶやいてから、

「まともなものじゃないかもしれないな、君にとっては」

と不気味なことをつけ足した。

「まともじゃないってのは、どういうふうに？」

「伝統工芸を保全するための金策が見つかれば、金の種類なんてどうでもいい。――そういうふうに考えることはできる？」

「どういうこと」

「お金はお金だと割り切れるかいってことさ」

「だからそこがわからない」

「わかった。もうすこしわかりやすく話してみよう。君は清い心で伝統工芸を保全しようとしているよね」

「別に清い心ってわけじゃ……」

柴田はふてくされたように言ってからビールをひとくち呑んだ。自分のやろうとしていることが、未熟な若者の正義感に集約された気がして、ちょっと癪《しゃく》だった。

「言い方が悪かったかもしれないな。ただ、君から伝統工芸のために金を出してくれと言われた連中は、きっとそう思ってるよ。この人は清らかな気持ちでそう言ってるんだな、清らかだからいいと思っているな、だけど清らかだから話が通るってわけじゃないぞって」

　言い方が悪かったなんて実は思ってないなこいつ、と柴田は憤慨《ふんがい》した。

「そうかもしれないけど、私は別に善人ぶりたくてプレゼンしたわけじゃないよ」

「わかってる。話をわかりやすくするために、そういう言い方をしただけだ」

「そういうふうに言うと、なにがどうわかりやすくなるわけ」

　柴田はそう言って絡んだが、

「それはあとでわかる」

　とあっさりかわされた。

「とにかく君は、製造ってものの質が変わらなきゃならない、って思ってるわけだよね」

「そう、大事なのはそこですわ」

「分業による大量生産よりも、丹精《たんせい》込めたものづくり、君の言葉で言うとこれはもう芸術になるわけで、現代人には芸術の復活が必要なんだ、と。ある哲学者にならって言えば、〝労働〟に堕《お》ちてしまった人間活動を、〝仕事〟に戻すってことになるんだろうな」

「そうだよ。労働じゃなくて仕事でなきゃ駄目なんだよ。いいこと言うじゃん、その人。いったい誰」

「ハンナ・アーレント。ついでにいうと、彼女はもうひとつ〝活動〟って言葉も使っている。君がこれまでやってきたのは、実は研究じゃなくて活動だろうね。言葉によって公共圏を更新しようとしてるんだから。そして、僕がこれからオファーするのも活動かもしれない。伝統工芸の保全という活動《アクション》だ。君は友人に、本当にしたいことは運動じゃないかって言われたんだろ。それは活動と言い換えてもいいんじゃないかな」

柴田はぽかんとしている。

「話を元に戻そう。活動のための資金を調達するに当たって、『芸術に囲まれて暮らす生活』とか『労働じゃなくて仕事を復活させる』なんてお題目で集めたお金じゃなくてもいいかってことを確認したいんだ。もっと露骨に言えば、君にとって汚れた金であっても、善き目的のためなら使ってくれるかいってことを訊いておきたいんだよ」

「汚いお金って、例えば、ヤクザの闇金を引っ張ってくるわけ？」

「ちがう。ヤクザの闇金ってのがどんなものなのか、僕はよく知らないんだけど」

「たとえば、覚せい剤を密売して得た金のマネーロンダリング」

「その金を伝統工芸に突っ込むと、資金洗浄になるのかい？」

「わからない。なんとなく言っただけ」

「……ともかく、そういうのと比べれば、真っ当な金ではある」

「私だって『税金が控除されますよ』って企業を説得しにかかったことはあったよ」

「それはうまくいかなかったんだね」

「うん。向こうの都合ばかり言われてさ、決算が済んだタイミングでこうしてくれああしてくれとかうるさくて、向こうの都合ってものの正体もよくわからなかったし、私がこういう性格なのもあるけれど、大した額じゃないのにってだんだんムカついてきて。だってこのあいだあなたがポンと振り込んでくれた金額よりも少なかったんだから」

「節税なんてアプローチはイマイチだと思うけど、それに近いと言えば近いよ」

「近いっていうのはどう近いの？」

「節税のために伝統工芸に金を突っ込むなんてのは、君の清い心に感化されたものじゃないわけでしょ。それと同じだよ。だけど僕は伝統工芸に使う金を作る自信はあるんだ」

「え、ほんと？　どうやって」

「つまり市場の力を使う」

「市場の力って？」

　黒木は笑った。

「実験だよ、金融資本主義に抗《あらが》うための。――ささやかではあるけれどね」

「もっと詳しく聞かせてよ」

「詳しくか、わかるかな、君に」

「失礼しちゃうな。わからないところに来たら質問するよ。とにかく全部話して。一番最初から、全部、ぜーんぶ！」

長い長い夜

これより、この日の夕方から夜、そして夜明けにかけて、黒木が柴田澪に語ったことを僕なりに整理してお伝えする。そして、柴田が富田川《とんだがわ》沿いの国道で黒木を拾ったところからはじめたこの話は、いくつかの直話《じきわ》をまとめて語り直したものだということを、こんなことをいまさら打ち明けるのは段取りが悪いと言われてもしかたがないが、お断りしておこう。

お話は大きくは三つだ。まず最初に、僕が黒木からこの件について聞いた話。二つ目は、僕が柴田澪に会う機会を得て、彼女に話してもらったもの。三つ目は、僕と黒木とのつきあいの中で、この話がはじまる以前に彼が語った話。この三つの筋をより合わせた。さらに、僕と黒木の共通の知人の話や、僕が書物を紐解《ひもと》いて知り得た知識もまぶしてある。もちろん、これらの話には、ところどころ辻褄《つじつま》が合わない部分がある。ただ、僕はそこをあまり追求していない。語り手の裁量で、話の筋を通してしまった部分があることをご了承いただきたい。

ではここで、時計の針を十数年ほど巻き戻そう。黒木は十代の後半にプログラマーとしての腕を認められ、アメリカに渡った。このあたりからいまの黒木につながる物語が本格的にはじまる。黒木も、柴田澪にあれこれ追及され、結局ここから語り直すはめになったようだ。

ただ、僕としては、中学卒業後の数年をプロローグに置いて、ここからはじめようと思う。文京《ぶんきょう》区立本郷《ほんごう》第一中学校卒が彼の最終学歴だそうだ。数学が抜群にできる、異様に記憶力のいい黒木としては、かなり不自然ではある。その不自然さは、彼の生い立ちの複雑さが生んだものらしい。ただ、詳細は知らない。黒木は幼い頃から、本郷の立派な家屋敷の庭に建てられた小さな小屋で寝起きしていたが、幕末から勢力のあったその家筋の人間ではなかった。

黒木は、小学生の頃からコンピュータに興味を持ち、この方面に天賦《てんぷ》の才があった。プログラミングというものは、「好きこそものの上手なれ」ということにはならないらしい。似たようなものとしては音楽がある。音楽好きが高じて、自分でも弾きたいと思い、ピアノ教室に通っているが遅々として上達しない者がいる一方、いちど聴いただけで、譜面もなしに、そらんじたまま指を動かしてその曲をものにしてしまう天才もいる。もちろんこのような連中であっても、その先には乗り越えなければならない壁があるだろうが、黒木のずば抜けた才能を理解する譬《たと》えとして聞いてもらえれば幸いだ。

さて、彼の最終学歴が、とりあえず高校に進学したものの、途中で辞めた結果なのか、そもそも受験しなかったのか、そこのところもわかっていない。それでも、十五歳ころには、コンピュータ・プログラマーとして食っていこうとしていたらしい。

ただ、情報技術系の会社に職を得ようとしたのかというとそうではない。黒木少年は、風呂なし共同トイレのアパートに引きこもってプログラムを書いていた。そして、書き上げたプログラムを引っ提げて企業へ営業しに回った。つまり、中学を出たばかりの少年が、その道のプロにプログラムを売りつけに行ったわけである。

　正直言って無茶な話だ。けれど、当時の黒木は、このセールスに自信があったと言う。コンピュータ・プログラミングに、年齢や学歴、性別や国籍は関係ない。勝負は、動くか動かないか、速いか遅いか、軽いか重いか、だ。ならば、どの企業も喜んで自分のプログラムを買ってくれるにちがいない、彼はそのように単純に考えていた。しかし、結果から言うと、彼の目論見《もくろみ》は、行く先々でけんもほろろな応対を受けて、挫折する。

　ほとんどの企業で門前払いを食わされた。なんとか社内に入れてもらい、デモを見せると、インチキをしているんだろうと凄《すご》まれ、専門学校でも行って基礎から学びなさいと、諄々《じゅんじゅん》と諭《さと》されたこともあった。

　それでも、アルバイトなどせずに、部屋にこもってプログラムを書き続けた。この中学校を卒業してからの約三年間の家賃や光熱費、食費などをどう工面していたのかは不明である。黒木は中学卒業と同時に、それまで住んでいた資産家の屋敷の庭の隅に建てられた掘っ立て小屋を出て、六畳一間のアパートに移り住んでいるのだが、その際にいくばくかの金を餞別《せんべつ》としてもらったのではないか。ひょっとしたら誰かからのサポートを受けていたのかもしれない。

　ともあれ、黒木はひたすらプログラムを書いていた。柴田澪との会話に関連付けて語り直すと、労働を拒否して仕事に打ち込もうとした、ということになるのかもしれない。

　さて、日本企業の風土を身をもって知った黒木は、自分の技術を売り込むターゲットを早々《はやばや》と海外に変更し、本格的に英語を勉強しはじめた。公立中学の成績などあてにならないかもしれないが、黒木は英語の成績だって、塾に通っている同級生より優秀だった。アメリカ英語特有のｔやｋが脱落した速い会話も聞き取れるようになったのは、ネットにあるネイティヴの音声データなどを活用した結果なのか、もともと耳がよかったからか、大学受験のためではなく実践英語に特化したのが功を奏したのか、はたまた彼の音楽好きも発音やリスニングの向上に貢献したのか、このあたりもはっきりしないが、とにかく黒木の英会話能力はめきめき上達した。さらに驚異的な記憶力で、ネイティブスピーカーも知らないような難しい単語もインプットし、インテリぶった話し方もできるようになった。

　渡米のきっかけは、十八歳になったときに訪れた。ネット上で開催される大学対抗のプログラミング・コンテストにエントリーできる年齢に達した黒木は、四畳半のアパートから個人参加枠で出場し、そして優勝した。大学枠外での優勝ははじめてであり、また最年少での優勝となった。

　黒木の腕に興味を持ったアメリカに本社を置く企業から連絡があった。あるシステム開発のメンバーとして働いてみないかという誘いだった。コンテストで彼が書いたプログラミングのいくつかに接し、プログラマーとして起用したいとのことだった。黒木に拒否する理由はなかった。数ヶ月後に、ユナイテッド航空のビジネスクラスのチケットが送られてきた。

　黒木はアパートを引き払い、部屋にあった机と布団《ふとん》を粗大ゴミに出して、新宿《しんじゅく》から成田《なりた》行きのリムジンに乗った。成田で出国手続きを済ませ、第一ターミナルからボーイング７８７機に乗り込んだ。

黒木は、はじめて乗る飛行機の座席から遠ざかる日本の地面や湾岸や海を見ながら、この国で自分の才能が受け入れてもらえなかったことをすこし悲しみ、そしてここを離れられることに安堵《あんど》して、ぐっすり眠った。

空の旅は快適だった。機内食はうまかったし、映画はいくつ見ても無料《ただ》だった。１８０度近くまで倒せるシートはアパートの煎餅《せんべい》布団《ぶとん》よりも寝心地がよかった。夕刻に成田を飛びたった直行便は約十二時間後、昼下がりのテキサス州ジョージ・ブッシュ・インターコンチネンタル・ヒューストン空港に着陸した。

プログラマーの黒木が招かれたのが、カリフォルニア州のシリコンバレーではなく、テキサス州のヒューストンだったと聞いた時、僕はちょっと意外だった。日本人はテキサスと聞くと砂漠を連想する人が多いが、ご多分に漏れず僕もそうだった。実は、メキシコと国境を接するこの南部の州は、保守的で独立精神が強いだけではなく、経済力も抜きん出ているのだそうだ。まず農業がさかんで、石油の産出量はアメリカ一、最近ではトヨタが本社をカリフォルニア州から移転してもいる。

そして、実はＩＴ産業も、二〇〇一年のＩＴバブル崩壊にも動じなかった優良な大手テック企業が、数年前よりカリフォルニアからこの南部の州へと拠点を慌ただしく移転させ（ＰＣの大手メーカーＤＥＬＬの会長マイケル・デルはテキサス大在学時に起業したそうだ）、いまやアップルも第二本社をオースティンに置いている。トヨタが、自動運転の時代を見据えて、本社を移したのも、これからはコンピュータ技術がどうしても必要になってくると判断したからだという。ありそうな話ではある。

ともあれ、黒木が渡米したのは、テキサスにおけるＩＴ産業がまさに急成長を遂げる胎動期だった。日本は停滞していたが、アメリカ経済は発展していた。経済を金融中心へとシフトチェンジしたからである。そんな中、テキサス・インベストメントという大手投資銀行の企業内企業であるシステム開発会社が、金融に関する新しい情報処理システムを構築するために、優秀なプログラマーを世界中から呼び寄せたのだった。

各国から招聘《しょうへい》されたプログラマーたちは、これから開発に携わるシステムの概要をアメリカ人の若いチーフプログラマーから聞かされた。彼が開発を任されたのは、膨大な量の金融商品についての情報処理と計算を速く安定しておこなうシステムを再構築することだった。

さきほどもすこし触れたように、黒木が渡米した直後のアメリカ社会は、ＩＴバブル崩壊と9・11による景気低迷から抜け出して、好景気を迎えつつあった。そして、このときアメリカ経済をリードしたのは、農業や製造業ではなくウォール街だったのである。

ウォール街は、低利の融資を積極的に活用した。都合のいいことに、アジアのだぶついた資金が、二〇〇一年から続く不況に刺激を与えるためにＦＲＢ議長のアラン・グリーンスパンが導入した超低金利政策と結びつき、世界市場に金があふれはじめたところだった。細かいところがわからなければ（本当は僕もわからない）、とにかくこの頃のアメリカには投資を求める金が溢《あふ》れていたということだけ頭に入れてくれればいい。

問題はこの金をどの市場に流し込むか、だ。

それが、低所得者に豪邸を買わせるサブプライム住宅ローン市場だった。

あっという間にバブルになった。

このバブルを作り出すことを可能にしたのが、証券化という金融テクニックだ。では、証券化とはなにか？ これはあとで黒木にじっくり説明してもらうことにして、ここでは証券化することによってなにが起こるのかだけを伝えておこう。

証券化すると、リスクが変わる。そして、

リスクは小さくなる。さらに、

リスクはわかりやすくなる。そしてついに、

リスクは取り除かれたように見える。

まるで手品みたいな話じゃないか。

「ほんと手品みたいなものなんです」

と黒木は言った。

つまり、証券化のマジックによってリスクが変わったので、サブプライム・ローン債券が

買われた。そしてバブルになったということだ。

「ただ、ここで大事なのは、このバブルって、チューリップバブル（大昔、オランダで馬鹿みたいな高値でチューリップの球根が取り引きされたらしい）みたいに、たまたま好景気が勢い余ってバブルになっちゃったなんてものじゃないんです。これはね、意図的に作り出されたバブルなんですよ。ここを覚えておいてくださいね」

　と注意もされた。

　ともあれ、黒木がはじめて渡米したころのアメリカ経済は、いわゆるサブプライム・ローン債券が花盛りだった。また、今後このような金融市場は拡大し続けるだろうと目されていた。実体経済が限界に近づく中で、金融経済はどんどん膨張していた。となると、処理する情報量も増加の一途をたどる。そして、これらすべての情報は金融工学が処理している。金融工学とは情報処理にほかならない。これら金融の情報を、軽く、速く、安定して処理するシステムが必要とされるのは当然だ。つまり、黒木のプログラマーとしてのデビューは金融の情報処理システムの再構築だったのである。

　開発は合宿形式でおこなわれた。一日に九十分が合同ミーティングに割り当てられ、そこでチーフプログラマーが全員に指示を出す。各プログラマーは自分のコテージに戻ってプログラムを書き、最終的にチーフプログラマーと数名のアシスタントが統合してシステムに仕立て上げるという方法で開発が進められた。

招聘されたプログラマーには全員、住居兼仕事場のコテージが与えられ、これらのコテージが連なって輪を作り、その中央には売店や食堂、さらには映画館などの娯楽施設まであった。食堂では、豊富な食事がフリーで提供され（テキサスのステーキにやみつきになった）、ヒューストン空港に着いたときには、携帯電話も持たず、財布には六百八十円しかなかった黒木ですら、最初のギャラを手にするまで前借りもせずに過ごせた。

すぐに黒木はその腕を認められ、チーフプログラマーの地位をジョセフから譲られたことは、前に語ったとおりだ。チーフプログラマーに昇格した黒木がギャランティの三分の一をもらった時、その額は当初もらう予定だった全額を超えていた。いまや数々の先進諸国や多国籍企業に雇われ活動している黒木であるが、トップクラスになると、アメリカの国家機関や同国内に本社を置く企業からもらうギャラはずば抜けて高額なのだそうだ。

しかし黒木は、この超大国に複雑な感情を抱いたようである。

その違和感のひとつが、アメリカが切り拓いた金融資本主義に対するものだった。これから資本主義は産業資本主義から金融資本主義へとパワーシフトしていく、という見方はとくにアメリカで支配的だった。

金融経済は、金融工学に基づいて取引（早い話が、売りと買いだ）がされている。金融工学の複雑な計算を、より迅速《じんそく》に、より安定的に、どんなに膨大な量になっても、どんなに長時間でも、オーバーヒートせずに、クールにやり続ける、軽く、速く、安定したコンピュータ・ネットワークシステムを構築するために、黒木はシステムのありかたを根本的に見直し、サーバーの量を約半分に減らし、計算スピードを16%速めることに成功した。

そして、この仕事を進めるに際して、金融市場で、〝売り〟や〝買い〟の根拠を決定づけている金融工学の計算式を黒木は見た。つまり、どのような計算に基づいて、金融市場で〝売り〟と〝買い〟がおこなわれているのかを知ったのである。

「あれはまずいんじゃないか」

近くの公園で、仲間とバーベキューをしているときに、黒木はジョセフに相談してみた。

「なにがまずいって」

「システムがやっている計算のことさ」

ジョセフは笑った。

「ノーベル物理学賞級の学者が書いたアルゴリズムだぜ」

「ものごとを単純に見すぎてると思う」

「おいおい。君の専門は経済学なのかよ」

「……ひどい学問だよ、経済学ってのは」

ジョセフは苦笑して、まあ落ち着けと言って、ビールを勧めようとしたが、州法に抵触することを思い出した。そう、ふっかけている議論はやたらとでかかったが、このとき黒木はまだ十代だったのである。

「で、経済学のどこがひどいって？」

「金融資本家を儲けさせるためにあるような学問だよ」

「勉強したらしいな。でも、ちょっと本を読んだぐらいでそこまで言うかね」

「あの計算を信じるのは危険だと思う」

「どこが……」

「個々の計算はそれで正しいかもしれない」

「個々の計算が正しければ、全体も正しいだろ。いや、すくなくとも全体を正しくするためには、個々の計算は正しくなければいけないよ。まちがった計算から正しい全体を導くことはできないからね」

「いや、そういう話じゃないんだ」

「じゃあ、どういう話だって言うんだよ」

黒木はどこから話そうかと思いながら、レモネードをひとくち飲んだ。

「システムの中の計算だけど、なにをやっていると思う」

「さあね。調べたのか」

「うん」

「マジかよ、話せ」

「結局はリスクとリターンを計算してる。それだけだ」

「なんだ、そんなことか。そりゃそうだろう。そして、それでいいじゃないか。リスクが除去されるからこそ証券市場がホットなんだよ」

「だけど、リスクを除去するための計算が別のリスクを生んでいるのはどう思う?」

「なんだって……、それは君の計算がまちがっているんだ」

「いや、そんなことはない」

黒木は抵抗したが、とにかくジョセフは、計算式を変更することは僕らの仕事じゃないから絶対にやるなと釘《くぎ》を刺して、ちょっと向こうで話をしてくる、と言い残して去ってしまった。

ともかく、黒木はこの時点で、サブプライム・ローンという住宅ローンを低所得者に組ませ、そのローンを証券化し、これを加工した金融派生商品をばらまくというマジックの種明かしを知っていたということである。

ただ、このくらいはリーマン・ショックのあとで経済評論家が盛んに解説したことだ。黒木の怖ろしいところは、金融資本主義の深層にある矛盾を見ていたことである。それは人間の本性に関わることでもあった。ただ、詳しいことはここでは端折《はしょ》ろう。

黒木がアメリカ社会に抱いた違和感はもうひとつあった。これについて語る彼の言葉は複雑で屈折しているけれど、要するに、アメリカの大衆文化社会に馴染めなかったのでは、と僕は疑っている。黒木は、聴くのはもっぱらクラシックだし、ハリウッド映画などは見ない。そして時々「アメリカ人はリアリティを奪われている」と言う。確かにディズニーランドにリアリティなんか要らない。あっては困る。ハリウッド映画にリアリティがあるのも考えもんだ。なにせかつては「夢の工場」と呼ばれていたんだから。

また黒木はアメリカを評して「疎外されている」と言うことがある。アメリカ社会のアメリカ人の孤独を語った言葉なのか、外国人である黒木が自分をエイリアンのように感じたことを指しているのか、はたまたもっと深遠な意味を込めてそう言ったのか、よくわからない。

単純な僕は、クラシック音楽愛好家の黒木はヒューストンに滞在中の約六ヶ月の間、バッハやモーツァルトを堪能できなかったことでフラストレーションがたまり、それがアメリカ社会への疑義に発展しただけなのでは、なんて勝手な解釈をしているのだけれど。

実際、その後の黒木は海外で仕事をする時、現地でスピーカーを調達するようになった。クラシックファンは再生音に高いクオリティを求めがちだが、それが発展して、このたびの津越木工房への訪問につながるのである。ともあれ、翌年の春、黒木がチーフプログラマーとしてリファインしたシステムは、期待以上の出来という評価を受け、ボーナスをもらってヒューストンを後にすると、ヨーロッパを見たがっていた黒木は大西洋を渡った。

この旅には同行者がいた。ジョセフである。ルーツをスコットランドに持つ彼は（四歳のときに両親とともにニューヨークに移民してきた）、大陸をあちこち放浪したあとイギリスでゴールするこの旅の道連れになった。おそらく、黒木に大いに興味を持ったので、さらに交友を深めようと思っての同行だったのではないか。

黒木は、ポルトガルを皮切りに、スペイン、フランス、イタリア、スイス、オーストリア、ドイツ、ベルギー、オランダ、イギリスを気ままに観光し、行く先々で切符を買って、クラシックコンサートを堪能《たんのう》してやろうという心積もりだったようだ。

スペインを旅していたときのことである。サラマンカという世界遺産に登録されている古都を散歩していたふたりは、これもまた世界遺産の一部である大聖堂に足を向けた。

「この教会は、ゴシック・ルネサンス・バロックと三つの様式が混在しているらしい。そう言われてみれば面白いね」

　建築に興味のあるジョセフはそんなことを言ったが、このとき黒木は別の期待を抱いていた。ヨーロッパの教会は夜にコンサートを開くことがある。このくらいの教会になるとパイプオルガンは当然あるだろう。ひょっとしたら今夜、思いがけず、誰それが来てバッハを弾く、なんて僥倖《ぎょうこう》もあるのではと密《ひそ》かに期待して、この教会の前で足を止めたのだった。さらに、ガイドブックを手にしたジョセフが、「『天使のコーラス』って異名を取る古いパイプオルガンがあるんだってさ」と言ったときには胸が高鳴った。

　しかし、ここからが問題で、件《くだん》のパイプオルガンはずいぶん前に故障していて、美しいハーモニーを耳にすることはもうできないのだそうだ。これを知って黒木は呆然《ぼうぜん》とした。めったなことでは驚かない黒木だが、教会のオルガンが鳴らないことには衝撃を受けた。だから、またジョセフがガイドブックを読みながら、実に気軽な調子で、

「なんだよ、鳴らなくなったまま放置してもう二百年以上が経ってるぜ」

　と言うものだから、その動揺を隠せなくなって、

「そんなことがあっていいはずないじゃないか！」

　と思わず叫んだ。

ところが、ここで不思議なことが起きる。門の前に立っていた黒木の耳に、ほんの微《かす》かに、まるで天使が運んできたように、オルガンの調べが届いた。黒木は驚いた。

「あれ、鳴ってるじゃないか」

とジョセフが言った時、一音も聴き漏らすまいとしていた黒木は、そんなことはわかっている、耳がついているのは君だけじゃないぞ、と思わず言いそうになった。

「でも、この曲なんだか変だな。クラシックには聞こえないよな」

ジョセフは品評まで加えだした。頼むから黙っていてくれ、と黒木は言いたかった。彼もそう思っていたからだ。かろうじて耳に届いた調べは、バッハでもハイドンでもなかった。

「なんだかジャズみたいだけど」

ジョセフがまた言った。たしかに、その旋律は、ブルースを思わせる陰鬱《いんうつ》な音階で、コブシを利かせたような、訛《なま》ったような、ためをたっぷり利かせた沈んだ調子を持っていた。

「ちがう」

黒木は、このメロディに覚えがあった。

「これは日本の民謡だ」

「リンゴ追分《おいわけ》」という曲名は英訳が思いつかなかった。正確には、民謡ではなく、古い歌謡曲である。また、「ジャズみたい」と言ったジョセフの感想もあながち的外れでなく、ジャズピアニストの大西順子《おおにしじゅんこ》がトリオで演奏した名演もある、なんてことはのちに僕が黒木に教えておいた。

しかし、ヨーロッパの大聖堂の二百年間も沈黙していたパイプオルガンが、突如「リンゴ追分」を歌いだすというのは、どう考えても不思議だ。この謎を解明したい誘惑に駆られた黒木は、門をくぐった。

　聖なる空間を満たしているのは「リンゴ追分」でまちがいなかった。パイプオルガンは正面にあった。鍵盤の前に男の背中が見える。奏者の背中の形と醸《かも》しだすなにかが日本人だと告げていた。近づいていくと、曲は突如として、しかし不自然なつなぎ目を感じさせることなく、ヘンデルのオラトリオへと移行し、この場にふさわしく鳴り響いたので、つい先ほど耳にした「リンゴ追分」はまるで錯覚だったかのように感じられた。

「日本人かい」

　演壇から下りてきた初老の男が言った。やはり日本語だった。黒木はうなずいた。

「聴かれてしまったかな」

と男は髭《ひげ》をたたえた口元に薄い笑みを浮かべて言った。

「日本のゴスペルみたいなものだとここの人たちには説明してある。それで口を合わせておいてくれるとありがたい」

　男は六十歳くらいだろうか、髪はまだふさふさしているが、その髪も髭も白かった。この教会の関係者が黒木に「本当にあの曲は日本の福音歌《ゴスペル・ソング》なんですか」なんて訊くはずもないから、これは半分冗談なんだろう、と黒木は思った。冗談を言う男らしい。

「どうして、あれを弾いてたんですか」

「バッハなんかはみんな聴き込んでいるからね、ちょっとでもまちがうとすぐバレちゃうから恥ずかしいんだよ」

ということはオルガン弾きではないようだ。では何者だろう。頭に浮かんだこの疑問は後回しにして、黒木は別の質問を投げた。

「ガイドブックには『鳴らずのオルガン』と紹介されていますが」

「それを鳴るようにしたんだよ」

「誰が」

「僕が」

「日本人ですよね」

「よくまちがえられる。日本語がうますぎるのかな」

「えっ」

「冗談だよ。日本人だ」

「なぜ、スペインの大聖堂のオルガンを日本人が修復しているんですか？」

「スペインに直せる人がいないからさ。すくなくとも僕よりうまく直せる人はね」

「なぜです」

「伝統が途切れるとこういうことになるんだよ」

「スペインで途切れた伝統を日本人のあなたがもう一度つないだってことですか」

「まあそういうことになるね」

「これって、東大寺《とうだいじ》を修復する宮大工の棟梁《とうりょう》がスペイン人みたいなものなのでは」

初老の男は、面白い冗談を聞いたかのように穏やかに笑って、

「なるほど」

と言った。

「ただ、東大寺が崩れ落ちそうになって、それを修復できる宮大工が日本にいないとしたら、スペイン人だろうが韓国人だろうがエジプト人だろうが直せる人に直してもらうしかないだろう」

実に単純な理屈でできたこの返答を、黒木は軽いショックをもって受け止めた。初老の男は、片づかない顔をしている、少年の面影を残す黒木に笑いかけ、

「ただ、建築物とちがって、音はすこし複雑でね、鳴らないのは寂しいけれど、屋根が落ちたりするわけじゃないから、わざわざ日本人に直してもらわなくたってという腹はあったんだろう。修復させてくれと連絡したときはいちど断られたんだよ」

と言って、ようやく自分の本職を明らかにした。男はオルガン建造のスペシャリストだった。

「日本人になんか直せるものかという偏見があったってことでしょうか」

「まあ、それもあったかもしれない」

男はまた薄く笑って言った。

「スペイン人に直せないものをなぜ日本人のあなたが直せるんですか」

「それは勉強しているからさ」

「けれど、あなたが二百年間鳴っていなかったオルガンを鳴らしたとしても、それは二百年前の音を復活させたということになるのでしょうか？　つまり、いちど途切れた伝統が復活したということに」

　男は驚いた顔をして、そしてまた笑った。この古都で日本人旅行者と遭遇することは特にめずらしくないが、投げかけられた質問が予想外だったのだろう。

「君は伝統が復活したって言い方をしたけれど、それは、伝統がふたたび受け継がれたってことだよね」

「まあ、そうです」

「受け継がれたと言えるね、このパイプオルガンについては」

「ですから、なぜ」

「僕が、これでよしと判断したからだ。僕しか判断できる者はいない。その僕がよしと思っている。これしかない」

　黒木は黙って考えていた。

「この修復作業に取り組むにあたって僕が肝に銘じたことはなんだと思う」

　黒木はなにも言わず、ただ首を振った。

「良くしないことが大事なんだ」

「良くしない？」

「ああ、これはあくまでも修復であって改良ではないからね。このオルガンに当世風の細工を加えれば、もっと壮大に響かせるなんてことは簡単さ。そのほうがハリウッド映画の音なんかに親しんでいる現代《いま》の人の耳には心地いいかもしれない。だけど僕は、史料に基づいて、あくまでも二百年前のこの都《みやこ》の人たちが聴いた音を再現することに専心している。そしていまその務めをやり終えた僕は『これでよし』と思っている。だからこれで修復は完成したということになるんだよ」

　僕は、この人物がいま語った講釈を黒木の口伝えで聞いたときには、なんだかわけのわからない理屈だな、と思った。けれど、黒木はなるほどと得心したという。


　日が暮れてからジョセフと大衆レストランに流れ、タパスという小皿料理のアペタイザーをつまみながらワインを呑み、オルナソというミートパイ（ロース、生ハム、チョリソ、ゆで卵が入っていた）にかぶりついている時、黒木は、サラマンカの滞在を一週間延ばす、と告げた。

「この街が気に入ったのか。それともあの教会か。でも、先はまだ長いぞ。この調子でじっくり見ていたら、バルセロナのサグラダ・ファミリアじゃ沈没して、いつまで経ってもフランスに入れないことになっちまう。そういえば、サグラダ・ファミリアの主任彫刻家も日本人だったな、危ない危ない」

「あの教会は来週、復刻したオルガンでコンサートを開くんだ。バッハがたっぷり演奏されるんだから、聴かないとまずいだろう」

やれやれと首を振るジョセフに黒木は続けた。

「ただ、君をこの街に留め置くのは気の毒だから、先に行っててくれ。フランスかイタリアで合流しよう」

「いつまで経ってもこちらに追いついてこないなんてことはないだろうな」

ジョセフはそう訝《いぶか》ったが、結局この話はまとまった。

あくる朝、ジョセフを見送った黒木は、そのまま石造りの古くて小さなホテルに泊まって、昼間はほとんどバルコニーに出した椅子に座り、読書をしてすごした。読書に疲れると、書物から目を上げて、古い町並みを眺めた。テキサスのコテージについていたバルコニーから見たのとはまるでちがう古都の風景は、黒木の目を和ませた。

ときどきマヨール広場のテーブルでノートPCを開き、たっぷりのミルクにエスプレッソを垂らしたカフェ・マンチャードを飲みながら、金融にまつわる複雑な計算をして暇をつぶしたり、世界で三番目に古いと言われるサラマンカ大学の構内をうろついて、大教室に忍び込んで、ポアンカレ予想がいかにして解かれたかについての数学の講義を聴いたり（黒木にとってはこれが初めての大学での受講となった。講師が喋っていたのはスペイン語だったが黒板に書いてある数式を見たらだいたい理解できたという。おそろしい男である）、マヨール広場で百年以上も営業しているカフェでサンドイッチを食べたり、名もない小さなバルに入り、店内のテレビで、ヨーロッパではサッカーに次いで人気があるという自転車ロードレースを見ながら、軽食を摂った。

延々と１００キロ以上も走る自転車レースなんて興味もなかったが、地元のおじさんが、「おい日本人が走っているぞ」と教えてくれたので視線を向けた。背中に日の丸があしらわれたジャージを着た小さな選手は、大勢の大柄な選手と団子になって走りながら、クッキーを口にねじ込んでいた。

そんな一週間が過ぎ、いよいよ復活したオルガンが大聖堂でお披露目される夜になった。急に黒木は、二百年も鳴らなかったパイプオルガンが復活してバッハを奏でるのだから、この恰好《かっこう》ではまずいと思い直し（このときの黒木の出《い》で立《た》ちは、すこし上等なバックパッカーという感じだった）、ホテルのフロントで（ヨーロッパの小さなホテルなのでコンシェルジュなんてものはない）、このあたりに貸衣装屋はないかと尋ねた。フロントマンはあるよと気軽に言って紹介してくれたが、そこは観光客に闘牛士の恰好をさせるようなところだった。

「教会にオルガンを聴きに行くんだ」

と黒木は言った。

「だったら、その服装で問題ないと思うけれど」

長逗留《ながとうりゅう》で顔なじみになっていた若いフロントマンは首をかしげていたが、

「とにかく、スーツとネクタイが必要なら、僕のを着て行けばいい」

と言って貸してくれた。

　借りたスーツに身を包み、黒木は大聖堂の椅子に座って、復活したパイプオルガンをスペインオルガン音楽アカデミーで講師を務める老オルガニストの演奏で聴いた。演奏曲目は、トッカータとフーガ、トッカータ、アダージョとフーガハ長調、幻想曲とフーガ、パッサカリアとフーガハ短調、コラール「主イエス・キリストよ、われ汝《なんじ》に呼ばわる」、コラール「いざ来ませ、異教徒の救い主よ」、コラール「目覚めよと呼ぶ声が聞こえ」など、黒木が日頃からよく耳にしている曲目だった。

　演奏が終わり、地元の人たちと一緒に出入り口に向かっていた時、壁を背にして立っていたあの日本人と目が合った。

「来たのか」

　すこし驚いた調子で言って、男はすぐにまた笑顔を作り、

「どうだった」

　と感想を求めてきた。

「そうですね、『目覚めよと呼ぶ声が聞こえ』はこの教会のオルガンとそれを眠らせたままにしていた人間への、『いざ来ませ、異教徒の救い主よ』はまるであなたへの、呼びかけのようでした」

　などという気の利いた返答を思いついたが、それは胸にしまって、

「……渋い」

　と素朴な、けれど正直なひとことを返した。

「そうだな」

男はうなずいた。

「そうなんだよ」

さらにもういちどくり返した。

「いいんですよね、あれで」

「うん、いいんだ」

それを聞いたあとで黒木は、

「とてもよかった」

とつけ加え、大聖堂を後にした。

まだ開いていたカフェでミネラルウォーターと一緒にオルナソを買い求め、ホテルに戻った黒木は、ベッドの上でかぶりつきながら考えた。

まず、伝統が途切れるのはまずい。伝統は人から人に先の世代から後の世代に伝えられていくものだが、いったん途切れてしまうと、その再現は困難になる。再現したとしても、それが昔と同じものである信憑性《しんぴょうせい》を確立することは難しい。だから、伝統というバトンは途切れずに渡していったほうがいい。情報がパーフェクトに残っていれば、その情報に基づいて復元はできるけれど（おそらくあの日本人は文献資料を読み込んで復元したにちがいない）、不完全だった場合は、それが本当に前と同じものだという保証はなくなる。

しかし、すでに途切れてしまったなら、失われた伝統をただ嘆いていたってしょうがない。そして、そうなったときには、伝統の再現は次のように捉えるしかない、と黒木は考えた。

①現存する状態には手を加えてはならない。

②伝統を再現した時、再現した本人が納得すれば伝統は継承できた、と宣言してよい。

黒木は、この結論にとりあえず満足し、歯を磨いて寝た。

あくる朝、シャワーを浴びて荷物をまとめ、黒木はホテルをチェックアウトした。フロントボーイにワイシャツとネクタイとスーツを戻しタクシーを呼んでもらったときに、チップとして百ユーロ渡すと、大変に喜ばれた。

ジョセフとはイタリアのミラノで合流した。五日も前に当地について、ショッピングを楽しんでいたジョセフがこんな提案をした。

「せっかくだからここでスーツを作ってしまえよ」

「なぜ、ここで」

「え、だってここはミラノだぜ」

ジョセフに説明されて、黒木はこの地がファッションの聖地だということをはじめて知った。

「それに、どうせスカラ座でなにか見るんだろう。あの教会でスーツが要るなら、ここでも当然必要なのでは」
それはそうだ、と黒木は思った。因みにこの夜の公演はなんだろうと調べてみると、ヴェルディの『椿姫《つばきひめ》』だった。クラシックコンサートの中でも、オペラとなるとドレスコードはさらに厳しくなる。おまけにミラノのスカラ座はニューヨークのメトロポリタン歌劇場よりもシビアだ、ということを黒木は読みかじっていた。当日の夜なので、オーダーメイドで誂《あつら》えるというわけにはいかなかったから、高価な既製服を一着買い求めた。しかし、スーツをこしらえろと提案し、自分もオーダーメイドで誂えていたジョセフの魂胆《こんたん》は別のところにあった。

ミラノに二泊してから、ヴェネツィア、ローマ、ナポリと南下したあと、飛行機でスイスのチューリッヒに飛んだ。実はチューリッヒ観光は当初の予定には入っていなかった。ジョセフがここで商談のために人と会うことになったので、無理やり旅程に組み込んだのである。

先方の目的は、ジョセフがテキサスで完成させた情報処理システム（技術的には黒木の名前がクレジットされていた）にあった。このシステムは金融業界の一部で評判になっていた。金融は、全世界を絶え間なく飛び交っている情報によって駆動された経済活動である。証券化や格付けは金融工学によってなりたち、その金融工学の複雑な計算をコンピュータの情報ネットワークが支える。そして、そのネットワークの質は、速い、軽い、安定している、などの項目で評価される。ジョセフがテキサスで開発したシステムが優秀であるという噂は業界に広まり、ふたりがヨーロッパをほっつき歩いてる間に、世界の金融の中心地のひとつチユーリッヒのその筋の人間の耳にも入ることになった。

「どこかで一度会って情報交換したい」

このような申し出を断る理由はジョセフにはない。むしろ、金の匂いを嗅ぎつけた彼は、いまヨーロッパを移動中なので、こちらからチューリッヒに伺いますと応じ、フランスをすっとばし、いち早くミラノ入りすると、オーダーメイドでスーツと靴をこしらえて、黒木が来るのを待っていた。さらに、自分の横に立つ黒木を、

「あのシステムのチーフエンジニアです」

と紹介するときには、さすがにデニム姿でいられると困ると思い、スカラ座のドレスコードに託《かこつ》けたのである。これを聞いた時、スーツ姿の黒木を見たことのなかった僕は、なるほどうまい作戦だ、と思った（もっとも、のちに思わぬところで見ることになる）。

ともあれ、こうしてナポリ・カポディキーノ国際空港からスイス・インターナショナル・エアラインズのチューリッヒ行きに乗り込んだふたりは、スーツ姿で座席に収まった。

「だけどさ、危ないと思うよ」

そう言われ、機内でワインを呑んでいたジョセフは、隣席の黒木を見た。

「なにが」

「ＦＲＢが動いた。あれはまずいことをやったなと僕は思うな」

黒木がナッツをつまみながらそう言うと、これがサブプライム・ローンについての警告だ

ということは、ジョセフもすぐに理解した。

前年、ＦＲＢ、つまりアメリカで中央銀行の役割を果たす連邦準備制度理事会は、段階的に市場金利を引き上げていた。これは景気の過熱を抑えるためだ。ただ、金利が上がるということは、ローンで家を買った人間にとっては、返さなければならない額が増えることを意味する。これをきっかけとして、住宅価格に翳りが見えはじめた。つまり、戦後一貫して上昇し続けてきた住宅の価格が下がりはじめたのである。金融機関の審査も厳しくなりつつあった。

サブプライム・ローンで家を買った人は、返済能力がないにもかかわらずローンを組んでいた。そう聞くと人は、なぜそんなことが可能だったのかと質問しないではいられなくなる。これに対しての本質的な答えは、証券化というマジックによって可能となった、となる。ここでまた証券化が出てきた。そして今回も、この説明は先送りにし、ここでは金利に着目して、風変わりな金利設定と住宅価格の上昇もまたこのことを可能にしたのだと答えておこう。このふたつが証券化と合わさって、サブプライム・ローンを可能にしたのである。

サブプライム・ローンは、最初の二年ほどは固定金利で、すごく安い。その期間が切れると変動金利に切り替わり、ここで突然、金利が跳ね上がる。借り手は、毎月の返済額が上昇するので、とたんに返済に行き詰まるわけだ。これは困る。貸し手だって、ローンの焦げつきは嫌だ。

ところが、ここで荒業《あらわざ》が出る。担保になっている住宅を売却して、ローンを完済してしまうわけだ。一般には、中古となった家は、買った値段よりも高く売るなんてことはできない。全額回収は不可能なはずだ。ここで二つ目の荒業、住宅価格の上昇が登場する。アメリカでは住宅の価格は一貫して上がり続けていた。住宅価格がじゅうぶんに上昇していれば、借り手は、低金利の期限が切れる直前に、担保となっている住宅を売って、前のローンを完済してしまい、別のサブプライム・ローンに借り換えて、もういちど低金利からスタートできるというわけだ。

貸し手の側も、住宅の値段が上がり続けてさえいれば、どんな貧乏人に組んだローンでも、いざとなったら担保物件の家を売り払って回収できる。だから、借り手の信用なんてのは関係がなくなり、ノーリスクで収益を得ることができるというわけだ。これが借り換えによるマジックだ。

しかし、ここにきて、借り換えによるローン返済の道が閉ざされはじめた。ただ、金融業界全体のムードはまだまだ熱かった。それどころか貸出の基準はいよいよ底が抜けたような具合になり、借り手も甘言《かんげん》に釣られて節操《せっそう》をなくしていた。

つまり、住宅ローンが焦げつきはじめていたにもかかわらず、ローン返済を前提にした債券市場は好景気に沸いていたのである。なぜか？

「まあ、完全にバブルだからな、いまの住宅市場は。バブルってやつは、はじける前がいちばんホットになるからさ」

ジョセフは認めた。

「だけど、遅かれ早かれはじける」

と黒木は言った。

「バブルだからな。たしかにこれはバブルだ」

とジョセフはくり返した。しかし、こうも続けた。

「そんなことはみながわかっている。そしてバブルはやがてはじける。これも馬鹿でなければわかっている。問題は世の中にはこの乱痴《らんち》気《き》騒《さわ》ぎが延々続くと思っている馬鹿が多いことなんだけど、それもバブルのためには必要なんだからしかたがない。そして、いよいよバブルがはじけたらしばらくクールダウンして、また新しいバブルに向かっていく。だから、たとえこのバブルがはじけたとしても、俺たちが作ったシステムが無用になるわけじゃないのさ」

　こう嘯《うそぶ》いたジョセフの言葉どおりに、この三年後にサブプライム・ローンは完全に破綻《はたん》し、サブプライム・ショックとなって世界中を震撼《しんかん》させるのだが、これによって金融資本主義が死に絶え、産業資本主義が復活したかというと、そんなことにはなっていない。金融によって膨張する資本は、新しいバブルの機会を虎視《こし》眈々《たんたん》と狙っているのである。

　けれど、と黒木は思った。金融工学のシステムがバブルを産みだしている、とまでは言えないかもしれないが、バブルを産みやすくしているのではないか、と。これは実にややこしい話だ。つまり自分は「こんなものはバブルだ」と批判しながら、バブルに手を貸しているということになるのだから。

ただ、この話を聞いた時、僕はさっぱりわからず首をかしげた。金融工学がバブルを産みやすくしている、バブルに手を貸しているとは、どういうことだろう。

それを解説するにはやはり証券化という単語を用いなければならない。だけど、ここでも証券化の正体を説明するのは先送りにしよう。ただ、前に述べたことをくり返させて欲しい。証券化というマジックは、貸し倒れの高いリスクが含まれているローンも、そのリスクをなきがごとく、見えなくすることができるのだ、と。

そして、リスクが見えなくなったことによって債券に、ＡＡＡ《トリプルエー》の格付けがつく。すると、この格付けによってリスクは完全に見えなくなる。さらに、証券の証券化というマジックのマジックによって、クズみたいな債券の寄せ集めでさえもＡＡＡになり、これについてもリスクはどこかにいってしまう。このような手品を可能にしているのが金融工学だ、と黒木には教えられた。

サブプライム・ローン債券市場崩壊後に、「どうして低所得者が豪邸のローンを組めたのか？」という問いがくり返しなされた。もうひとつ、さかんに問われたのが、「どうしてクズ債券にＡＡＡの格付けがついたのか？」である。とにかく、これを可能にしたのが金融工学だということは覚えておいて欲しい。

「じゃあ、買っておいたらどうだ」

最後のナッツを口に放り込み、小袋を丸めて前の座席の背もたれのポケットに突っ込みながら、黒木が言った。

「サブプライム・ローンがらみの債券を？　冗談じゃない」

「ちがうよ、いま買うならＣＤＳに決まってるだろ」

「ＣＤＳ……か」

　ＣＤＳはクレジット・デフォルト・スワップ（Credit Default Swap）と読む。字面《じづら》だけだとなんのことやらさっぱりわからないが、簡単に言ってしまえばこれは保険だ。

　そもそも保険というものは、通常は自分の資産にかけるものだ。例えば火災保険の場合、自分の家にかけるために契約する。ところがＣＤＳは自分が購入した債券にかけるとは限らない。さっきの火災保険で譬《たと》えれば、他人の家にかけることだってある。つまり、その人の家が火事になれば、保険を買った者は儲かることになる。その家が必ず火事になるとわかっていれば確実に儲かる。だから、サブプライム・ローン債券市場が暴落するとわかっているのなら、保険だけ買っておけば儲かるぞ、というのが黒木のアイディアだった。

「なるほど」

　とジョセフは言った。そして、

「ふたつ問題がある」

　とつけ足した。すると、先回りして黒木が口を開いた。

「ひとつは、アメリカの住宅市場が暴落するとして、それがいつかってことだよな」

「そうだ。いずれはどーんと下がるんだろうけれど、それが思ったよりも先のこととなると、保険料を払い続けなければならない」

「だから、計算してみたよ」

「え、いつ？」

「サラマンカでコンサートを待っている五日間の間にさ。ただ、不思議なことにざっと計算したところによると、もう崩壊してるべきなんだよな」

ジョセフは白ワインで口を湿らせてから、「やっぱりな」とつぶやいた。

「つまり、信念や希望が暴落を食い止めているってことさ。実際の経済ってのは理論だけで動いていない。非合理な心理が経済全体に大きく作用している」

「だけど、人々のマインドが、住宅の価格は高すぎるというほうにちょっとでも振れると、それが共振して一気に崩壊するよ。崩壊するには、住宅の価格が下がる必要さえない。上昇が鈍化するだけでじゅうぶんだ」

「そうだな。となるとやっぱり、いつ洪水が来るのか、ってところに話が戻る。市場が水浸しになり、乗り込んだノアの箱舟が水に浮かぶ日はいつかってことだよ。早すぎたら船室をキープするために手数料を払い続けなきゃならないし、遅すぎたら、舟が遠ざかっていくのを、濁流に飲み込まれながら見送らなきゃならない」

「じゃあ、もう一度計算してみよう」

ジョセフはまたワインをひとくち口に含み、なにも言わなかった。

「で、ふたつある問題のもうひとつはわからなかった。いったいなんなんだ、それは？」

「ああ、ＣＤＳを購入する方法だ。あれは金融機関どうしの取引だからな。俺みたいな個人にとっては、国債を買うようなわけにはいかないだろう」

「ならばそのアイディアを売ったらどうだ？」

ジョセフのワインを持つ手が止まった。

「自分の取引先にアイディアとして提供するんだ。投資銀行でもヘッジファンドでもいい。そろそろＣＤＳを買ったほうがいいんじゃないかって持ちかけてみるのも手だと思うな」

ジョセフは持っていたワインのグラスを、前のテーブルに戻した。

「さっき言っていた計算、取りかかってくれないか。もうすこし詳しく計算して、崩壊の日を予想してもらえるとありがたい。礼はするよ」

黒木は、わかった、とだけ言った。

実は、黒木がＣＤＳ購入の提案をしたと聞いた時、僕はすこし驚いた。サブプライム・ローン崩壊に賭けるギャンブルに黒木が自信を持っていたのは確かだと思う。そのくらいの頭脳は持っている男だ。けれど、他人《ひと》の家から火が出ることを当て込んで火災保険を買うというのは、少なくとも僕の知っている黒木のやることではない。

ここを、自分を引き立ててくれたジョセフへの返礼という気持ちがあったから、と理解すると、僕の黒木像にいくらか近づく。

ただ、この賭けにジョセフが勝った時、彼は濡《ぬ》れ手《て》で粟《あわ》のつかみ取りとなるけれど、アメリカ経済には深い傷が残る。多くの人が家を失い、老後の蓄えをなくし、失業し、首を括るだろう。それを想像できない黒木ではない。彼の胸には、本当にこんなことをしていいのだろうかというためらいがあったはずだ。にもかかわらず、この案をジョセフに投げたのは、ひとつは、賭けの相手の鼻を明かしてやりたいという、まだ十代だった黒木の若さゆえの反抗心からだったと思う。賭けの相手はウォール街だ。つまり金融資本主義そのものだ。たしかに勝利は痛快だろう。だが、やはり、この勝利は、金融資本主義という同じルーレットが回るテーブルについていることも意味した。だから、そのぶん彼の心はまた屈折した。——僕はそう解釈している。

　飛行機は定刻にチューリッヒ空港に着陸した。ふたりはスムーズに入国ゲートを通過し、到着ロビーでミューラー＆シュミット・キャピタルの社員二名と合流した。用意されていた車に乗せられ、旧市街へと連れて行かれた。車はこのまま、同社の役員らが待ち受けているレストランに横付けされ、そこでビジネスランチ・ミーティングになる予定だった。

　車中、ジョセフは黒木のことを、自分のパートナーだと紹介した。正確には、まだ会社を作っていないが、自分がＣＥＯで黒木はＣＴＯになる予定だ、と説明した。黒木は、商談はジョセフに任せると断り、宿泊予定のホテルで降ろしてもらうことにした。チューリッヒの宿はジョセフがかなり高級なホテルを予約していた。それも、このような状況になった場合の見栄えを考えてのことのようだった。

　チェックインし、ジョセフのトランクも部屋に残したまま、チューリッヒの街にランチを食べに出かけた。町の中を流れるリマト川の畔に建つレストランで、サラダをつけ合わせにして、ラムのステーキ。デザートはアイスクリーム。

食後は川沿いを散策した。場所柄からして時計や貴金属の店が目につく。これまでの人生で、この手のものに、興味いぜんにそもそも縁がなかった黒木は、どの店にも入るつもりはなかった。とりわけ、ＲＯＬＥＸやＴＩＳＳＯＴやＢＶＬＧＡＲＩなど有名ブランド名を誇示するような看板が視野に入ると、足早に通り過ぎた。

ただ、腕時計という物品は嫌いではなかった。カチカチと時を刻み、歴史を紡ぐ小さな物体は、悠久《ゆうきゅう》の時間と塵芥《ちりあくた》のような自分とを手首の上で結んでいる、そんな錯覚を与えてくれる物体《ガジェット》のような気がした。というわけで、店舗に入る勇気はなかったものの、ベイヤー時計博物館という建物を目抜き通りに見つけたときには、展示だけでもと思い、入ってみた。

時計の歴史は人類が時間を見る歴史である。時計を発明して以来、人類は時を視覚でも捉えるようになった。そして、時計という物体を使って時間を見つめる人類は、時間というものに投げ込まれていることを意識し、時計を美しく飾ることによって時間を美しくしようと試みたのではなかろうか。——そんなことを考えながら博物館を出た黒木は、時計に対する警戒心を緩《ゆる》め、親近感さえ覚えだしていた。

博物館の隣には、聞いたこともないブランド名が掲げられた店があった。くすんだ色合いの壁の地味なビルだったが、なにげなく入ってみると、大変な高級ブランド店であることがわかった。この店の顧客としては黒木は若すぎたが、幸いなことに、それなりのスーツを着ていたので、店員からさほどうさん臭がられずにすんだ。そして、ショウケースを覗き込んだ彼は、自分でも意外なことに、クラシックスタイルの腕時計に、強く惹《ひ》きつけられたのである。

黒木のブラックベリーが鳴った。ジョセフが、商談は終わった、これから会おうと言って、居場所を尋ねてきた。バーンホーフ通りにあるルイ・ヴィトンの斜め前、ベイヤー時計博物館の隣にある時計店にいると言うと、なんだ僕はすぐ近くで食べてたんだと言って、三分後には扉を押し開けて入ってきた。その時、黒木はある時計から目が離せなくなっていて、

「これを買おうと思うんだが、僕はいまキャッシュがない。引き出せる銀行も近くにない。そもそもクレジットカードを持ってない。君のカードで立て替えておいてくれると嬉しいんだが」

と相談を持ちかけた。

「なんだって、昨日、ナポリのＡＴＭで下ろしたばかりじゃないか。いったいいくらなんだよ」

ジョセフは店員から値段を教えてもらうと、

「おいおい、これを買うつもりなのか。君はテキサスに来たときはほとんど無一文だったんだぜ」

と呆れた。

「買えなくはないだろ。いまは手元に持ち合わせがないだけで、口座にはそれなりに入ってる。君のおかげだけどね」

　いざギャラが振り込まれる段になっても、アメリカの銀行に口座を持っていなかった黒木のために、雇用主のテキサス・インベストメントと掛け合って、黒木に社会保障番号を取らせ、シティバンクに口座を開かせたのはジョセフだった。

「本気なのか」

「ああ、君も買えばいい」

「時計の趣味はない。それに君にそんな道楽があったなんてのも驚きだ。大体、腕時計なんかしてなかったじゃないか」

「欲しくなった、見ているうちにね。君もそうなるさ」

「ならないと思うね」

「だけど、資産として持つってのも一興だよ。これから値上がりするからさ」

「え、どうして」

　つまらなそうに聞いていたジョセフは、「資産」や「値上がり」という言葉を耳にすると、とたんに興味を示しだした。

「資本は膨張する。けど、こういう手作りの時計はそんなには増えないから」

「なるほど。貨幣に対して希少だっていうんだな」

「さっき、年間の生産量を教えてもらった。おそらく、価値が下がらないように調整をしているんだよ。それから職人も少しずつ減っているんだそうだ」

　これだけ言うと、さすがに金融の世界で生きているジョセフはすぐに察して、

「本当にそう思うか」

と念を押すように尋ね、

「ああ、いま正規認定中古制度の説明をしてもらっていた。クズみたいなサブプライム・ローン債券がたっぷり入ったＣＤＯにＡＡＡ《トリプルエー》をつけるような格付け会社とはちがうからさ」

キツい冗談を返されて顔をしかめるジョセフに黒木が、

「安心していい」

とつけ足すと、

「じゃあ、僕もひとつ買おう」

とうなずいた。

「ただし、ひとつ条件がある。先のランチミーティングで仕事を請け負うことになった。これを君にも手伝ってもらいたい」

黒木はすこしためらったあとで、

「ああ、いいよ。いまはもう失業中の身だからね」

と承諾した。

「じゃあ、僕はこちらにしよう」

ジョセフはショーケースの上に載せられた革張りのウォッチケースから、黒木と似たようなのをひとつ取って、店員にさし出した。その無頓着《むとんちゃく》なそぶりに、冗談ではないかと思ったのだろう、店員の表情は硬かった。しかし、ジョセフが財布からブラックカードを取り出すと、白い歯が現れた。

ふたりはそのままヨーロッパに留《とど》まって仕事をすることになった。ただ、チューリッヒはやたらと物価が高いし、もうすこし落ち着いた町に住みたい、シャフハウゼンというライン川の畔の町で家具付きの家を借りよう、などと黒木が言いだしたので話がややこしくなった。そのあたりで家を借りるのは難しい、とミューラー&シュミット・キャピタルの人間から聞いてきたジョセフは、チューリッヒのホテルのほうがいい、と主張した。けれど黒木は、シャフハウゼンまでひとりで出向き、大通りに面して店を構えている何軒かの不動産屋に邪険《じゃけん》に扱われた後、スーパーマーケットの隅で営業している小さな仲介業者に、「家主の入居が半年後になる物件があるから、それまでなら住んでもいい。そのかわり前もって半年ぶんの家賃を納めてくれ。早目に退去しても返金しないよ」

と言われ、その条件で契約してきた。

「仕事が早く終わったらどうするんだよ」

ジョセフは呆れていた。

「そしたら、僕がそこに住むよ。窓からライン川が見えて眺めもいい。どうせ日本のアパートは引き払ってきたし」

「僕の打ち合わせはチューリッヒだぜ」

「スイス連邦鉄道に乗れば一時間もかからないよ」

黒木はそう言って平気でいた。さらにその家に移り住むときには、俺たちゲイだと疑われるぜ、と嫌がるジョセフの尻を叩いて、向こう三軒両隣に〝お隣のお隣さん〟まで加えた計七軒に挨拶に行った。銀行の仕事ですこしばかり、近所に滞在することになりました。どうぞよろしくとジョセフに言わせ、自分は、

「つまらないものですが（a little something for you)」

と言ってチューリッヒのデパートで買った高級タオルをさし出した。向こうはびっくりしていたが、

「日本の風習で、引っ越したときにはこうしてちょっとしたギフトを持って近所にうかがうんです」

とにっこり笑って、受け取らせた。

「日本はこんな無意味なこと本当にしているのか」

帰ってくると、ソファーに身を投げ出して、ジョセフは呆れた声を上げた。

「だんだん廃《すた》れてきてはいるけどね」

「じゃあ、そのまま廃れて絶滅してくれるとありがたいな。それにどうして日本の風習をスイスに持ち込むんだよ」

「勘だけど、日本とちょっと似てる気がするからさ。スイスは共同体による監視が強いんだってさ」

「本当かよ、聞いたことないぞ」

「ガイドブックにはそう書いてあったよ。まあ、スイスってカルヴァン主義の中心地だったから」

「ん？　どういう理屈なんだ」

「カルヴァンはわかるよな」

「えーっと、宗教改革の人だっけ？」

「そうだ。ジュネーブを拠点に運動して、いまの長老派のルーツになった人だ。君の両親はスコットランドの出なんだろ、だったら君もそうなんじゃないか」

「いや、うちはスコットランド国教会だよ」

「だから、スコットランド国教会のルーツがカルヴァン派なんだってば」

「へえ。俺が訊くのもなんだけど、どんな一派なんだ？」

「聖書だけをよりどころにして、神の絶対的権威と決定論を唱えるのが特徴だ」

「えっと、決定論ってなんだったっけ」

「すべての人の運命はその人の意志や行動とは無関係で、その人が天国に行くか地獄に落ちるかは、一方的に神が決定しているって考えだね」

「はあ。へんなこと知ってるなあ。で、それがどうしてスイスの共同体の監視とつながるんだよ」

「カルヴァン派がやがて長老教会になるんだ」

「長老派とかいうやつだよな。でも内容が思い出せないや」

「長老制っていう組織形態を取るのが長老派。それこそ、イングランド国教会が単一の司教の階層によって統治しようとしたのに対して、これに対抗するために長老制を打ち出したのが、スコットランドだよ」

「詳しいことはもういいよ。長老制ってのだけ簡単に教えてくれよ」

「信徒から選ばれた長老と牧師が一緒に教会を管理する制度でいいんじゃないかな」

「で、なんでそれが密告につながるんだ」

「そこがカルヴァン派らしいところだ。カルヴァンはものすごく生真面目なんだ。絶対的な神の栄光と権威を強調するのが特徴でね。戒律が厳しくて強固なコミュニティは、誰それは戒律を破っているという密告が増える。近所に引っ越してきた男ふたりはなんだかあやしい。テロリストじゃないかって警察に通報される可能性は、テキサスよりも大きいと思ったほうがいい」

「なんだよ、だったらチューリッヒのホテルと契約すればよかったじゃないか」

唇を尖《とが》らせたジョセフだったが、次の日には、黒木に言われたとおり、また向かいの家を訪問し、「自分はアメリカ人だが、スコットランドがルーツで、幼い頃から長老派教会に通っていた（嘘）。ついては、最寄りの教会を教えて欲しい」と尋ね、玄関に出てきた老女は、川向こうにあるわよ、とていねいに道順を教えてくれた。

　黒木のアドバイスが功を奏したかどうかはわからないが、アジア人が住みはじめると必ず身元調査にやってくると言われる警察は現れなかった。

「君が挨拶に行ったことは正解だったと思うな」

「だけど、日曜日に教会に出向かなきゃならなくなったぞ。君が行ってくれればいいのに」

「そういうわけにはいかないさ。僕はいちおう仏教徒だから」

「はーん、仏教ね。しかし、仏教ってのはどんな神を崇《あが》めてるんだ」

「仏教は神を崇めない。ハードな仏教ってのは無神論なんだ。人格神を持たない宗教だよ」

そういうと、ジョセフはいくぶん顔をこわばらせて、

「……そういうことは言わないほうがいいぞ。無神論者ってのは、なにをしでかすかわからないやつってニュアンスを含むんだから」

「知ってる。だけど、日本の仏教はもっと穏やかでね。観音《かんのん》菩薩《ぼさつ》なんてマリア信仰の影響を受けてるな、あれは。それに日本には民衆的な神道ってのもある。こっちは多神教。おまけに仏と神はときどき混じり合うってわけだ」

「なんだそりゃ、わけがわからないぞ。仏教は無神論だって君はさっき言ったじゃないか」

「日本の仏教はちがうんだ。仏が神様の姿になって現れるって説があるんだよ。本地垂迹《ほんじすいじゃく》説《せっ》っていう。仏様も神様も救済のために現れてくれて、やさしいんだ。神の偉大さは讃えるけれど、神の愛を語ることがほとんどないカルヴァン派とは対照的だね」

「しかし、君はなんでそんなことまで知ってるんだ」

「いや、金融バブルのことを考えてたら、なんとなく宗教のことを知りたくなってさ、それであれこれ読んでみたんだ」

「バブルと宗教……。わからんなあ。わからなすぎてもういいや」

さて、シャフハウゼンに居を構えることになった黒木には、仕事に着手する前にやっておくべきことがあった。

チューリッヒにいる間に、42インチの大きなディスプレイ二枚（これはプログラムを一瞥するためのもの）とデンマーク製のスピーカーユニットと小さなデジタルアンプを買い求め、一緒にシャフハウゼンに送った。

越してからは、橋を渡って三キロほど先にある木工教室まで歩いて二日《ふつか》通った。教官に手ほどきを受けながらスピーカーボックスを作り、それを抱えて帰ると、チューリッヒから届いていたデンマーク製のユニットをこれに埋め込んで、デジタルアンプにつないで機嫌よく聴いていたそうだ。これを契機に、秋葉原《あきはばら》で調達したパーツで作った小さなデジタルアンプとDACを携えて世界各地に赴き、スピーカーのほうは現地で作って調達するという黒木のスタイルができあがっていった。

一方、ジョセフは、プログラミングの仕事は黒木にまかせて、もっぱらミューラー＆シュミット・キャピタルと交渉していた。依頼を受けたシステムの見直しに加え、アメリカの住宅バブルがいつはじけ、住宅ローン債券市場がいつ崩壊するかを計算してレポートにまとめる、このオプション契約を結ぼうとしていた。ジョセフは契約書上の報酬以上のものを狙っていたのである。クライアントをバブル崩壊の大惨事から救出し、絶大な信用を得るのが目的だったのは言うまでもない。

住宅ローンがらみの債務担保証券をたんまり買い込んでいたミューラー&シュミット・キャピタルは、アメリカの住宅市場がまもなく崩壊すると聞いて、最初は冗談として受け流そうとした。しかし、ジョセフが、

「いまのうちにＣＤＳを買ったほうがいいでしょう。しかも、ＡＡＡでできた債務担保証券のＣＤＳなら、保険料が安くすみますよ」

と言ったときには、鷹揚《おうよう》に笑って、

「じゃあ、その計算もお願いしよう」

と言い、

「遅きに失してはつまらないから、先にそちらをレポートにして提出してもらおうか、なるべく早急に」

と動揺を隠しつつさりげなく急かした。

ヨーロッパはこれまでもアメリカの不況の煽《あお》りを受けてきた。一九二九年にウォール街の大暴落を皮切りに引き起こされた大恐慌は、またたく間にヨーロッパに飛び火し、一九三一年にはオーストリアの銀行が破綻して、ヨーロッパ諸国の経済を大混乱に陥《おとしい》れた。金本位制を採用していた国際通貨制度も危機にいたり、各国が金本位制から離脱し、国内産業保護のために保護貿易主義をとったことが事態を一層悪化させて、第二次世界大戦への引き金になるという最悪の展開となった。

そして現在、証券化という奥の手とコンピュータ・ネットワーク技術が組み合わさってバブルとなったアメリカの住宅市場には、ヨーロッパの資本も流れ込んでいた。アメリカの住宅市場の崩壊がヨーロッパにとって対岸の火事ですまないことは明白だった。

黒木は、ライン川左岸の高台の一角に建つ家のリビングを仕事場にして、ここに籠もってひとりで仕事をした。疲れると川べりを散歩したり、川沿いに店を出しているレストランで食事をして、帰ってくるとまたプログラムを書いた。仕事に身が入っているときはずっと起きて仕事をし、眠くなったら寝る。このような仕事のしかたにもジョセフは文句を言わず、掃除や料理を一手に引き受けてくれた。

ある日、黒木は、気晴らしにちょっと出かけてくると言って、家を出て、暗くなってから帰ってきた。

「どこへ行ってたんだ」

とジョセフが訊くと、

「ジュー渓谷だよ」

「ジュー渓谷？」

鸚鵡《おうむ》返《がえ》しに言ってノートPCで場所を調べたジョセフは、

「ずいぶん遠いじゃないか」

と驚きの声を上げた。

「ああ、チューリッヒ駅で乗り換えて、片道四時間くらいかかった」

「ここになにがあるんだ」

「スイスの時計産業発祥の地なんだ。フランスの迫害を逃れたカルヴァン派がここで時計を作りだしたんだってさ」

「またカルヴァン派か。それで君の用件はなんだったんだ？」

「用件ってほどのものはないよ。チューリッヒで買った腕時計の工場があるんで見に行っただけだ」

「工場見学？」

「工場ってほど大きくはなかったな。工房って言葉のほうがしっくりくる」

「……で、その見学の目的はなんだ」

「金融業ですさんだ心を癒やしに、かな」

「わからないことを言うなあ、君は。——時計の工場なんか見て面白いのか」

「とても。職人が一生懸命に精緻なものを作っているところを見るのは楽しいね」

「じゃあ、すさんだ心は癒やされたのか」

「多少は。職人達がしっかり仕事をしているところを見ると、なんだか叱られている気もした」

「不思議なやつだ、君は」

「いや、たぶん君にもわかると思うよ」

「じゃあ、わからせてくれ」

「僕らは金融にまつわる仕事をしている。つまり金融システムが速く軽く安定して動くことに貢献して金をもらっているわけだ」

「イエス」

「だけど、金融資本主義ってものがこれ以上膨張していいのかなって気はしないかい」

「君はそう思ってるのか」

「そう思わない日はないな」

「まあ待てよ、金融ほど俺たちにやさしい業界はないぜ。たぶん神の姿になって現れた菩薩以上だろう」

「それは慈愛でもなんでもなくて、情報が彼らにとって死活問題だからさ、ただそれだけだ」

「それはしょうがないじゃないか。なにが不服なんだよ」

「金融ってやつは資本を運用するわけだろ」

「もちろん。ただ、時計みたいな生産業だって資本の投入は必要だぜ」

「そうなんだけどさ。たとえばこの時計を見れば、作った職人の顔を思い浮かべることができるし、いま君が齧っているそのリンゴだって、どこの樹になっていたのがどうやってここまで来たんだろうって想像することはできるだろう。だけど金融はちがう。債券を買った人間は、それが生まれた現場のイメージを抱《いだ》くことはできない。ただ、格付けを見て、これは儲かりそうだな、って思うだけだ」

「……だから？」

ジョセフは不思議そうな顔つきになって訊いた。

「金融の場合、買い手と生産現場の間にあるのは情報だけだ。情報が大きな影響を与え、金《かね》の流れを変える。『こちらに投資したらリターンは年率６・９％、あちらは７・１％』なんて情報は、ごくごく小さな利潤率のちがいを伝えているだけだけど、これらは増幅されて一《いっ》攫千金《かくせんきん》のチャンスを生んでくれるわけさ」

「もちろんそうだ。だからこそ、情報は高値で取り引きされる。情報ネットワークを構築する、俺たちみたいな職人に高いギャラが払われるんだ」

「だけど、それでいいのかなって気もするんだよ」

「いいんだよ。いいに決まってる。金融ほど素晴らしい商売はないさ」

ジョセフは乾いた声で笑った。

ただ、この頃になると、わずかではあるが、アメリカの金融業界に異変が生じていた。住宅ローンの焦げつきが起こりはじめたのだ。具体的に言うと、サブプライム・ローンで住宅を買った人が、借り換えできなくなって家を手放すという事例が目につきはじめていた。ずっと上昇してきた住宅の価格が下がりはじめたからだ。にもかかわらず、市場はいぜんとしてホットだった。黒木が唱えた「サブプライム住宅ローン市場が崩壊するには、住宅の価格が下がる必要さえない、じゅうぶんに上昇しなくなりさえすれば瓦解《がかい》ははじまる」という説は現実化しなかった。住宅の価格が下がり、ローンの焦げつきが出はじめているのに、いぜん市場は活況を呈していたのである。

二週間後、黒木はこの現実を踏まえた上で、住宅市場と住宅ローン債券市場について、もういちど計算した。そして、ムーディーズ、スタンダード・アンド・プアーズ、フィッチなどの格付け会社がＡＡＡと評価している多くのＣＤＯ（債務担保証券）はＢと評価するべきだと忠告し、あと四年以内に、約二兆ドルのサブプライム・ローン債券市場が崩壊する、と予測した。大手の投資銀行も経営破綻に追い込まれるだろう。アメリカの投資銀行ビッグ・ファイブと呼ばれる、ゴールドマン・サックス、モルガン・スタンレー、リーマン・ブラザーズ、メリルリンチ、ベア・スターンズの中で、一番弱く、レバレッジをもっとも効かせているベア・スターンズが最初に倒れるだろうと予測し、そこからさらに崩壊は拡大して、メリルリンチ、リーマン・ブラザーズも倒壊する可能性大、と書いてこのレポートを締めくくった。

「リーマン・ブラザーズが経営破綻だって」

レポートを読んだミューラー＆シュミット・キャピタルの経営者のひとり、ロベルト・ミューラーは呆れたように言った。パートナーであるダン・シュミットが、

「それはもっと正確に言うと、いつ起こるんだね」

と不機嫌な顔つきで尋ねた。

「いや、ですから、次のページに書いてありますように」

とジョセフは説明した。そこには、

「このような実態を無視して格付けをおこなう各企業がＡＡＡをつけている限りは、たとえ住宅市場が崩壊しはじめても、金融の世界では、それを支えようとする各集団、各個人の間にポジティブ・フィードバックが働き、証券市場の急落を予測するのは難しい」

と書かれてあった。

こんな不気味な予測を読まされたミューラー＆シュミット・キャピタルの経営者ふたりが、これで満足するはずはなかった。とにかく暴落する日をもっと正確に予測してレポートを再提出してくれと言われたジョセフは、わかりましたと承知して、これについてもオプション契約をまとめた。ただ、追加のレポートを出すことに黒木はあまり乗り気ではなかった。だから、

「それは群集心理を加味しなきゃならないから、無理だよ。本当はとっくに崩壊してなきゃいけないはずなんだから」

と逃げようとしたが、

「こういうのは出しておくほうがいいんだ。はずれたときの言い訳は僕が考える」

とジョセフは粘った。

「向こうにはちょいと早めの日付を投げたほうがいい。そしたら向こうも泡を食って動くだろう。とにかくレポートによって相手が難を免れることが大事だ。そうだ、この情報はテキサス・インベストメントにも売れるな。連絡を取ってみよう。金になるのはやっぱり情報だよ」

黒木は困ったなあと言いながら、

「僕の予想ではこうなる。君のリクエストに応えて、計算よりもちょっと早めの日付にしておいたよ」

と二日後にレポートを出した。

「えっと、どのくらい早い日付なんだこれは」

「おそらく目に見えて崩壊がはじまるのは二年後だ。三年後には跡形もなく崩れ去っているだろう。けれど、一年ほど早い設定にしておいたよ」

「つまり、来年には崩壊がはじまるって書いてあるんだな。オーケー」

レポートを読んだミューラー&シュミット・キャピタルの経営者と幹部は、表向きは平静を装っていた。ただ、文中の「決定的に大きな崩壊のきっかけはヨーロッパで起きるだろう」という一文には顔を曇らせた。

ライン川沿いの並木道が黄色く染まった頃、黒木とジョセフは、完成させたシステムを納品し、一週間のテスト走行で問題がないことを確認した上で、スイスを発《た》つことになった。

システムが完成した日、河畔のレストランでジョセフは、一緒に会社を立ち上げないかと黒木に持ちかけた。

「きっと稼げると思うんだ」

黒木は首を振った。

約一時間、ジョセフはこれ以上はないという条件を提示して口説き続けたが、黒木はこの誘いを拒んだ。

「金融の仕事はこれでおしまいにするよ」

「じゃあ、どうするんだ。これから日本に帰るのか」

「いや、帰らない」

「なら、このまま北欧も回るのかい。きっと寒いぜ、これからの時期」

「いや、カナダに行く。やっぱり寒いだろうけど。バンクーバーだ」

「バンクーバーでなにを」

「大会に出ることにした」

「大会？　なんの大会だ」

「ハッキングさ」

「ハッキングの大会だって？　そんなの聞いたことないぜ」

「正式スタートは二年後だけど、今年はその準備大会がある」

「へえ、その大会はなにをどういうふうに争うんだ」

「システムの脆弱性《ぜいじゃくせい》を見つけるタイムを競うんだよ」

「てことは、システムに侵入するってことだよな」

「まあ、そうだ」

「なるほど、優勝でもすりゃあ、たしかに顧客はつきそうだけど、そんなに儲かる仕事なのかい」

「さあ、わからない」

「マイクロソフトにＯＳ開発担当チームの一員として雇われるのが関の山さ。よしなよ。もったいないよ。金融業界ならずっと高く君の腕を売りつけられる。僕に任せてくれれば、今回のギャラの十倍や二十倍は出させる自信があるんだ」

　黒木はただ肩をすくめた。

　スイスでの最後の日曜日、特大ディスプレイとスピーカーは、近所の人に付け値で売ろうと黒木が言いだし、家の前の庭に並べて、ふたりでビールを呑んだ。元来が静かなところなので、道行く人はほとんどいない。無謀だったかな、と笑いながらふたりで缶を傾けていると、向かいの家の玄関の扉が開いて、老夫婦が犬を連れて出てきた。

「ワンちゃんの散歩ですか」

　とジョセフが挨拶した。

「そうだ。――引っ越してきたんだね」

　引っ越しの挨拶で訪問したときには旦那さんはいなかったので、初めて言葉を交わしたのがこのときだった。

「ええ、でも、また僕らは出るんです」

「へえ、アメリカ人は忙しいな。で、なにをしてるのかな」

「だから、これはヤードセールです」

「へえ、売るのかい」

「ええ」

「いくらで」

ジョセフは返事に詰まった。ふたりは最低価格を決めないままにセールをはじめたことに気がついた。

「いくらでも」

と黒木が言った。

「これはテレビなのかな」

「テレビとしても使えます。ビデオやＤＶＤのチューナーを接続してやれば。専用のケーブルが必要ですが、つけますよ」

「そうか、大きいテレビが欲しいと思ってたんだが、これなら大きすぎるぐらいだ。百フランではどうだい」

「五十フランにしましょう。映らなければ返金します」

と黒木が言った。

テレビ番組が見られるかどうかを確認してもらうため、ジョセフはディスプレイを抱えて、老夫婦の家に入っていった。黒木はその場で、残されたチワワを相手にひとりでビールを呑んだ。

するとこんどは若いカップルが通りかかって、足を止めた。

「そのディスプレイ、ずいぶん大きいのね」

と娘が言った。

「なにに使ってたの」

「プログラムを書くときに、こいつを二面にしてなるべく全体を見られるようにしてたんだ」

「てことはプログラマー？」

「そうだね」

「まだ子供なのに、すごいじゃない」

「いや、この間二十歳になった」

「二十歳？　十七くらいに見えるけど」

「いや、二十歳。だから、こうしてビールが呑める」

「どうして売るの、それ」

「ここを引き払うからね」

「持っていけばいいじゃない」

「また向こうで揃えるよ。君らが使ってくれると、嬉しいんだけど」

「いくらなの」

「同じものをさっきは五十フランで売った」

「へえ、安いじゃない。それにまだそんなに使ってないみたい」

「ああ、買ったばかりで、ほとんど新品なんだ」

娘は、かがみ込んでディスプレイの背面パネルを確認していた青年に視線を投げた。青年がうなずく。

「買うわ」

「いいね」

「でも、四十フランにならない?」

「じゃあ四十にしよう。スピーカーはいらないかい。これでバッハを聴きなよ」

「バッハなんか聴かないわ。私も彼も」

「でも、音楽は聴くんだろう」

「そりゃ、聴くけど」

「どういうの?」

「ビョルグとか、シガー・ロスとか、トータスとか北欧のポストロックが好き……」

「トータスはシカゴのバンドだよ」

青年が口をはさんだ。

「そうだっけ。このスピーカー、見たことないけど、ブランドはどこのものなの」

「箱は僕が川の向こうの木工教室で作った。ユニットはピアレスってデンマーク製だ」

ブランド名を聞いて興味が湧いたのか、青年が手に取って眺めだし、

「いくら？」

　と尋ねた。

「スピーカーより、そのワンちゃんがいいな」

　と娘が言った。連れ去られることを心配したのか、チワワがワンと一声吠《ほ》えた。

「向かいのご夫婦のとこの子だから渡せないよ。スピーカー、五十フランでどうだい」

「四十五にしてよ」

　青年に代わって娘が言った。

「いいよ」

「できたら四十で」

「オーケー、決まり」

　娘がスピーカーを、青年がディスプレイを抱えて行った。チワワと遊んでいると、ジョセフが戻ってきた。

「無事終了。画面が大きくてきれいになったから、喜んでた」

「ちょっと遅かったのは？」

「それは俺がしくじった。デジカメで撮った絵もここに写せますよなんて余計なこと言ったもんだから、デジカメを引っ張り出されてね。ただ、ディスプレイにつなぐコードを見つけるのに手間取ってた。でもそれも無事に写ったんで、感激してたよ。あれ、もう一枚も売れたのか」

「ああ、スピーカーと一緒に八十で持っていってもらった」

向かいの家の扉が開いて、また老夫婦が出てきた。

「君ら、ビールなんてつまらんもの呑んでないで、こちらにしなさい」

と旦那さんがかがんで、ふたりが座っている芝生の上にワインボトルを置き、その横に、

「引っ越すんでグラスなんかもないんだろう」

とワイングラスを並べた。

「それからこれ」

と奥さんが平皿をさし出した。茶色く焼き上がった平らで丸いものが載っている。

「これはなんですか」

「あら、スイスに来てレシュティも食べてないの。これは是が非でも食べてもらわなくちゃね」

と言ったあとで、じゃが芋を焼いてバターと塩と胡椒《こしょう》で味付けしたスイスの軽食だと説明してくれた。

「ワインオープナーはあるかい」

「いえ」

ジョセフが首を振った。旦那さんがポケットから銀色のワインオープナーを取り出して、

「プレゼントするよ」

「これはなかなか高級なものじゃないんですか」

「そこそこね。だけどうちにはたくさんある。実は川の向こうのホテルのレストランでソムリエをやっているんだ。ただ、グラスは返してくれよ」

「お皿と一緒に家の前に置いといてくれればいいわ。お待たせ、プリュムちゃん、お散歩に行くわよ」

老夫婦はチワワを連れて行ってしまった。

「大してうまいものでもないな。ハッシュドポテトみたいなものだろ、これは。スイスは食い物はイマイチだ」

ひとくちスプーンですくって口の中に放り込むとジョセフが言った。

「食べ物はやっぱりナポリが一番だったかな」

と黒木は同意してから、

「でも、ワインは悪くないよ。というか、僕はまだワインなんてほとんど呑んだことないからさ」

とつけ足した。

「ああ、ワインはまあまあだ」

「面白いね」

「なにが」

「モノを売って金をもらう。また、モノを売ってモノをもらう。その現場にいられて楽しかったよ」

「そんなことを面白がれる君のほうが面白いって」

ふたりは翌日にはこの家を引き払い、チューリッヒのホテルで一泊したあと、黒木はカナダに、ジョセフは自分のルーツであるスコットランドへ飛んだ。

黒木はバンクーバーのホテルに籠もって一週間ほど準備したあと、Pwn2Get（ポウン・トゥ・ゲットと読むのだそうだ）というハッキングの大会に参加し、ビッグシステムとモバイルの両部門で優勝した。

トロフィーを提げてホテルに帰ると、スーツ姿の男がロビーのソファーに座って黒木の帰りを待っていた。

「優勝おめでとう」

トロフィーを指さして男は言った。ありがとうございますと、とりあえず黒木は調子を合わせて礼を述べた。

「準備大会でよかったよ」

黒木が首をかしげていると、男はロビーに視線を泳がせながら、

「君の帰りを待っていたのは僕だけみたいだ。本大会が開催されたら、ラウンジのソファーはぜんぶ商売敵《しょうばいがたき》で埋め尽くされちゃうからな」

「アメリカからですか」

発音から察して黒木は尋ねた。男はうなずいて名を名乗り、握手の手を差し伸べた。

「ビジランスというセキュリティコンサルタント会社の者だ」

ビジランス（vigilance）、警戒・用心・監視といういささか不吉な企業名にすこし緊張を覚えつつ、

「なるほど。もう少し細かく事業内容を説明してもらってもいいですか」

と黒木が尋ねると、企業に対するセキュリティのIT、OTの構築支援、システムインテグレーションなどを手がけている、と男は言った。その説明に不自然なところはなかったが、準備大会まで目ざとく見つけてやって来たことに、なにか異様なものを嗅ぎ取って、黒木は黙った。

「これ以上はここじゃ話しにくいな。バーやレストランも人目があるので避けたい。君の部屋にお招きいただければありがたいんだが。部屋にグラスくらいあるだろ」

と言って、紙袋を黒木に手渡した。中には白い紙箱が入っていた。

黒木はうなずいて、エレベーターホールに向かって歩きだした。

部屋に入ると男は、しばらく部屋を眺め回していたが、窓際に置かれていた椅子を部屋の真ん中に持ってきて、ベッドを指さした。

「君はそこに座ってくれ」

ベッドの上で胡坐をかいた黒木は、袋の中から紙箱を取り出した。蓋を持ち上げると、ウイスキーのミニチュアボトルが並んでいる。

「なにを呑みますか」

と黒木は、小瓶が詰まった箱を男のほうに向けた。

「じゃあ、これをもらおう」

男はジャックダニエルを取り、

「君にはぜひこれを呑んでもらいたい」

ともうひとつ取って、黒木にさし出した。ラベルを見ると、「オールド・バージニア《OLD VIRGINIA》」とある。

「なるほど」

と黒木は言った。

男は部屋に備えつけられたタンブラーを勝手に取り出して、ウィスキーを注ぎながら、

「さっきは当たり障りのないことしか言えなかったが、我々は国家や州政府に、警備会社や民間軍事会社の斡旋などもしているんだ」

と言って、タンブラーの片方を黒木に渡し、そこに自分が手にしたグラスをかちんと合わせて、一方的に乾杯の儀式を成立させた。

「つまり、取引先の相手は国や州ってことになるんですね」

「そうだ。だから経営は安定している。ギャランティについてもがっかりさせないよう努力するよ」

「具体的になにか計画があるんですか」

男はうなずいた。

「だが、ここじゃ話せない。できればバージニアに来て欲しい。ただ、技術的なことで言えば、我々はインターネットに接続していないコンピュータシステムに侵入する方法を模索している」

黒木は少し考えたあとで、

「なるほど」

とまた言った。

この二度目の「なるほど」を聞いて、男はグラスに落としていた視線を上げた。

「たぶんできますよ」

「ほお、どうやって？」

「お得意のヒューミントと掛け合わせれば」

たちまち、男の顔に驚きの色が浮かんだ。黒木は続けた。

「侵入したいのは大量破壊兵器の施設なんですよね」

男は驚嘆の色を顔の上に濃くしつつ、ジャックダニエルを口に含んだ。

あくる日、黒木はなかば強引にホテルをチェックアウトさせられ、バンクーバー国際空港でユナイテッド航空の特別便に乗せられた。

「どうして僕がＣＩＡだってわかったんだ。そうは名乗らなかったはずだぜ」

機中、隣の席から男が声をかけた。

「だけど、わかるように話してくれていましたよ」

と黒木は笑った。

「僕にわざわざオールド・バージニアなんてバーボンを飲ませるってのは、これはバージニア州への誘いってことでしょう。つまり、あなたの会社はバージニアに拠点があるんだなと思いました。で、国や州に警備や軍事会社の斡旋をしていると言った。あなたが僕の部屋に入った時、さりげなく盗聴器がないかどうか調べてたことと合わせて、これはおそらく、バージニア州ラングレーに本部があるＣＩＡのフロント企業だなとピンときました」

男は、「お得意のヒューミントと掛け合わせれば」と「大量破壊兵器の施設」という黒木の言葉を聞いて、自分の正体が見破られたことを確信した。

ヒューミントというのはスパイ活動だ。メンバーになって組織に潜入したり、ターゲットの恋人になって情報を採取していく、ＣＩＡお得意の戦術である。

次のボトルをタンブラーにそそぎながら、なら手間が省けたと言って、君の腕をアメリカ合衆国の安全保障に役立てて欲しいんだ、と男は本題に入った。君は日本人だ。我が国と日本は安全保障上の同盟国だ。だから、君がうちで活躍することは日本の安全保障につながる愛国的行為になる、と力説した。

こんなことを言われたら、いまの黒木ならやれやれと苦笑するか、もしくは、沖縄の基地問題を手はじめに、これが本当に同盟と言えるのかという例をいくつも挙げただろう。しかし、この時は黙ってグラスを舐《な》めていた。

ワシントン・ダレス国際空港に運ばれたあとは、すぐにアメリカ合衆国中央情報局の本部に連れて行かれ、嘘発見器《ポリグラフ》にかけられて精神鑑定を受けたあと、三日間にわたって、何人もの職員によって面接された。

つまり、CIAは、黒木の本名はもちろん、複雑な生い立ち、中学を出てからくすぶっていた数年間の行動、彼のプログラムを説教つきで拒絶した日本企業の名と担当者名、渡米してからのテキサスでの活動（「これは守秘義務があるので詳細は答えられません」と言うと「じゃあ、こちらで調べよう」という返事があった。調べればすぐわかるらしい）、欧州旅行（「なぜ、マドリードじゃなくてサラマンカなんて地味な町にそんなに長く逗留したのかね。……ほほう、パイプオルガン？　日本人が修復？」）、さらにスイスのシャフハウゼンでの仕事（これも守秘義務を楯《たて》に詳細を伏せたが、同じリアクションが返ってきた）から、チューリッヒで買った高級時計のブランド名と値段までを把握している。ただ、その個人情報は厳重に守られているらしい。ただし、黒木がアメリカ合衆国の敵に回らない限りの話だろうが。

さて、この三日間は、CIA本部の施設に留め置かれ、人と接触することや携帯電話に出ることも禁じられた。

四日目の朝、黒木は局長クラスの職員と面談することになった。

「うちの職員がバンクーバーに君を訪ねて、『インターネットに接続していないコンピュータに侵入する方法を模索している』と言った時、どうして我々がイランの核施設を狙っているとわかったのか教えてくれないか」

　と局長は尋ねた。

「インターネットに接続されていない、そしてどうしても破壊しなければならない施設を想像したら、真っ先に核施設を思い起こしました。ただ、そのときは半分はあてずっぽうでしたが、いまは確信に変わっています。あなたの顔立ちは典型的なユダヤ人で、そして中東局の局長だと仰る。といえばやはり……」

　この日の夕刻、黒木は、ＣＩＡで働いてもらいたいという要請を正式に受けた。雇用契約は三年間という短期でかまわないから、ギャランティを高く設定して欲しい、という要望を返すと、ＣＩＡはこれを呑んで、契約がまとまった。

　僕が黒木とはじめて会って、職業を尋ねた時、彼はハッカーだと自己紹介した。ハッカーというのはコンピュータ・ネットワークに侵入して悪さをする犯罪者じゃないですよ、もともとはコンピュータ工学に長《た》けた者をさす言葉ですよ、という注意も聞かされた。じゃあ君はこれまでどんな仕事をしてきたんだと尋ねたら、イランの核施設を破壊するとか、などと言われて面食らったことがある。そのときは冗談だと思って笑っていた。けれどいまはイランの核施設の遠心分離機を破壊した計画に黒木が関わっていたと信じている。彼は同じ手口で、僕を助けてくれたから。ただ、ハッカーとしての黒木について語るときりがないので、このあたりでおしまいにしよう。

ともあれ、黒木はＣＩＡ本部の近くに家を与えられ、三年間働いた。また、「この案件ではＮＳＡと連動するべきです」と提案し、メリーランド州のフォートミードにも足繁く通ったようだ。実際、後年、作戦「オリンピックゲーム」として有名になったイランの核施設破壊プロジェクトは、アメリカのＮＳＡ（国家安全保障局）、ＣＩＡ、イスラエルのモサド（イスラエル諜報《ちょうほう》特務庁）が協力し、数年にわたって準備を進めて、成功させたことが報道されている。

この仕事にひと区切りついたあと、黒木は、ＮＳＡにも雇用された。さらに、黒木の口ぶりから察するに、イスラエルの諜報機関にも認められ、テルアビブにも招かれたようである。これを契機に、カナダを含む北米、イスラエル、西ヨーロッパ諸国、基本的にはＮＡＴＯ（北大西洋条約機構）加盟国で仕事をした。ただ、真空管アンプを使っている僕に、ロシアに行ったときにはロシア製をお土産にしますよ、と言ったことがあるので、ひょっとしたらロシアでも仕事をしたのかもしれないし、呼ばれはしたが、断ったのかもしれない。そのあたりはよくわからない。

さて、ラングレーで黒木がマルウェアのプログラムを書いている時、サブプライム・ローン債券市場が崩壊する、と彼が予言した日がきた。シェナンドー国立公園の木々がほんのりと紅く染まりはじめた頃だった。

サブプライム・ローンの延滞率は上昇し、サブプライム関連商品の価格は下落に転じていた。金融機関・投資ファンドに損失が目立ちはじめ、信用不安が拡大して、これらが住宅ローンの延滞を加速させていた。サブプライム住宅ローンは本格的に焦げつきはじめていたのである。

しかし、どういうわけかサブプライム・ローン債券市場に限っては堅調を維持していた。サブプライム・ローン債券は次から次へと産み出され、モルガン・スタンレーの花形トレーダーチームは、自分たちは会社の収益の20%を稼ぎ出していると放言して悦に入り、リーダーは二千五百万ドルのボーナスを年末に受け取るつもりだったそうだ。

債券の市場は非常に複雑で、顧客は説明を聞いてもわけがわからなくなり、「リスク？そんなものありませんよ」とトレーダーに言われれば、その言葉を信じて買った。そして、その複雑さに欺《あざむ》かれているのは顧客だけではなく、売り手も同様だった。つまり、サブプライム・ローン債券の売り手も、騙しているつもりなどなく、リスクなしと信じ切っていたのである

彼らは、さまざまなサブプライム・ローンとの間に相関関係はない、あっても無視しうる程度にしかない、と信じていた。例えば、ひとつの債券が破綻しても、ほかのローンがその影響をこうむることはほとんどない、と思っていた。

そして、この解釈は「住宅価格の上昇が止まっても、いっせいに貸し倒れになることはない」という解釈を生んだ。

柴田はこのあたりを説明されていた時、

「わからない、どうしてそういう結論になるわけ？」

といくぶん酔いに染まった声で問い返した。

「だって、実際の住宅ローンは焦げついて、ローンを払えなくなった人が家から追い出されているわけでしょ。そういうローンを元にしてできあがっている債券市場がノーリスクのはずないじゃない」

「それが証券化のマジックだよ」

「え、証券化すると、あら不思議、リスクは消えてなくなりましたってことになるわけ？」

「そのとおり。それが〝大数《たいすう》の法則〟の解釈だ。ちょっと歪《ゆが》んでるけどね」

「はあ。大数の法則ってなんなのよ」

「金融工学がリスクの評価・リスクの分散で用いている考え。統計学の手法だね」

「わかりませーん」

「でも、さっき君が言ったのでだいたい正解だよ」

「証券にするとリスクが消えてなくなるってこと……？　だけどそうはならないんでしょ」

「いや、個々のリスクは独立してある、という前提ならばリスクは消える」

「個々のリスクが独立してある？」

「うん、この考え方に基づくと、ものすごく大量のローンを集めてくれば、すべてがいっせいに貸し倒れるリスクはきわめて低くなって、貸し倒れは一定の範囲内に収まるって結論になる」

「いっぱい集めると、リスクがなくなるのね。でもどうして？」

「仮に、十軒の住宅ローンを組んで、その一軒あたりの貸し倒れの確率が10％だとする。すると十軒の貸し出し先が同時にデフォルトする――」

「ちょっと待って、デフォルトってなに？」

「債務不履行だ。貸してるほうから言えば、踏み倒しにあうことさ」

「ああ、ならそう言ってよ。じゃあもう一度最初から」

「……十軒の住宅ローンを組んで、その一軒あたりの貸し倒れの確率が10％だとする。すると十軒の貸し出し先に同時に踏み倒される確率は、単純に計算すると、10％の10乗、100億分の1％になる」

「え、そんなに低くなるの。なんか騙されてる気がするけど」

「計算ではそうなる。実際、保険会社はこの計算方式で会社を運営している。つまり、この数字は、いっせいに貸し倒れる心配はほぼない、債務不履行があったとしても、一定の水準内に収まるはずだってことを言ってるわけだ」

「……確かに、サイコロを振って1の目が出る確率は6分の1だけど、十個いっぺんに振ってみんな1の目が出るのは……あー、もう面倒だから計算しないけど、すっごく低くなる感じはするね」

「だけど、この計算、前提がちょっとおかしいんだ」

「前提って？」

「サイコロって、たしかに、五回連続で1の目が出ていても、次に1の目が出る確率は6分の1だ。ずっと1が出てるから次も1だなんて考えちゃいけない。つまり、サイコロは確率がそれぞれ独立している。それと同じで、金融工学ってのは、市場の中で人々が相互独立に行動していることを前提にしているわけ」

「それがどうまずいのよ。それに大数の法則っていうくらいだから、正しいんでしょ。正しいから〝法則〟なんでしょ」

「正しい時もある。例えばさっき言った保険会社はそう」

「じゃあ、そう考えてはいけないものってのが、この住宅ローンなの？」

「考えてみて。ある銀行のとある支店なりが、その地域で住宅ローンを大量に組んだとする。そこでポツリポツリと貸し倒れが起きた」

「だけど、さっきの大数の法則ってやつだと、踏み倒しにあう確率は個々に分散されてるから、全体に波及することはないって考えるんじゃないの」

「そう、そう考えるんだ。だけど、貸し倒れが起きてるってことは、その地域の景気が悪くなってるからかもしれない。例えば、大手企業の工場が移転したとか」

「まあ、そうとも言えるかな。……ん、となると、貸し倒れが連鎖する可能性も出てくるってわけ」

「その可能性はある。誰かが債務不履行になったら、ほかの人が債務不履行になる確率も上がります」

「じゃあ、駄目じゃない」

「いや、現代の金融工学はこんな単純なヘマはしない。そこはちゃんと手を打ってある」

「ふーん、どうやって」

「混ぜるんだ」

「混ぜる？」

「いまの例で言うと、同じ地域に住む人がぽつぽつとローンを払えなくなれば、それが全体を蝕んでいく可能性はどんどん上がる。だから、ほかの地域のローンも混ぜて証券を作る」

「つまり、東京のローンと沖縄のローンを混ぜて証券を作るとか？」

「そうだ。景気のいいところと景気の悪いところを混ぜる。つまり証券を証券化する。ニュースなんかでサブプライム・ローン債券とか呼ばれていたのはこの混ぜもののことだ。業界ではＣＤＯって呼ぶんだけどね」

「証券を混ぜたものがＣＤＯ……」

「正確には、切り刻んで混ぜたのがＣＤＯだね」

「切り刻むって？」

「切り刻むってのが証券化って手法の特徴なんだけど、これはあとで説明しよう。とにかく証券ってのは切り刻むことによって流通性を……、いやこれもよそう、話が別の方向に行っちゃいそうだから。で、この混ぜるってことについてもうちょい言っておこう。混ぜかたはお好みでいろいろ選べるんだ。『ハイリスク・ハイリターンがお好みならこれ。ローリスク・ローリターンでいきたい人はこれ』って感じで」

「とにかく、証券を切り刻んで混ぜ合わせたものがCDOなのね、あなたがジョセフに勧めたCDSとこんがらがりそう」

「ぜんぜん別物だよ。ギャンブルで、CDOが破綻するほうに張るのがCDS、こういうふうに理解してればいいよ」

「ちょっと待って。あのさ、いまCDOの例を出したのは、CDOにすると、つまり混ぜちゃえば、大数の法則ってやつのヤバさも消えますよってことを言いたかったわけでしょ」

「そう。完全に消えはしないけど、かなり薄まる。これにさらに住宅ローンとクレジットカードの返済の債券なんかも混ぜちゃえばもっとリスクは薄まる。僕はこの仕組みを知った時、正直言うと、うまいこと考えたなと思った」

「褒めてるわけ……なんかへんだよ、それ」

「感心はしたってことさ」

「だけどさ、しつこいようだけど、そのCDOってのも分散のメリットを使ってるわけでしょ。証券の証券化って、要するに分散したものをさらに分散するってだけで、根本的なリスクは中に入ったままなんじゃないの」

「うん。だから金融工学ってのは、コンピュータを使って常にリスクの計算をやって、リスクをどんどん薄めるわけです。さっき言ったように、時にはオーダーメイドでハイリスク・ハイリターンってのも作るんだけど、それは特別メニューさ。基本、リスクは薄める。とにかく薄まればいいんだよ。要はギャンブルなんだから」

「だったら、なにがご不満なの。サブプライム・ローンの欠陥を暴き立てるかと思ったら、大数の法則の話になったとたんにまた褒めだしちゃった。わけがわからない」

「いや、だから、褒めてるつもりはないんだ」

「だけど、感心はした、さっきそう言ったよね。じゃあ、あなたが不満に思うその核心はなんなのか、それを聞かせてよ」

　黒木はすこし考えてから、

「ならばやっぱり、人々が相互独立に振る舞っていることを前提にして、リスクの発生を独立した事柄だと捉えることが問題だってところに話を戻さなきゃなんない」

　と言ったあとでいちど黙ってから、

「だから、レイヤーがすこしちがうんだな、これは」

　と改まった調子で言った。

「レイヤーがちがうってどういうこと？」

「まあ、僕は別の角度から見てるって解釈でいいよ」

　と言ってから黒木はまた黙り、

「人間ってのはさ」

　とつぶやいた。その表情があまりにも深刻なので、

「人間ってのは、ときたか」

　と柴田はまぜ返す。

「人間ってのはいつも個人として独立しているわけじゃないんだよ」

「まあ、そうかもね」

「ときには人の顔色をうかがい、ノリで同調したり、空気を読んだりしてる」

「だよね」

「僕はそういう場所には行かないけど、この間テレビに、野外のロックフェスで電子音を使ったダンスミュージックを奏《や》る二人組が映ってた」

「ケミカル・ブラザーズかな。私は好き」

「曲が盛り上がってくると、みんな手を宙に挙げて、陶酔しきってて」

「ああ、こんな感じでしょ」

柴田は両手を挙げて身体を左右にゆっくり揺らした。右手が摑んでいるのは津越作のビアカップではすでになく、欅のマグに代わっていて、中にはストレートのウィスキーが入っていた。

「なんだかね、宗教みたいだな、と思った」

「ああ、なにを信仰してるのかよくわからないけどね」

「それで、金融市場ってところは、こういうフェスの熱狂に近いようなことが起きやすいんだ」

これを聞いたとき柴田は、急に酔いが回りはじめた頭で、黒木は印象にすぎないものをかなり強引に持論に仕立て上げているのでは、と考えていた。

また、黒木のほうもこの時点では、自分の直感をきれいにまとめきれてはいなかった。ただ彼は、金融工学というものを奇妙な視点から観察し、バブルに突入した金融市場で浮かれる人々と、ロックフェスティバルで熱狂する聴衆を並べて、両者ともに〝宗教的〟だと理解した。

つまり、宗教を廃したはずの資本主義の最先端で、宗教的熱狂が起きている、と。

「金融ってのはヤバいと思うんだ。なぜなら、売り買いの中で信仰が醸成されやすい土壌があるから」

「いきなり信仰ってのが出てきたな」

「じゃあ、信用にしよう」

「信用か。すこしはソフトだね」

「千円札を出すと、千円の値がついたものと交換できます。これはなぜ？」

「だから信用だよね。そのお札が千円って価値を保証してくれているとみんなで信用してるから。――そう答えさせたいんでしょ」

「そう。でもなぜ信用する？」

「なぜって……」

「例えば、君が作ったこのマグには千円という値札がついている。千円と書いてある日本銀行券を出すと交換してもらえると人々は信用している。なぜ？」

「なぜって……」

「じゃあ、ここで千円というお金がなかったらどうなる？」

「そりゃ困るよ」

「どう困る？」

「どうって、なんか質問が変だよ、それ」

「じゃあ、これはどう。君が親友の結婚式に呼ばれたとする。君はご祝儀に十万円包んで持っていきたい」

「十万円？　そんなに」

「じゃあ決めてよ。ただし、世間の常識なんかと照らし合わせないでよ」

「ただ、そのときの私の経済状況によるよ」

「もろもろ考えて決めてくれればいい」

「三万円出しちゃおうかな」

「じゃあ、その三万円ってお金はなにを表してるの」

「そりゃ、おめでとうっていう私の気持ちだよ」

「だよね、祝福する心が三万円という情報に変わった。これはいいね」

「いいのかな。まあ、いいことにするか」

「いいことにしてください。もうひとついこう。君はネットで匿名の相手から誹謗《ひぼう》中傷《ちゅうしょう》を受けたんだけど、そいつの素性を突き止めた」

「できるの、そんなこと。実際、私そういう経験あるんだけど」

「やろうと思えば簡単さ。でも、いまはそっちに話は持っていかないで。とにかく相手は特定できた。どうする？」

「そのときの私は殴りたかった」

「うん」

「でも、やっぱり訴えるだろうな」

「君も匿名で相手の悪口を書くってのはどう？　つまり仕返しだ」

「嫌だ、そんなの」

「どうして」

「下劣な相手と同じになっちゃうじゃない。そんな気持ちの悪い世界にいつまでもいたくないもの」

「オーケー、じゃあ訴訟でいこう。君は相手を訴えた。そして、相手は無罪を主張したが、裁判所は十万円支払うように命じた」

「十万円か」

「オーケーかい」

「どうかな、当時の私だったらまだムカついてたかもしれないな。ただ、数日経ったらまあいいやって思い直した可能性はあるね」

「なぜ」

「キリがないからだよ。むしろ断ち切りたいんだ、そういうやな世界は」

「そこなんだ」

「そこってどこ？」

「お金ってのは、ちがう世界を結びつけて、断ち切る、そういう機能を持っている」

「はあ。ちがう世界を結びつけて、断ち切る、ですか」

「君はネットで誹謗中傷を書かれた。誹謗中傷に等価なお返しは誹謗中傷しかない。ただ、君が同じように書き込めば、また相手もやり返すかもしれない。そうなると誹謗中傷って下劣な暴力が連鎖していくことになる。だから君は司法に訴え、十万円を相手に払わせることによって、おしまいにするってわけだ。本来、十万円というお金の額と心の痛みはまったく別のものだ。だけど、お金がそれを同じものにした」

「はあ」

「君が親友の結婚を祝福する気持ちは三万円に変わった。誹謗中傷野郎は君に詫びる気持ちなんかないかもしれないけれど、それも十万円というお金に変えられた。君の心の傷を癒やすにふさわしいのが十万じゃなくて、お金によってそう変えられたんだ。変えられることによっておしまいにする。異質なものを橋渡しして、断ち切る。けれど、お金を考えるときに大事なのは橋渡しのほう、結びつけるほうだ」

「結びつけるほうがどうして大事なの」

「じゃあ、もうひとついこう。これが最後だ。津越木工房の近くに高原熊野《たかはらくまの》神社ってのがあるよね、僕は昨日お詣《まい》りに行ったんだけど、君も行ったことあるんだろう」

「もちろん」

「そのときお賽銭《さいせん》を投げたかい」

「そりゃいくらかは。もう、見損なわないでよ、貧乏だけどそこまでケチじゃありません」

「でも、どうして」

「え」

「べつに義務じゃないよね」

「まあそうだけど。……だから、ここに私がいます。神様お願いしますって合図を送ったんじゃないかな」

「そこだよ」

「そこってどこ？」

「ほら、そのお賽銭は橋渡しをしてるんだよ」

「なにとなにを？」

「君が住んでる人の世と、神様のいるあの世とをさ」

「……本気で言ってるの」

「ああ。お金は異質なものを結びつける。この世とあの世を結びつける。情報によって。お金はぼくらにこう教えてくれる。すべては情報である、とね」

　柴田はため息をついて首を振った。ついていけません、という意思表示である。ただ、ここでやめるわけにはいかなかったので、黒木は続けることにした。

「この結びつきが金融の世界では一気に沸騰して、宗教的熱狂を帯びるんだ」

「どうして」

と柴田は訊いてから、

「いやその前に」

と踏みとどまって、

「いまさらなんだけど、そもそも金融ってなんだって訊いていいかな。実はさっきから訊きたかったんだ。ものづくりの時代が終わって、資本主義は産業中心から金融中心になった、これからは金融資本主義の時代ですなんて言われて、そうなんだーって思ってはいるけれど、意味がちゃんとわかってるわけじゃないんだよね。金融ってなによ。金融って言葉を聞いて、なにをイメージすればいいわけ」

と尋ねた。このときの柴田は酔った勢いで、こうなったら恥も外聞もない、全部聞いてやるぞと思っていた。

「オーケー、そっちからいこう。金融ってのは、お金のやり取りだ」

「お金のやり取りかあ。なんか大きすぎるよね、簡単でいいけど」

「じゃあ、具体的なイメージを話そう。実際はどういう行為を指してたのかというと、企業が事業を進めるためのお金を融通する、用立てること、だった。銀行が資金を貸したり、人が社債を買ったり、株を買ったりする。その見返りに利子付きで返してもらう。昔の人は金融って言葉を聞くとだいたいこんなことをイメージしてた」

「まあ、それが私が知っている金融だよね。逆に津越木工房は銀行に冷たくされて困っているわけなんだけど」

「ただ、こういう金融って、融通する側に必ずリスクが生じる。その企業の事業がうまくいかなかったら、株価は落ちるし、焦げつきが生じる。こういうのを事業リスクって言う」

「まあ、それはそうでしょう」

「金融工学はこのリスクを消すんだよ」

「また、リスクを消す話か」

「それを可能にするのが証券化ってテクニックだ」

さて、いよいよ証券化について黒木が腰を据えて解説するときがきた。ただ、これが合っているかどうかは、僕は学術書を紐解いて確認したわけではないし、そもそも読んでもわからない。そして、黒木のことだから、一般的な理解から離れて、アクロバチックな解釈を展開している可能性があることはお断りしておく。

「証券化ってのは、ざっくり言うと――」

「ざっくりでいい、ざっくりしか受け付けませんよ」

「まず、いろんな資産を集めて、その資産から生じるキャッシュフローを権利としてまとめる。そしたら、こんどはそいつを細かく切り刻む。切り刻んだ権利をひとつひとつ証券にするわけ。つまり、証券ってのは権利の証明書だ。言ってみれば。で、そいつを売るわけだ」

「はあ」

「わかった？」

柴田は黙っていた。あとで彼女に聞いたところによると、なんだかわかったつもりにはなったものの、じゃあもう一度説明してみろと言われたら自信がなかったので口を閉じていたそうだ。

「要するに、お金を受け取る権利を、まとめて、切り刻んで、売る。——これが証券化だ」

柴田は頭の中で、お金を受け取る権利を、まとめて、切り刻んで、売る、まとめて、切り刻んで、売る、まとめて、切り刻んで、売る、と三回くり返したあとで、うなずき、

「そうするとなぜリスクが消えるの？」

と尋ねた。

「まず、流動性が上がる」

柴田は顔をしかめた。

「流動性？　さっき言いかけてやめたやつね」

「流動性が高いってのは、売りたいときに売れるってことだ、そういう理解でいい」

「つまり証券にすると買いたいときに買えて、売りたいときに売れるわけね」

「そうだ。買った値段よりも高く売れるってときに売って利ざやを稼ぐ。ババは自分以外の誰かに引かせればいい。ヤバいのは、売りたいときに売れない状況だけど、金融工学はそういう事態にならないように流動性を高めているから、大丈夫。そういうことになっている」

「だけどさ、あの事業がうまくいくと儲かりそうだとか、その会社のカルチャーみたいなも

のが好きだから発展して欲しいなんて気持ちで投資する人はいないわけ？」

「いるといいね」

「はあ」

「――としか言えないな、僕は」

「つまり、いまの金融って、お金みたいなものを売ったり買ったりするってイメージが正解なわけ？」

「いいところに気づいたよ。金融ってお金のやり取りだけしかしないんだ。これって、どう思う？」

「どう思うもなにも、理解するのに精一杯だよ。それに金融ってものがどうしてそんなに幅を利かせているのかも理解できない。私たちの日々の暮らしは、お金じゃなくてモノを使っているっていうのに。いつからこんなことになっちゃったのよ」

「産業資本主義では商品市場のほうがデカかった。商品市場、お金とモノをやりとりするところでは、人や組織は、さまざまな目的を持っている。ちょっと離れているが結びついている、そういうクールな関係で経済活動をしている」

「わかんなーい」

やけくそ気味に柴田は言って、マグカップからウィスキーを呑んだ。

「ここ和歌山県田辺は梅の産地だよね。梅を育てている農家と梅ジュースの製造会社は同じ市場にいる。だけど、思惑がちがうところもある。そして、商品市場ってとこでは、それぞれの人や組織は自分たちの都合を優先しながら、結びついている。だから、市場はある程度クールなんだ」

「銀行がクールなんで困ってるんだよ、津越木工房は」

「だけど、君が言ったように、金融市場では、商品としてのお金とお金が交換される。人は、お金をゲットすることだけを目的に市場にやってくる。ここでお金が持つ〝結びつける作用〟にレバレッジがかかる」

「ふむ」

「お金ってのは信用で成り立ってる。さっき信用って言葉でソフトにしたけど、ここでもういちど信仰のほうを使わせてもらうよ。お金は信仰で成り立っているんだ。『みんながその貨幣を信用するなら自分も信用する』『みんながその証券を買いたいと思うなら、自分も買う』『みんながその証券をAAAだと信じるのなら、自分も信じる』という具合に。金融市場にはお金しかない。人々が求めるのはお金だけだ。お金しかない市場には冷却機能ってものがない。なにかのきっかけですごくホットになる。すさまじいポジティブ・フィードバックが起こって一気にヒートアップし、宗教的な熱狂状態に陥りやすくなるんだよ」

「でも、ある証券がAAAってのは、『この証券は安全で信用ができますよ』って言ってるわけでしょ」

「そうだ」

「で、そのAAAって評価は、コンピュータを使った金融工学がすごく難しい計算をして算出してるんじゃないの、それこそクールにさ」

「そうなっているはずなんだ」

「計算は計算でしょ。信用するとかしないとか、そんなの関係ないじゃない。クールに計算しても、ホットに計算しても、1たす1は2にならなきゃおかしいでしょ」

「だね」

「じゃあ、なぜ、あとでクズだとわかった証券にＡＡＡなんてついてたの？」

「それは、だから、信じたかったからだよ」

「え、まさか」

「いや、簡単に言ってしまうとそういうことだ。ＡＡＡをつければみんなが買いたくなるだろう。みんなが買いたがる証券は売れるだろう。売れれば価格は当然上がる。――そういう信仰だよ」

「なるほど、ひとりひとりがクールに独立して行動しているわけじゃないわけね」

「こまかく見ていけば、もっと複雑な人間関係や会社の都合があるんだろうけどさ。投資銀行はＡＡＡをつけてくれる会社に格付けを依頼したい。依頼が増えれば増えるほど格付け会社には手数料が入る。それに失うのは他人の金で自分たちの金じゃない。崩壊して責任を問われても『ＡＡＡはひとつの意見にすぎない』と言って逃げればいい」

「それは犯罪行為だよ」

「なぜそう思う」

「たとえば津越木工房が株式会社だったら、津越木工房株式会社の株を買おうかなと思う人は、損益計算書や決算報告書なんかは見られるんでしょ。それを見た上で、最近業績厳しいけど、津越さんの桐簞笥は素晴らしいからな、もうちょっと頑張ってもらいたいから、この株は売らないでおこう、いやもうちょっと買い足してあげようかな、なんてことは起こり得るわけでしょ。私がお金持ってたらそうするよ」

　黒木はすこし嬉しそうにうなずいた。

「けど、ＣＤＯなんてのは、いろんな会社のお金の流れが切り刻まれて束ねられてるわけだから、その中身を覗いたって、素人はなんにもわかんないわけよね」

「絶対無理だ。ならどうする」

「格付けをあてにするしかないじゃない。それをそんな、たわけた動機でＡＡＡなんかつけられたらどうなるのよ」

「だから、ホットになるんだ。ホットになりたいからさ。人々は実体は見ない。ＡＡＡって記号だけを見る。そして、信じる」

「で、ホットなフェスがはじまるってわけか。みんながエンドレスサマーを信じているうちはホットな夏は終わらない」

「そういうことだ。ただ、この頃はもうパーティ会場から引き上げるひとがポツポツと出はじめてはいた」

「ふーん、でもまだ『蛍の光』は流れてなかったわけね。ＤＪはダンサブルな音楽をかけてたし、フロアで踊っている人もまだまだいて、お楽しみはこれからだって信じてた。——そういうことか」

　黒木は曖昧に笑いながら、親指を立てた。

「だけどさ」

　すこし考えたあとで柴田が言った。

「金融工学ってものがあるから、金融市場ってものが成立しているわけでしょ。たしか、前にそんなこと言ってたよ」

「うん」

「金融工学ってのはコンピュータなしでは成り立たないんだよね」

「そうだ」

「で、あなたはそのコンピュータのプログラムを書いている」

「いや、あのころ僕がやってたのはネットワークの——」

「いいの、めんどくさいことは。とにかくあなたは金融工学に手を貸して金融資本主義を後押ししてた、どうなの、ちがうの？」

「……そうだ」

「じゃあ、駄目じゃん」

「……駄目だと思ったからやめたんだ」

「やめただけじゃ駄目だよ、なんとかしてよ」

「だから、ささやかながらこういう世界に抵抗しようと思って君を誘っているんだ」

「えっ」

ややこしい金融の話が続いて遠回りしたが、実は大きくコースアウトしていないことはあとでわかってもらえると思う。ともかく、サブプライム・ローンの住宅市場は黒木が予言した日には崩壊しなかった。

とはいえ、二〇〇六年の暮れも押し詰まった頃には、サブプライム住宅ローン市場ははっきりと綻《ほころ》びが目立つようになっていた。住宅の値段が下がり、延滞が増え、保険会社の保険では、損害をカバーできなくなる危険が現実味を帯びだした。にもかかわらず、大手銀行のメリルリンチは、前年の三倍に当たる合計四百四十億ドル近いサブプライム・ローン債券を発行していたのである。

「なんでだろ」

電話をかけてきたジョセフの声には焦りがにじんでいた。

「矛盾してるじゃないか。ローンが破綻しているのにローンで作った証券が値を下げないなんて」

このときの黒木は、柴田にしたような説明はせずに、「まったくだ」と同意するだけにした。

「君の計算がまちがっている可能性はないかな」

秀吉と利休
野上彌生子
利休生誕500年記念
●1320円

食卓のない家
円地文子
連合赤軍事件50年

蓬萊島余談《ほうらいじま》 台湾・客船紀行集
内田百閒

馬鹿八と人はいう 一外交官の回想
有田八郎
●1100円

四季のうた 美しい日々
長谷川櫂
●880円

新装版 マンガ 日本の歴史
㉒文明開化と激化する民権運動
石ノ森章太郎
●924円

天の血脈④
安彦良和
〈全4巻・中公文庫コミック版〉
●1210円

「それはないと思うね」

「だといいんだけど。あまりにも高名な人が大丈夫だって保証するもんだから、つい不安になっちゃうよ」

「その楽観論を唱えてる大物ってのは金融屋だろ」

「そうかもしれないが、だとしたら、そんな大物がなんとか支えようとしているのなら、本当に崩壊するのかって不安になるよ」

「かならず崩壊する。しないはずはない。パーティは終わる。必ず終わるよ」

「期待してるよ」

「で、君は結局ＣＤＳを買ったのかい」

「いや、僕は買えなかった。なのでクライアントに買わせたんだ」

「クライアントって、俺たちの？」

「そうさ。つまりミューラー＆シュミット・キャピタルだよ」

「へえ。で、彼らはどこからＣＤＳを買ったんだ」

ジョセフはスイス最大手銀行の名を言った。そこの一番手の債券トレイダーを呼んで、ＣＤＳを買いたいと打ち明けると、本気ですかと呆れられたあとで、売ってもらえたらしい。相手があまりにもいい取引ができたと喜んでるから、カモだと思われたんじゃないか、とミューラー＆シュミットの担当が心配してジョセフに電話してきたんだそうだ。

「心配はいらない。だけど……、いや、なるほど」

「なにが、だけど、で、なにが、なるほど、なんだ？」

「だけど、ミューラー＆シュミット・キャピタルは自分たちの大事な取引先が大損する番号に大金を張っているわけだよね」

「うん、そうなんだ。それは、『だけど』って言いたくなるよな、たしかに」

「でも、そういうものなんだよ」

「そういうもの？」

「人のいとなみってのは複雑に連関しているってことさ。連関しているから、リスクは数学的には除去されたことになっていても、実は除去されてない。爆弾はさまざまなところに埋め込まれて、先進諸国に広がっている。もちろんヨーロッパにも」

「だな。それでも、このまま住宅ローン証券の市場が瓦解しないとなると、俺の評判は地に落ちる。成功報酬ももらえずに、さんざんだ。それよりはいいよ」

ジョセフは最後にひどいことを言って電話を切った。


年が明けても、投資銀行は大量のＣＤＯを発行し続けた。その間、金融システムの崩壊を待ちわびるジョセフはなんども電話をかけてきて、

「しかし、粘るなあ、早いところ崩れてくれないと、困るよ」

とまたしても不謹慎な愚痴をこぼした。

八月九日、黒木の予言が現実のものとなった。そして、彼の予言どおり、崩壊の衝撃はア

メリカではなく、ヨーロッパを襲った。

フランス上場銀行の中で最大規模のＢＮＰパリバが、サブプライム関連の債券をまっとうな値段で買ってくれる相手が見つからなくなって（売れなくなった、つまり流動性リスクが生じた）うろたえ、サブプライム・ローンがらみのファンドの解約を凍結した。

この行為は、言ってみれば、帰り支度をはじめている人が目立ちはじめたパーティ会場の出口を塞いだようなものである。ヨーロッパの金融マンの不安を掻き立てる結果にしかならなかった。パーティに浮かれ、ほとんど気にかけなかったリスクに怯える日々が本格的にはじまった。切り刻んで混ぜられた爆弾が世界各地で爆発しはじめたのである。

ヨーロッパの中でその炸裂《さくれつ》がもっとも激烈だったのは、柴田の好きなビョルグが住むアイスランドだった。この国はもともと、失業者はほとんどおらず、財政も健全で、医療サービスも充実し教育水準も申し分のない、ついでにつけ加えれば水道の水だってたいへん美味《うま》い、住みやすい国だった。ところが、金融で稼ごうとして国営銀行を三つも民営化し、レバレッジを大いに効かせて、ＧＤＰの約十倍にも上る額を借り入れた結果、莫大な損失を抱えることになった。

「来た。ついに来た」

電話をかけてきたジョセフは興奮していた。そして、明らかに嬉しそうだった。

「洪水が来たぞ。いよいよノアの箱舟から見物だ」

サブプライムに資金を大量投入していた大手投資銀行ベア・スターンズのふたつのヘッジ

ファンドが破綻し、十六億ドルに上る投資家の金が消えた。この月、崩壊したサブプライム市場は二兆ドルに達した。

ひと月後には、イギリスの住宅金融業で五番手につけているノーザン・ロックで取り付け騒ぎが起きた。

それでも、多くの金融関係者は、サブプライム・ローンのリスクはいくつかの住宅金融専門会社以外にはほとんど波及しないと主張した。そのように主張しないことには、崩壊はますます加速すると判断したのだろう。

春先には、ＦＲＢのバーナンキ議長は依然として、

「サブプライム市場の問題が、経済や金融市場に与える影響はそう大きくはないと思う」

と虚勢を張っていたが、夏には金利引き下げに着手せざるを得なくなり、秋風が吹く頃には、

「米国の経済成長は十月から十二月期にはかなり減速し、来年春まで停滞するだろう」

と軌道修正を余儀なくされた。

ＣＤＳ、つまりサブプライム・ローン債券の崩壊に掛けられた保険を大量に引き受けていた保険会社ＡＩＧには担保の要求が相次いだ。

黒木は、八月九日のパリバ・ショック以降、毎日ひまを見つけては、市場の動向を見て過ごした。乱高下する株価の動きを観察しながら、株価の上げ下げは企業の収益や経済全体の見通しによって起きているのではない、とあらためて確信した。

彼らはムードで動いている。きわめて情緒的に反応し、負けが確実なゲームを「ここで負けてなるものか」とばかりに非合理な決断を下して戦い続け、そして、示し合わせたように、息巻き、恐怖し、楽観し、希望し、失望するさまをその上下する株価の値に読み取った。

ただ市場は、強烈なパンチを何発ももらっているのにダウンしないボクサーのように、しぶとく踏んばっていた。乱高下を続けつつ、政府系ファンドの出資が出揃ったこともあって、意外なことにクリスマスにはなんとか持ち直したようにも見えた。しかし、サンタクロースが去った後には、すさまじい寒波に襲われ、市場は急激に冷え込んで、ついに怒濤《どとう》の下げラッシュがはじまったのである。

そして二〇〇八年三月、アメリカではビッグファイブと呼ばれる五大投資銀行のひとつベア・スターンズが倒壊。この時点で世界金融市場は崩壊したと言っていい。サブプライム・ローン債券のみならず、証券化された商品は、ほぼすべてが紙くず同然まで暴落した。誰も投資銀行が抱えているものを買おうとしなくなった。

この時、黒木は面白いことに気がついた。もはや不動産に関係なく世界の株式市場が下方に転じていく中、価格が上昇している資産があった。つまり、積極的に買われている商品があったのである。

それは投資銀行が扱っているものではなかった。

原油価格が百ドルを超えていた。

金《きん》の価格が上昇していた。

穀物にも資金が集まっていた。

つまり、アメリカの金融市場が崩壊したこの時、人は金融資産を離れて、〝実質〟を求めていた。アメリカの金融機関、アメリカの経済、アメリカドルへの不信が募り、これまで最も確実だと思われていた米ドルの資産をこんどはモノに替えはじめたのである。

そしてこの時、価格の上昇が認められたものがもうひとつあった。

実にささやかなものではあるが——、

それは、黒木とジョセフがスイスのチューリッヒで買い求めた超高級腕時計だった。

夜明けの柴田

差し込んでくる日差しは、寝過ごしたことを物語っていた。このあたりは山に囲まれているので、カーテンのないガラス戸だとしても、お天道様がよっぽど高く昇らないと、こんなにまともに照らされることはないと思い、柴田は時刻を確認するのが怖かった。

半身を起こすと、身体には銀色の薄いアルミ箔が巻かれている。なんだこれは、とぎょっとしたが、ああ、キャンプなどで使う防寒用のエマージェンシー・シートだとわかった。恐る恐る捲《めく》ってみると、服はちゃんと着ていた。まちがいはなかった、とほっとした。しかし、畳の上にレディを放置するなんて野暮なやつだな。せめて毛布でも掛けてくれればいいのに、とすこしばかり恨めしかった。

立ち上がろうとすると頭痛がした。呑み過ぎた。缶ビールを空にしたあと、もっとなにかないか、とねだったのは自分だったので自業自得ではあるけれど。これ以上呑むと本当に帰れなくなるよ、と忠告されたにもかかわらず、こんなに面白い話めったにないからいいんだと言い張ったのだ。

最初は、自分が黒木にお裾分《すそわ》けした梅酒《うめしゅ》が出てきた。バンクーバーのホテルでＣＩＡの人間と黒木がバーボンのミニボトルを呑むくだりになると、私も呑みたい、ウィスキーはないのかとねだり、ワイルドターキーならあると黒木が言ったので、呑ませてちょうだいとせがんで、栓を切らせた。

「いま何時？」

半身を起こしたまま言ったら、その声はひび割れていた。黒木の姿はない。そのかわり、畳の上にスマホが落ちていたので拾い上げた。けれど電源が落ちている。もちろん、この家の柱には時計などかかってはいない。

困ったなと思って立ち上がったら、炬燵《こたつ》の上にあの腕時計が置いてあった。大量生産の工場製品にはないすごみが感じられた。手に取ってじっと見つめ、昨夜《ゆうべ》の長い話の中で、この時計が重要な役をもらっていたような気がしたが頭が痛んで思い出せない。二本の針が指している時刻を読んで驚いた。もう昼を回っているではないか。

耳をくすぐるような水の音に、柴田は顔を上げた。水音に誘われて、土間に下りる。竈に火が入れてある。釜の蓋を取ると、湯気とともに茶の香りが舞い上がり、中には茶粥《ちゃがゆ》が煮たっていた。

水の音は台所のある左手ではなく、右手からだった。

「ひょっとして、お風呂？」

と思ったとたんに、サッシの引き戸が開く音がして、

「起きたの？」

と声がした。

「あ、ああ、はい、おはようございます」

「裸のまま出て行っていいかな」

なに言ってんだ。いいわけない。

「駄目、下着ぐらいつけてください」

抗議する口調できっぱり言うと、笑い声が返ってきて、

「冗談です」

という台詞とともに、アコーディオンカーテンを開けて、Tシャツと短パン姿で黒木が出てきた。

「君も入るかい」

長い髪の毛をタオルでゴシゴシやりながら訊かれた。確かに、入りたくはあったが、やはり躊躇《ちゅうちょ》して、

「いや、いい」

と言って、なぜか、

「せっかくきれいになっても着替えがないもの」

と余計なことまでつけ加えてしまったら、

「ああ、じゃあ、下の楠本さん家《ち》で借りたら。お味噌をもらった時みたいに」

と猛烈なことを言われたので、絶句してしまった。

「もちろん、冗談だよ。いま卵を焼くから待ってて」

　そう言い残して黒木は、土間の奥にある引き戸を引いて、やはり土間続きの台所に消えていった。

　女だからと台所を任されるのは腹が立つが、ゆうべ、先に酔っ払っていまごろ起きてきたことを思うと、黒木にみんなやらせるのは心苦しくもあった。だから、自分も台所に入って食器くらい並べようと思ったけれど、化粧を落とさないで寝たので、顔が突っ張り、早く洗ってくれ、と肌が叫んでいる。洗面所を借りるよ、と言おうとして、落としたあとの処理ができないのに気がついた。すっぴんを見られるのは避けたい。なぜ気にする？　と自問しつつ、とにかくいやだと思い、土間の奥に進んで引き戸を開けた。

「あのさ、私、ちょっと出るから」

　黒木は背中を向けたまま、

「あ、そう」

　と言ってジュウジュウ鳴っているフライパンを覗き込んでいる。あまり頓着《とんちゃく》してない様子である。

「もっと早く声かければよかったんだけど」

　多少は申し訳なさそうな声で言えているかしら、と柴田は思った。

「いいよ、卵ふたつくらい僕が食べるよ」

「そうね。卵が悪玉コレステロール値を高めるという説は過去のものらしいし」

「あ、でも、おかいさんは余っちゃうな」

「う、うん、それも大丈夫、タッパーに入れて冷蔵庫に保存しておけば」

「それが、ないんだ、うちには、タッパーなんて」

「ああ」

　不意打ちにあったように、柴田はそれしか言えなかったが、

「じゃあ、腐らないうちに取りに来ます」

　とかろうじて言って退散しようとした時、黒木がくるりと振り向いて、

「あ、それで本当にやるの？」

　と訊いた。

「やる？　私が、なにを？」

「ああ、やっぱりそうか」

「やっぱりって、なに」

「川原で僕が誘った時、君が尻込みしていた案件さ。もっと詳しく話してくれないと、答えられないって君が言うから、昨夜《ゆうべ》こと細かに話したんじゃないか。詳しすぎるくらいにさ」

「ああ、あれね」

　と言って、記憶の糸をたぐり寄せても、リーマン・ショックが起きたあたりで途切れてしまって、靄《もや》の中から、腕時計の値段がどうしたとかいう黒木の声が微かに聞こえるだけだ。

「君は、絶対にやるって言ってたけどさ、いちおう確認しておくよ」

脇の下を嫌な汗が流れた。

「やるとなると、それなりに大ごとだぜ」

「大ごと？」

「とにかく大学は辞めなきゃいけなくなる、もしくは休学だね」

これは大変だ。とりあえずここから早いとこ退散して、自分の家の風呂に浸《つ》かって、思い出せることは思い出し、情報整理に努めようと思った。

「とにかく、詳しいことはまたお話ししましょう」

不自然にかしこまった台詞を投げると、口の中が酸っぱくなった。外に出て、原付バイクに跨がった時、坂の下に住む楠本さんが、のっそり現れたので、ぎょっとした。気のせいか、こちらを見てにやにや笑ってる気がする。昨夜泊まったと思っているのだろうか（泊まったけどさ）。

「あのよ、兄《にい》やんこがいなもん食べるんか、わからんけどよ」

楠本さんは手にしたプラスチックの保存容器を開けた。中にはワラビの煮付けが入っている。

「食べます」

と即答した。ワラビも素晴らしいが容器はもっとありがたい。これでおかいさんが保存できるではないか。しかし、あいつの食の好みまで断定したのはまずかったかもしれない。やはり楠本さんはニヤニヤしている。いや、ニコニコ微笑んでいるだけなのかもしれないが、

「ほな、渡して一緒に食べよし」

なんて言われたので困ってしまった。

「いや、私、ちょっと立ち寄っただけで、これから出なきゃいけないので」

と「立ち寄っただけ」を強めに、そしてなるべくさわやかに言って、エンジンをかけた。

けれど、

「ちょうどよかった。いま台所にいます。おかいさんでこれから朝ご飯」

とつけ加えたのは蛇足だった。

「朝ご飯？」

鸚鵡《おうむ》返《がえ》しに言って楠本さんが首をかしげた時、しまったと思い、逃げるように庭を飛び出した。

「それにしても不思議なやつだ」

家に帰って風呂の焚口《たきぐち》にしゃがんで薪を焼《く》べながら、柴田はつぶやいた。

なにがどう不思議なのかはわからない。けれど、これまでの人生で出会ったことのないタイプの男なのは確かだ。

風呂が沸いたので、裸になって浴場に入り、まずは化粧を落とす。それから、桶《おけ》の中で身体を伸ばして、ぼんやりした。そうして、昨夜のことを思い返してみた。

ことの経緯《いきさつ》はこうだ。伝統工芸を本気で救いたいのなら、大学を辞めて専念するつもりがあるのかと訊かれて、ひゃあ！　となって、そりゃあなんとかしたいという気持ちはあるけどさと思いつつも、そんなことといきなり言われても困るな、と警戒して距離をとっていたら、そのことが津越先生にばれてしまい、しかたなく相手の陣地に突撃した。そして、お前の頭の中にある計画をつまびらかにしろ、と迫った。これが昨夜の発端である。

　ところが、興味本位であれこれ尋ね、おまけに話が面白いので、みんな聞きたくなって、省略を許さなかった。話はどんどん長くなり、ビールがなくなったので梅酒に切り替えて、ウィスキーもねだって、ちょっと酔ってしまって、大いに酔っ払ってきたところで話は本格的に込み入って、ついに経済の話に突入した。ああ、これはまずいぞと思いつつも聞いていると、リーマン・ショックなんてのが出てきた。

「リーマン・ショックがわかると金融資本主義がわかるんだ」

　なんてことも言ってたな、あいつは。この事件が起きた当時、私はまだ十六歳だったから、「いったいどうして銀行はこんな馬鹿げたローンを組んだのでしょう」なんてニュースで騒いでたのはうっすら覚えているけれど、解説を聞いても「どうしてか」はわからなかったし、わからなくてもいいやと放置していた。

　院に通うようになると、さすがにそれもまずい気もして、折にふれて、雑誌の解説などに目を通したりしてたけれど、それでもちんぷんかんぷんだった。けれど、昨夜《ゆうべ》、はじめて腑《ふ》に落ちた。ただ、一夜明けたらその理屈の筋道《すじみち》がもう靄にかすんでいるのが悔しい。それでも、そうか！　と膝を打ちたくなった感覚だけははっきり覚えている。

ひとえに呑みすぎがいけない。サブプライム・ローンのあたりから、かなり難しい単語も出てきて急速に酔いが回った。流動性だとか（「売りたいときに売れるってことだと思っていればいい」と言ってたな）、信用だとか信仰（「信用も信仰も根っこは同じ」ってことでいいんだよね）だとか、あとはポジティブ・フィードバック（個々として独立せず、互いに影響し合ってホットになるってこと？）とかさ。フィードバックなんて、エレキギターをアンプに近づけるとヒィィィンって鳴る音くらいしか思いつかないよ。

そのあと、ついにあいつは、伝統工芸にまつわる計画を話した。

というか話したみたい。さっき卵を焼きながらやつがそう言ってたのだから、きっとそうだ。けれど、悔しいことになーんも覚えてない。たぶん思い出せるまで湯に浸かっていたら、のぼせて倒れる。そろそろあがんなきゃ。

ただ、あいつの計画は信じてもいい気がするな。これは詐欺なんかじゃないと思う。だいいち私のような貧乏人を騙してもしかたないじゃないか。万が一、「この計画はあなたにとってとても有益ですよ。ただ、これにつきまして、手数料としてこれこれの額だけかかるので納めて欲しい」なんてことを言いだしたら、一目散で逃げちゃおう。そこで関係をばっさり切っちゃえば、後腐《あとくさ》れもない。

そこまで思考が到達したあとで柴田は、間を置いてから思い返せば、自分でもおかしい（そしてよくわかる）と思うひとことを湯船の中で口走った。

「だからこそ、あいつとは寝てはいけないのだ」

そして、うんうんとうなずいて、

「寝なければ大丈夫だ」

とまた言った。

「よし」

と声に出し、ざばあと湯船から出て、ごしごしと身体を丁寧に洗った。

むしろこっちのほうが面白そうじゃないか。

勢いよくタオルを使いながら柴田はそう思った。

新しい下着を着けて、新しいシャツとジーンズに着替えると、また原付に跨がってヘルメットを被った。

「いくぜ」

と口に出してみた。そして、エンジンをかける。

富田川《とんだがわ》を左手に眺めながら、柴田は原付を走らせた。口笛なんかも吹いて、柴田は黒木の家に向かった。

ツタエテ　TSUTAE - TE

まもなく盛岡に到着というアナウンスを聞いて、柴田澪はノートＰＣのディスプレイを倒して、バッグにしまった。

ホームに降りると、冷たい空気に身が縮むような気がして、もうすこし厚手のコートにすればよかったと後悔した。ホームから階段を下りて改札に向かうと、須藤令佳《れいか》が手を振っているのが見えた。

「お疲れさま。なにも食べてないよね」

「まだ。一緒に食べようってメールもらったから」

「よかった。じゃあお昼は冷麺《れいめん》だ」

「冷麺？　寒いよ」

「いや、寒いときでもおいしいんだって、これが」

と駅前の専門店に連れて行かれた。このあたりでは冷麺は冬でも食べるという須藤の説明は本当らしく、店内はなかなか賑わっていた。二階に通され、掘り炬燵のある座敷の席で注文の品が来るのを待っているうちに、身体も温まり、届けられた冷麺もおいしかった。

「工房はここからどのくらい？」

麺をすすって柴田が訊いた。

「車なら三十分くらいで着くよ。ゆっくり食べても大丈夫。それより、あっちの心配はしないでいいの？」

須藤がなにを訊きたいのか、問い返す必要はなかった。

「みたいだけど」

「みたいって……」

「いちおう計画どおりには進んでるから」

「つまり、お金は」

「契約した工房には、すぐに満額振り込まれている」

「ほんと？」

「だって、須藤ちゃんとこにも入金されてるはずだよ」

「そうなの。だから驚いちゃって」

「で、訪問の趣旨だけど先方には伝えてあるの？」

「うん、なんとなく。ただ、私だとうまく伝えきれないからって」

「だとしたら看板に偽りありだな」

「〝ツタエテ〟だけに？」

柴田がうなずいて、ふたりは笑った。

「でもまあ、確かに説明は難しいよ、私も自分でやっててホントかなって思いながら喋ってるところがある」

「そのクロテンって人、信じられるの？」

「私は信じてる」

「でも素性はわからないんだよね」

「コンピュータ・プログラマーって聞いてるけど」

「どこかの会社の経営者なんだよね」

　柴田が肩をすくめると、須藤は呆れた。

「言うなって言われてるから」

「クロテンっていうのは偽名でしょ」

「クロテン？　もちろんそうだよ」

　自分の名前は決して表《おもて》に出すな、黒木にはそう言い含められていた。そもそも黒木も偽名なんだが、このときの柴田はそれを知らない。ともかく、彼女は、この計画をファイナンスしてくれた人物について説明しなければならなくなると、クロテンという符号を使った。クロはもちろん黒木の黒から来ているのだが、テンは天使のテンだ。演劇事業などのパトロンをブロードウェイ界隈《かいわい》でエンジェルと呼んでいた時期があり、それがいまでは、小さな企業を応援する個人投資家を指す言葉として使われるようになった。このエンジェルを和訳して省略し、クロの下にくっつけたというわけだ。

「なにが目的なの、そのクロテンは」

「投資なんじゃない？」

「いまどき伝統工芸に投資するなんて、頭がおかしいよ」

柴田は黙ってひとくちすすったあと、

「おかしくてもいいんだよ。それが私にとってよければ。いや、むしろおかしくなきゃいけない。抜け目がなくて頭のいい連中がうまいことやってできあがったのが、いまの社会。そこから逸脱した人間が頭がおかしいって言われるのなら、おかしいほうがいいんだよ」

「それはそうかもしれないけど……」

と言ってその先を濁した須藤だったが、やはりまだ納得しかねるという風であった。

「それより、これから会う野矢《のや》肇《はじめ》って人の話をしようよ」

箸を置いた柴田はバッグから書類を取り出した。

「真美から聞いてるけど、須藤ちゃんが惚れ込んで、新潟から通ってるんだって？」

須藤はうなずいてこちらもバッグから薄いパンフレットを取り出した。

表紙には『技と匠　全国金工品組合広報誌』とある。もともと職人の家で育った彼女は、この組合で事務を執りながら、発行部数約二百部の広報誌の編集ならびに執筆もしている。

一ページめくると、『全行程をひとりで　野矢肇の野望』というページがある。

「野望ってのは？」

「まあ、それは私がちょっと大げさに表現してるだけ。南部鉄瓶って鉉《つる》の部分はほかの工房に依頼するところが多いんだけど、彼はそれも含めてぜんぶ自分で作るんだよね」

「ふーん」

「ただ、それだけに作る数は限られてきちゃう」

「傾向としてはどういうの」

「まあガチガチの伝統主義者だよ」

「てことは、妥協のない、言ってみれば高級志向なんだね」

「心配になるくらい。そんな丹念に仕上げてたら大変な金額になるから、人間国宝にでもならなきゃ無理だよって言ったことがあるけど」

「藤倉《ふじくら》工房にいたって書いてあるけど、ここはどんなところ？」

「南部鉄器の工房の中でもいちばん伝統伝統ってうるさいところだね。そこで五年修業して一昨年《おととし》独立した」

「五年か。割と早い？」

「かな。でも、最初から独り立ちするつもりで弟子入りしたみたい」

「腕は確かなのね」

「まちがいなく」

「よし」

　柴田は書類をバッグにしまった。

「いいの、それで」

「なにが？」

「私の推《お》しで決めちゃって」

「どこかで決めるしかないから。ただ、私が見てちがうと思ったら待ったをかけるかもしれない」

「高沢君の推薦を蹴ったのは？」

「……だからそういうことだよ。なんか言ってた？」

「うむ、石工品の担当の俺が推したのに、どうして素人の澪に却下されなきゃならないんだ、なんてことは言ってたよ」

「素人とはご挨拶だな」

「まあ、でも、高沢君の言い分にも一理あるとは思うけど」

「最終的には私が判断する。私に信託されたお金だから」

「ふうん、信託かあ。なんだかファンドマネージャーみたいだね、澪からいちばんかけ離れた役職だと思ってたけど、人生わからないもんだ」

柴田の顔がかすかにこわばる。ファンドマネージャー。かけ離れたどころか敵視していた職種だ。

「で、怒ってた？　やつは」

気を取り直して柴田は尋ねた。

「高沢君？　まあ、性格がお坊ちゃんだからねえ。それに向こうは大出版社の社員ってプライドもあるだろうから、それなりに傷ついたんじゃないの」

「いい加減、大人になれよ」

柴田は冷笑気味に鼻で笑った。

「いまや『アーツ＆クラフト』の編集者だけに滔々《とうとう》と語ってたけど」

「私がまちがってると？」

「まあ、澪はわかってないとはさかんに言ってたけどね。ただ、きみらふたりの個人的なあれもあるんじゃないの」

柴田は軽くため息をついて、「ごめん」と言った。「べつに謝ることじゃないよ」と須藤が返し、それからふたりは黙って冷麺をすすった。

芸大の美学部で学んでいた高沢康久《やすひさ》の工芸品や美術品に関する豊富な知識、それらの魅力について巧みに弁じる修辞法に、惚れ惚れした時期が柴田にはあった。だから、ひとときは、つきあおうと言われて、いいかなと思い、了解した。そして、別れた。その別れかたは、「じゃあ、元気でね」というようなあっさりしたものにはならなかった。「わかってない」という言葉はそのときにもさんざん聞かされた。

当初、高沢はツタエテに誘わないつもりだった。ただ、選定委員のひとりが高沢を推薦し、本人からも連絡があり、なかば売り込みのような言葉も出た。子供っぽい自尊心は困りものだが、彼が持つ豊富な情報は役に立つ気もし、さらにちょっとした打算が柴田に働いた。けれど、それはいまや後悔に変わりつつある。

「ただ、やっぱり金の出所《でどころ》は気にしてたな」

と須藤はまた言った。柴田は黙っていた。

盛岡駅構内に店を構えるレンタカー屋で車を調達し、須藤の運転で、路肩に雪が積もる道を走り、橋を渡った。きれいな川面を見て柴田が訊いた。

「これが北上川《きたかみがわ》？」

「いや雫石川《しずくいしがわ》。支流なんだ」

美しい名前だと柴田は思った。

「上流までいくと、流れがすごくきれいで、ヤマメとかイワナとか釣れるらしいよ。渓流《けいりゅう》釣りが好きな伊藤君がすごく来たがってた」

けれど、須藤が車を停めたのは、たしかにこの美しい川のそばではあったが、ショベルカーなどの大型車両が何台も停車している大手道路舗装会社の工場の、細い道を隔てて向かいに建つプレハブの前だった。トタンが黒く煤《すす》けていて、見た目としては、操業を停止した金属加工工場といったところか。伝統工芸品の工房は、作品の展示スペースを兼ねた売店を持っているところが多い。作業行程を見学できるようにして観光スポットとしてアピールしているところもめずらしくない。だが、ここはてんで趣がちがう。

「ま、ものはいいからさ」

柴田の心中を察したかのように須藤はそう言って、プレハブの引き戸を開けた。中は暗く、足元は踏み固められた硬い土だった。オレンジ色の光が見えた。光はとろとろと流れていた。その流れる光を、男がなにかをさし出して受け止めていた。朱色《しゅいろ》に光っていたのは溶けた鉄だった。男はそれを柄杓《ひしゃく》で受け取ると、こちらを向いた。

目が合って、あ、先にきりのいいところまでやってくださいと言おうとした時、

「すいません、そこの板に足を乗せてもらっていいですか」

と柄杓を持ったまま男が顎《あご》をしゃくった。その先の地面には、西瓜《すいか》くらいの大きさの土の塊《かたまり》があった。鋳型《いがた》だ。その天辺《てっぺん》に細長い板の端が梯子《はしご》のようにかけられている。その上に体重を乗せろということらしい。小柄な須藤より自分が適任だと思い、すぐに動いて、板に足を乗せ、鋳型の上部に体重をかけた。鉄を汲んだ柄杓を手に男が近づく。

買ったばかりのローファーの先で、朱《あか》く溶けた鉄が流れ、鋳型に吸い込まれていく。

「ごめん、私がやればよかったね」

コーヒーを飲みながら須藤令佳が言った。

「鉄器の工房に入ると汚れるんだ。床は土だし石炭も鉄も舞ってるから。そのコート、クリーニングに出したほうがいいよ、たぶん、すごく鉄臭くなってる」

そういえば須藤のほうは、山菜採りに出かけるような出で立ちである。

「しょうがない、今日は商談だし、初対面だしね」

そう言ってから柴田は、工房から借りてきた鉄瓶を手に取って眺め、

「いいね」

と言った。

「いいでしょ」

「須藤ちゃんの目は確かだと思うよ」

やった、と須藤が明るい声を出した時、入り口に野矢が現れ、カウンターでコーヒーを買おうとしたので、須藤が急いで駆けつけて、いいんですよ、このくらいは、と言う野矢を押しとどめて支払った。

「すいません、お待たせしました」

煤《すす》で汚れた作業着で席についた野矢は、

「うちはあのとおり、打ち合わせのスペースがないので」

と弁解し、近くのモスバーガーで待っててくれ、と工房から追い出したことを詫びた。そして、

「えっと、須藤さんからいちおうお話はうかがっているんですが……」

とすこし怪訝《けげん》な顔つきになって居住《いず》まいを正した。

「はい、えっと、まずは自己紹介ですね。私、ツタエテの柴田澪です」

柴田が差し出した名刺には――、

ツタエテ（TSUTAE-TE）
代表 兼 選定委員長
柴田澪
住所：和歌山県田辺市中辺路町大川××
メール：shibata-mio@tsutae-te.com

とあった。

「……で、なにをするところなんですか、このツタエテは」

と名刺から顔を上げて野矢が尋ねた。

「明日を担う若手の伝統工芸品をまとめて買い上げて販売する組織です」

「会社ですか」

「いえ、組合です」

野矢の顔に不審の影が射した。

「へえ。その組合が僕の作品を……？」

「ええ、そうです」

「委託《いたく》販売ではなく？」

「買い取らせていただいた上で、販売させていただきます」

野矢はまだ半信半疑というような面持ちである。

「それはまたどうして」

この質問に対する答えは何種類か持ちあわせていた。一番よく使うのが、

「伝統工芸をとりまく経済的環境は日増しに厳しくなっていますが、私たちはなんとかして、あなたの工芸品を後世に残したいと思っています。伝統を途切れさせないため、伝統工芸に携わってる人間の技術を後世に伝えるために。私たちは、私たちが選定した工芸士が、今後も制作活動に取り組めるように、継続的に買い取りさせていただきたく、契約を結ばせていただけないかとご相談にあがった次第です」

――であった。しかし、この日の柴田は、別の方角から話を進めることにした。

「私たちは、将来あなたの作品が資産価値を持つと判断しました」

「資産？　……鉄瓶がですか」

「ええ、先んじてそれらの商品を独占的に購入させていただきたいのです」

「ありがたいような気もしますが、でも、どうやって売るんです？」

「私たちが宣伝して売っていこうと思います、売り方は今後また考えますが」

「へえ……」

「ただ、すこし条件があります。野矢さんは鉄瓶以外も手がけられますか」

「まあ、そこが悩みどころです。フライパンでもなんでも作らないと食えないってのが現実なので」

「すこし、お伺いしますが、南部鉄器の中では、鉄瓶がもっとも手間と時間がかかって、高

い技術を要求されるんですよね」

「まちがいなく、そうですね」

「じゃあ、その鉄瓶を作れるだけ作って私たちに売ってください。ただし、品質にこだわり抜いた高級品をお願いします」

　真面目な顔つきで柴田がそう言うと、相手の顔には複雑な笑いが広がった。

「……あの、高級品と仰ってますが、値段の見当はついておられますか？　こだわり抜いて作れと僕に言えば、観光客が土産物屋で買うレベルではなくなっちゃうんですが」

「ええ、ツタエテは高級なものを高く売る、ということをモットーにするつもりです。因みに、鉄瓶ひとつ作るのにどのくらいの時間をかけるおつもりですか」

「ものによりますが、かなりかかります。僕は鉉《つる》も含めて全行程をすべて自分が手がけますから。満足できるのをひとつ作るのに、へたをすれば三ヶ月くらいかかるんですよ。ただ、それだと食えないでしょう。本当は助手も雇いたいんだけど。作ったって、売れるかどうかもわからないし」

「ひとつ作るのに三ヶ月かかるのなら、かけてください。助手も必要なら雇ってください。私たちは、年に四作品すべて買い取ります」

　と柴田が優遇策を提示したものの、相手の顔は浮かないままだ。

「あといくつか、条件があります。うちに納品する品物には、すべて野矢さんの認定書をつけていただきます」

「認定書……ですか」

「はい。雛形《ひながた》はこちらで用意しますし、ネットで処理できるようにしてあります」

「なんのために」

「野矢さんを作家にするためです」

野矢は難しい顔をして黙っている。

「なので野矢肇作であることを証明する痕跡《こんせき》を作品に残してください。それを高解像度のデジタル写真に撮って認定書に添付していただきます。商品名もつけてください。商品名は統一しブレがないようにお願いします。さらに、認定書では、完成した日付がはっきりとわかるようにして、購入者にお渡しするつもりです。これは、偽造防止のためでもありますし、正規認定のあるものは、ユーザーの申し出があれば、ツタエテが高く買い戻す予定にしておりますので、そのためにも必要なんです」

野矢は苦笑した。

「それから買い取りさせていただくお値段ですが、ひとつ作るのに本当に三ヶ月かかるのならば、買い取る金額はそれに見合ったものにいたします。ただ、それに見合った出来映えにはしてくださいね。まあ、これは契約書には盛り込めませんが、見る人が見れば、必ず納得できるようなものに仕上げてください」

野矢はわずかに顔をしかめた。真の工芸士は手抜きなどとは無縁である。それ相応にということさえ知らない。いつまでも自分の手元に置いて手入れを続けているので、商品がなかなか市場に出ないということさえある。柴田のひとことは侮蔑《ぶべつ》と受け取られたのかもしれない。

「買い取るお値段はまず野矢さんのほうからご提示いただきます。ツタエテもなるべくご期待に添えるようにいたします。ただ、あくまでも工芸で食べていくことを前提としたお値段にしてください。SUVやモーターボートを購入できるような額はお支払いできませんので」

「なにかの冗談ですか」

「冗談ではないことを示す証拠になるかどうかはわかりませんが、契約書の雛形をお持ちしました」

柴田はB４の紙いちまいを横長にしてテーブルに広げた。

「これはあくまでも雛形で、正式には電子書類にサインをいただきます」

野矢は紙を取って、見開き各一段で書かれた文面を、左から右へ、上から下へと目を泳がせて読んでいたが、彼の目は右の下で止まり、瞳孔《どうこう》がかすかに開かれた。最後の項目――、

第一回の甲（ツタエテ）からの入金が乙の指定する口座に振り込まれたことを持って、本契約は有効となる。

――を、読んだにちがいなかった。契約金の支払いは物品の受領よりも先、つまり先払い

なのである。なので、この契約書にサインしても、金が振り込まれない限りは、契約は無効、品物を取り上げられた挙げ句に、金が振り込まれなかった、などということは起こり得ないのである。これを知って安心したのか、野矢の物腰はいくぶん柔らかくなって、このあとは向こうからいくつか質問が出た。

Q　展示会には出品していいのか？

A　かまわない。

Q　展示即売会には出せないのか？

A　こちらから納品する形を取らせてもらえれば、可能である。

Q　工芸展などで受賞した場合、買取価格（ツタエテ側にとっては原価）を上げてもらえるのか。

A　その用意はある。額面については、工芸展の前に相談して決めたい。また、その後、工芸士の評価や作品の需要が高まったと判断した場合は、ツタエテはユーザーへの販売価格（売価）を上げて販売することがある。改訂した価格で売れた場合は、工芸士にもその差額による利益の一部を還元する。その歩率《ぶりつ》に関しては別途相談する。

Q　スケジュールに狂いが生じて、制作が滞るような事態となり、契約したとおりに納品できない場合は、契約違反となって返金しなければならなくなるのか。

A　別途相談とする。技術的な問題が生じた場合は、納期に間に合わせるよりも完成度を優先してもらってかまわない。ただ、全体的な制作スケジュールは、ツタエテへの納品をなるべく優先していただきたい。

「あ、来てるよ野矢氏から」

　助手席から、スマホを手にした須藤が声を上げた。

「読むよ。――この度は思いがけないご提案を頂戴し、最初は戸惑っておりましたが、本日詳しく話を伺うことができ、いまは身の引き締まる思いでおります。この厚遇《こうぐう》を生かして必ず後世に残るような傑作をものにし、ツタエテ・ブランドに貢献するべく、精進したいと存じますので、当初の不躾《ぶしつけ》な態度、どうぞご寛恕《かんじょ》願います。――だってさ。しかし、伝統工芸やるだけあって、古風だね、ご寛恕なんて言葉、最近じゃめったに聞けないよ」

「こちらが提示した条件には満足してくれたみたいね」

「そりゃそうだ、いまどきこんな好条件めったにないもの。バイトしないで鉄瓶作りに専念できるんだからさ」

　質問を重ねるごとに、野矢の態度には真剣みが増していった。質疑の応答を終えたあとは、

「よろしくお願いします」

と頭を下げ、その場で電子書類にサインをした。

「じゃあ新潟の燕《つばめ》鎚《つい》起《き》銅《どう》器《き》も進めていいのかな、つぶれかけてる工房があって、そこの女性職人の若手がいいもの作るんだよ」

「いいよ。ただ、契約は、その工房とツタエテでかわすことになるけれど。その工房から、その女性職人が作るものを独占的に買い上げる契約ができるのならね」

「いいねえ。モノを確認するためにまた来る？　こんどは新潟だけど」

「いや、任せるよ。工房育ちの須藤ちゃんの目を信じてる。契約書はすぐに送るから、工房の情報と職人の名前を教えておいて。それに電子署名してくれればいいよ」

「了解。いやあ、まだ現実感がわかないけど、本当にこんなことあるのかな。なんだか怖い気もする」

　その気持ちは柴田も同じだった。

　駅ビルの中に店舗を構えるレンタカー屋に車を返し、上りのはやぶさにふたりで乗り込んだのが四時過ぎだった。

　柴田は前の座席の背もたれからテーブルを倒し、その上でノートＰＣを開きながら、

「なににもましてお金が特効薬というのは本当だった」

　と自分が黒木に言った言葉を思い返し、そっとため息をついた。

　ディスプレイにある、〔つたえてねっと〕という名のアイコンをダブルクリックして起動する。これは黒木が開発した管理ソフトだ。ツタエテをはじめるにあたっては会計係を雇わ

ないと自分じゃとても無理だと愚痴をこぼすと、そんなのコンピュータ・ネットワークでみんな処理できるさ、と黒木は請けあった。

「そのうち、会社の総務部とか経理部なんてなくなると思うな」

と言いながらインストールして、使い方を説明してくれたのがこの〔つたえてねっと〕だ。

須藤令佳の推薦によって、候補となっていた野矢の情報は、契約書のドラフトを作成した時点で、自動的にアカウントが形成され、契約書に紐づけられる形で必要な情報がすでに入力済みだった。契約が締結されたいまは、野矢に入力してもらった口座番号も、三人で相談して取り決めた買取金額もすでにそこにセットされてあった。柴田がやらなければならないのは〝送金開始〟のボタンを押すだけだった。

〈送金手続きを開始しました〉という表示を確認して、柴田はノートPCを閉じた。

いま柴田がやったことを、最初は黒木がやってみせてくれた。有限会社津越木工房 津越剛琉《たける》との契約書のドラフトを作ると、自動的にアカウントができあがった。買い取る商品はもちろん桐簞笥。このときはドラフトに口座番号も入力してあったし、買取金額は柴田が暫定的に決めた。

「これでよし。もしこの金額とスケジュールでマイスターがいいというのなら、あとは電子署名してもらって、君は送金ボタンを押せばいいんだよ」

「これをあなたひとりで作ったの」

その簡便さに驚いて、柴田は言った。

「こんなのわけないさ。この前も話したとおり、金融のネットワークシステムの専門家だったんだぜ、僕は。ひょっとしてそれも覚えてない？」

「覚えてるわよ。そこらあたりはまだそんなに酔ってなかったから」

「オーケー、じゃあ説明を続けるよ」

この〔つたえてねっと〕では、完成した商品が、現在どこに保管されているのか、そして売った先の顧客情報、作者による認定書の管理、さらに運輸システムでいまどこを輸送中なのか、すでに顧客の手に届いているのか、玄関での手渡しなのか、宅配ボックスなのかもわかるようになっていた。

「どうしてこんなことまでできるわけ？」

「位置情報の追跡は安全保障上の重要な技術だからね、その技術を使って日本最大手の運輸会社の運送管理システムを作ったことがあったんだ。それが評判になって、その運輸会社があちこちの会社にそのシステムを売った。同じシステムを使っているとM&Aだってしやすいってわけだ。当然、僕はそのシステムへの侵入方法を知っている。作ったときにバックドアをこしらえといたからね。だから、その系列の会社を使いさえすれば、いまどの道を時速何キロでどの顧客の家に向かっているのかも地図上で確認できる」

「だけど、それって、運輸会社のシステムをこっそり覗いているってことにならない？」

「まあ、そうなんだけど、サービスもしてるからいいだろう。ときどき、駄目な部分を見つけて直してあげてるからさ。それでおあいこだよ。それにツタエテはこの運送会社を使うことになるだろ。つまり売り上げにも貢献してるってわけさ」

　しかし、それはやはり犯罪ではないか。柴田は啞然とした。

「ただしここまで細かく把握できるのは、日本だけだ。海外の顧客にはまだ無理だ。そこのところは物流は難しい。まあ、そこが面白くもあるんだけど。お金だと一発だよ。お金のやり取りなら「つたえてねっと」で海外とも簡単に取引できるようにしてある」

「え、海外にも売るつもりなの」

「もちろん。だいたい売るつもりなのって、なんだよ。君が売るんだ。むしろ日本よりも積極的に売るべきだ。そのために、ホームページはすくなくとも英語と中国語でも読めるようにするべきだね。それもただ内容がわかるくらいじゃいけない。魅力的でクオリティの高い文章が必要だ。それからホームページのデザインは凝《こ》るように。美しいものを売るサイトのデザインがダサいんじゃ話にならないからね。美術の学校を出て、人間は美しいものに触れていないと駄目になるなんて説を唱える君がダッサいサイトを開いたら、容赦しないよ」

「わかった」

　そう言ったあとで柴田は、また急に不安になって、

「でも、そんなことで売れるのかな？」

　とつぶやくように尋ねた。

「売れる」

　間髪を容れずに返ってきた答えは簡潔だった。

「売れないんだとしたら、君が売れないものを選んだからだ。君は見る目がなかった。そして君を選んだ僕も見る目がなかったって話さ」

「……その理屈、なにかへんじゃない」

「いや、へんじゃない。もうちょっとつけ加えると、全部が売れなくたっていい。がんと上がるものがあれば売れないものがあってもいい。まずは君が売る自信のあるもの、物品の魅力を伝えやすいものを選ぶんだ。その中から売れるものが出てくれば、このシステムは崩壊しない」

「どうして」

「いいかい、ツタエテが買っているわけだから、取引の量は必ず増える。取引量が増えれば需要も増える。ただ、伝統工芸品の場合、需要が増えても供給は増えない。工芸士がひとつひとつ丁寧に作る伝統工芸品は、工場の大量生産品のようにレーンを増やして生産量を上げるってわけにはいかないんだ。さあ、ここまで言えばわかるだろう、需要が増えているのに供給が追いつかなくなると、つまり、欲しい人が多いのに出回っている品数が少ない、こういう場合はどうなる？」

なにかに引き寄せられるように柴田は、

「……値段が……あがる……のかしら」

とつぶやき、黒木が軽くうなずくのを見て、なんだか狐《きつね》につままれたような気持ちになって、

「だけど、取引の量が増えるって言うけど、それって私たちが買い上げるからでしょ。ツタエテの倉庫に工芸品がたまるばかりにならない？」

と尋ねると、黒木の顔にはまた悪戯《いたずら》っぽい笑みが広がった。

「忘れちゃったんだな」

「え……」

「君がひどく酔っ払っているのはわかっていたけどさ、ちゃんと説明したよ、あの晩……」

東京駅で幕の内弁当をふたつ買って、こんどはのぞみに乗り換えた。女ふたりで座席で夕飯を済ませると、須藤が隣で寝息を立てはじめた。柴田も背もたれを倒して目を閉じた。不安と期待に彩られた夢の中を、うつらうつらしながら運ばれ、京都に着いた。

京都駅からはタクシーを使い、桜井真美が予約してくれたホテルの前で降りた。一泊一万円で泊まれるビジネスホテルだが、御所に向かって、古風な木造の門を構え、そこをくぐると、小さいながらも日本庭園風の中庭があり、松の木や、中にオレンジ色の火を灯《とも》す燈籠《とうろう》や、その光を水面《みなも》に浮かべる蹲踞《つくばい》まであった。

「さすが京都だね。真美も気が利くよ」

と須藤は感心していた。

この夜は、シャワーを浴びるとベッドに倒れ込むようにして寝た。布団にくるまっていると、朱《あか》い火を灯した燈籠が脳裏に浮かんで、それがどことなく不気味だった。

あくる朝、食堂のテーブルで朝食を摂《と》っていると、味噌汁をよそっている伊藤の背中が向こうに見えた。伊藤は、湯気の立つ椀をトレイに載せて振り返り、柴田を見つけるとやってきて、前の席にトレイを置いた。

「伊藤君もここに泊まったの」

パンをちぎりながら柴田が尋ねた。

「うん、昨夜。着いたのは十時回ってた。車内販売がなくてさ、チェックインしてから外に出たんだけど、近くに適当な店がなくて、結局、部屋でコンビニ弁当を食べたよ」

「どうだった。金沢《かなざわ》は？」

「いいのがあった。ただ、とにかくモノが多くて二泊しちゃったよ。——ホテル代、ツタエテの経費で落とせるんだよね」

もちろん出すよ、と柴田は言った。伊藤は陶磁器を担当するツタエテの選定委員で、京都に入る前は九谷《くたに》焼を見て回っていた。

「風間君ももう着いてるのかな」

「ああ、さっきエレベーターホールで会ったよ」

「そう、じゃあ、ふたりとも、十時にお願いね」

いったん部屋に戻ってから、予約していたホテルの会議室に移動した。

伊藤が来て、須藤が来た。織物と染色を担当する桜井が来た。そして、文具や和紙や人形を選ぶ風間が来た。柴田と須藤以外は大きなスーツケースを提げている。それぞれの近況を確認しているうちに、ミーティング開催の予定時刻になった。

「高沢君は？」

　柴田が誰にともなくそう尋ねると、

「編集会議があるんだって」

　と風間が答えた。高沢は伝統工芸を扱う『アーツ＆クラフト』編集部に籍を置いている。忙しいのはわかるが、この日にツタエテの大事な選定会議があることはだいぶ前に知らせてあるのだから、欠席するならするで事前に連絡をよこすべきだろう。選定を却下され、腹を立ててのボイコットにちがいない。まあ、いい。高沢が出席して揉《も》めるよりこのほうが楽だ。柴田の心は落胆よりもむしろ安堵が占めていた。

「じゃあ、はじめちゃおうか」

　まず伊藤がスーツケースを持ち上げてテーブルの上に載せた。蓋を開け、ぎっしり詰まっている緩衝材《かんしょうざい》を払いのけると、中から桐の箱を取り出し、

「では、伊万里《いまり》から」

　と言って上蓋《うわぶた》を取った。布でくるまれた壺《つぼ》が現れた。繊細な草花模様があしらわれ、淡い色彩が施されたそれは、滑《なめ》らかな白い肌にむしろ鮮やかに映えた。

「なるほど、黄色で勝負してきたか。伊万里って聞けば朱を連想しちゃうけど、これは意外だったな」

「朱を使うとどうしても中国っぽくなるでしょう」

「そんなこともないと思うけど、これはいいと思うな」

担当は振り分けられているが、みな工芸品に関心のある者ばかりなので、それぞれ思い思いの感想を口にする。

「有名な窯元《かまもと》の三代目の作品です。絵付け師ですが、ろくろ制作のほうの伝統工芸士の試験にも合格しています」

「いいね、ファミリービジネス、最高だよ」

最後の言葉は柴田のものだ。僕など、この言葉からは、大学卒業後すぐ役員になったバカ息子がろくに勉強もせず、ホステスとゴルフをしたりして遊んだ挙げ句の果てに、会社をつぶしてしまう、なんて話を連想してしまいがちだ。ただ柴田に言わせれば、伝統工芸の世界では、家業を絶対に続けてみせるという気概のある息子や娘が継ぐところが多いらしい。

「じゃあ、次は益子《ましこ》焼いこうか。これ、どうかな、いかにも益子って感じだけど」

「おお、まるで濱田庄司《はまだしょうじ》みたいだ」

濱田庄司というのは、日用雑貨の美しさに価値を見出して大正末期に興《おこ》った民芸運動のリーダーにもなった作家だそうだ。彼の作品は、僕もネットで確認したが、厚めの器に無作為にも見える勢いある装飾を施した、質朴雄勁《しつぼくゆうけい》な作風が特徴だ。

「さっきの伊万里は言ってみれば改革派だけど、こっちは伝承派って感じだな」

「鋭い。濱田庄司の直弟子に弟子入りして修業したんだよ。だけど、見て。このあたりはかなり綿密に塗ってるんだよね」

「ほんとだ」

このような会話が自然に連なっていくのは、この面子《メンツ》ならではである。

実物を持参できないものはノートPCを会議室のプロジェクターに接続して、動画や写真をスクリーンに映し出してみんなで見て話し合った。

そんな調子で、伊藤の陶磁器、桜井の織物と染色、須藤の金工品、風間の人形と和紙と文具、が紹介された。代表であり選定の責任者である柴田の、木工、家具、竹、漆器については彼女に一任という形を取っていたので、写真をスクリーンに映して軽く説明するにとどめた。

ほとんどの作品に柴田は満足した。却下したものもいくつかあったが、選定した本人も、「まあ、これはしょうがないか」と納得し、激しい議論にはならなかった。

全員がすこし興奮していた。それは、美しいものに魂を奪われていたこともあるけれど、自分たちが美の世界をこれからも守り立てていくのだという自意識と連帯によるところが大きかった。そこには運動に携わって前に進もうとする者だけが得る心の昂《たか》ぶりがあった。

選定がひとしきり終わったあとで柴田が言った。

「いいね。じゃあ、前にも言ったとおり、自分が担当する工芸士とその作品の紹介文を書いて私のところに送ってください。それぞれ六百字でお願いします」

「それ、前もちらと聞いたけど、どういう意図なの」

改まった調子で風間が訊いた。売文を生業《なりわい》としている風間からこの質問が出たので、先に

柴田は、

「原稿料なんだけど――」

と悪くない稿料を言って質問の矛先を鈍らせてから、

「なるべく魅力的に紹介して。この文章はすごく重要。なぜこの工芸士の作品を買うべきかを説得する読み応えのある美しい文章を書いてください。風間君なんか腕の見せ所です」

と気合いを入れるようなことを言った。

「で――？」

「えっと、そうか質問は、その意図はなにか、だったね。ツタエテは作り手を推していこうと思う。ホームページでも商品と一緒に工芸士をセールスしていきます。この工芸士は将来性があるんだ、と売り込みながら、同時に商品の価値を上げていく、つまりは売値を上げていく、そんな営業努力をしていこうと思うんです」

そう言ったあと柴田は、驚きを隠せない参加者の顔を見た。売り込むとか、売値を上げていくなんて露骨な言葉が意外だったのだな、と柴田は思い、それは私もそうなんだと思いながら続けた。

「いままでの伝統工芸はこういう歴史の中でこういうふうに伝承されてきたけれど、この工芸士は、同じ技法を用いながら、こんな新しい作風を作り出している。それはいまの時代のこういうところを象徴している、というぐあいに紹介して。もちろん、すぐに価格のアップにつながるとは思ってないし、その保証もできないんだけど、この工芸士や商品には将来性があるんだって紹介しつつ、価値を上げることにつなげていきたいんだ」

　みなは黙り込んでいる。柴田がマーケティング・プランナーのような口を叩いているのが信じられないのだろう。柴田はペットボトルに手を伸ばし、熱を入れて喋ってみたものの仲間にその熱意が伝わらなかったことの落胆を、ひとくち飲んでごまかしてから、

「それから、忘れないように言っておくと、工芸士の自己紹介文と自身による品物についての説明文もホームページに掲載したい」

　とも言った。

「作り手、本人に書かせるの？」

　と桜井が尋ね、柴田はうなずく。

「それから写真も載せるので。なるべく写りのいいのを取り寄せて私に転送してください。アー写《しゃ》のない工芸士がいたら、選定者はカメラ持って撮りに行くか現地でカメラマン雇って撮ってもらってください。伝統工芸士は作家でありスターだという前提で、かっこいいのをお願いします」

　自分でもあざといことを言っている気はした。

「その分のギャラは？」

　風間が尋ねた。

「出します。これからはただ作って満足していられる時代じゃない。ホームページの立ち上げも急がなくちゃね」

ふと沈黙が訪れた。席に着いている誰もが同じことを考えている。柴田はそう察知した。

「あのさ」

すこし改まった調子で伊藤が口を切った。

「俺もすごく嬉しいわけ。こういう仕事はやってみたかったから。つまり、本当に自分がいいと思うものを推すってのをさ」

風間と桜井もうなずいた。

「おまけに、先方からは感謝される。行く先々で、そんないい条件で契約してもらえてってなんども礼を言われて、こっちを救世主みたいに扱ってくれたり」

それは俺も、と風間が同意した。

「だけど、困っちゃうんだよね。どうしてこういうことが可能なんですかって訊かれても、うまく答えられなくてさ」

とりあえず、柴田はうなずくことにした。

「また、万が一のことがあったら……」

「万が一っていうのは？」

「たとえば約束が果たせなくなった、買うと約束したものが買えないなんて状況になった場合は、俺の面目は丸つぶれになって、とても困るんだよ」

「その心配はいらないんじゃない。契約が成立したところにはどんどん送金してるんだから」

「確かに迅速だよね」

と須藤が口を挟み、

「昨日契約した盛岡の南部鉄瓶なんか、ここに来る新幹線の中で入金したから、もう着金してると思うよ」

と柴田が言った。

「ああ、俺のところにも連絡がきて、早速ありがとうございます、助かりましたなんて感謝されたりしてる。いやいや、頑張ってくださいねとかエラそうに返してるけど、心の中じゃ、マジ速《はえ》え！　って俺だって面食らってるさ」

「じゃあ、それは問題ないわけね。ともかく、ツタエテは任意組合で、みんなは組合が契約した外部スタッフだから、なにかあっても法的責任は問われないと思うよ」

「え、株式会社じゃないの」

驚いたように伊藤が訊いた。柴田はひとこと、ちがう、とだけ言った。

「なんで？」

「なんでってのは？」

「いや、結構な資金みたいだから、てっきり株式で集めたんだと思ったんだけど」

「さあ、ただ私はツタエテの社長でもなんでもなくて、代表幹事を務めてくれって言われただけだから」

柴田はここで話を終えようとした。すると、こんどは桜井が質問した。

「ただ、任意組合ってことは、その中には澪のほかにも組合員がいるわけだよね」

「もちろん」

「その人たちはこの会議に参加しなくていいの」

「問題ない。最大の出資者は外資系の会社で、その代表からはすべて私に一任するって委任状を取っている」

自分で口にしつつ嘘くさい話だなあと思った。しかし本当なのである。黒木がそのようにアレンジしてくれたのだ。

「ほかには？」

「三名いて、それぞれ一円ずつ出資している」

「一円。つまり……」

「組合を作るための名前貸しってこと？」

「そうね。私も会ったことない」

「その人たちは誰が選んだの」

「クロテンの推薦」

「なんだよ、一円だったら俺も出すよ。組合に入れてよ」

と不服そうな顔をして風間が口をはさんだ。

「組合の組成に関してはクロテンが決定権を持っている。それに、任意組合は無限責任だよ。万が一のことがあったらって心配する人はよしたほうがいいんじゃない」

この台詞で組合員についての追及は収まったものの、幕引きにはならなかった。

「たださあ、やっぱり金の出所《でどころ》は知りたいな。ヤバい金だって噂が立っただけで失職するかもしれないし」

伊藤は千葉県佐倉《さくら》にある博物館に嘱託《しょくたく》で勤務する身なので、職場へのクレームには神経質だった。

「ヤバいお金って例えば？」

「いや、見当もつかないんだけどさ」

だったら答える必要はないと思い、柴田は黙っていた。すると、ねえ澪、と桜井がなだめるように声をかけた。

「やっぱりさ、話せるところまででいいからもうちょっと話してよ。とにかく、お金を出してくれる人がいたんだよね」

「……そうだね」

「パトロンかあ」

と風間が言った。

「その人は善意でやってくれているわけだよね」

桜井がそう問いを重ねると、柴田の脳裏に黒木の顔が浮かんだ。

「善意かどうかはわからない。なにか、別のことを考えてるのかもしれない。でも、それならそれでいいと私は思ってる」

「いや、やっぱりよくない気がする。確認したほうがいいんじゃない」

「いいの。いいってことにしてるの」

と柴田は断ち切るように言って、

「ただ、くれたお金じゃない。あくまでも投資として持たせるんだから、ちゃんと儲けなさいよとは言われてます」

このひとことは新たな波紋を呼び起こした。

「儲ける？　どうやって」

不思議そうな顔つきになって、伊藤が尋ねる。

「だから、その仕組みを考えなきゃだ。知恵があったら出してよ」

四人は顔を見合わせた。

「おいおい、そんな仕組みがあるのなら、伝統工芸は廃《すた》れてないって。なんか変だよ、クロテンは」

「だけど、クロテンは、伝統工芸はもっと売れるはずだって思っているみたい」

「じゃあ、その理屈を聞かせてくれないかな」

そう伊藤に言われ、柴田は迷った。黒木に教えられたことを、きれいにパノラマにして広げて見せ、四人を唸らせられるほど、柴田はまだそれを自分のものにしていなかった（とにかく難しいのだ）。

そしてこの四人は、伝統工芸品をただ愛《め》でるだけでは飽き足らず、なんだかんだと理屈をこねたがる、単なる愛好家以上の連中だ。桜井は大学で研究しているし、伊藤はキュレーターを目指して博物館に勤務している。風間は生活雑貨の紹介記事を中心に著述業を営んでいる。雑誌に掲載しているコラムをまとめて、本を出す計画もあるという。須藤など、実家は代々続く燕《つばめ》鎚《つい》起《き》銅《どう》器《き》の工房で、彼女自身は全国金工品組合で事務を執り、広報誌の編集までしてるという変わり種だ、つまり全員ともにうるさがただった。

　ただ、経済については明るくないはずだ。

　いやそれでも、日々のニュースでその方面のことを小耳に挟んでいる彼らは、それなりにわかっていると自負しているかもしれない。柴田が生半可《なまはんか》な理屈を並べれば、不自然なところを見つけて、ここがおかしいあそこがへんだと斬り込んでくる可能性はじゅうぶんある。そうすれば、柴田はまたそこを繕《つくろ》わなければならない。そういう事態は避けたい。

　ただ、そのままダンマリを決め込んで流すこともできない雰囲気ではあった。だから、黒木に聞かされた話の中で、狐につままれたような気持ちになった（そんな話ばかりだが）、どこか雲を摑むようなものを披露して、煙幕を張れないかと考えた。

「いま、日本は、お金をバンバン刷っているでしょう」

　と柴田は言った。案の定みんなは、一体なんの話をはじめるつもりだと言いたげな顔をしている。

「ほら、アコノミクスでさ」

　六年ほど前に政権を奪還した自民党は、首相の名前を冠したアコノミクスという金融緩和政策を開始し、いまも継続している。当初は株価もそこそこ跳ね上がり、期待が膨らんだが（「期待が膨らんだから、ちょいと跳ねただけだ」と黒木は言ってた）、その後は手詰まりになって、目標としていた2％のインフレは達成されておらず（「無理だね」とも言っていた）、今後も達成されそうな雰囲気はなかった。――とまあそういうことくらいならこの席に座っている連中は、聞きかじってはいるはずだ。

「ナンセンスだよな」

案の定、伊藤が言った。なにを指してナンセンスだと思っているんだ、と柴田は思ったが、問《と》い質《ただ》すのはよして、

「ただ、これは日本だけのことじゃなくて、世界中でおこなわれているんだって。なぜだかわかる？」

誰もなにも言わなかった。知らないのだな、と柴田はすこし安心した。

「リーマン・ショックって覚えてるでしょう。サブプライム・ローンってアメリカの住宅ローンが破綻して起きたあれ。あれが世界中の経済をガタガタにしたんで、その傷の手当てのために各国の中央銀行はいっせいに金融緩和をやってるんだって」

四人とも黙っている。ガタガタになるってどういうこと？　それを手当てするのに金融緩和はどう役に立つの？　そもそも、お金を刷るっていうけど、いったいそれにどんな意味があるの？　なんてツッコまれたらどうしようと思っていた柴田はほっとした。

「だけど、お金がどんどん増えてるってことは、お金の価値が下がってるってことよね」

と柴田がつなぐと、伊藤が「ちょっと待って」と手を挙げて、

「べつに日本円は暴落しているわけじゃないぜ。むしろリーマン・ショックのあとは上がったんじゃないか」

と言った。実は同じ質問を柴田も黒木に投げた。その状況を思い出しながら、

「そうそう、円キャリー取引ってやつを利用して海外で証券なんかに投資していたお金が、リーマン・ショックであわてて回収されて、また日本に戻ってきたからだよね。資金が一気に逆流したから急激な円高が生じたわけ」

円キャリー取引ってなんだよ、と訊かれたら、金利の安い円で資金調達して、海外で投資するってことだけ答えよう、と思っていたが、誰もなにも言わなかった。

「だけど、やっぱりお金の価値は下がってるの。下がってないように見えるのは、ドルもユーロもポンドも下がっているから、みんなで下がれば怖くないってだけでしょう。つまり、紙くずになるような危機がいつ訪れてもおかしくないってこと」

本当のことを言えば、黒木は、

「円はそう簡単には暴落しないんじゃないかな。日本人ってのは、資産を円で持ちたがる人たちだから。異次元の金融緩和とか言ってアコノミクスをスタートしたときには、こりゃたいへんだ、円じゃなくてドルに換えておこうって人が続出するんじゃないかなんて思ったけど、そんなことはなかった。日本人は、タイタニック号みたいに円が沈もうとしているときも、ブルブル震えながら円を握り締めていると思うよ。ある意味じゃ愛国者だね」

なんて言って笑っていたけれど、もちろんそんな話は披露しない。

「お金の価値が下がれば、モノの価値は上がる。お金で持たないでモノで持とうとする人が増える。それも真に価値のあるものを」

価値とはなんだ？　価値と価格はどうちがう？　なんて訊いてきたらぶっとばす、と思いながら、柴田はノートＰＣに手を添えて、

「ちょっとこれ見てくれる」

とカチカチとキーボードを鳴らした。すると、スクリーンに右肩上がりのグラフが映し出された。

「金《きん》やダイヤモンドの値段は多少のデコボコはあるけど、基本的には上がり続けてる。これが金《きん》の価格の推移。過去十年のものです。それからこっちはダイヤモンド。五十年間の価格の推移。買った人たちは金《きん》やダイヤモンドを買ってどうしてると思う？　毎日眺めている？　たぶん金庫にしまってるんじゃないかな。使わないものを買ってどうしようとしているの。この人たちはこう考えている。お金はあてにならない。あてになるのはモノのほうだってね」

そう言って柴田は四人の顔を見た。反論はなかったが、なるほどと納得しているようにも見えない。やがて、「いいかな」と風間が手を挙げて、

「なんか、話がでっかすぎて呆気《あっけ》にとられちゃったんだけど」

と切り出した。それが作戦よ、と柴田は心の内でペロリと舌を出す。

「けれど、金《きん》やダイヤモンドが資産っていうのはわかるけど」

「どうしてわかるの？」

「え」

「金やダイヤモンドに価値があるのは了解できるわけね。でも、どうして？」

「いや、だって金本位制ってのがあったくらいだからさ」

「金本位制はひとつのルールでしょ。そもそも金本位制ってなに」

「いや、まあ、そう言われると困っちゃうんだけど」

困れ。私も困ったんだ、と柴田は心の中で毒づいた。

「実際、金本位制は一九七一年のニクソン・ショックで廃止されたけど、世界の経済は回ってるよ」

「だけど、希少ではあるだろ、金《きん》は」

「いや、それもあやしいんだ。南アフリカが世界の三分の二もの金《きん》を採掘してたのは昔の話でね、最近は中国からもばんばん採れてる。米国、オーストラリア、ロシア、カナダだっていまじゃ南アフリカ以上に採掘してる。ダイヤモンドなんか人工でも生産できるし、旧ソ連圏じゃいくらだって取れる。ロシアに行けばそこらへんにゴロゴロしていて、氷砂糖かダイヤモンドか舐めて確認するって話だよ」

最後は、黒木に言われて笑えなかった冗談をこんどは自分が口にしてみた。目の前の四人も笑わない。やっぱりこのジョークは駄目だ、と柴田は心の中で舌打ちした。

「じゃあ、なぜあんなに貴重なものとして扱われてるんだ」

「それは、うまくコントロールして、高いお値段を維持しているわけよ」

「誰が」

「カルテルが」

「カルテルって」

「たとえばデビアス社」

四人は黙り込み、柴田は、

「ツタエテも見習わなくちゃね」

と継いだ。

「まあいいや」

とため息まじりに風間は言って、

「だけど、伝統工芸が資産っていうのはわからないな。伝統工芸って日用品として使うものだぜ」

「そこがいいのよ。本当に生活に密着して使うものが資産になるなら、それが一番理想じゃない。所有して、使って、それが喜びにつながって、しかも価値があるなんて素晴らしいじゃない」

「そんなものあるのか」

「ある」

と柴田はきっぱりと言った。

「たとえばスイスの高級腕時計がそう。あれはスイスの伝統工芸でしょう」

驚いてるな、と柴田は思った。ずいぶん突飛な大前提を置いたのに、それから先の理屈が妙に整っていて、しかも、素朴なべき論ばかり振り回してきた私の口からそれが出たので、面食らっているのだ。

「しかし、資産になるのかなあ、日本の伝統工芸が」

こんどは伊藤が言った。

「しなきゃいけない」

「しなきゃいけないって、そのクロテンは伝統工芸は資産だと思ってその金を用意してくれたんじゃないのか」

「さあどうでしょ」

柴田はすまして、またノートPCに手を触れた。

「はい、このグラフ、さっきのふたつとちがって完全に右肩下がりになってますね。これが伝統工芸品の売り上げの推移です」

「だとしたら、駄目じゃん」

「だから駄目じゃなくしなければならない、そうしようぜってプロジェクトなの、ツタエテは。クロテンは伝統工芸は資産だとまでは言ってない。ただ、資産になる可能性はあると思ったんじゃないかな」

「かなって……。だけど、どうやって」

「市場をつくる」

「市場をつくる？」

四人はほとんど声を揃えて言った。

「さっきのグラフって、市場はどんどん収縮してますよってことを表してるんじゃないの」

「だから、押し広げるんだよ」

「どうやって」

「価値を上げる」

「価値？　単価を上げるってこと？　ツタエテが買った金額に利ざやを上乗せするのはわかってるけど」

「それは価格だよね。価格と価値はちがうよ」

と議論の種をまいたところでノートPCをたたみ、

「でも、この話はまたこんどにしよう。私、もうそろそろ出なきゃなんないから。——あ、それから真美、アンディにもツタエテに参加してもらいたいんだけど、声かけてくれないかな。ついでに日本の伝統工芸を研究している中国人がいたら紹介して」

と上手《じょうず》に話をよそに向けた。ああ、だったら陳《チン》さんがいいんじゃないかな、と桜井が言ってくれて、伊藤も、陶器ならうちにいる張《チョウ》さんはとても詳しい、まだ日本語ができないんだけど、と中国最大の陶磁器の生産地である江西《こうせい》省の景徳鎮《けいとくちん》から来た学芸員を推薦してくれた。話頭を転じた作戦は功を奏し、みんなは議論の余熱を冷ましながら、テーブルに広げた品物をスーツケースにしまいはじめた。その時、風間のスマホが鳴った。

「あ、いま終わったとこ」

　と言って部屋から出ていく背中を見送った柴田は、帰り支度を整えてから、しばらくして部屋に戻ってきた風間に、

「なにか言ってた？」

　と尋ねた。

「高沢君でしょ。いまの電話」

「ああ、そうだけど」

「なにか言ってましたか」

　口調をあらためて柴田はもういちど訊いた。

「それは、まあいろいろと」

「たとえば？」

「さっきの金の出所《でどころ》とか、伝統工芸なのになぜ若手に限定するんだとか、選定の基準についてとか。ただ、柴田は急ぐんだろ」

「そうね。じゃあ、高沢君に言っといて、お金の出所は教えられない、約束だから。なので、迅速に前払いすることで、先方に不安を与えないようにします。最終的な選定権は私にあるから、私が納得しないものはツタエテは買わない」

高沢をツタエテの選定委員に入れようと推薦した風間は渋い顔になった。風間は、高沢が編集部に籍を置く『アーツ＆クラフト』に連載を持たせてもらったことがきっかけで、ライターとして身を立てられるようになった。だから、風間にとって高沢は臍《へそ》を曲げてもらっては困る人物だった。けれど柴田は、風間に、そして風間経由で高沢に、さらにあとかたづけをしながら耳をそばだてている桜井や須藤や伊藤にも聞かせるために、あえて続けた。

「あ、そうだ、これも伝えてくれるかな。編集部の仕事が忙しいのはわかるけど、こちらもそれなりのギャランティをお支払いしているわけだから、こういうドタキャンするなら、もう参加してくれなくても結構ですって」

動かしていた手を止め、メンバーは思わず柴田を見た。

「それ、そのまま高沢の耳に入れていいのかよ」

「もちろん。じゃあ、また。ここのみんなの宿泊費、精算していくから」

そのまま会議室を後にし、フロントで支払いをすませて、ホテルを出た。なんだか、ほかの連中に追いつかれるような気がして、烏丸通《からすまどおり》でタクシーを拾った。

紀伊田辺駅の改札をくぐると、ジャンパーのポケットに手を入れて津越が立っていた。迎えに行くから、乗る電車を知らせてこいと言われていたので、京都駅から電話を入れて、一時の特急くろしおに乗ると言ったら、ちょうどついでがあるので、田辺駅で拾ってやると言ってくれた。ついでなど本当はないのかもと思いつつも、なにせ紀伊田辺駅から柴田が住む中辺路町《なかへちちょう》までのバスは本数が限られていて、タクシーを使えば一万円は下らないし、金を用意してくれた黒木が自転車を使っているのにこちらが大企業の重役のように経費を使うのがためらわれ、この厚意に甘えることにした。

「鉄臭《てつくさ》いですか」

バンの助手席に乗り込み膝にコートを載せて柴田は言った。

「はは、ちょっとな。岩手の鉄瓶の職人さんやて？」

「ええ、ちょうど鉄を溶かして鋳型《いがた》に入れるところを見せてもらったので」

「そんで、ええんかい、モノは？」

「いいと思います」

「そりゃなによりや」

「先生もいいのありましたか？」

「ええのんて、なんや」

「あれ、お魚の買い出しに行かなかったんですか」

魚に目がない津越は、思い出したように田辺や白浜《しらはま》まで足を延ばすことがある。

「いや、今日は病院や」

「病院……、どこか悪いんですか」

「なんや、ずっと身体がえらい言《ゆ》うとるやないか」

柴田は驚いた。しかし、サボる口実でそう言ってただけだ、と思っていたとは言えず、

「どこが悪いんですか」

と質問を重ねた。

「どこがってことはないんや、もうそういう年齢《とし》やさかい。ただ、もうちょっと頑張らんとな。協会から次の公募展に出してくれ言われてるし」

「国立新美術館でやるやつですか？」

「そうや。最後になんか賞でも獲りたい思《おも》てな」

「最後ってなんですか、縁起でもないこと言わないでください」

「言葉の綾やがな。ビアカップの賞も嬉しかったけど、やっぱり簞笥でもらえたら、そら嬉しいがな」

それはそうだろう、と柴田も思った。

「あの兄《にい》やんはどないしてるんや」

「さあ」

「さあって、いまどこにいはるんや」

「たぶん外国だと思います。アメリカかイギリス」

「さよか。たいしたもんやなあ」

津越は感心したようにそう言ったが、不可解なミッションを残して自分は海外にトンズラかよ、質問してもろくに返ってこないし、とちょっと恨めしく思っていた柴田は、

「あんなのより先生のほうがずっと偉いですよ」

と津越を持ち上げる形で、黒木を腐《くさ》したあと、

「あ、あいつの家に原チャリ駐《と》めてきたので、そこらで降ろしてください」

と告げ、黒木邸の近くの国道で車を停めてもらった。

坂道を登っていると上から老婆が下りてきた。楠本の婆さんである。柴田を見つけると、皺だらけの顔の上に満面の笑みを湛え、

「来てはるで」

と言った。その遠慮のない無邪気な語気が、柴田には不意だった。

「え」

「いま、イサギ持って行ったから、ふたりで食べよし」

なんだって、と思い、柴田は礼もそこそこに坂道を登る。

黒木邸の玄関先には、一枚板に「ツタエテ処《どころ》」と大きく、そしてその下に小さく「ギャラリー&カフェ」と明朝体で彫って墨を流し込んだ看板が掲げられている。庭に向いたガラス戸は閉じられていた。歪んだガラスの向こうに朱《あか》い灯《ひ》がこちらも歪みながら灯っているのが見えた。いるのだ、と思い、玄関の戸を開けると、そこに黒木の姿はなかった。けれど、軽い落胆を味わいながら、しんとした土間に立った柴田は、薪がはぜる音を聞いた。薪ストーブの火室の窓もまた朱く染まっていて、柴田はしばらくオレンジ色の窓の向こうの火床で燃える薪を見ていた。

夢を破るように、ガラリと奥のガラス戸が鳴り、開いた戸の向こうから黒木が現れた。

「お、おかえり」

提げていた赤いホーローのケトルをストーブの天板に載せて、黒木は微笑んだ。

「さっき、楠本さんからイサキもらっちゃったよ。いまが一番おいしいんだってさ。このへんじゃイサギって言うんだな」

「いつ来たの」

「三十分ほど前だよ。昼頃かな。なかなか進んでるじゃないか、びっくりした」

黒木はそう言って靴を脱いで板の間へ進み、自分が二ヶ月ほど住んでいた部屋を見渡した。津越の桐簞笥が置かれ、壁には棚が何重にも渡され、その上に全国から集められた工芸品が連なっていた。中央には木製のテーブルが置かれて、そこにも、寄せ木細工や切子《きりこ》のグラスや細い籤《ひご》で精妙《せいみょう》に編まれた竹製の籠《かご》、水晶細工、鍛金《たんきん》の香炉《こうろ》などが並んでいる。もともと洒落《しゃれ》た古民家は、全国から取り寄せられた伝統工芸品によって、古風で垢抜《あかぬ》けた展示即売会場に生まれ変わりつつあった。

「棚は君が作ったの」

「うん。すこしは先生に手伝ってもらったけど」

へえ、と感心した黒木は、丸みを持たせてある棚板の角を指で触って、

「このへんなんか難しそうだけど」

「トリマーを使えば簡単だよ」

「机と椅子は？」

「私ん家《ち》に運んだ。ここじゃどうしても浮いちゃうから」

「スピーカーはどうしてる」

「そこ」

　柴田が指さしたところに紀州《きしゅう》漆器《しっき》と並んで桐のスピーカーがあった。

「お、展示品になっている」

「いちおう津越先生作ということで。ただ売らないから安心して。誰も欲しがらないとは思うけど」

「ちょっと一曲聴かせてもらうよ」

　黒木は、掘り炬燵のテーブルの上に置いてあったデジタルアンプとＤＡＣを取ってきて、スピーカーにつなげた。

「いけない、音源を入れたＳＳＤを宿に忘れてきた」

　柴田はポケットから自分のスマホを取り出して、前に教わったやり方で、装置に接続し、ビョルグの「トール」をかけた。

「いいね」

　と黒木はうなずいた。黒木の満足はさらにエージングが進んだスピーカーについてだったが、柴田の感想は、聴き慣れた曲でも高音質で再生されるとこんなにもちがうのかとあらためて感心しながらも、

「このノイズ、なんだか暗い森に降る雨みたい」

とやはり楽想に向けられていた。

「ところでこのお店――」

コーヒーを飲みながら、和室の掘り炬燵から板の間の売り場を見渡して、黒木が言った。

「誰が仕切るの」

「私も時間が空いたらいるようにするけど、近くに住んでる人に頼むつもり。英語が心配だけど」

「解説のアプリを作ってそれをスマホにインストールしてもらうようにしようか」

「できるの？」

「まあ、誰もできなければ僕がやる。だけど、そのくらいできる仲間は確保したほうがいいな」

いざものごとを推し進めようとすると、自分の機動力が弱いことを痛感していた柴田は、しおらしくうなずいた。

「選定は進んでる？」

「まあまあだね。今日は京都で仲間とミーティングしてきた」

そう言って柴田は欅《けやき》のマグカップに口をつけた。その浮かない表情を見て、

「さては、問い詰められたな」

と黒木がこぼした笑みにすこしは慰められたが、それでも、

「ちゃんと説明してくれないから苛《いじ》められたんだよ」

と軽い抗議の調子を込めて言わずにはいられなかった。

「だけど説明はしたじゃないか」

「だって、難しいんだもの、いちど聞いたくらいじゃわからないよ」

「案外わかってたよ、君は」

「ねえ、あなたがみんなの前でひとこと挨拶してくれればずいぶんちがうと思うんだけど」

「それは駄目だ」

「どうして」

「これは君のプロジェクトだ」

「だって、お金を用意したのはあなたでしょ」

「使うのは君だ」

「私にその金を使わせる目的はなに？」

「また目的か。目的なら、君とそんなにはちがわないと思うよ」

「じゃあ、ちがう部分を教えて。私がまったく考えてもいないことで、あなたが考えていることを知りたい」

「うーん、君は運動をしたいんだったよね」

「……まあね、友達に言わせるとそういうことらしいし、私自身も身に覚えがないわけじゃない。で、あなたがやりたいのはなんなの」

「実験かもしれないな」

「実験……実験ってどんな？」

「ささやかでもいいから、価値が上がってもバブルにならない、長く残る経済をつくる」

「どういうこと？」

「この世のすべてはバブルなんだよ。金融商品に限らずほとんどすべてがバブルだ」

柴田はやれやれと首を振って、

「また、わけのわからない講義を聴かされるわけね」

「嫌ならよすよ。説明しろといったのは君だぜ」

「わかった、聴く。聴きますよ」

「僕が伝統工芸のことをいいなと思うのは、それが有用なものだからだ」

「有用？」

「まあ、簡単に言うと使うものだってことだ」

「それはそうでしょう」

「ただ、価格を吊り上げようと思ったら、使わないもののほうがいい。使わないものほど価格が高騰する」

「どうして」

「使わないものってのは代替品を設定しにくい。現代アートが、どかーんと暴騰することがあるのは、一点物《いってんもの》だからってことが大きい。だけどその作品の使い道ってなんだって考えると、よくわかんない。病院の待合室やホテルの部屋にも飾れないようなヘンテコなものに、作った当初とは比べものにならないくらいの高値がつくのはやっぱり一点物だからだ。これはバブルだ。その点、伝統工芸品は使うものだ。だから数は限られているけれど一点物ってわけじゃない。だから馬鹿みたいに高騰しない、そこがいい」

「価格が上がらないのは駄目じゃないか」

　柴田は呆れた顔つきになった。

「いや価値を上げれば価格は必ず上がる。むしろ、上げすぎないってことのほうがだいじだ。上がりすぎて下がりすぎるのがバブルだよ」

「ちょっと待って、伝統工芸品は実用品であって芸術作品じゃないって言うのね」

「あ、そうか。君は伝統工芸は芸術だと言ってたね。それは君の定義であって、やっぱり使うものだよ。新潟県の燕三条《つばめさんじょう》の包丁は有名みたいだけど、日本刀みたいに飾って眺めてる人はいない。買った人はそれで胡瓜《きゅうり》やトマトを毎日せっせと切ってるはずだ。ただ、君が伝統工芸は芸術なんだと言いたい気持ちもわかる。それはあとで話そう」

「わかった。伝統工芸品ってのは使うものなわけね。いや、私に言わせればだからこそ、なの」

「ん?　だからこそ、なんだって?」

「使うものだからこそ、価格の安い大量生産の工業製品にやられちゃってるわけよ。例えば私が作ったそのマグカップ、いちおう刳物《くりもの》といって、伝統工芸の真似事《まねごと》をした手作り品で、道の駅と先生のところのショップでひとつ１０００円で売ってもらってるけど、手間暇考えたら、それでもほとんど利益なんか出ない。同じ商品棚に１００円の陶器のマグを並べられたら、どうやってサバイブすればいいのよ。だって、同じような用途を満たすものなら安いほうがいいに決まってるじゃない」

「いや、価格は高くなりすぎてもいけないけれど、下がりすぎても危険なんだ。１００円のマグは実は危ういよ」

「どうして」

「たとえば、税込み１１０円で売られてるマグカップなんてのは、たぶん原料を中国から安く仕入れて作ってるんだろうな。ひょっとしたら中国で作ったのを輸入してるのかもしれない。そのへんの事情はよく知らないのであくまで譬え話だと思って聞いてよ。ところが、中国の物価や人件費が上がったら、１１０円じゃ売れなくなる。じゃあ、１５０円にしよう。１５０円でもまだまだ安いから大丈夫だ、と考えるとこれはまちがいなんだ」

「なぜ？」

「１１０円が１５０円になったとたんに人は高いと思って買わない。それなら、５００円のマグカップを買うって人が出てくる。じゃあ、こっちがいいと思い直して、楓《かえで》を刳《く》り抜いた１０００円のマグを買う人だってひとりくらいはいるかもよ」

柴田はそのマグカップを口元に持っていく手を止めて、ため息をついた。

「信じられないかい」

「信じたくはあるけれど」

「でも、似たようなことは実際に起こってる」

「……どんな」

「牛丼って一杯２８０円だった時期があったんだ」

「なんか聞いたことある」

「あるチェーン店が徹底的な効率化を推し進めて、この価格を実現した。厨房《ちゅうぼう》の店員の動きを歩数単位でシミュレーションしたんだって。僕はね、よく食べてたんだよ。中学を出てアパートでプログラムを書いていた頃にね。２８０円の牛丼と65円のハンバーガーには世話になったなあ。ところが、ＢＳＥ事件、俗にいう『狂牛病』騒ぎが起きた。アメリカ産牛肉が輸入できなくなって、牛丼はメニューから消えた。じゃあ、ほかのものを出そうってことで、カレー丼、いくら鮭《さけ》丼、豚キムチ丼、マーボー丼、焼鶏丼と出したけど、客は見向きもしなかった。だって、食べたいのは２８０円の牛丼だから。僕もそう思った。その会社だって、牛丼を食べさせることだけでシステムを構築して、牛丼の一本足打法でやってたんだから、これはしょうがない。カレー丼なんかてんで食べる気しなかったな。だからほかの牛丼チェーン行ったり、ハンバーガーにしたり、激安中華チェーンで半チャンラーメン食べたり、コンビニ弁当買ってアパートに持ち帰ったりしてたよ」

　柴田は黙っていたが、これは特殊な例じゃないかと思っていた。

「つまり、２８０円ですべてが回ってるところに、何かショックが与えられて、その構造が成り立たなくなると、そのシステムはガラガラと崩壊するんだよ。これだってバブル崩壊みたいなものだろ」

黒木はそう言って笑った。笑いごとじゃないだろ、と柴田は思った。

「いいかい、価格がそこにいったん固定されると、それを前提にシステムが組み上がる。いま非常に危ないところにあるのは石油だと思う」

「石油？　石油の代替品ってなに？　３・11が起こった後は、原子力が石油の代わりになるって話は消えたんじゃないの？　自然エネルギーもまだまだだって言うし」

「そうでもないさ。これにも価格の問題がからんでる。さっきの例とは逆で、石油は高くなりすぎたんだ。原油の実需の取引価格は１バレル２ドルだった。第一次オイルショックで10ドルを、第二次オイルショックで30ドルを超えた。これはべつにみんなが原油を欲しがったから値上がりしたってのとはちょっとちがう。単に石油産出国の集まりであるＯＰＥＣが原油価格の決定権を握ったから、自分たちの都合のいいような価格にしたってだけのことだ。高いほうが儲かるなら、高いほうがいい。高いほうが儲かるんだから、値下げする必要はない。そう考える人間の利害構造ができて、その水準で価格が固定された。固定されることで、その価格で石油にまつわる産業構造がガチガチに固まっていった。ただ、やっぱり吊り上げすぎたんだ。１バレル１００ドルを超えたあたりで、そんな勝手な価格をつけるなら、もうシェールガスを掘っちまうぞってアメリカなんかが言い出した。これまではコストもかかるし、環境にもよくないから躊躇《ちゅうちょ》してたけど背に腹はかえられないってことだ。当然、原油の価格も下げざるを得ない。ただ、イラクの国家予算ってのは1バレル80ドルを前提に組まれている。1バレル40ドルを割り込むと、ロシアは財政破綻に向かう可能性が高まる。それに、シェールガスのほうだって、40ドル割れの価格競争に巻き込まれれば、小さな開発企業はつぶされる。そういうヤバい駆け引きをやってるわけだよ」

「まあ、そういうのとは伝統工芸品の世界は無縁だよね」

「ただ、伝統工芸品の価値を上げようと思ったら価格は上げなきゃいけない、作り手だって食べていかなきゃならないからさ。ただ、そんなに儲かっちゃいけないんだ」

「なに言ってんのよ、あなたはずいぶん儲けてるわけでしょ」

「だからときどき腹が立って、こんな馬鹿なことしてるんだ」

柴田は思わず吹き出し、

「変な人だなあ、あなたは」

としみじみつぶやいたあとで、

「だけど、いま価格の話をしたけれど、伝統工芸品はとにかくそんなに安くはできない。その手間暇を勘案して妥当な値段に設定したとしても、値段は高くなるわけでしょ」

「だから高くてもいいんだ。高くなりすぎなければね。そして、現代美術とちがって高くなりすぎはしないだろう、そこがいいねって話をしてたわけ」

「そうか。そうだったね。だけど、一般人の感覚で言うとやっぱり高い。そして、いまは安い代替品もある。その中でどうやって売っていけばいいの」

「それは、君がよく知ってるじゃないか」

「え」

「君は伝統工芸品を芸術作品だと言った。言ったよね」

「……言った」

「伝統工芸品は使える芸術だ、と思おう。じゃあ、使い勝手や価格だけじゃなくて、美しさに訴えていかなきゃいけない。だからこそ、作品と同時に作り手をもっと強く推せと言ったんだ。現代じゃ、アーティストの名前が奥に引っ込んでる芸術作品なんてないよ」

　柴田は黙っていた。

「いいかい、君が好きなあの卵だって、もちろんおいしいことは言うまでもないけど、〝土屋さん家《ち》の卵〟って具合に作り手の名前がつくから、ほかよりも高い値段で売っても不思議じゃなくなるんだよ」

「なるほど、代替品はあるけど差別化はできてるってことか」

　黒木はうなずいた。

「若手を中心に作品を選定したほうがいいと言ったのはなぜ？」

「若い人のほうが、伝統的な技術を受け継ぎながら、自分なりの作品をどうやって表現していったらいいかを模索していると思ったから。若い人のほうが、継承と刷新のせめぎ合いは当然強くなる」

「だけど、作家をプッシュするだけで売れるとは思えないよ」

「そのことについては、君と君の仲間は魅力的な言葉の使い手である必要がある。君は運動家になりたいんだろ」

「まあ、なんだかそういう流れになってるよね」

「マルコム・Xもキング牧師もガンディーも演説がうまかった」

「みんな暗殺されてますけど。まあ、ヒットラーが入ってないだけましか」

「君は伝統伝統って言うけど、価値を媒介するのはお金だけだと思い込んでやしないかい」

「あれ、価値がマーケットの中で価格という形で表現されるって教えてくれたのはあなただよ。価格ってのはお金で表現されるから、そりゃそうだと思ったんだけど」

「それは確かにそうだ。けれど、価値を媒介するものはもうひとつある。それは言葉だ」

「はあ」

「つまり、伝統工芸を復活させたいのなら、工芸の伝統を復活させるだけじゃ駄目だ。言葉の呪術性もよみがえらせないと。君は詩人になる必要がある。言霊《ことだま》を使え」

「ええっ⁉　ちょっと、なに言ってんの」

「君が大好きな中世では、詩人の地位はいまよりずっと高かった。言葉の呪術性はハンパじゃなく強かった。言葉で魔法をかけるんだ、そうすれば売れるよ」

「……あの、このプロジェクトってそんなデタラメな話だったの」

「デタラメじゃない」

「だって……」

「君はビョルグの曲をここではじめて鳴らした時、ビョルグは宇宙から調べを受け取って、それを自分の声にして歌っているんだ、なんてことを言ってなかったかい。君はビョルグにならなきゃならない。君は伝統工芸品から美を受け取った。でも君のようにはその美をヴィヴィッドに受け取れない人たちに、その美を歌って聴かせるんだよ。それが新しい欲望を産み出す。欲望ってのは経済学の言葉で言えば需要のことだ。僕の用意したお金は財政出動みたいなものだ。だけど、それだけじゃ不充分なのさ。彼らに仕事を与えることはできるけど、市場は生まれない。市場を作り出す、それこそが運動だよ。ほら」

なかば呆然として聞いている柴田の目の前で、黒木は手首を返し、例の時計を見せた。

「なにもとっぴなことを言っているわけじゃない。高価格を維持している品物の背後には、その価格を維持するための運動がある。ダイヤモンドだって、イギリスのデビアスとロシアのアルロサってふたつの会社が、ダイヤモンドは確実な資産だって運動を展開して、価格を維持してるんだよ。ただ、僕に言わせれば、馬鹿高いダイヤモンドはくだらない。スイスの高級腕時計はいい。こいつは使うものだからだ。それと自分が所有しているっていうのもいいね」

正直なところを言えば、はぐらかされた思いで、柴田はおおいに落胆していた。ひょっとしたら、この男はもっと手の込んだ、彼女には思いもよらないアクロバチックな手法で、念の入ったお膳立てをしてくれているのではないかと、ひそかに期待していたのである。けれど、問い詰めてみれば、価値を上げろ、作家を売り込め、市場を作れ、詩人になれ、言霊を使え、という抽象的な難題が次から次へと積み上げられただけだった。もっと優しくしてくれると思ったのにと言いたかったが、手前勝手な甘えだということもわかっていたから、口には出せなかった。

　けれど、いぜんとして理解できないのはこの男の腹の底だ。どこからあんな大金を調達したのか知らないが（少なくともこいつの金ではないらしい）、なぜ伝統工芸という儲かりそうもないところに投げ込もうとするのだろう。ねだったくせにお前が言うな、と叱られそうだが、不思議ではある。

　万が一、というかその可能性はかなり高いと思われるが、柴田が、あちこちの工芸士にいい顔をして、気前よく伝統工芸品を買い込んだまではよかったが、詩人らしい言葉も紡げず、よって価値を上げられず、作家の売り込みにも失敗し、市場も作れず、ただデッドストックを山のように抱えてにっちもさっちもいかなくなったら、金を出した人にどのように釈明するつもりなのだろう。

　そうなったら、自分は赤っ恥をかくだろうが、もともと大した地位があったわけではないから、プラマイゼロだと割り切れると思う。誘った仲間にはがっかりさせて申し訳ないが、彼らはツタエテの組合員ではないし、ギャラはちゃんと払っているから、残念会をやってお開きにすることもできるだろう。真美や須藤ちゃんは「澪のせいじゃないよ」なんて言って慰めてくれる気がする。高沢はきっと「ほら言わんこっちゃない」とせせら笑うだろう。そのときはしょうがないから、ほうっておこう。――ここまで思考が漂流してきた時、ふと午前中の会議を思い出した。

「あの、今朝のミーティングでいろいろと追及されたんだけど、任意組合のメンバーは誰だって詰め寄られたんで、実質私ひとりだってわかってもらおうと、あとの三名は出資金は一円ですってことは言っちゃったんだ。マズかったかな」

　黒木は無表情のまま、

「それで」

　と先を促した。

「そしたら、一円なら俺も出資したいという選定委員がいて」

「それは困る」

「困るの？」

「ああ」

「どうして」

「パートナーシップ制度ってのは、基本は組合員全員の合意が必要なんだ。引っかき回されたくないからね。で、その選定委員はどうしても加入させろってゴネたわけ？」

「いや、だから教わったように、任意組合ってのは無限責任だよって言ったら、怖くなったみたいで、引き下がったよ。たぶん、ありえないことが起こりすぎているから、気味が悪かったんだと思う」

　黒木は無表情のまま黙っていた。

「だけど、組合員で代表幹事の私は無限責任ってわけだよね」

「そうなる」

「無限責任ってどういうこと？」

「文字どおりだよ、なにか重大な過失があると、とことん責任を問われるってことさ。場合によっては無一文になるかもね」

「そんなの困る」

　柴田はたまらず言った。

「だからこそ、組合員の構成にも気を遣うんだ。メンバーのひとりでも粗相《そそう》したら、僕の我《わ》が儘《まま》を聞いてくれた出資者に迷惑がかかる」

「だったら、組合じゃないほうがいいじゃない。選定委員のひとりにどうして株式会社にしないんだと問い詰められたんだけど」

「有限責任にこだわるのなら株式会社ってことになるね。ただ僕は株式会社が嫌いなんだよ」

「どうして？」

「気分は中世だから」

「なに言ってんのよ、ちゃんと説明しなさいよ」

「株式会社っていうのは近代の産物でね。株を持ってもらって資金を調達する。で、会社ってのは株主のもの、出資者のものってことになっている。ただ、実際の経営は会社の経営者がおこなう。つまり、所有と経営が分裂しているわけ。これが気に入らない」

「どうして」

「会社は株主のものだとしたら、株主は会社の経営にあれこれ言うだろ」

「そりゃそうだけど」

「でも、言うことはたいてい決まってるんだ。なんて言うと思う？」

「もっと売り上げを伸ばせ、とか？」

「ちがう」

「もっと若い人にも売れないのか、とか」

「ちがう」

「いい商品を作れないのか、とか？」

「ちがうなあ、次がラストチャンスにしよう」

「もっと、海外に進出できないのか、はどう？」

「まあ、そういうことは言うかもしれないが、株主ってのは、本質的にはひとつのことしか言わないんだ」

「だからなんなのよ、それ」

「もっとリターンをよこせ、だ」

「リターン？」

「リターン・オン・エクイティ、略してＲＯＥ、自己資本利益率、まあ、分け前ってことさ。

基本的には８％戻してやらないとゴネだすって考えたほうがいい」

「そんなの無理だったら無視するしかないじゃない」

「だけど、会社は株主のものなんだぜ」

しばらく沈黙が続いた。やがて柴田が言った。

「……じゃあどうするのよ」

「売れなくたってリターンをよこせって株主は言う。そういうときに経営者がやるのは、リストラと賃金カットだ」

「……ひどい」

「ひどいさ。それが二十一世紀の株式会社の実体だ。おまけに所有者だって威張り腐ってるけど、なんの責任も取らない。株主は有限責任だってことはさっきも言ったけど、こいつらは安いときに買って値が上がったら、タイミングを見計らって売って利ざやを稼ぐ気満々さ。この前、流動性の話をしただろ、あれだよ。例えば、高く買ってくれるからって、国宝級の浮世絵を外国に売ってもいいと思うかい」

返事をする必要もない、と柴田は思った。

「その点、伝統工芸はいい。所有者はそれを使うだろうし、嫌になってもそんなに簡単に売れやしない」

「それって、かえって買いにくいってことじゃないの？」

「そうとも言えるね」

黒木はペロリと舌を出した。話はどんどん深刻になっているのにそんな無邪気な仕草で煙《けむ》に巻こうとしても駄目だ、と柴田は腹を立てた。

「あの、じゃあ任意組合にした理由は？」

「まず、決算の公告義務とかないから君も楽だよ。あと、税金は組合にはかからない。各組合員にそれぞれかかるだけだから、めんどうがない」

「だけど、わたし幹事だけど、ほかの組合員には会ったこともなければ口を利いたことさえないんだけど、こんなのアリなの」

「普通はないね。ただ、公告義務はないけれど、一年後に経過報告の会議をするように契約書には盛り込んでおいたよ」

柴田はノートPCを取り出して〈任意組合　ツタエテ・パートナーズ　契約書〉と書かれたファイルを開いた。

契約書

株式会社J&B、柴田澪、真行寺《しんぎょうじ》弘道《ひろみち》、白沙蘭《ペクサラン》、森園《もりぞの》みのるの五者は、共同事業として、日本の伝統的工芸品の技術の継承、市場拡大を行うことを目的とし、ツタエテ・パートナーズを組成し、次の通り、民法上の任意組合契約（以下、本契約という）を締結する。

第1条（目的）

1　株式会社J&B、柴田澪、真行寺弘道、白沙蘭、森園みのるは、柴田澪を代表幹事とする民法上の任意組合ツタエテ・パートナーズを組成する。

2　各当事者は、ツタエテ・パートナーズの、所有、管理、利用を行うことを目的に共同で出資し、本契約に定める諸権利を行使して得られる収入を本契約に規定するところに従って各出資者が出資比率に応じて取得し、損失は出資比率に応じて負担する。

3　組合員は下記の通り運営費を負担するものとし、各組合員は、指定の銀行口座に現金にて支払うものとする。各組合員の出資比率は、分母を金50億円とし、分子を各自の出資額とするところの割合で示される数値である。

記

組合員	支払額	出資比率
株式会社J&B	金4999999996円	99・99999992%
柴田澪	金1円	0・00000002%

真行寺弘道　金１円　０・００００００００２％
白沙蘭　金１円　０・００００００００２％
森園みのる　金１円　０・００００００００２％

４　本契約締結から一年経過した時点から三ヶ月の間で、代表幹事は全体会議を招集し、収支報告をしなければならない。

「説明してよ、一体誰なの、この人たち」

「どんと出してるＪ＆Ｂってのは僕の友達の会社だ」

「なんの会社なの」

「ヘッジファンドだね」

「ヘッジファンドって他人のお金を預かって金融商品買って運用するところでしょ」

「まあ、そうだ」

「そんなの株主よりたち悪くない？」

「だから訊いたんじゃないか」

「訊いたって、なにを？」

「ほら、川原で石を投げながら……」

柴田の脳裏に河川敷の夕暮れの風景が甦《よみがえ》った。

「君にとって汚れた金であっても、善き目的のためなら使ってくれるかい？」

　黒木は確かにそう言った。

「……だけど、大丈夫なの。汚れたお金なんだから、そういう人たちって『伝統工芸がんばれよ』って出してくれてるわけじゃないんでしょ」

「そりゃそうさ。だから、いろいろ細工をする必要があった」

「どんな細工を？」

「それは訊かない約束だっただろ」

「……じゃあ、あとの人たちは」

「僕の友人だ」

「ちょっと聞きたいんだけど、そもそも任意組合って何人から作れるの」

「ふたりからだ」

「じゃあ、お金持ってきてくれたＪ＆Ｂと私とでいいじゃない。なによ、この三人」

「ふふ。ひょっとしたらこのメンバーを入れておくほうがいいかもって思ったんだ、君のためにも」

「私のために？　一円しか出してくれてないのに、収支報告とかミーティングの連絡する手間が増えるだけじゃない」

「金を出すだけがメンバーの仕事じゃないよ。組合員はそれぞれの特性や技能を生かして事業をプロモートしなくちゃいけない。それが任意組合だ」

「ヘッジファンドのＪ＆Ｂがお得意の資金調達をしたってのはわかるけど、ほかの人はどんな貢献をしてくれるって言うの」

「うーん、そこはまだわからない」

「なによそれ。で、この三人、みんな住所が同じになっているのはどうして？」

「真行寺って人が家主で、森園ってのはそこの居《い》候《そうろう》だ」

居候っていまも存在してるのか、と柴田は訝《いぶか》しんだ。自分には、どうにも会社勤めができずに、実家で養ってもらっている三十過ぎの従兄弟《いとこ》がいて、両親は困り果てている。森園もおそらくその類《たぐい》だろうが、他人の家に転がり込んでそんな甘えた生活ができるなんて、嘘みたいな話だ。

「その森園って人は俗にいう引きこもり？」

「いや、ミュージシャンらしい。愛欲人民カレーって名義でひとりで変な音楽を作ってる」

なんてひどいバンド名なのと柴田が呆れると黒木は、マニアの間では割と有名らしいよ、と言って笑ったあとで、僕もひどいとは思うけどね、とつけ加えた。

「でも、居候してるってことは、たいして売れてはいないわけね」

「まあ、そのへんは伝統工芸と同じなんじゃないかな。いいものが売れるとは限らない」

「そのひとの音楽、聴いたことあるの？」

「いちどね」

「どうなの？」

黒木は肩をすくめて返事にした。

「だったら一緒にしないでよ」

柴田は思わず叫ぶ。

「家主はなにをしているの？　もしかして土地持ち？」

「警察官」

「警察官ってお巡りさん？」

「いや、刑事。捜査一課の」

「いくつぐらいの人」

「五十過ぎだと思う」

「居候を置くなんて余裕あるんだな。えらいの、その人？」

「一番下っ端らしいよ」

「五十過ぎてるのに。馬鹿なのその人」

「いや、そうでもない」

「じゃあ、どうしてそんなにうだつが上がらないのよ」

「だから、それも伝統工芸……」

「一緒にするなって言ってんの。じゃあ、この白沙蘭って人は？　名前からして韓国か朝鮮籍の人みたいだけど」

「韓国籍だね。居候のガールフレンドだ」

「だけど住所が同じだよ。ガールフレンドも一緒に居候してるわけ」

「いや、彼女はワルキューレって音楽制作会社を立ち上げたばかりだ。この家を借りるときの名義も、津越さんへの振り込みもワルキューレを使わせてもらった」

「ほんとだ。ワルキューレ代表取締役 白沙蘭ってなってる。でも、三人とも住所が同じ東京の高尾《たかお》なのはどういうわけ」

「そのワルキューレの登記先が、真行寺って刑事の自宅だからだよ」

「……どういう関係よ、この三人。わけがわからない」

彼女が困惑するのももっともだ。その責任を多少は感じるので、いましがたうだつの上がらない刑事だと評された僕が、すこし説明を加えよう。

僕、真行寺弘道は、警視庁本庁の刑事部捜査第一課に籍を置く刑事である。

実は黒木には警官の知り合いがふたりいる。ひとりは東大法科卒で、警察官としては出世コースである警備畑を歩んできたキャリア官僚だ。黒木とは同い年だと聞いている。ふたりは幼い頃からの知り合いだそうだが、どのような関係なのか詳しいことは僕も知らない（もう一度言うが、知らないことはいろいろとある）。

この吉良《きら》大介《だいすけ》という若いエース級の警官と僕は、彼が警察大学校を出て現場に配属になった短い間に一緒に働いた。頭がよく、エリートのくせに世慣れたところのない、古風な正義感の強い、言ってみればちょっと危なっかしい男である。彼の主張は僕とは水と油だが、個人的には嫌いではない。黒木がつき合うのもわかる気がする。そう言えばこのふたりの音楽の趣味はともにクラシックである。

　話が脱線したので元に戻そう。警官をやっているふたりの友人のうちのもうひとりが僕だ。もちろんノンキャリで、五十を過ぎていまだに巡査長。巡査長は、一番下の巡査よりいっこ上の階級ということになっていて、ちゃんと階級章もある。だけど、巡査長は正式な階級ではない。正式な階級ではないのに階級章があるのは摩訶不思議《まかふしぎ》だけれど、なぜと僕に訊かれても困る。

　とにかく、ノンキャリの大卒は、二年以上勤務したあとは、巡査から巡査長にほぼ自動的になる、というかさせられるのだが、階級としては巡査長はあくまでも巡査だ。で、その後は、みな巡査部長を目指して試験を受けるわけだが、僕はいまだにこの試験を自主的に受けていない。そして、巡査長のまま、巨大な警察官僚機構の底辺をうろついている。さっき紹介した吉良大介の階級は警視正、こちらはあとすこしで頂点まで上り詰めようという位置につけている。高低を取り混ぜた、黒木らしい、絶妙な人選ということにしておこう。

　ついでに僕と黒木の関係について話してしまおうか。彼と会ったのはオーディオショップだった。アンプの真空管が切れたので、秋葉原に買いに行った際、雑居ビルのパーツショップの店先に立っていた彼を店員とまちがえて、声をかけた。実は客だとわかるまで結構時間がかかった。あわてて詫びたが、相手は気にするようすもなく、

「それより、昼時なので、どうです一緒に」

とランチに誘ってくれた。

近くの中華料理店で出た話題はやはり、オーディオだった。てっきり彼も真空管アンプを使っていると思ったのだが、彼はデジタル派だった。なぜだと訊くと、持ち運びに便利だからだと言う。なぜアンプなんか持ち運ばなきゃならないんだと訊くと、しょっちゅう海外に出ているからだそうだ。スピーカーは現地で木材を調達してこしらえるというのもそのとき聞いた。正直言うと、この話からするとたいした音は出てないなと僕は高を括った。たぶん、それが態度に出たのだろう、黒木は、

「よかったら聴きに来ますか」

と誘ってきた。他人がどんな音を出しているのかをやたらと気にするオーディオマニアのご多分に漏れず、僕もこの誘惑に勝てなかった。黒木が住んでいるのが高尾で、当時僕が住んでいた八王子《はちおうじ》とは方向が同じだったのも誘いに乗りやすくした。

特急スーパーあずさの車中で職業を訊くと、ハッカーだと名乗り、イランの核施設の遠心分離機を壊した話までしてくれたことは、前に述べたとおりだ。

黒木は高尾の高台の赤いレンガ造りの家に住んでいた。もとはこのあたりを走るサイクリスト御用達《ごようたし》のピザ屋だったらしい。遮音性《しゃおんせい》がよく、人家が隣接していないので、思う存分に音が出せるのが決め手だったようだ。そして、いまここは僕が借りていて、そこに居候として森園が転がり込み、彼のガールフレンドが経営するワルキューレの登記上の事務所にもなっている（森園は唯一の所属アーティスト）。

さて、こんな話を続けていたら、いつまで経っても終わらないので、ここで強引に僕と黒

木の関係を要約してしまうことにする。

僕にとって黒木とはどういう存在か。

実は黒木は刑事としての僕の相棒である。もちろん、このニコイチ（捜査上の二人一組をこう呼ぶ）は警視庁にも上司にも公認されていない。それどころか、彼に一杯食わされた警察庁警備局ならびに警視庁公安部は、彼を捕捉しようとやっきになっている（ここに先に紹介した吉良大介も絡んでいるらしいが、これも長くなるので割愛する）。しかも、その原因を作ったのが僕（と吉良大介）なのだから、ことは面倒である。

であるにしても、やはり黒木は僕の相棒だ。

僕は、彼のハッキング技術にサポートされて、これまでいくつかの難事件を解決してきた、と言いたいところだが、解決と言うほど歯切れのいいものではなくて、事件の全貌を明るみにしたに留《とど》まっているのだけれど、それにしても、だ。つまり、ひとりで勝手に動き回り、それなりに成果も挙げている巡査長には、実は隠れた相棒がいたというわけだ。

もうひとつ、僕にとって黒木というのは、大事な友人であり、しかしまた敵でもあり、そしてこれはあまり認めたくないのだが、ひょっとしたら師であるかもしれない、とさえ最近は思いはじめている。出世を望まない僕は、警察機構の中の最底辺に甘んじながらも、アウトローとして自由に生きているのだ、と誇らしく思うところがないではなかった。しかし黒木は、そんな自己満足はくだらない、そんな自由はまやかしだ、と冷笑する。黒木がはっきり僕に面と向かってそう言ったことはない。けれど、彼との問答の中で、僕の自由はじわじわと追いつめられ、いまや風前の灯火《ともしび》のような状態だ。

「そうなの、そのへんが本当に癪に障るのよ」

柴田と会って黒木の話題になった時、彼女もそう言って笑っていた。

森園みのると白沙蘭（通名は白石《しらいし》サランで、僕にとってはこちらのほうがしっくりするので、以後サランと呼ぶ）についても話しておこう。ふたりとはある事件がきっかけで出会った。

当時森園は、僕が出た大学の高等部の三年生だった。本当はもう大学に上がらなければならない年齢《とし》だったが、単位が足りずに留年していた。サランは大学の二年で、僕が在校時に所属していた軽音楽サークルにいて、森園は高校生のくせに、同級生がいるという理由で、この部室に出入りしては、いろいろ問題を起こしていた。

愛欲人民カレーという口にするのも恥ずかしいへんな名義で、電子楽器のつまみをいじってわけのわからないノイズだらけの音楽を作っている、金もないし美男でもない、チビでデブの森園と、モデルをやっていたというサークルきっての年上の美女サランとは、信じられないがカップルであった。

サランはただ単にもの好きというわけでなく、森園の才能に惹かれたようだ。その鑑識眼は僕より的確かもしれない。というのは、彼の音楽を聴いても、古典的なロックミュージック・リスナーの僕にはちんぷんかんぷんだが、海外アーティストの中に森園のファンがいるのである。それが僕も知っているようなビッグネームなので驚きだ。ときどき、彼らから誘われて、ネット経由で音源を送るという形で、レコーディングに参加したりもしている。とはいえ、いまだに森園の愛欲人民カレー名義のCDがどんと売れる気配はないのだけれど。

話を僕が森園とサランに出会った頃に戻すと、森園は高等部を放校処分になり、サランは森園を唯一の所属アーティストとして、音楽制作会社を立ち上げた。その時、この会社にワルキューレと命名し、僕が取締役顧問に名を連ねることを条件に、資金を提供したのが黒木だったのである。

「ずいぶんこみ入っているのね。驚いた」

柴田は、あとになって僕がこのような経緯を（都合の悪いところはもちろん伏せて）説明した時、ため息まじりにそうつぶやいた。

僕もそう思う。

そろそろ本格的に秋が深まりだす時期だった。高尾山《たかおさん》の木々が色づきはじめ、高台にある自宅から高尾駅まで自転車で滑走すると、コートを着ていても前から吹きつける風が冷たく感じられ、家までの坂を登るのにペダルを踏み込んでも、そう汗をかかずにすむようになった頃だった。

「真行寺さん、ボビーさんからメールが来てました」

早めに帰宅して、リビングのソファーで古いロックを聴いていた僕は、キッチンにいるサランから、そう声をかけられた。ボビーというのは黒木のもうひとつの偽名だ（自由がなければはじまらないよとジャニス・ジョプリンが歌ったカントリー・ロック「ミー・アンド・ボビー・マギー」から頂戴した)。

「ツタエテ・パートナーズって任意組合に入って、出資して欲しいんですって」

「なんだそりゃ」

「伝統工芸品の技術と市場の拡大とかなんとか……。私と森園君と真行寺さんの三人とそれから、J&Bと柴田澪さんって、五名で組成するらしいんですが」

「金はないぞ」

いちおうそう言ってみた。

「出資金は一円だそうです」

困ったな、と思いながら、

「J&Bってのはなんだ」

と訊いた。

「ボビーさんの友達の会社だそうです。ヘッジファンドだって書いてあります」

ヘッジファンドというのは、黒木らしくないなと思った。この時点では、黒木が金融業界で仕事をしたことがあったなんて知らなかったからだ。

「柴田澪って誰だろ?」

「代表幹事ってことしか書いてません」

「彼女でもできたかな」

　そう言って笑ったけれど、サランの表情を見て、あまりよくない冗談だったと思い直した。

「そっちはどうするつもりなんだ」

「もちろんオーケーです」

「森園には訊いたのか」

「あいつに選択権なんかないですよ」

　そりゃそうだな、とうなずいて、しかし、任意組合に入るというのは、その契約書に署名することになるので、これは避けたほうが無難だと思い、

「そういうの俺、苦手なんだけどなあ」

　とつぶやいてみた。そう、ふだんの自分の一人称は俺だ。ただ、俺は――といきなり切り出しては、ぶしつけに過ぎると思ってここまで遠慮をしていたのである。ただ、いつまで経っても違和感が消えないので、ここらへんで俺に改めさせていただく。

「わからないな。それになんでまた世界を股にかけて活躍する一流ハッカーさんが伝統工芸なんてものにかかわってるんだろう」

　と俺はからかい半分にそう言ってみた。しかしサランはこの揶揄《やゆ》にぴくりとも反応しなかった。

「わからないと駄目なんですか、頼んできているのはほかならぬボビーさんですよ」

　確かにそうだ、とは思った。

「電子署名ってどうやってやるのか、わかんないぞ」

「そんなの私がやりますよ。森園君が海外とやるときになんどかやったことあるので」

逃げ道を塞がれた俺は、森園がPCで作曲するときに使っているペンタブでサインした。

とりあえず、契約書の件はこうして決着がつき、俺とサランと森園はツタエテ・パートナーズのメンバーとなった。

けれどサランから、

「私たちの出資金はボビーさんが立て替えてくれるそうです」

と言われて、

「ありがたい話だ」

と苦笑したあと、すぐに俺はこの件を忘れた。

そもそも伝統工芸なんてものには興味がなかったし、伝統工芸を再興するという言葉を聞いても、なんのイメージも喚起されなかった。強いて言えば、デルタブルースの古い音源をCDで再発売するなんてのを連想してしまうような手合いである。柴田という人物からもその後なんの連絡もなかったから、始動したツタエテの活動に気を配ることはなかった。また、ツタエテの活動がうまくいっていないにせよ、俺にできることはなにもないと思っていた。たとえ、うまくいっているとしても、出資比率からしてこちらの懐が潤うとも思えなかった。

契約書にサインしたあとに、黒木とは会う機会があった。彼の手を借りて、国会議員の電話を盗聴したり、帝国ホテルの部屋から総務省の官僚のモバイルをハッキングしたりした。意見が割れて面と向かって悪態をついたりも（もっともそうしたのは俺だけで、向こうはあいかわらず薄笑いの影を口元に漂わせていただけだけど）。そんな派手な事件の合間に持ち出す話題としては、ツタエテも伝統工芸も取るに足らなすぎた。

だから、リーマン・ショックを黒木がそんなふうに眺めていたなんてことは、思いもよらなかったし、そもそも、彼にそっちの業界でのキャリアがあることすら知らなかった。金融が膨張しすぎた現代資本主義への処方箋《しょほうせん》として、ツタエテのプロジェクトにあいつがなんらかの望みを託していた（とまで言うと大袈裟《おおげさ》なのかもしれないが）なんてことは夢にも思わなかったのである。

話を戻そう。ともあれ、柴田は、

「……どういう関係よ、この三人。わけがわからない」

と嘆くように尋ねた。けれど、黒木から返ってきた答えは、真行寺は刑事、森園は売れないミュージシャン、サランはその森園をアーティストとして抱える音楽制作会社の社長、だけだった。柴田は不満だった。

それから黒木は、言葉を鍛え、伝える力を強くしなきゃいけない、言葉だけじゃ無理だと思ったら、画像や映像、音楽を使ってでも補強しろ、さらに、個々の商品の魅力を伝えるだけでなく、作家として伝統工芸士を売り込め、そうして、ツタエテ・ブランドなるものを醸成してファンを作れ、という課題をもう一度強調した。柴田は、まるで魔法使いの修行のカリキュラムを読み上げられているような気分で聞いていた。黒木は最後に、なるべく早く映像クルーを集めて撮影チームを何班かつくり、制作現場に派遣して、制作過程をこと細かに録画しはじめたほうがいいともつけ加えた。

「情報が途切れたら、伝統も途切れる。伝統が途切れたときにそれを再生させようとしたら、情報しかない」

黒木はそう言ったあとで、

「すべては情報だ」

といつもの決め台詞を吐いて、

「じゃあ、帰るよ。僕のバイク出してくれないかな」

と立ち上がった。

「楠本さんからもらったイサキ、食べていかないの」

「夕飯は向こうで用意している」

と言われ、柴田は、黒木が近くの旅館に泊まっていることを知った。黒木は今年の秋のはじめにここにやってきて、この家を借り、あたりをぶらぶら散歩したり、山の中にテントを張って一晩過ごしたり、落ちていた木の枝に糸をつけただけの道具で川辺でウグイを釣って塩焼きにして食べたり（楠本さん家《ち》にも持っていったらしい）、観光用の船に乗って渓流を下ったりしていたのは知っていた。挙げ句の果てに、熊野古道をどんどん東へ歩いて本宮《ほんぐう》を見て、さらに東へ進み、那智《なち》の滝を見てから、勝浦に出たと聞いたときには、

「ほとんど紀伊半島横断してるじゃない」

と呆れた声を出した。

「なにやってんの」

「修験道《しゅげんどう》。歩きながらいろいろ考えてた」

　そして、秋が深まった頃、借りていた古民家の鍵を柴田に預けて、ツタエテで自由に使っていい、と言い残して出て行った。

　本当にいいの、と驚きつつも、ここを前から気に入っていた柴田は、さらに自分好みに手を加え、ツタエテのギャラリー兼カフェに改装した。しかし、家賃を払って借りた家を自由に使わせて、自分は旅館に泊まっているなんて酔狂にもほどがあると思った柴田はこの日は、

「うちにでも泊まれば」

　と言いそうになったが、「寝てはいけないのだ」という誓いを思い出し、すんでのところで踏みとどまって、そう言いそうになった自分にも驚きつつ、またその驚きを隠そうと、自転車を取りに裏口に抜ける土間に向かった。

「しばらくいるの」

　庭で自転車に跨がった黒木に柴田は尋ねた。

「いや、明日出る」

「どうしてそんなに頻繁《ひんぱん》に和歌山に来るわけ」

「君だってこの土地の人じゃないんだろ」

「ご両親のどちらかがこのあたりの出身なの？」

　肩をすくめてから、ペダルを踏み込み、黒木は行ってしまった。

あくる日、柴田は朝から元黒木邸・現ツタエテのギャラリー兼カフェ、ツタエテ処に出た。そして、〔つたえてねっと〕を開いて、契約書の雛形に支払い金額を打ち込んでいた。

十一時頃になって、そうだお昼には楠本さんにもらったイサキを食べなきゃ腐っちゃうぞと思い、竈に火を焼《く》べて、米を二合ほど炊いていたら、玄関の戸が開く音がした。てっきり黒木が来たのだ、と思い込んで、

「ちょうどよかった、これからイサキ焼くんだ。塩焼きでいいよね」

と焚口にかがみ込んで薪を足していたが、返事がない。視線を横に向けて仰ぎ見ると、そこに立っているのが黒木でないことは、逆光の中のシルエットでわかった。

「ずいぶん遠いな。田辺駅からタクシーで来たんで、一万三千円もかかった。大散財《だいさんざい》だ」

まるで柴田の責任ででもあるかのような口調は耳障りだった。これから話される用件も、聞き心地のよいものであるはずがなかった。しかし、東京からわざわざここまでやって来た者を門前払いするわけにはいかない。それに高沢は正式に解任するまではまだ選定委員だ。そう考えて柴田は、土間から上がったところにある和室の掘り炬燵を勧めた。

「それで？　和歌山が遠いのなら、昨日京都に来てくれれば、話せたんだけど」

向かい合うとすぐ柴田は用件を尋ねた。

「いったい、なにをしようとしているんだ」

「それは前に説明したでしょ」

「こんなことが伝統工芸の再興につながるなんて本気で信じているのか」

「信じてる」

「けれど、お前がやっているのは――」

「ちょっと、お前なんて呼ばないでくれる」

「……風間に聞いたよ。ツタエテがやっているのは、三流広告代理店のちゃちな販売促進とどうちがうんだ」

柴田ははす向かいに相手を睨んだあと、

「――だとして、それがいけない理由は？」

「澪はわかってない」

「下の名前でも呼ばないで欲しいんですけど」

「俺の意見が却下された理由はなんだ」

「前にお答えしたとおりです。その話をここでもういちどするつもりはありません」

選定してもらった品々を売る自信がないことは、高沢に伝えてあった。黒闇《こくあん》の中に浮かびあがる燈籠の火が美しいことは認めるものの、現代社会の夜の闇は浅い。また、いまの住宅の庭先にそれが置かれるところがイメージできなかった。自分たちは遠くまで来すぎた、と柴田は感じた。ほかの商品だって自信満々というわけではなかったが、さすがにこれは無理だと思った。この時、高沢に対して申し訳ない気持ちがあったことは事実である。けれども柴田は、ことごとく却下した。すべてを保全することはできない。

「だからわかってないって言ってるんだ」

高沢は諭《さと》すように言った。彼は自分の知識で相手の心を書き換えようとする意欲の強い男だった。教えたがり屋であり、教育の対象が異性である場合は、その情熱はさらに漲《みなぎ》った。情熱にせき立てられて、高沢は知識を貪欲《どんよく》に貯め込んでいた。弁舌の技巧を学ぶことにはさらに熱心だった。しかし、高沢の言葉は、さまざまなテキストを読みあさり、棒を飲み込むようにして覚えた修辞《レトリック》に過ぎないことが、柴田にもわかってきた。高沢の口から得々と語られる批評は、対象に接した心に生まれた感興《かんきょう》を言葉で握り直したものではなく、他人の感動の鋳型に自分の心を流し込んでいるにすぎないとわかってきた。

とはいえ、もしかしたら、その言葉の力を利用できるかもしれないという打算も働いた。自分を選定委員に加えてくれれば、『アーツ＆クラフト』で紹介記事を書いてやると高沢が仄《ほの》めかしたときには、魅力的なアイディアだと思った。けれどいまは、この打算は浅はかだったと柴田は悔やんでいる。そして、あいつも悪い、と責任の一端を黒木に押しつけようとした。言葉を磨け、詩人になれ、なんてプレッシャーをかけるからこんなことになるのだ、と。

「そのパトロンが狙っているのはなんだと思う」

鎌をかけるように高沢が言った。

「へえ。それがわかってるのなら教えてくださいな」

「お前に借金を背負わせようとしてるんだ」

柴田は呆れて、お前と呼ばれることに抗議をする気力さえ失せた。

「アーティストに払うべき金が振り込まれなかった場合、ツタエテの責任になるだろう。当然、苦情はお前のところに向く。金のないお前はそのパトロンに泣きつくしかない。そこでなんだかんだ理由をつけて、条件を突きつけようってわけだ」

「支払いは先払いですけど」

「全額じゃないだろ。それは見せ金だよ」

「あら、全額ですよ」

高沢は驚いた顔つきになったが、すぐまた見透かしたような笑いを作って、

「そうか、それはいよいよマズいな」

と勝ち誇ったように言った。自分はわかっている、お前が見えないものが俺には見えているんだ、という態度を取らないではいられない男の性癖ってのは直るんだろうか、と柴田はウンザリした。

「なにがマズいの」

「だってあり得ないだろ、そういうの」

「そういうの?」

「風間が言ってたけど、慈善事業じゃなくてビジネスなんだろ、ツタエテは」

柴田はうなずく。

「だけど、ビジネスモデルがないに等しいじゃないか。買い込むだけ買い込んでどうやって

売るんだよ」

「さあね。それより、全額先払いだとどうマズいのか教えてよ」

「おそらく、不良在庫の山ができる。それをお前のせいにする」

「たとえそうなったとしても、私のせいになるのかな。契約書を読んだ限りではならないね。私はあくまでも代表幹事だから。不良在庫を抱えた責任は、組合全体にあるってことになる」

「だったら、アーティスト側に手を回して納品させないようにするんだろう」

「よくわからないな。工芸士はどうしてそんなことに応じるの」

「……いくらでも手があるさ。とにかく金主《きんす》にそう言われたら、従わざるを得ないんだよ」

「はあ。それで……」

「金を払ったのに品物が納品されてないってのは、組織運営を任されている代表幹事の責任になるぞ」

「だとしたらどうだっていうの？」

「そこで責任を追及するんだ」

「なるほど。それで？」

「それから先は交渉になるだろうな。ただ、お前はとても不利な状況に追い込まれるだろう。——そのおっさんとはまだなにもないのか」

柴田はため息をついて首を振った。高沢が妄想しているおおよそは、この言葉を聞く前から見当がついていた。

実際、個人的な関係を求めてきた男が皆無だったというわけではない。企業のメセナ担当者とやり取りすると、食事に誘ってくる男がいた。応じてやると、調子に乗ってその先に進もうとする者も。そして、そういうとき男たちは、自分が組織の決定になんらかの影響力を持っていることを仄めかした。実は黒木もこの手のタイプかなと一時《いっとき》は勘ぐりもした。ただ、そんなそぶりは見せず、さっさと金を用意してくれた。柴田はおかしくなって笑った。高沢の邪推に、そして自分のとんだ勘ちがいに。

「そう言えば、向こうからは、汚れた金でも使うかって訊かれたよ」

「なんだって」

扇情的な言葉に高沢はまんまと釣られた。

「ちょっと悩みましたが、ありがたく使わせていただきますって言いましたの」

政界の大物から援助を申し込まれた料亭の女将《おかみ》のような口ぶりで言って、

「それに、おっさんっていうほどの年齢《とし》でもないのですよ」

とつけ足した時、引き戸を引いて現れたのが当人だったので、このひとことは余計だったな、腹が突き出て頭髪も寂しくなった中年だと思わせとけばよかった、と柴田は後悔した。

玄関先で客人が来ているのを認めた黒木は黙ったまま、そろりと中に入ってきた。この状況を把握させたほうがいいと思った柴田は、

「こちらは高沢康久さん。小英社《しょうえいしゃ》で『アーツ&クラフト』って雑誌の編集部にいる。うち

の選定委員をお願いするつもりだったんだけど、いろいろあって辞めていただくことになりました」

と紹介し、黒木についてはひとことの注釈も加えなかった。明らかに不自然であるが、高沢は、柴田の思惑どおり、最後に加えた「辞めていただく」に反応した。べつに辞めるとは言ってないぞ、と抗弁し、これに柴田が、買い付ける伝統工芸品の選定については自分に一任されているのだから、選定委員についても同じなはずだ、と言い返しているうちに、黒木は無表情のまま、土間から上がってくると、掘り炬燵で向かい合っているふたりの横を板間へと抜け、桐のスピーカーにつないであったふたつの銀色の箱を、背中から下ろしたリュックにしまい、

「行くの？」

と訊いた柴田に、

「うん」

とうなずいて、リュックのファスナーをチャッと閉じた。その音を聞くと柴田は妙に寂しくなって、微笑しようとしてもうまく笑いを浮かべることができないまま、

「マグカップも持っていってよ」

と声をかけた。

「重くなるからいいや」

「失礼ね」

「あのビアカップも置いていくから、使っていいよ」

「ありがと。またね」

この短くそっけないやりとりの裏に漂うそこはかとない親密さは高沢の心をかき乱すにじゅうぶんだった。

呑み過ぎないようにね、と言って黒木は厚めのプルオーバーのジャケットの上にリュックを背負った。そして、土間に下りて、玄関に向かった。柴田は玄関の戸がもう一度開閉するまで、目の前の高沢と、辞めてもらいます、辞めるもんか、の応酬を続けた。

ついに柴田は、

「とにかく、選定委員については辞めていただきます」

と絶縁を宣言し、

「俺が辞めるんだからお前も辞めろ、なんて風間君にへんなプレッシャーかけないでよ」

と先手を打った。高沢のような男は、俺はなんでもお見通しだ、と振る舞うことには熱心な反面、自分のことを見透かされると逆上する。とたんに、

「なにふざけたこと言ってんだ」

と気色ばんだ。

「とにかく、風間君が辞めると言いだしたら、なんらかの圧力があったと判断して、しかるべき処置をとります」

柴田は口調を改めた。

「風間が自分で嫌気がさして辞めることだってあるだろう」

「いいえ、こちらから辞めてくださいと言わない限りは、やむを得ない事情がある場合を除いて、選定委員には責務を果たしてもらいます」

「それは風間に向かって言え」

「もちろん、本人にも言いますよ。ただ、風間君が急に辞めるなんて言いだすのは不自然なので、ともかく、その場合は弁護士を通じてしかるべき手段を講じます。場合によっては小英社に連絡を取らせてもらうかもしれません」

「なんで会社が関係あるんだよ」

「あら、自分を選定委員に加えてくれたら、『アーツ&クラフト』でバックアップできるかも、と仰ったのは誰ですか。私としては、その可能性も含んだ上で高沢さんに加入していただき、ギャランティもお支払いしたので、そのへんは御社の編集部に問い合わせさせていただきます」

高沢はすぐには返事ができなかった。『アーツ&クラフト』編集部にとってはツタエテの記事掲載など寝耳に水にちがいない。

「ともあれ、おひとりで静かに辞めていただければ、心配には及びません。もちろん、いちどは選定のために動いてもらったのですから、これまでお支払いしたギャランティはそのままお納めいただいて結構です。それで新幹線代と帰りのタクシー代を払っても残るはず。タクシー、いま呼びましょうか」

仕事の量からして、三分の一も払えばじゅうぶんだと思ったが、とにかく、早く辞めてもらうに越したことはない、と腹を括った時、また玄関の扉が開《あ》く音が聞こえた。

「おや、黒木の兄《にい》やんとちゃうかったか」

意外そうな顔つきでそこに立っていたのは津越だった。

「いまちょっと、ええか」

と断ってから敷台のところまでやって来て、しかし、靴を脱ごうとはせずに、

「これ、作ってきたんや。ちょっと見てんか」

と言って身を乗り出すと、木片を二枚突き出した。手に取った時とても軽かったので、桐なんだなと思った。手元に引き寄せて見れば、一枚には墨で黒々と、

〈総桐箪笥　津越剛琉《たける》　二〇一八年作〉

と書かれてある。商品に置くプレートだ。わざわざ作って持ってきてくれたらしい。で、もう一枚はなんだと思って見ると、

〈特製　総桐スピーカー　津越剛琉作　黒木透様ご依頼〉

――となっている。黒木の名前が入っているのはよくない、と思って、すぐに自分の腰のあたり、高沢の目の届かないところへ逃がしてから、津越に言った。

「ありがとうございます。あとで並べておきます」

しかし、結果を先に言えば、高沢はプレートに書かれた名をすばやく盗み見ていた。そして、さきほどやって来た男が当該スピーカーからアンプを外していた光景を思い出し、パト

ロンは黒木という名だと推し量った。津越が出て行くのを見送ったあとで、高沢は柴田に視線を戻し、

「わかった」

と言って膝を立てた。

「退散するよ。今日はこのへんで」

「タクシー呼ぶ？」

ほっとしたからか、柴田の口調はもとに戻っていた。

「いや、折角来たんだから、ちょっとそのへんをぶらぶらしてから帰る」

と言って高沢が靴に足を入れて玄関に向かうのを見た柴田は、

「下流に二十分くらい歩くと原《はら》ノ瀬《せ》橋ってのがあるから、そこを渡ったあたりにタクシーの待合場所があるよ」

と背中に声をかけ、引き戸が閉まる音を聞いたとたんに、疲労の波がどっと押し寄せ、足を掘り炬燵に入れたまま仰向けに倒れると、天井を見つめて深いため息をついた。

しかし、安心するのはまだ早かったのである。

高沢は後ろ手でツタエテ処の戸を閉めると、駐車場から出て行こうとした津越木工房のバンに駆け寄り、運転席の窓をノックした。

「あの、津越先生ですよね」

窓を下ろしてこちらを見た津越に、高沢はにこやかに語りかけた。

「五年くらい前ですかね、『匠の技展』で優秀賞を受けたビアカップの」

「なんや、よう知ってはるな」

「ええ、あれは僕も使わせていただいてます」

「そら、おおきに」

「ギャラリーに置いてあったスピーカーなんですが、あれも先生がお作りになられたんですよね」

「せや」

「やはり桐ですか」

「桐。高価《たこ》なるからやめとき言《ゆ》うたんやけどな」

「黒木さんが是非にと」

　ここでプレートにあった名を出した。

「せや、最初はＭＤＦで組もか言《ゆ》うとったんや。いや、それとも橅《ぶな》やったやろか。もう忘れてしもたわ」

「でも、黒木さんは桐がいいと」

　高沢はもういちど黒木という名を出した。

「ちゅうか澪ちゃんが強引に勧めたんや。それで、兄《にい》やんも折角やから言《ゆ》うて」

「やっぱり高いんですか」

「桐やさかいな、そらＭＤＦと同じ値段ゆうわけにはいかへん」

「へえ、お金持ちなんですね。その黒木さんという人はなにやってるんですか」

「えっと、なにやったかな」

と津越は首をかしげた。そのまま忘れてくれればよかったのに、かつて桐簞笥の前金がいきなり振り込まれたときに、柴田がその金の正体について加えた嘘だらけの説明の中で唯一の本当――、

① 黒木はああ見えて超一流のコンピュータ・プログラマーで、我々一般庶民には信じられないくらいの額を稼ぐ。

を思い出してしまった。

「そや。コンピュータや。プログラマーとか言《ゆ》うてたで。そやそや。伝統工芸士とは稼ぐ額がちがうがな、なにせコンピュータや」

と言って破顔した。

高沢は礼を言ってバンを見送り、自分は国道に下って最寄りのバス停から田辺駅に向かった。駅前の乗り場からタクシーに乗った。降りた目の前は田辺警察署である。

署の受付で、詐欺らしき行為を目撃したと告げると、出てきた私服の警官に、

「振り込め詐欺やろか」

と尋ねられた。

「いや、もうちょっとこみいってまして」

と前置きしてはじめた高沢の説明が、資産家が女に金をちらつかせ、自由を束縛して、などとはなはだ要領を得ないものだったにもかかわらず、応対した警官は、

「ほな、ちょっと聴かせてもらいましょか。——これに記入して」

と言って、受付で名前を書かせ、上に連れて行った。

思い返すに、二〇一八年の和歌山県警田辺署は、〝紀州のドンファン〟と呼ばれた同市在住の資産家が急性覚せい剤中毒で急死した事件でぴりぴりしていた。ニュースでも大きく取り上げられたこの事件については、全国の警察が和歌山県警の動向を気にしていたし、俺のいる警視庁の一課でも「いつカミさんをしょっ引くんだ」と噂していた。捜査方針が他殺で固まっていることも警察関係者には知れ渡っていた。田舎《いなか》の署にとっては十年に一度あるかないかの大事件だったから、へまをやらないように緊張していたにちがいない。そんな時期だったので、応対した警官も、資産家・女・金・詐欺という言葉が並ぶと、そのまま追い返して、あとで「あ、あの時の……」となるのが怖かったんだと思う。

ところが、話を聞きだした警官は、みるみるうちに退屈の色を露《あら》わにした。

意中の女の気を引くために、相手が夢中になっている伝統工芸に大金を投入し、信頼を得た上で、罠《わな》にかけ、意のままにする。高沢がこしらえたこのストーリーは、罠がなんなのかがはっきりしないのが致命的である。そこを、「いくら資産家だからといって、伝統工芸なんかに大金を出すはずがない。本人も〝汚れた金〟と言っていた。だから詐欺」という論法

で押し通そうとするのは無理があった。

高沢にしたって、警察を本格的に動かそうとは思っていなかったのだろう。柴田に傷つけられたプライドに黒木に対する嫉妬がからまり、なんでもいいからツタエテにケチをつけてやりたい、くらいの発想だったのではないか。そして、こうして足を運べば、署は「いちおう」と思い、「まあ、最近はいろいろありますので」なんて電話の一本も入れるだろう。警察からの電話となると柴田だって多少はぎょっとするにちがいない。——そんなみみっちい考えで署を訪れたのではないか。

ただ、十分もすると目の前の警官はメモを取ろうともしなくなり、高沢は二十分後には体よく追い出され、その日のうちに新大阪経由で東京に戻った。

ところが、高沢の聴取を終えて、自分の机に戻った警官のところに、同じ署に勤務する同僚がやってきた。

「飯食《く》うた？」

「いや、まだや。食いに行こう思たら、へんなのが来てな。それも田辺の人やあらへん、旅行者や」

「どないへんなんや」

「中辺路《なかへち》の大川で詐欺や、資産家が女をどないかするつもりや言《ゆ》うさかい、まあ、ドンファンの件もあるよって、ちょっと聞いとこ思《おも》たんやけど、はやい話が焼き餅や。しょうもない。だいたいいやな、中辺路みたいなとこでどんな詐欺やる言うんや、アホちゃうか」

同僚は笑っていたが、ふとその笑みは消え、彼の頬は硬直した。

同僚は、机の上のメモを指さした。取り調べ中に警官が書いたものだった。

「これは？」

「ああ、その詐欺師ちゅうのの特徴なんやけど」

同僚はメモを引き寄せて見た。そこにはこうあった。

黒木透　プログラマー　三十を過ぎたあたり？　長髪

実は聴取に当たった警官は生活安全刑事課、そして昼飯に誘った同僚は警備課に属していた。

生活安全刑事課というのは、刑事と生活安全が合体した課だ。このふたつは分かれてそれぞれの課なのが普通だけれど、田辺署は小さな署であるし、凶悪犯罪も少ないので一緒にしているのだと思われる。生活安全と言われてもイメージを掴みにくいが、酔っ払い、家出人、迷子の保護、ストーカー、ＤＶ、廃棄物の不法投棄、食品偽装、ねずみ講やマルチ商法、水商売の風営法違反、サイバー犯罪まで、とにかく、市民生活の安全を守る万屋《よろずや》さんである。

一方の警備というのも、言葉から受ける印象はぼんやりしているが、要はテロ対策が専門の公安警察と外事警察のことだ。大きくは、国内テロを扱う公安、海外からのテロを扱う外事に分かれている。この警備というのは、警察の中でも、刑事・交通・生安とは雰囲気がちがう。なんとなくじっとりと陰気で、飛び地になっている湿地みたいな印象を受ける。
なので、警視庁勤務の俺は、警備が生安を昼飯に誘うなんて光景にはお目にかかったことがない。生安のほうは警備のことをうさんくさい目で見ているし、なにせ警備は日本の警察では出世コースなので、彼らのほうにも自分たちは特別だという自負がある。そんなこんなで、田辺署の和気藹々《わきあいあい》ぶりを聞いたときには、ちがうものだな、と感じた。

さて、〈黒木透　プログラマー　三十を過ぎたあたり？　長髪〉のメモを見た警備の脳裏に、公安内で指名手配されているある人物の名前が浮かんだ。ＦＢＩとの合同捜査にも協力するアメリカ在住のハッカー黒木良平《りょうへい》になりすまして、警視庁警備部で講演し、その場で警察のネットワークをハッキングしてみせた男。確か、こいつも長髪だった。

日本の警察機構は自治体警察を標榜《ひょうぼう》していて、都道府県警察はそれぞれ別会社のようなもの、少なくとも建前上はそうなっている。しかし、警備は別だ。ここだけは強烈な中央集権システムが機能していて、活動費はすべて警察庁警備局が握り、全国津々浦々《つつうらうら》まで警察庁警備局を中心とする指揮命令系統が張り巡らされている。

――一応報告しとこ。万が一〝当たり〟やったら、あとで大目玉を食らうさかい。

同僚はそう思い、ランチから戻って席に着いた後、この情報を県警本部に送った。

二日後、昼過ぎに『アーツ＆クラフト』の編集部に出勤した高沢は、へんな客が来ているぞと編集長に言われた。

ソファーに座って紙コップからコーヒーを飲んでいたのは、ベテランと若手の二人組で、若手だけが名刺を出した。警視庁公安部公安課とあった。公安警察が国内のテロを取り締まる部署だというくらいの知識は高沢にもあったので、これは田辺署の件とはまた別の話なのかなと思っていたら、ふたりの刑事は黒木という男のことを執拗《しつよう》に訊いてきた。身長、服装、髪の長さ、年格好、声の高さ、喋っていたのは関西方面の言葉か標準語か、その喋り方、津越作のスピーカーの大きさ、色、形まで。

「やはり詐欺なんですか」

質問が途切れたのを見計らって、高沢は尋ねた。しかし、返ってきたのは、

「とにかく、なにかありましたら、どんなささいなことでも結構ですので、連絡をください」

という愛想のない言葉だけだった。

和歌山県警の公安部隊も動きだしていた。この日の似た時分、柴田がツタエテ処の掘り炬燵に座り、ノートＰＣを開いて事務仕事をしていると、背広を着たもっさりした男がやってきた。黒木のことを本部に報告した警備課の警官である。公安刑事は、ギャラリーを一巡したあとで、スピーカーを発見し、熱心に眺めはじめた。しかし、そこにあるはずの桐のプレートはなかった。柴田が置かなかったのである。なぜ置かなかったのか。黒木が置くなと言ったからである。いつそう言ったのか。あの日、高沢がツタエテ処を出て行ったあとだ。もういちど引き戸が開き、その音に、掘り炬燵に足を入れて仰向きに寝転んでいた柴田が半身

を起こすと、そこに黒木がいた。
実は、黒木は、ツタエテ処の裏手にある山の中で、高沢の動きを見ていた。どうやって？　高沢のスマホをハッキングし、自分のタブレット端末上で光る点として観察していたのである。

裏山の切り株に腰を下ろした黒木は、タブレットで〔つたえてねっと〕にアクセスした。さきほど柴田から「ツタエテの選定委員をお願いするつもりだった」と紹介された高沢康久の名前はまだ選定委員の一覧に残されていた。アカウント情報には、携帯電話の番号がある。これさえもらえば、契約している通信事業者のネットワークに侵入して、おおよその位置情報を摑むなんてのは、黒木にとっては朝飯前である。タブレット端末上の光る点は高沢がまだツタエテ処にいることを告げていた。ならばと思い、黒木は高沢のスマホをハッキングし、スマホの内蔵マイクをオンにして、柴田との会話を聞いた。それから、こんどは津越から黒木の情報をなんとか引き出そうとする、バンの窓越しのやりとりも聞いた。

スマホの位置情報から、高沢が中辺路を離れて田辺に向かったことを確認すると、黒木はふたたび山を下《お》り、ツタエテ処の戸を引いたのである。

「これからまた出る」

半身を起こしてぽかんとしている柴田に黒木はそう言って、敷台に腰かけた。

「そう」

と柴田は言うしかなかった。どこへ？　と訊いてはいけないような気がしたし、訊いても

教えてくれないだろうと諦めてもいて、

「どのくらい」

　と不在の期間を尋ねた。

「さあ……。でも、また来るよ。来れるようにしたいのなら、警察が来ても僕のことは知らぬ存ぜぬで通して欲しい。僕の名前はどこにも残っていない。君や津越さんが呼んでいた黒木という名前だけだ」

「偽名なのね」

「ああ、よりによっていちばんマズいのを選んでしまった。あれは失敗だったな」

「どうして、そんなものを使っちゃったのよ」

「大した意味はないさ。君とのきっかけが木工房だったからだ」

　柴田の心に複雑な波頭《なみがしら》が立った。君とのきっかけが木だったからという告白は、自分がこの男に影響を与えたという喜びの混じった驚きを彼女にもたらし、そして大した意味はないと否定されることによって、その喜びは半減し、またその驚きの中に、

「そんなくだらない理由で」

　という呆れた感情が混入して、彼女の心は千々《ちぢ》に乱れた。

「くだらないことが好きってのが欠点でね。それに僕はもともと木が好きなんだよ」

「透って下の名前は？」

「それは単なる偶然だ。忘れていい」

どんな偶然なんだと訊く気も失せていた柴田は、

「どのくらい向こうに行ってるの」

と尋ねた。

「仕事は二ヶ月くらいで終わると思うけど、一年はここには来ない。ツタエテの健闘を祈るよ」

「相談したいときは？」

「いままで僕が言ったことを思い出せばいい」

柴田は肩を落とし、

「そういうの放置プレイって言うのかもよ」

だが、海外生活の長い男にこのスラングは通じなかったらしく、黒木は首をかしげた。

「あのね、正直言って、成功させる自信がないんだ。私に借金が残らないにせよ、責任はあるわけでしょ。せめて、失敗したって気にすることない、くらいは言って欲しい」

「いや、なんとしてでも成功させなきゃならない」

「なぜ」

「君は正しいからだ」

「え」

「正しい人は成功してようやく正しくなる」

「私が正しいって……」

「君は言った。芸術は人生を豊かにするんだと。逆に、芸術がなくなると、人間は人間でなくなる、人は芸術を楽しむことができてこそ人間と呼べるんだって。芸術は無駄だって言われるけど、だとしたら、人間は芸術という無駄をする存在だからホモ・サピエンスじゃなくてホモ・ムダと呼ぶべきだ、――そんなことまで僕に向かって言っただろ」

言ってないとは言えなかった。それは自分の信念だったから。柴田はうなずいて、

「ムダのラテン語は調べてくれた？」

と言って冗談にこれを紛らわした。

「ホモ・クレアンス」

と黒木が言った。

「クレアンス？」

鸚鵡返しに柴田が言った。

「〝作る人〟って意味だ。まあ、君が言ってたムダってのはあんまりだと思って、最初は〝芸術〟を引いたんだ。そしたら〝アルテム〟って出てた。ただ、この言葉はいろんな意味を持つからよしたほうがいいなと思って、こんどは〝作る〟を引いた。君が言いたいのは、人間ってのは〝作る人〟ってことだろ。だとしたら〝クレアンス〟だ。これがいいと思った」

「ホモ・クレアンス」

と柴田は噛みしめるように言った。

「僕の中にも『ホモ・クレアンス万歳！』って叫びたい気持ちがないわけじゃなかった。資本主義がどん詰まって、〝金で持たないでモノで持つ〟って兆候が現れるのなら、工芸ではなくて、純然たるアート作品のほうがうまくいく部分もある。そのほうが資産に近いからね。だけど、いまの現代美術の中心にあるコンセプチュアル・アートは、それを持つことで幸せな気持ちになるには、あまりにもぶっきらぼうだ。だから君の伝統工芸を推したい、と僕は思った」

柴田は驚いて、

「そういうこと、ちゃんと言っといてくれれば、どれだけ励みになったかわからないのに！」

と叫ぶように言って、思わず涙ぐみそうになった。

「じゃあ、もうひとつ言っておくよ」

「ひとつじゃなくてもいい！」

「人間ってのは、ツイてる人もいれば、ツイてない人もいる」

「え」

「えって、ここはいいだろ」

「……でも、どんないいことを言ってくれるのかなって期待してたのに……。それって、犬が西向きゃ尾は東、とどうちがうの」

「似てるね。ただ、事実だろ」

「ああ……」

「いいかい、ツイてる人もいれば、ツイてない人もいる。だけど、ツイてないと思っている人も、チャンスがたったの一度もなかったなんてことはないと僕は思うんだ。どこかでチャンスはあった、もしくはこれから来るんだよ。これは科学的に証明されたことじゃなくて、勘で言ってるにすぎないんだけどね」

「それで？」

「それだけだよ」

「え」

「君も僕も理屈は合ってると思う。ただ、この世の中は理屈どおりには動かない。理屈を前に推し進めるには、感情に訴えなきゃならない。もっと言えばツタエテの信頼、さらに膨らませて言えば信仰だ。それを作るチャンスってのはきっと来るよ。そのチャンスをこれはチャンスだって感じとることが大事だ。それをものにすれば勝てる」

「私がそのチャンスを見過ごしてしまったら……」

「売れないかもしれない。あるいは売れてもあまりにスロウで話にならないかもね。ずーっと売れないのなら、やがて買うのをやめるしかない。そのときはツタエテの負けだ」

「Ｊ＆Ｂはどうするの」

「僕を恨むだろう」

「恨まれたら……」

「まあ、なんとか相手をなだめるしかないな」

「本当に売れると思ってる?」

「だから君次第だ」

「無茶ぶりだよ、そんなの」

黒木は敷台から立ち上がった。

「もう行くの」

「行く」

「バスはさっき行っちゃったよ」

「自転車で。つぶり坂を上ったあたりで乗り捨てていくから、バンでピックアップしといてくれないかな」

そう言って、引き戸を開け、黒木は深い秋の光の中に出て行った。

二日前の出来事である。

黒木の予言どおり、警察はやって来た。観光客には見えないスーツを着た男が、ツタエテ処にひょっこり現れ、スピーカーを手に取って眺め回して、柴田に、

「あの、あまり乱暴に扱わないでいただけますか」

と注意されると、

「いや、ほんま、もじけたら大変や」

と言って棚に戻し、掘り炬燵にやって来て、柴田の前によっこらしょと腰を下ろすと、罪滅ぼしのつもりなのだろう、コーヒーを注文してから、

「柴田澪さんですね」

と確認し、自分は田辺署の者だと名乗った。

公安捜査員は黒木のことをしつこく尋ねた。知らない、と柴田が首を横に振り続けたのは言うまでもない。

聞き込みの捜査員はツタエテ処の周辺にも現れた。玄関先に出てきた楠本の婆さんは、

「兄《にい》やんか、おった。おったおった」

とは言ったものの、名前となると、

「兄《にい》やんの名前？　なんて言《ゆ》うてたかな」

と首をひねり、

「名前なんか聞いてもすぐ忘れてまうからよ、挨拶に来はったときは、カタカナの会社の名前言《ゆ》うてたけど、そがいなもん覚えられへん。覚える気もないさかいな」

と警官泣かせの返事をした。その会社名はツタエテなのかと訊くと、

「せやから覚えてないし、覚える気もないんや、兄やんでええんや。ワラビの煮付けおいしい言《ゆ》うとったわ」

川向こうの津越木工房にも捜査員は現れた。津越は、前もって柴田に言われていたとおり、

「桐簞笥なんか、今日日《きょうび》欲しがる人もそがいにいてはらへんさかい、いろんなもの作らなあかんて澪ちゃんに言われて、作ってみたんや」

とあくまでも柴田の助言で作った試作品であると言い通した。

公安捜査員は、古民家を仲介した不動産屋にも足を運んで、契約を取った爺さんにあれこれ訊いた。しかし、爺さんは黒木という名前になんら反応を示さず、さらに彼の記憶の中では、あそこを借りたのは若夫婦になっていた。

「あそこを気に入ってくれたんは奥さんや。奥さんがぜーんぶ決めとったわ。旦那はおとなしい人で尻に敷かれとった。かかあ天下や！」

と何度もくり返すので、捜査員は困った。二代目社長の息子が、

「すみません、実は軽い認知症がはじまっていまして」

と小声で言って、

「いま契約書を出しますので」

とキャビネットから抜き取って捜査員に見せた。

借主の名義はワルキューレ。銀行の通帳を調べてもらうと、二年ぶんの家賃がまとめて入金されていたことが確認された。ワルキューレはツタエテ・パートナーズの組合員であるということは柴田から聞いていた。だから、ここが個人の住居からツタエテ処になっているのも辻褄が合うことになる。楠本の婆さんが「挨拶に来はった時、カタカナの会社の名前言《ゆ》うてた」と言っていたことにも符合する。

なにせ、証拠が少なすぎた。田辺署も、黒木という名前とプログラマーという職業、そして年格好《としかっこう》だけで、中央がここまで過敏に反応することが理解できなかった。これが勅使河原《てしがわら》や苫米地《とまべち》や葡萄原《ぶどうはら》なんて変わった苗字だと「いたぞ！」と興奮するのもわかるが、黒木なん

てのは平凡な名前のひとつだ。それに、黒木は黒木でも黒木透であり、前に使用した良平と一致しないのもしっくりこない。いや、そもそも、いちど使った偽名をまた使うなんて危ない橋を渡る理由がわからない（ここは俺も首をかしげるところだ。聡明な黒木が墓穴を掘るとしたら、このようなどうってことのない茶目っ気が致命傷になるのかもしれない）。

　ともあれ、公安はあちこち嗅ぎ回った挙げ句、さしたる変化もないので、いったん捜査を中止したらしい。これはのちに、日本警察にふたりだけいる黒木の友人のもうひとり、吉良大介から聞いた。吉良は警備畑出身の警視正、このくらいの情報を取るのはわけない。

チャンス！

元号が改まり令和になった頃、黒木はいちど日本に戻ってきて、俺と森園とサランに再会した。この時、また大変な事件に彼を巻き込んでしまい、こちらもいささか巻き込まれて、おたがい大変な目にあった。そんなこんなで、俺はツタエテ・パートナーズのことは忘れていたし、黒木もこの話題を出さなかった。俺の心の中にはツタエテのツの字もなく、森園なぞ自分が組合員だということさえわかっていなかったと思う。

ただ、サランは柴田と連絡を取り合うようになっていた。ワルキューレを立ち上げたものの、所属アーティストの森園がまったく稼働しないので焦っていたサランのところに、ホームページの立ち上げを手伝ってもらえないかという依頼があったのである。

「ワルキューレに相談するのもありだと思う」

ホームページの開設は急務だよと黒木から注意されたときに柴田は、そんなアドバイスももらっていた。だが、実はこのとき柴田はあまり気乗りがしなかった。だけどあとになり、推薦したのは黒木だしと思い直し、また組合の中で唯一自分と同じ女性であり、若くして音楽制作会社を運営していることに興味を惹かれて、ワルキューレのホームページを覗いた。

全体としては品よくお洒落にできていて、気に入った柴田は、手伝ってくれませんか、とホームページに記載されているアドレスにメールした。

　このメールを開いたサランは、いったい誰だろう？　と思ったが、ツタエテの幹事の柴田ですという文を読んで、黒木に頼まれてサインをした組合の代表だと合点がいった。ホームページ開設の手伝いをしてくれないか、というくだりを読んだときには、てっきりノーギャラだと思い込み、黒木の頼みならしかたないと思って引き受けた（サランの黒木に対する評価は高い）が、少し後になってまともなギャラが出ると知って、驚いた。そして、自分の窮状を見越して、黒木がこちらに仕事を回すよう頼んでくれたにちがいないと感謝した（こうして高評価は積み増しされていくのである）。

　ただ柴田は、ワルキューレのホームページのデザインなどには感心したが、所属アーティストのサンプル音源には辟易《へきえき》した。この男にツタエテのホームページで鳴らす音楽を依頼するのは絶対によそう、と思った。なんだ、こいつは、こんなの音楽じゃないぞ。愛欲人民カレーなんてユニット名もどうかしてる、と思ってアーティスト写真を見ると、顔もスタイルものろくさそうな少年が写っている。本当に白石社長はこの男がスターになれるとでも思っているのだろうか、と心配になったが、森園みのるのプロフィールを読んだ柴田は、衝撃の事実を発見する。

　……愛欲人民カレー名義でライブやレコーディング活動をおこなっている。ベッグの東京公演の際にはオープニングアクトを務め、好評を博した。その独特のサウンドづくり、サウンドスケープに魅了されるミュージシャンも多く、小田山圭《おだやまけい》、座禅童子《ざぜんどうじ》、マキシマム・ザ・キムチ、白痴、などのレコーディングにも参加し、またサポートメンバーとしてステージに立つことも多い。海外の著名ミュージシャンにも森園ファンは多く、唯一無二のサウンドには数々の賛辞が寄せられている。インターネット回線を使って、ベッグ、ソニック・ヤング、ビョルグなどのレコーディングにも参加し、楽曲も提供している。

え？ ビョルグ？ ビョルグの曲に参加しているの？ こいつが。このデブが。なぜ。なんの曲に？ 焦った柴田は、〔レコーディング参加曲一覧〕のタグを見つけてクリックした。

アルバムタイトル	ミュージシャン	参加曲	楽曲ミュージシャン
Telepathy	Bjørg	Tor	Bjørg feat. Minoru Morizono

「『トール』に参加してるじゃない！」

柴田は呆れた。ということは、あの嵐を彷彿《ほうふつ》とさせるノイズはこのデブの仕事なの？

読んでみると、この曲に関しては、アイスランドからマルチトラックを送ってもらい、森園が日本のスタジオで曲全体をＭＩＸして完成させたと書いている。なんのことなのかよくわからないが、この曲に関しては、全体的に森園の貢献が大きいようだ。とにかく自分が敬愛するミュージシャンの、中でも大好きな楽曲を、ツタエテ・パートナーズの一員が手がけているという事実に柴田は驚嘆し、感動し、その感激をサランに伝えるとともに、これ以降、いろいろと相談するようになった。

サランも、ホームページの構成、レイアウトやデザインについて、自分の意見を率直に述べた。自分が森園の実力を伝えようとすることと、柴田が伝統工芸品の美を売り込もうとすることは、〝良質であることは確かだが、そのままではなかなか売れない〟という点で共通すると感じて、柴田に親近感を抱いたようである。

ツタエテの声明文（柴田澪）。工芸士と工芸品の紹介（写真をふんだんに使って、一部は動画も）。販売価格。通信販売の案内が整えられ、ツタエテのホームページはオープンした。

しかし、売れなかった。買い付けた伝統工芸品はツタエテ処の奥の和室に収まりきれなくなったので、柴田は、廃校になった小学校の教室を倉庫として借り受け、そこに保管することに決めた。商品管理と購入者への発送作業には、近隣の主婦をパートタイマーとして雇ったが、彼女たちがやる作業といえば、工芸士から送られてきた買い付け商品を保管するのがもっぱらで、購入者への発送は稀《まれ》だった。在庫はかさばり、ひとつの教室では足りず、柴田はもうひと部屋借りた。

とはいえ、ツタエテの積極的な買い入れは、地味な伝統工芸の業界の中では否応なしに目立った。どこにそんな金があるのだろうと噂になり、良くも悪くもツタエテの名はこの業界に浸透していった。

ツタエテが買っているということは、工芸士や工房に金が渡っていたということではあった。制作に専心しながらなんとか食べていけるだけの額ではあったが、これからキャリアを積み重ねていこうとする工芸士にとってはありがたかったはずだ。噂を聞きつけた別の若手の工芸士が、自分も契約したいとツタエテに申し込んでくる例が出てくるようになった。柴田は選定委員を派遣し、必要ならば自分も現地に赴き（相手に商品を持って和歌山に来させることはせず、作業工程や工房を見るために、必ず現地に赴いた）、よいと思ったものは、すぐ契約を結んだ。

柴田と黒木との連絡は〔つたえてねっと〕の中に組み込まれているメッセンジャーアプリを使っておこなわれていた。おそらくこのアプリのプロテクション機能が強烈で、さらに念入りに暗号化されていて、盗み見られる心配がないからだろう。もっとも、相談を受けた黒木のほうは、作品の選定についてはいっさい口を挟まなかった。それだけでなく、金を使うことに関しては、買うなという台詞はひと言も口にせず、「いま、資金の20%を使っている」などと伝えるだけだった。むしろ、宣伝や告知が弱い、そちらにも金を使うべきではと言われ、柴田はサランに相談し、ネット上で広告を掲出した。

「ツタエテ処のほうは賑わってるんですか」

とサランは電話で柴田に尋ねた。ホームページの開設をきっかけに連絡を取りはじめたふたりは、最近は電話で直接会話をする仲になっていた。

「カフェのほうは割と流行ってる。ここは熊野古道のメインルートに位置しているから、外国人客が多いんだ」

「みたいですね。この間、ロンサム・プラネットで検索かけたら、ツタエテ処はカフェとしては高評価でしたよ」

「え、ほんと？　じゃああとで見てみよう」

「やっぱり熊野古道ってのは強烈な集客アイテムなんじゃないですか」

　ロンサム・プラネットは、欧米人のバックパッカー御用達の旅行情報サイトである。古風な日本家屋の空間で、お茶と軽食が摂れ、さらに伝統工芸品に接することができるスポットとして、ツタエテ処は、外国人観光客に人気が出はじめていた。

「だけど売れないんだよねえ。バックパッカーにものを買わせるのは並大抵じゃない」

「いやあ、うちもいまＣＤなんかぜんぜん売れないですから」

「でも、森園さんはビョルグのＣＤに参加しているんでしょ。それでも売れないの」

「売れませんねえ」

「へえ。なんだか怖くなっちゃうなあ」

「私も。会社なんか立ち上げちゃって大丈夫かなって思ってます」

「そんな、人を不安にさせるようなこと言わないで」

　サランは、すみませんと笑ったあとで、

「でも、伝統工芸業界には評論家っていないんですか。ここまでがんばっているんだから、いいぞツタエテ、ツタエテあっぱれ！　って褒めてもらう線ってないんですか」

「音楽評論家ってそんな力があるの？」

「うーん、ものすごくあるわけじゃないけど、ないわけでもない。いまや音楽雑誌がロックフェスを企画したりもしているし、その雑誌はもともとはロック評論家がミニコミから大きくして、いつまでもロック評論なんか書いてても先がないと見越してフェスをやりはじめたって聞いてますよ」

「ああ、ロッキング・オン・フェスね。一昨年《おととし》行ったよ」

「そうですか、私も行きました。会場ですれちがってたかもしれませんね。実は私、フェスの企画なんかもやってみたいんですよ」

「パワフルだなぁ。そういうアグレッシヴさは工芸評論家にはないな。美術評論家よりもさらに地味、そしてお堅い。たいていは大学教授。ツタエテの選定委員には風間って若いライターがいて『アーツ＆クラフト』って雑誌に書いてるから、そこでなにか書いてもらおうと思ったんだけど、そこの編集者は私のことちょっと恨んでるっぽいから」

「どうしてですか」

「まあ、いろいろあってね」

それだけ言うとサランは、

「……ああ、そうなんですか。いやですね」

となぜか通じてしまった。

ところが、『アーツ＆クラフト』にツタエテについての記事が突如掲載された。須藤令佳からの電話でこれを知った柴田はすぐ最新号を、近くに書店がないので、電子書籍版で購入して読んだ。

勇敢と無謀

元号は平成から令和に改まったが、二〇一二年からはじまった「金融緩和」アコノミクスは時代を跨《また》いだいまも果敢に継続中である。しかし、当初こそ注目を集め、株価も驚くほどの上昇を見せたこの〝異次元の金融緩和〟アコノミクスが最終的な目標に掲げていたのは、デフレ脱却だったはずだ。しかし、いぜんとして日本経済は、長い長いデフレのトンネルの中をのろのろ運転で進んでいる。前方に出口の光は点ほども見えてこない。

昨年夏、立憲民政党の枝乃《えだの》代表は、愛甲《あこう》政権の不信任案を提出した衆議院で以下のように演説した。

> だから、本来効果が上がるはずの金融緩和のアクセルをとことん踏み、財政出動のアクセルをとことん踏み込んでも、個人消費は伸びず、実質賃金は上がらない。これではアコノミクスは、国民生活をよりよくするという経済政策の本来の目的にはつながっていないと批判されてもいたし方ないのではないでしょうか？

誰が、どのような論法で枝乃代表に反論できるだろう。無理だというのは経済の専門家でない私にもわかる。なぜ無理なのか？　事実だからだ。アコノミクスによって、消費が活性化していないのは事実。実質賃金が上がっていないのも、歴然とした事実である。現実を直視すれば、アコノミクスが機能不全に陥っているのは疑いようもない事実なのだ。

実は、似たようなことが伝統工芸の世界でも起きている。威勢よく大盤振る舞いして、一部から好評を博している団体がある。彼らのやっていることが長続きするわけがないことは、誰の目にも明らかなのに、人々は目先の欲得にかられてその現実を見ようとしない。

ツタエテという団体（代表幹事：柴田澪）が、異次元の金融緩和（もどき？）をおこなっている。この如何《いかが》わしい団体は、伝統工芸を応援するという錦《にしき》の御旗《みはた》を掲げ、明日の伝統工芸界を担うと彼らが目した若手と契約を結び、工芸品を積極的に買い上げている。これによって、工芸士を支援し、さらに買い上げた物品を販売して、自らも利益を得ようとする団体だ。こういうと仲買業のようだが、ツタエテは一度買い上げた商品は返品することはない。なので、ツタエテと契約した工芸士は、安定した制作環境を整えることができる。実に頼もしい、なかばパトロンのような存在である。

しかし、本当に伝統工芸を守り、発展を促すのなら、いま一線で活躍しているにもかかわらず、経済的苦境に立たされている古参の工芸士をこそ支援するべきではないか、という意見はひとまず横に置こう。

ツタエテが扱うのは漆器や染め物、金工、木竹工、蒔絵《まきえ》、漆、指物《さしもの》など比較的コマーシャルでゴージャスで、オシャレなものばかり、石工品や仏具には目もくれない、これでは広告代理店のやり方と変わらないではないか、という批判もあえて言うまい。

だがせめて、そう遠くない将来、無謀なツタノミクス（？）が伝統工芸界に混乱をもたらすだろうという警鐘は鳴らしておきたい。

ツタノミクスには、アコノミクスと同様に、出口戦略がない。いま伝統工芸が置かれている状況は、人々のライフスタイルが変わり、市場が変わり、生産体制が変わる中で、必然的にもたらされたものである。だからこそ、工芸士たちも、伝統工芸で培った技術を活かし、仏具の鈴《りん》を手がける職人は鈴《すず》を作って音楽家に提供したり、和傘の工匠《こうしょう》はヨーロッパ向けに和のテイストで味付けしたランプシェイドを作るなどして、出口を模索している。しかし、ツタエテはこれらの現実を無視しているのである。

確かに、桐簞笥を作りたい者は桐簞笥を、鉄瓶を作りたい者は鉄瓶を作れれば幸せだろう。しかし、ツタエテが買い上げた品物はどこに行くのか、おそらく和歌山県田辺市中辺路町《なかへちちょう》にある倉庫に眠っているはずだ。これは異次元の金融緩和によって財政赤字が膨らんでいる日本とどうちがうのだろう。

私が言いたいのは、まず現実を見よ、ということだ。金融緩和が永遠に続けられないように、ツタエテの活動もいずれは止まらざるを得ない。その時、ツタエテの倉庫に眠る工芸品は二束三文で叩き売られるだろう。それは伝統工芸の価値を損なうことにほかならない。

一見、勇敢のように映るツタエテの活動は、実は無謀である。実績も積まず、準備もなく、アイガー北壁を登るようなものだ。このような無謀は周囲に実害をもたらす。常識的で無粋であることは承知の上で、やはり私はこう警告せずにはいられない。勇敢と無謀はちがうのだ、と。

編集子T

読み終えた時、柴田の足は震えていた。

「めまいがしてきた」

柴田は須藤に泣き言をこぼした。ツタエテが『アーツ&クラフト』に載っているよと知らされた時点で、

「高沢君ともういちど話したほうがいいんじゃない」

と忠告されていたから、歓迎すべき内容でないのはわかっていた。けれど、読んでみると、その辛辣《しんらつ》さは予想以上だったし、その嫌みったらしさが応えた。「ということはひとまず横に置こう」と言いつつ横には置かず、「という批判もあえて言うまい」と言いながら言う、そのあと、チクリチクリと刺すように批判する、その意地の悪さに怯えた。

そして、なにより、高沢の言っていることが真実味を帯びているのが怖ろしかった。買ってはいるが出口は見えていない。まったく売れてないわけではないが、買い付けの歩調とま

るで合っていないのが柴田を不安にさせていた。

「あまり気にしないで」

と須藤はなぐさめてくれたが、

「……おそらくそう思ってるのは高沢君だけじゃないと思うな」

と柴田はしょげかえった。須藤もほかには労《いたわ》りの言葉が見つからないらしく、

「私も頑張るよ」

と言ったもののその先は、

「高沢君ともういちど話したほうがいいと思うな」

と先の助言をくり返すだけだった。

しかし、ホームページの打ち合わせでサランに電話した時、このことについて愚痴をこぼすと、彼女はきっぱりと言った。

「それ、反論したほうがいいです」

「反論ってどうやって？」

「えっと、反論する場のことを訊いてます？　それとも反論の内容ですか？」

「どっちもだけど」

「反論の場はその『アーツ＆クラフト』って雑誌がいいと思います」

「だけど、敵陣じゃない」

「もちろん、もっと大きなメディアで反論できればいいですけど、大新聞とか」

「それはいくらなんでも無理でしょ」

「広告の予算ってまだ余ってますか」

「うん、黒木さんにはもっと使えって言われてる」

「羨《うらや》ましいなあ。じゃあ、それで『アーツ＆クラフト』の広告ページを買っちゃいましょう。一年通しで」

「え、なんの広告を載せるの」

「ツタエテに決まってるじゃないですか。ツタエテ・ブランドを売り込むんですよ。個々の商品を売り込むのも大事ですが、ツタエテのブランド力を上げなければなりません。うちの場合は森園のブランド力がそのまま会社のブランド力になっちゃってるんですけど、ツタエテはそうではないはずです」

それは黒木にも言われていたことだった。

「わかった。でも……」

「批判的な記事を掲載した雑誌が、批判対象の広告を載せるだろうかって疑問ですか」

まさしくそれが柴田が訊きたかったことだった。

「私、その雑誌、読んだことないんでアレですけど、音楽雑誌の場合でいうと、たいてい編集と営業は別部隊になっています。そして、営業は、自分の雑誌の記事を隅から隅まで読んでいるわけではないんです。その記事は別に巻頭特集ではないんですよね。このご時世では、営業はおそらく、広告を出してくれとあちこちに頭を下げては断られているはずです。そんなときに新規で一年契約しますと言えば、喜んで話を聞いてくれますよ」

「はあ」

「そして、折を見て、実はこの批判に対して、説明責任を果たしたいので原稿を掲載してくれないかと営業に持ちかけるんです」

「営業に？　営業に編集の権限はないでしょ」

「もちろん、ありません。でも営業は編集に話を持っていくことはできるはずです。大事な顧客のお願いなんですから、自分の判断で断るなんてわけにはいかないと思います。それに編集だって、営業の意見は無視できないはずです。自分たちが編集という出版社の中でいちばんおいしいところをやってられるのは、彼らの下支えがあってこそだってわかっているからです」

「でも、それはあくまでも可能性だよね」

「ええ、それで駄目だったら、営業には『駄目ですか、じゃあ、広告の中で説明責任を果たします』と言って広告の中で反論しちゃいましょう。向こうは嫌がると思いますが。そのためにも、広告費は先に払っちゃったほうがいいですよね。交渉としては一年間通しで広告ページを買うのでディスカウントしてくれと言い、その代わり先払いにするから、でいきましょう。別に不自然ではないですよ。でも、私が思うに、おそらく原稿掲載に応じてくれるはずです」

「……白石さん、すごいこと考えますね」

「ええ、私はマイノリティなので、強気でいかないとつぶされちゃうって強迫観念が常にあるんですよ」

「だけど、私にそんな筋の通った反論、書けるかしら」

「で、次は反論の内容ですね。それはうちの顧問に相談してみます」

「顧問って」

「ツタエテ・パートナーズの真行寺さんです。うちの顧問をやってもらってます」

「顧問？　ワルキューレの？　警察官じゃないんですか」

「ええ、そうなんで、あまり大っぴらにはできないんですが」

「えっと、その真行寺さんが反論を考えてくれるんですか、警官なんですよね？」

「ええ、刑事っていってもちょっとおかしな人なんで相談してみますよ」


勘弁してくれよ、と俺は思った。

「駄目ですか。真行寺さん、経済のことも割と詳しいじゃないですか」

「え、詳しくないぞ、ぜんぜん」

「そうかなあ。前にいちどソファーに座って経済の本を読んでませんでした？」

「覚えてないけど」

「そうかなあ、ＭＭＴがどうのこうのって」

「いや、それはちがう」

と俺は言ったが、説明しあぐねて、黙った。

サランからこの相談を受けたのは令和元年の夏頃だったが、この春に俺は、ホームから突き落とされて轢死《れきし》した宣伝会社の社長の事件を追った。実はこの社長は、アコノミクスを痛烈に批判していた小柳浩太郎《こやなぎこうたろう》という若手議員の選挙参謀を務めていた。そして、小柳議員のアコノミクス批判のバックボーンとなっていたのが、現代貨幣理論、通称ＭＭＴという経済理論だった。つまり、事件解決のためには、こいつをなんとか理解しなければならないので、いやいやながら、この理論の紹介者である経産省の官僚が書いた入門書をソファーで読んだにすぎない。それを経済にも詳しいなんて言うのは、ローコードを押さえられるくらいで「ギターが弾ける」と言うのに等しい、大きなまちがいである。

「そんなこと言わないで、真行寺さんも私もツタエテ・パートナーズの組合員ですよ。ツタエテが批判されているときに、知恵を貸さないってのはないんじゃないんですか」

「経済なら、黒木、じゃなくてボビーのほうが俺より千倍も詳しいぞ」

「だけど、ボビーさんはツタエテ・パートナーズの組合員じゃないんですから。それにボビーさんのためにもここは私たちが頑張らないと」

畜生、とんだ土産を置いて行きやがった、疲れて帰ってきたんだから、ソファーに座ってビールとニール・ヤングで世知辛《せちがら》い宮仕えの身を慰めさせてくれよ、と泣きたかったが、サランは許してくれそうにない。

大体、サランの中では、黒木（ボビー）と比べると俺の評価は格段に落ちる。というのも、卒業間際の彼女から、就職せずに起業したい、できれば少し出資してくれないか、と相談を持ちかけられた時、俺が、そんなこと考えてないで就活しなさい、森園はともかく君ならきっといいところに受かるはずだ、という「つまらない大人の意見」を言っておおいに顰蹙《ひんしゅく》を買ったのに対して、黒木は求められた額以上の金をポンと出してやり、頑張れよと励ましたのだから、この時点で勝負あったも同然なのである。

ただ、ワルキューレの所属アーティスト森園の音楽活動のために、自宅を改造して録音ブースまでこしらえてやった上に、家事もまともにこなせないのにも目をつむって居候に置いているのに、この扱いの差はなんだよ、と思わないでもない。

さらに、

「で、ツタエテはどんな批判をされたんだ」

と尋ねたら、

「え、それは私も知らないんですけど」

というショッキングな返答があった。

「だって『アーツ&クラフト』なんて雑誌買うのやじゃないですか。だけど、しょうがないな。いま、ネットで買っちゃいます。……え、千五百円？　高っ。腹立つなあ。コテンパンにしてください」

「そんなの読んでみないとわからんよ」

「だから、はい、これです」

サランはタブレット端末を突き出した。その画面には電子書籍のページが開かれている。

「なんだ、こいつ、えらそうに」

同じ記事をスマホで読んでいたサランが憮然《ぶぜん》として言った。

「だけど、この編集子Tってのが言ってる、ツタエテには出口戦略がないって批判に対しては、ツタエテの目論見を聞いてない俺には返す言葉がないんだけど」

「だけど、なんか言ってやってくださいよ。ツタエテの危機は、私たちの危機でもあるんだから」

「そうかなあ。一円失うだけなんじゃないの、俺たちは」

「そんなことボビーさんに言えますか」

言ってやるぜ、と思ったが、それを口にするとまたサランが怒るので止《よ》して、

「じゃあ書いてみるから、そいつを代表幹事の柴田さんに見せてくれよ」

「お願いします、親戚ん家《ち》から真行寺さんの好きなハラミもらってきました」

「ああ、じゃあ焼く準備ができたら声かけてくれ」

俺はサランのノートPCを持って自分の部屋に引き籠もった。

そして再読し、この編集子Tさんがつまらないミスを犯しているのに気がついた。

「ここしかないかなあ」

と俺はつぶやいた。しかたない、この一点を徹底的に攻め、あとは適当にごまかそう。そう覚悟を決めて、キーボードを叩きはじめた。

チャンスはきっとあるはずだ

本誌八月号で編集子Ｔ様から、「勇敢と無謀」という随筆の中で、ツタエテの活動についてご批判を頂戴いたしました。因みに、「編集子Ｔ」というのは、編集者であることは表明していますが、『アーツ＆クラフト』誌の意見を代表しているのかどうかははっきりしない署名ですね。ともあれ、このご批判に対しては、代表幹事としてきちんと説明責任を果たさなければならないと思い、この小文をしたためました。拙《つたな》い文章ではありますが、最後までお読みいただき、ご意見を賜《たまわ》れれば幸いに存じます。

まず、編集子Ｔ様は現実を見ろ、事実を事実として受け止めろ、という趣旨の文言をくり返しておられます。その忠告はありがたく頂戴し、そのように精進していく所存でございます、とまずは申し上げます。と同時に、事実や現実を誤認しているのは編集子Ｔ様のほうではないでしょうか、という反問もさせていただきたいのです。

編集子Ｔ様は、アコノミクスを批判した立憲民政党党首枝乃氏の演説を引いて、私どもツタエテをアコノミクスになぞらえ、批判されました。しかし、アコノミクスとツタエテの活動は同じなのでしょうか？　いやそもそも、編集子Ｔ様が引用された枝乃氏のアコノミクス批判は適切なのでしょうか。私は国会議事録に直接当たっておりませんので、これは編集子Ｔ様の文章からの孫引きであることをお断りしておきますが、いまいちど枝乃党首の声を聞いてください。

だから、本来効果が上がるはずの金融緩和のアクセルをとことん踏み、財政出動のアクセルをとことん踏み込んでも、個人消費は伸びず、実質賃金は上がらない。これではアコノミクスは、国民生活をよりよくするという経済政策の本来の目的にはつながっていないと批判されてもいたし方ないのではないでしょうか？

うーん。私は首をかしげざるを得ません。確かに、愛甲政権は金融緩和のアクセルは踏んでいるでしょう。けれど、財政出動のアクセルはどうでしょうか。実は、愛甲政権下の公共事業関係費は、「コンクリートから人へ」のスローガンを掲げた枝乃氏が所属していた民政党政権期と変わらないどころか、当初予算で見ると、むしろ低いのです。つまり、踏んでいるのはアクセルではなくブレーキなのであります。これが事実です。

この事実誤認である枝乃氏の発言を引用したあとで、さらに編集子T様はこうお書きになっています。

誰が、どのような論法で枝乃代表に反論できるだろう。無理だというのは経済の専門家でない私にもわかる。なぜ無理なのか？　事実だからだ。アコノミクスによって、消費が活性化していないのは事実。実質賃金が上がっていないのも、歴然とした事実である。現実を直視すれば、アコノミクスが機能不全に陥っているのは疑いようもない事実なのだ。

　ここはまあいいでしょう。私も経済の専門家ではありませんが、アコノミクスがデフレ脱却の原動力となっていないのは確かだと思います。しかし、これと同じようにツタエテが〝異次元の金融緩和〟をおこなっており、そして私たちの活動がツタノミクスだと仰られては困ります。そもそもアコノミクスというのは、愛甲首相のアコと経済学のエコノミクスをかけてアコノミクスなのでこれはわかりますが、ツタエテとエコノミクスをかけ合わせるのなら、ツタコノミクスとなってヘンテコな音になってしまいますので、そもそもこういう揶《や》揄《ゆ》はよしたほうがいいと思うのですが、これは横に置きましょう。

では、どうしてせっせと金融緩和をしても消費が活性化しないのでしょうか。そもそも金融緩和とはいったいなにをしているのでしょう。

　経済の専門家でない私でも、金融緩和というのは、端的に具体的なアクションを取り出して言えば、日銀が民間銀行から国債を買うことにほかならない、というくらいは知っております。日銀が銀行から国債を買うとどうなるか。銀行が日銀に持っている当座預金の額をそのぶんだけ日銀が書き換える。ただそれだけのことなのです。

　これはお金の素《もと》ではありますが、いわば塩漬けになっているお金です。この塩漬けの分が増えただけで（マネタリーベースが増えただけ）、市中のお金（マネーストック）は増えていないのです。

金融緩和政策のシナリオはこうです。お金の素《もと》（マネタリーベース）が増えると、銀行がこれに反応して貸出を増やす。貸出を増やすと、それが預金になって返ってくる。こういうプロセスで経済全体のお金が増えるという目論見です。もうちょっと細かく言えば、〈マネタリーベースが増えると、インフレ期待率も上がり、実質金利が下がって、円安になり、輸出が伸びて、株価が上がって、株式を持っている人間の懐が潤って消費するから、企業が儲かり、設備投資だってするだろう〉。――このような皮算用でおこなわれるのが金融緩和政策なのだと私は理解しております。

けれど、マネーストックは増えませんでした。

これは事実です。

なぜなのか？

それはわかりません。

経済学は、金利が一定水準以下に低下した状態では（まさしくいまがそうです！）、お金を増やそうとしても、人々はやっぱりモノよりもお金を欲しがって（将来、下がった債券なんかを買うためにお金を貯めたがるから。これを「投機的貨幣需要が無限大になる」なんて言うそうです。わかりにくい言い方ですよね。だから経済学嫌いなんです！）、金融政策が役に立たないということを唱える「流動性の罠」という説があるそうですけど、経済学の素人がまちがった説明をして墓穴を掘ると恥ずかしいので、わからないということにしておきます。

とにかく、くり返しますが、アコノミクスはお金をどんどん市中に流そうとしたけれど、流れなかった。そして消費も増えなかった。これが事実です。けれど、ツタエテはちがいます。ツタエテは工芸士や工房から直接商品を買っているのですから、これはまちがいなく消費です。工芸士や工房は、ツタエテがお支払いしたお金で、材料を買ったり、工具を新しくしたり、行程の一部を仲間の工芸士に発注したりできるはずです。つまり、ツタエテは、ささやかながら、市中にお金を回しているわけです。ツタエテがやっていることを政策に譬えていただけるならば、金融政策ではなく財政政策にしていただくと、すこしは実体に近いかと存じます。

では、私たちは買ってどうしようというのか。それはもちろん売るのであります。売れっこないと編集子T様は仰りたいのでしょうが、しかし、伝統工芸の魅力を伝えるべき『アーツ&クラフト』誌が、売れるはずがないという結論に誘導しようとするのは不思議です。美しいもの、魅力的なものは売れるべきではないでしょうか。市場が選択した結果だと諦めてしまうのではなく、積極的にその魅力を伝えていくのが貴誌の役割なのではないでしょうか。そういう意味では、私どもと協働関係にあるはずの『アーツ&クラフト』誌様からの、もっとしっかりやれという叱咤《しった》ならばしかと受け止めますが、どうせ売れないのだからやめてしまえという趣旨の助言を頂戴したことには、いささかショックを受けております。本気でそう仰っているのでしょうか。

確かに買うだけではいけません。売らなければならないのです。だから、私たちは売るつもりです。いいものを買ってそれを高く売る。ものの値段が下がり続けるのがデフレです。私たちは高く売ることでデフレ脱却を目指し、これからも精進する所存です。

チャンスはきっとあるはずだと信じて。

ツタエテ代表幹事　柴田澪

自分が書いた文章を読んで、これで反論になっているだろうか、と俺は首をひねった。イマイチだなという気持ちを拭えないままに、プリントアウトして、キッチンでカボチャを切っているサランのところに持っていった。

「すごい！　最高じゃないですか。やっぱり真行寺さん、経済学わかってるんだ」

「そういうの、わかってるって言わないんだよ」

「大丈夫、わかってますって。ああいう嫌みったらしい文章には、こっちだってこのくらいの皮肉は投げ返してやらなきゃ」

サランは興奮して言った。

「ただ、向こうが言った出口戦略がないって批判にはまるで答えてないんだけどな」

「答えてるじゃないですか。諦めないで頑張っていきますって、チャンスはきっとあるはずだって」

「まあそうかな」

と俺は言った。サランが、自分の会社の苦境を踏まえてそう言っていることは明らかだった。だから、

「それって答えてるって言えるのかなあ」

とは言えなかったし、

「この文章って実質的には揚げ足取りなんだぜ」

という本音も飲み込んだ。

「伝統工芸品って、木魚《もくぎょ》もそれに入るんですか？」

森園が、ホットプレートの上に肉脂を置きながら言った。ふと見ると、主人の俺を差し置いて、もう缶ビールを呑んでいる。

「モクギョ？　ああ、木魚ね。まあ仏具は伝統工芸品に入るらしいから、そうなんじゃないの」

「俺、木魚欲しいんですよ」

「はあ、そんなものどうするんだ」

「岡井《おかい》に叩かせるんですよ。面白いんじゃないかなあ」

岡井は、森園がライブやレコーディングでよく起用するドラマーである。たしかに木魚は楽器として見れば、スリットドラムではあるが。

「誰かくれませんかね、木魚」

「くれるわけないだろ。木魚なんか持ってるのは寺の坊さんで、お前にやったら葬式のとき

困るじゃないか」

「そうかあ。欲しいなあ。大きさがちがうの四つぐらい揃えると面白いと思うんですよ」

こいつは人からモノをもらうことに余念がない。世の凡人は自分のような才人を助けるのが当然だと思っているらしい。

「もうすぐ誕生日なんだよなあ、プレゼントしてくれませんか」

「サランにねだるんだな。しかし誕生日に木魚？　縁起でもないからやめといたほうがいいぞ」

冷蔵庫からビールを取り出して、俺はタブを引いた。


俺が書いた文章はサランから柴田澪に送られた。

「すごい。私にはとてもこんなの書けない」

と言って、喜んだそうである。

「嫌みも強烈でいいでしょう」

サランも自分が書いたみたいに自慢した。

しかし柴田はいったんこの文章をしまって、『アーツ&クラフト』の営業に連絡を取り、年間通しの広告掲載を打診した。営業はすぐ前のめりになった。ここから料金の話になる。柴田が、一年間通しで掲載するので、気持ち値引きしてくれないか、と切り出したところ、営業担当はそれは当然だろうという態度で、それなら20%オフにできますと請けあった。

「そうしてくれるなら大変ありがたいです」

電話口で柴田は明るい声を出した。

「ただし――」

と相手は少し声の調子を落として探るように、

「ツタエテ様と小誌とははじめてのお取引になりますね。またお調べしたところまだ弊社にはツタエテ様の取引口座がないようです。できましたら、三分の一を先払いしていただければ、私も会社にこの値段を通しやすいんですが」

「そうでしょうね。伝統工芸関連業者はいまは苦しいところが多くて、売掛金が回収できないことがよくあるそうです」

「ええ、そうなんですよ、去年それが一件ありまして、経理から大目玉食らっちゃったんで」

「わかりました。うちにまだ信頼がないことは承知しておりますし、『アーツ&クラフト』さんとは今後も末永くおつきあいさせていただきたいと思っておりますので、そんなに勉強していただけるのなら、全額前払いでお支払いさせていただきます。その額面で請求書をいただけますか。メールで結構です。すぐにお支払いいたします」

こうして、サランにアドバイスされた線に沿って答弁すると、相手もまたサランの予想どおりに反応し、請求書がその日のうちにメールで届いた。柴田は〔つたえてねっと〕ですぐに支払いを済ませた。

八月号に、柴田自らがデザインした（さすがに美大出身なのでこういうことは上手だ）広告が載った。

九月号が出たところで、柴田は営業の人間に相談した。

「私、少し迷ったんですが、やはり、きちんとお答えしたほうがいいと思いまして、つきましては、私の原稿を載せていただけないでしょうか」

と柴田が切り出した時、営業の担当者はなんのことなのかよくわからないという風であった。というのも、サランの予想どおり、件《くだん》のページを読んでいなかったのである。

もちろん、ツタエテの活動をアピールするには『アーツ＆クラフト』誌が最適だと考えて出稿しているので、広告掲載と「勇敢と無謀」のページとは関係がない。また、『キネマ旬報』などの映画雑誌では、広告を載せた映画作品に、映画評論家が誌面で★ひとつの評価しか与えないこともある。ただ、『アーツ＆クラフト』は伝統工芸を取り上げてくれるオンリーワンの出版物であるから、そこから批判を賜《たまわ》った身としては、なんらかの説明責任を果たしたいと思うのである。また貴誌としても、このような形でツタエテを明確に批判したのであるから、応答の機会を用意しないというのもアンフェアではないか。どうかこの拙文を編集部に見せて掲載を検討していただきたい。――柴田が以上の趣旨のことをなるべく角が立たないようにやんわりした調子で伝えると、営業担当者は原稿を読んで驚き、自分ではなんとも答えられないが、すぐ編集長に相談すると言った。

あくる日はなんども柴田のスマホが鳴った。そのすべてが高沢のスマホから発信されたものだった。編集部でどんな話し合いがおこなわれているのかわからない柴田は、とりあえずこれらを無視した。

そのあくる日、柴田のスマホにこんどは『アーツ＆クラフト』と思《おぼ》しき（営業の番号と似ていたので）発信番号が浮かび上がった。こんどは自分のデスクからかけてきたなと思い、根負けした柴田は取った。しかし、聞こえてきたのは高沢の声ではなかった。

「もしもし、柴田さんでいらっしゃいますか」

声から推察するに、五十前後くらいの男性である。

「はい、そうですが」

「私、『アーツ＆クラフト』編集長の荻上《おぎうえ》と申します」

「え」

「拝読いたしました」

「あっ、ありがとうございます」

さて、どうするつもりだろう、と柴田は身構えた。

「いや、面白かった」

「……ですか」

「喜んで掲載させていただきます」

「ほ、本当に？」

「ええ、最初は、原稿を書いた編集者に後編を書かせて謝罪させようと思ったんですが。実はあの問題のページは、たまたま広告ページが急に空いたため、穴埋めの記事をうちの若手に書かせたんですよ。きちんとチェックしていなかった僕のミスでもあります。すみません」

　この口ぶりから察するに、編集長は、高沢と柴田に個人的なつながりのあることを知らないようだ。知っているのにわざと知らない態度を装っているようには思えない。たぶん高沢が伝えていないのだ。そこを明らかにすれば、なぜ知人の活動を批判するのか、という疑問が編集長に生まれる。そして、その疑問は、どこかで揉めたんだな、という推察を招く。となると高沢は、個人的な恨みを誌面で晴らした不届き者となるので（実際そういう部分は多々ある）、編集部内ではまだ格下である高沢にとって、これは避けたい状況だ。編集長は続けた。

「それに、災い転じて福となすと言ったらなんですが、こちらを掲載させていただいたほうが面白い誌面になると思い直したんですよ。なにせうちの雑誌は地味すぎるのが難点なので。そして、ツタエテ様にとっても、この原稿を載せたほうがアピールになっていいとも考えまして」

「でしたらぜひお願いします」

「わかりました。では、このページは私が担当させていただきますので、どうぞよろしくお願いします」

「編集長みずから？」

「そんな大所帯じゃないんで、編集長と言っても大きな机にデンと座っているわけにもいかないんです。なんでもやりますよ。ゲラができたらお送りいたしますね。ではまた」

「チャンスはきっとあるはず」は『アーツ＆クラフト』十月号に掲載された。

それから十日ほど経った頃、また荻上編集長から電話があった。

「え、原稿料、そんなの出るんですか」

柴田は驚いて言った。

「そりゃそうですよ。いただいた原稿で誌面を作ったんですから。振込先の口座番号教えていただけますか」

考えてみればそうなのだが、それでもやっぱり柴田は驚いて、そして、さすがにそれを自分の財布にはしまえないと判断し、いったん切って、サランに相談した。

「おお、すごい。うちの顧問はさすがだなあ。じゃあ、口座番号聞いときますね」

サランから聞いた稿料は、ＣＤに換算して二十枚、ディスクユニオンの中古店なら三十枚ほど買えるくらいの額だった。俺は、内心「おお」と思った。

しかし、公務員には副業を禁じる規定がある。例の経産省の官僚は年に二冊のペースで本を出しているので、なにかうまいやり方があるのだろうが、だいたい俺の署名じゃないし、それに本件には黒木が微妙に関わっているから、上層部から睨まれている身としては慎重を期す必要があった。だから、

「ワルキューレの活動費にすればいい。そっちの口座に振り込んでもらいな」

と太っ腹なところを見せざるをえなかった。

「え、いいんですか」

とサランは喜んでくれたので、

「ああ、顧問としてそのくらい当然だ」

と見栄を張ったものの、そばで聞いていた森園が、

「だったらサラン、木魚買ってくれよ。木魚木魚」

と調子づいたのにはカチンときた。ＣＤ三十枚が森園の木魚に変わるのは悔しい。ただ、やった金の使い道にまで注文をつけては、度量《どりょう》が狭いのを曝露《ばくろ》することになるので、黙っていた。


その次の日、また編集長から柴田に電話があった。

「え、恋愛？」

それにしても口説くのが早すぎ。「恋愛しませんか」なんてのも単刀直入すぎる。ツタエテのホームページに載せてる私の写真で、その気になったのかもしれないが、あれは〝奇跡の一枚〟なので、ちょっと困る。それにそんな下心があって、原稿を載せてくれたんだとしたら、幻滅だ。

「ええ、昨夜ふと思いつきまして」

「……思いついた、恋愛を？」

「そうなんです。この業界っていつも同じ書き手ばかりがおんなじようなことを書いていて、新しい書き手が育たないんですよ」

「はあ」

「考えてみたら、柴田さんは作り手ではないし、かといって学者や評論家というわけでもない。言ってみれば、真ん中なんですよね。そういえばこういうポジションの人の原稿って載せたことがなかったなと思い直しまして。そんなにページは取れないんですが、どうでしょう、毎月二千字、原稿用紙五枚程度で、ツタエテの活動や、伝統工芸にまつわる雑感などのエッセイを連載するってのは？」

　恋愛じゃなくて、連載だった！　恥ずかしい聞き違いをしたと思い、頬が火照《ほて》った。そして、ありがたいオファーだった。ツタエテをアピールできるいい機会なのはまちがいない。ただ、柴田は感激すると同時に迷った。編集長の判断には「チャンスはきっとあるはず」のクオリティがまちがいなく加味されている。代筆してもらったとは言っていないし、いまさら口が裂けても言えない。どうしよう。

「やれますよ」

　サランはまたしても柴田にハッパをかけた。

「というか、やるべきです。『チャンスはきっとあるはず』って書いて、実際チャンスが来たんですから、やらないのはおかしいんですよ」

「そう書いたのは私じゃないんだけど」

「うちの顧問はそんなこと絶対にバラしたりしません。原稿料だってうちにポンとくれたくらいだし」

「いい人だね」

　本当はいやいやだったが。

「それにボビーさんも言ってたし」

「ボビーって」

「ああ、うちの顧問の友達でワルキューレの出資者です」

　黒木はボビーと名乗ることもあるのか、と柴田は少々困惑しつつ、

「で、彼はなんて？」

「ああ、運、不運ってものはあるけれど、ずっとツイてないなんてことはありえない。かならずチャンスはある。ツイてないって嘆いてばかりの人間はそのチャンスを見逃しているだけだ。だからチャンスが来たら必ずそれを摑まえろって言ってくれました」

　それは柴田が言われたのとほぼ同じ内容だった。その場のノリで言ったわけではなく、黒木の信念めいたものから生まれた助言だと知って、柴田は励まされた。と同時に、自分だけに言ってくれたわけではなかったんだという寂しさも入り混じった。サランは続けた。

「見逃さないように目を皿にしているけれど、私にはまだチャンスは訪れてないみたい。でも、柴田さんにはチャンスが来たんだから、絶対に摑みにいかないと駄目ですよ」

柴田は荻上編集長に電話をかけ、ツタエテが契約を結んでいる作家の紹介や、伝統工芸についての雑感や、身辺雑記などの類《たぐい》でいいのであれば、喜んで書きたいと言って、編集長もぜひその線でと快諾した。

こうして連載「柴田澪の中辺路《なかへち》だより」がスタートした。

栄《は》えある連載第一回目「中世が恋しくて」は『アーツ＆クラフト』十一月号（十月十九日売り）に掲載された。第二回目「伝統を継ぐ女工芸士」は十二月号に、年末に売り出された新年号には、「津越剛琉の桐箪笥よ永遠に」が載った。

この年の深秋、日本伝統工芸協会主催により国立新美術館で開催された公募展に出品した津越の桐箪笥は特選に選ばれた。

「冥土《めいど》のええ土産になったわ」

ホテルから電話をかけてきた津越はそう言って笑い、柴田は電話口でその笑い声を聞いた。しかし、翌朝、チェックアウトの時間になってもフロントに下りてこないのを不審に思ったホテルの従業員が、マスターキーでドアを開けて部屋に入ると、津越は読みさしの文庫本『木に学べ　法隆寺・薬師寺の美』の開いたページを胸に載せたまま口を半開きにして天井を見つめていた。従業員はすぐに警察を呼んだ。検視官が遺体を確認し、事件性はないと判断した。心不全であった。

柴田は、その日の夕方、協会からの電話で津越の死を知った。呆然としながらも、木工房に飛んでいき、二階の柱にぶら下げてあった電話帳を捲《めく》って、息子と思しき名前を探し出し

てかけた。妙な鳴り方をする長いコール音が五回続いたあと、激しい往来のざわめきを背に、

「ハロー」

と日本人が話す英語が聞こえた。どこか海外にいる、と柴田が察したとおり、ひとり息子は、タイに出張中だった。柴田は津越剛晴《たけはる》さんの携帯ですか、と確認してから自分の名を名乗り、彼の父の死を告げた。

「困ったなあ、どうにも動けないんですよ。結構大きな取引があるし、このあと、韓国・中国も回らなきゃならないので」

「でも」

と柴田は思わず遮《さえぎ》った。

「あなたのお父さんでしょう」

息子は沈黙したあとで、

「いや、こんなことお願いするのは申し訳ないんですが」

と切り出した。それからあとは、柴田が虞《おそ》れたとおりの内容が語られた。費用は後日かならずお支払いするので、そちらで簡単な葬儀をすませてくれないか、寒村だしつきあいもさほどない人間だったので、自宅に坊さんを呼んで、通夜と本葬と初七日をいっぺんにやってくれればそれでいい。

答えはイエスかノーかしかなく、イエスと答えれば息子の薄情が忌々しく感じられ、ノーと答えては、津越が気の毒だった。実は選択権がないことを覚った柴田は、

「わかりました、万事こちらにおまかせください」

　と言って電話を切った。

　寺に相談すると、喪主は血族でなくてもかまわないとのことだった。寺から紹介された業者にはホールでの葬儀を勧められたが、柴田は自宅、つまり仕事場で葬儀を挙げることにした。業者は、工房を片付け、入って正面に祭壇を作った。その前に曲彔《きょくろく》という僧侶が座る椅子が置かれ、その後方にパイプ椅子が並べられた。

　息子の予想とはちがって、参列者は多く、中に入りきれずに、庭にも椅子を並べてそこに座ってもらい、三脚に載せたスピーカーからお経を聞いてもらった。村の人間はもちろん、公募展での受賞直後の死ということで、協会の関係者ら遠方からの参列者もいた。『アーツ&クラフト』からは弔電が届いた。

　こうして二〇一九年が暮れた。

　年が改まると、桐箪笥の名工の死と死の直前の受賞、そして柴田が書いた「津越剛琉の桐箪笥よ永遠に」の影響もあってか、桐箪笥に注文が三つ入った。柴田は「死ぬ前に売ってやりたかった」と悔しがったが、気を取り直して、二月号には「南部鉄瓶で淹れたお茶は百倍おいしい」を載せた。三月号はいったん伝統工芸から離れ、「熊野古道を歩いてみれば」を、四月号には「木に教えられるように　若手女性指物師　湯《ゆ》川《かわ》誉《ほまれ》の挑戦」をそれぞれ書いた。

　しかし、四月十八日に発売された五月号掲載の文はまた色合いがちがっていた。

タイトルは「ウイルスよりも怖いもの　それは疎外」。

そう、この年は、新型コロナウイルスが全世界を恐怖の渦に巻き込んだ年だった。前年の大晦日《おおみそか》、中国は湖北《こほく》省の武漢《ぶかん》で新型ウイルスが発生したとＷＨＯ（世界保健機関）に報告。またたく間に感染は広まり、人々が病院に殺到して、あっけなく医療崩壊を起こし、呼吸不全で亡くなる人が続出した。

しかし真の恐怖を味わうのは、このウイルスがアジアをひと回りした後、ヨーロッパ大陸を襲ってからだった。なぜかわからないが、ヨーロッパ人は、東アジア人とは比べものにならないほど、このウイルスに対する抵抗力が弱かった。三月下旬にはオーストリア、フランス、スペインがいっせいに都市封鎖を開始し、イタリアの死者は中国のそれを上回った。

ヨーロッパ大陸では国境が次々と閉鎖された。

アメリカ大陸も例外ではなかった。合衆国政府は、欧州からの渡航を三十日間停止する措置を取ったが、時すでに遅しで、感染爆発を起こしたニューヨークは非常事態宣言に続いて都市封鎖を決定しなければならなかった。

これに比べると日本はずっと落ち着いていた。感染者は年明けと同時にポツポツ出はじめていたが、日本人は対岸の火事を見る目で、武漢の病院がパニックになっている様子を眺めていた。しかし、三月下旬には東京でも感染者が急増。さらに月末には人気コメディアン志《し》村《むら》けんが死亡したことで、日本人もこのウイルスを脅威に感じるようになった。

「ウイルスよりも怖いもの　それは疎外」の原稿を柴田が書いたのは四月七日。日本政府が七都府県に緊急事態宣言を発令した日だった。

その原稿には――、今回の政府の決定によって、多くの人々がソーシャルディスタンスを強いられ、職場を離れざるを得なくなる。ただ一方で、これは厳格な勤務時間と労働空間からの解放につながるのでは、という意見も耳にする。ある意味ではうなずけるが、時間と空間のフレキシビリティによって労働から解放されたと思い込むことは危険だ。むしろインターネットを駆使するIT企業のプロパガンダくらいに捉えておいたほうが無難ではないだろうか。やはり私は、〝真の喜ばしい労働〟つまり仕事を復活させるために伝統工芸の復興に頑張りたい。――おおむねこういう内容が綴られていた。

ただ、この新型ウイルスは皮肉にも、ささやかではあるが、好ましい変化をツタエテにもたらした。ツタエテの保管倉庫から、商品が出荷されはじめたのである。

売れはじめた理由がわからず、柴田は戸惑った。『アーツ&クラフト』での文章が効いたのだろうか。いや、まさかそんなはずは……。海外からの注文も増えているけれどそれはホームページの英語と中国語、さらに韓国語での解説を充実させたからなのか。

「羨ましいな。理由なんかなんでもいいから、売れて欲しいよ。こっちは」

柴田からの電話を切った後、サランはため息まじりに言った。

「でも、雑誌に文章書いて、外国語のページをサイト内に作っただけで、売れたりするのかなあ」

サランが首をかしげているのを見て、俺は笑った。

「だけど、これはチャンスだから逃すなって言ってあげたんだろ」

「言いましたけど、なんか不思議」

「それだって原因のひとつなんじゃないかな。風が吹けば桶屋が儲かるとも言うし」

　俺たちが生きる現実は、複雑な要素が複雑に絡まり合っている。起こったことをひとつの原因から語ることはできない。もちろん、ステイホームで自宅にいる時間が長くなれば、身の回りの品々を充実させたいという気持ちが昂ぶることはあるだろう。そんな動機を持った人が、『アーツ＆クラフト』に載った「柴田澪の中辺路だより」を読んで「面白い」と思い、さらにホームページに飛んで、取り扱っている商品を眺め、色漆《いろうるし》が埋められた蒟醤箱《きんまばこ》を買い物籠に入れてポチッとすることは考えられる。このような原因と結果の連鎖はありうる。ただ、別の要因も見逃してはならないのではないか。それは、このコロナ禍で世界中の中央銀行が金《かね》を刷りまくっていたことだ。

　新型コロナウイルスが蔓延《まんえん》し、世界中の経済活動が停止した。各国は、国民の生活を守るため、膨大な財政支出と金融緩和に着手しはじめた。お金を刷れば刷るほど、通貨価値は下がる。やがてインフレが起きる。いや、本当に起きるかどうかはわからないが、このように資産家や投資家が考えるのは不思議ではない。また、通貨価値が下がれば、その通貨で示されるモノの価格は上がる。実際この頃は、貴金属や不動産、ビットコインなど非通貨資産の価格は急上昇していた。

　これは後に知ったことだが、百貨店でも、各部門が売り上げを大きく落とす中、美術・宝飾・貴金属の売上高はプラスを記録していたそうだ。

この状況は、リーマン・ショック後の世界に似ていた。あの時も、黒木が購入したスイスの超高級腕時計のブランドは全体的に値を上げたし、今回もやはりジリ高を維持していた。

黒木のアドバイスもあり、ツタエテは、スイスの高級時計ブランドが採用している「正規認定中古制度」と似たものを整えていた。購入者がその商品を手放したいと思ったときは、なるべく高い価格でツタエテが買い取るのである。これは、ネットオークションなどで売りに出されて値崩れするのを防ぐとともに、購入に踏み切る際のハードルを下げたにちがいない。

さらに六月頃になると、売れ行きにまたすこし弾みがつきはじめた。これはおそらく、政府が国民全員に十万円の特別定額給付金を支給しはじめた影響だろう。

本来であれば、コロナ禍の打撃をまともに食らっている人や事業者には手厚く、そうでないところには薄く（あるいは無支給）、などの濃淡をつけた給付が望ましいのだが、政府は迅速を最優先し、ひとり一律十万円の支給を決めた。

だが、すべての人が経済的な打撃をこうむるわけではない。影響を受ける人もいれば受けない人もいる。また、勤務している企業が悪影響を受けたとしても、月給に反映するのはまだ先の話だという人も多い。そんな人たちは、十万円がポンと入ってくれば、なにに使おうかと考えはじめるだろう。

その証拠が、六月十九日に発売されたオーディオ雑誌『月刊 ステレオ』七月号である。この月の特集はなんと「10万円で何を買おう?・」だ。これほど露骨に特別定額給付金を当て込んだ企画もないだろう。

もうひとつ、ツタエテの商品が動きはじめた原因のひとつに、ちょうどこの頃、いち早く感染の封じ込めに成功した中国が、消費活動を再開したことも影響していたようだ。実際に、スイス時計協会が発表したこの年の年間統計を見ると、中国への輸出額は前年に比べてぐっと伸びている。時期を同じくしてツタエテも中国大陸からの注文を受けるようになった。

商品がようやく動きはじめた理由はほかにも考えられた。この頃、多くの飲食店が営業停止を余儀なくされていた。ということは、仕事帰りに一杯呑んで帰ることを楽しみにしていたサラリーマンの財布には、これまで居酒屋で落としていた金が残っていたことになる。そんなサラリーマンの中に伝統工芸品に興味を持っている者がいてはいけない理由はない。その残った金を数ヶ月貯めればあれが買える、これに特別定額給付金の十万円を足せば、あれだって買える、と考えないとも限らない。

とにかく、原因はひとつではない。ただ、大きくは、リーマン・ショックのときと同じく、急激な金融緩和によって通貨の価値が下落する中で、〝お金で持たないでモノで持つ〟というマインドが醸成されつつあったことはたしかだと思われる。

ともあれ、ツタエテにとって、商品が動きだしたことは歓迎すべきことではあった。

ただ、同時に困ったことも起こっていた。中辺路から観光客の姿が完全に消え、ギャラリー&カフェ ツタエテ処の売り上げはゼロになった。柴田はパートに来てもらっていた近隣に住む主婦に頭を下げ、給料の七割を引き続き支払うことを条件に、暇を出さなければならなくなった。

「すみません、これが収まったらまたお願いします」

　そう言って柴田が頭を下げると、

「しゃーないやん。せやのにこんだけもろてええんかいな」

　と主婦たちはサバサバして柴田を責めなかったが、本人はぐずぐずと気に病んだ。

　また、売れはじめたとはいえ、買い付けのペースに比べると出荷のそれはまだまだスロウだった。職人はせっせと作っては和歌山に商品を送り、ツタエテの保管倉庫のスペースはどんどん埋まって、教室をもうひとつ借り足さなくてはならなくなった。

　――あれがチャンスだったのだろうか。

　閉店中のツタエテ処でひとり夕飯を食べながら柴田は考えた。サランが言ったように『アーツ＆クラフト』の連載がチャンスだったのだとしたら、自分はそれに飛びついてできる限りのことをした、そしていまもしている。さらに、表だっては言えないが、津越も死によって売り上げに貢献してくれた。それでこれくらいの結果しか生まないのならば、やがてツタエテの倉庫から在庫があふれだすだろう。そして、荷を積み過ぎた船のように、その船隊はやがてかしいで、海の底に沈んでいくにちがいない。

　しだいに柴田は焦燥に駆られるようになった。

　商品の売れ行きは微増していたが、買い取りのペースと合わない。昨日、ひとつ倉庫から見送ったと思ったら、今日はふたつ到着するという具合である。ツタエテはさらにもうひとつ教室を借り、保管係も追加で雇わなければならなくなった。

夏になると、柴田は〔つたえてねっと〕を使って黒木に状況を説明し、危機感を訴えた。しかし、黒木から返事が来ることは稀だった。たまにくれるのは、

「データを見る限り、当初の判断はまちがってないと思います」

だの、

「もっと発信力を高めてください」

だの、

「言葉の力を鍛えないといけません」

だの、雲を摑むようなアドバイスばかりで、最後には、

「詩人になりなさい、言霊を使うんだ」

というお決まりのシメの言葉が返ってきて、柴田はめげた。

〔つたえてねっと〕を閉じ、柴田は炎天下の川原に下りて、石を拾っては、

「畜生、なにが詩人になれだよ。なれるんだったらなってるっつぅーの。もうどうなってもしらないからな！」

と川面に投げた。石はいったんドボンと水面下に姿を消すと、もう浮かびあがってはこなかった。

「やだ、めっちゃ不吉」

柴田は次に投げようとした石を川原に捨てて逃げるようにそこを後にし、高原熊野神社に

走って、手を合わせた。

秋になると、ツタエテの売り上げは下降に転じた。柴田はさらに焦りだした。これはひょっとしたら、新型ウイルス感染のパニックがおさまり、人が外に出はじめたことに関連するのではないかと案じた。たしかに、感染はいったんピークを過ぎて、ビジネス目的での外国からの訪日も検討されだしていた。

一方、俺のほうもこのコロナ禍でいろいろと大変だった。

五月の上旬から池袋《いけぶくろ》方面にパトロールの応援に駆り出されていた。

さらに、発令された緊急事態宣言がまだ解かれていない中、サランがワルキューレ主催の大規模なロックフェス「愚か者の集い」を強行し、森園も仲間を引き連れて出場した。俺は上司からこのフェスの阻止を命じられ、奔走《ほんそう》したのだが、まんまとしてやられた。つまり、この間俺は、フェスの開催を阻む統治者側の手先となって、開催しようとするサランと激しく対立し、俺たちの仲はかつてないほどぎくしゃくした。そして、森園は、間に入って緩衝材になってくれるかと思いきや、まったくの役立たずで、俺はそうとうにむしゃくしゃしていた。

フェスが終わったあと、サランの許には、余計なことをしてくれた、これで今後のフェスがやりにくくなる、という苦情が業界のあちこちから寄せられ、事実上、村八分にされた。

「まあ、最初から大手には相手にされてないので、これを機会に今後のことをじっくり考えます」

とサランは気丈に振る舞っていた。確かに、大規模なフェスを実施したことで、まとまった金が入っていたので、少しのんびりするのもいいかもしれないとは思ったが、俺が心配していたのは、業界ではなくむしろネット上の反応だった。ＳＮＳは、ワルキューレとサランに対する誹謗中傷であふれかえっていた。

　常識を疑う、愚かすぎて笑えない、自分さえよければそれでいいのか、無責任、馬鹿、頭がおかしい、朝鮮人だろお前、朝鮮に帰れ、殺す、一発ヤラセロ、などのおぞましい文言に接した俺は、

「しばらくＳＮＳは見るな」

　とサランに忠告した。俺とサランの仲は、「愚か者の集い」が開催されてしまったあとは、また一緒に餃子《ギョーザ》を包んで焼いたり、リビングのオーディオで、ブルース・スプリングスティーンの新譜を聴いて、やっぱりアメリカンロックの王道を貫いている（俺）、最近の中ではかなりいい線いっている（サラン）、ダサくて聴くにたえん（森園）などと感想を語り合う仲に戻っていた。

　この罵《ば》詈《り》雑言《ぞうごん》の嵐にもサランは、

「慣れてますから」

　と笑っていたけれど、その笑いには暗い影が宿っていた。

　このような状況は夏になっても続いた。「お前の居場所はわかってる」などという書き込みを発見した俺は、黒木を使って、投稿者の身元を曝《あば》き、乗り込んでやろうかとも思ったが、

思い直して、「危ないから池袋のマンションには帰らずにここにいろ」とサランに言いつけ、もうひとり居候を抱え込むことになってしまった。

しかし、いざ三人で暮らしてみると、若夫婦のところに俺が同居させてもらっているような気になって落ち着かない。終戦記念日も過ぎ、すこし日差しも和らぎ出した頃、帰宅の途中、駅前の不動産屋の店先に手頃な物件を見つけた俺は、その場で契約してしまった。まったく軒を貸して母屋を取られるという具合である。もっとも、サランのほうも取ろうと思っていたわけではなかったから、大いに驚いて、

「私たちがそっちに住みますよ」

と言ったが、俺は次の日曜日にふたりに手伝わせ、自宅から歩いて五分くらいのところの六畳二間と小さな台所の平屋に移った。

狭い庭に向いた掃き出し窓のサッシを開けて、蚊取り線香を焚《た》きながらコーヒーを飲んでいると、ひさびさに解放感を覚えた。ただ問題は、この新居にオーディオ装置がないことだった。旧居の赤レンガ邸（これからこう呼ぶ）にはスピーカーが二組あるが、どちらもここに置くには大きすぎた。

俺は、黒木と共有している Gmail のアカウントにログインし、下書きフォルダにメッセージを残した。これが黒木と俺の連絡方法である。送信せずに、下書きを残す。それが削除されていたら相手が読んだサインとなる。返信もまた、下書きフォルダに残す。つまり、Gmail を伝言板として使うわけである。伝言の内容は、新居を借りたいきさつと、小さめの

オーディオシステムを組みたいので、なにか推薦してくれというものだった。あくる日、俺の下書きは削除され、新しい下書きがフォルダに入っていた。黒木からの返信である。和歌山の中辺路町の川合という村に、去年亡くなった桐箪笥の職人に作ってもらった桐製スピーカーが置いてある。最初は駄目だと思ったが、なかなかいい音になってきたので、欲しければ持っていってくれ、と書いてあった。桐のスピーカーとやらには興味があったが、そんなところまで行けるもんかと断念し、ネットオークションで手頃なものを落とすことにした。

　残る問題は、アンプとＤＡＣだ。これについては黒木はひと言も触れてなかった。九月の中旬の日曜日の昼下がり、どうしようかと悩みながら、俺は台所でラーメンをゆでていた。冷蔵庫の上に載せたスマホのスピーカーからネットのラジオが流れ、外国人の来日をビジネス目的限定で受け入れる、というニュースを聞いていたら、ラジオの音声が着信音に切り替わったので取ると、サランだった。俺宛の小包が届いているという。

「届けようかなとも思ったんですけど、今晩は参鶏湯《サムゲタン》つくるので食べに来てください」

　と誘ってくれたので、夜は赤レンガ邸に顔を出した。小包の差出人は俺だった。アメリカのバージニア州ラングレーにいる俺が日本の東京都の高尾にいる俺に送ったという体裁に送り状ではなっていた。開封すると、分厚い文庫本くらいのアルミ箱が出てきた。銀の箱はもうひとつあって、こちらはシガレットケースほどだ。文庫本サイズがデジタルアンプ、煙草《タバコ》大《だい》はＤＡＣだとすぐに見当がついた。紙がいちまい入っていて、新しいのを作ったので、お古でよかったら使ってくれと書かれていた。わざわざワープロで打ったのをプリントアウトしているのは、筆跡を残したくないからだろうと思い、それはすぐに台所の流しで燃やした。コンロにかけた鍋の加減を見ていたサランが不思議そうに見ていた。

　ともかく、これで新居でも音楽を楽しめることになった。しかし、こいつはあくまでサブシステムである。赤レンガ邸のメインシステムの鳴りっぷりとは格段の差がある。なので、参鶏湯をよばれたあと、久しぶりにリビングのメインシステムで出たばかりのザ・キラーズの『インプローディング・ザ・ミラージュ』を聴いた。

　曲と曲の途中の無音部分にさしかかったところだった。

「え？　マジ」

というサランの声が聞こえた。視線を向けると、サランはキッチンテーブルでノートＰＣを凝視している。それから食い入るように画面を見つめていたが、森園を呼びに行き、またふたりでノートの画面を見ながら話していた。干渉するまいと思い、俺はザ・キラーズを聴き続けた。ただ、キッチンのふたりがやたらと興奮しているようなので、ちょいとばかり気になってはいた。

　俺の心は、ふたりがまた業界のどこかから出入り禁止になったのではないかという心配で満たされていた。

　九月十九日売りの『アーツ&クラフト』十月号に掲載されるはずの「柴田澪の中辺路だより」第十二回「女の熊野は浄《じょう》・不浄《ふじょう》を嫌わず」のゲラ（ＰＤＦ）に朱入れしたものを、柴田は「遅くなってごめんなさい」と一文添えて荻上にメールした。

熊野は昔から、高貴な身分だけでなく、庶民の女性の参詣《さんけい》も受け入れてきた。のみならず、障害者・社会的弱者も引き取っていたことが説経節《せっきょうぶし》「をぐり」などでも明らかになっている。しかし、このことにからめて、真言密教の総本山高野山《こうやさん》から難癖をつけられたことがある。高野山は次のように言って熊野を貶《おとし》めたのである。

高野山は国を鎮め国を安らかにする道場で、弘法大師《こうぼうだいし》が常住している霊妙《れいみょう》な場所である。極楽浄土《じょうど》に往生する能力においてはなんといっても最高ランクだ。これに比べて、熊野などは外国から来臨した神を祀って、境内には男女が入り乱れているから、これはもう中の上くらいの霊場にすぎない。——ざっとまあこういう内容の文書が高野山に残っているそうだ。しかし、熊野の猥雑《わいざつ》さ、ユルさこそ、素晴らしいではないか、という熊野礼賛を書き綴ったのである。

校正したゲラを送ったあと、柴田はため息をついた。本来なら、売り上げが低迷する中、ツタエテのアピールをするべきなのだろうが、経営の不振を考えるのがいやで、早い話が現実逃避をしたくて、気分転換にこういう文章をしたためたのであった。

メールボックスを開くと新着が一通あった。ワルキューレのサランからだった。クリックして開封し、読みはじめた柴田は、

「え、まじ？」

と思わず声を上げた。そして、読み終えたあともういちど読み、さらにもういちど読んだ。

神々の黄昏

柴田様

いつも大変お世話になっております。当社の取引先から以下のようなメールが来ております。ご一読の上、可能性についてご検討いただけますでしょうか。拙訳ですが、日本語に直したものを貼り付けておきます。

お忙しいところ誠に恐れ入りますが、よろしくご査収くださいませ。

取り急ぎ――。

＊　＊　＊　＊　＊　＊　＊　＊

親愛なるサランへ

お元気ですか。

数字だけ見ていると日本はコロナの災害がさほど大きくないようで、羨ましく思っています。

あなたが五月に主催したコンサート「愚か者の集い」でのモリゾノの演奏が YouTube にアップされていたので、見ましたよ。約四十五分をノイズと音響で構成し、そして聴かせるというのは並大抵の才能ではないですね。混沌《こんとん》の極みというようなクライマックスを経て、静謐《せいひつ》な祈りの世界に戻っていくようにも感じられ、感嘆しました。ぜひまたモリゾノにはアルバム作りに参加してもらいたいと思っています。また、この状況下で音楽家の表現の場を作ったサランの勇気にも感動しました。

さて、今日は相談があってメールしています。実は私はいま次のアルバム発売に向けて準備を進めています。レコーディングはほぼ終わり、あとはマスタリングを残すのみという状況です。

それで、アルバムタイトルであり、メイン曲でもある「ラグナロク」のミュージッククリップを作成するにあたって、日本の和歌山県と三重県にわたる熊野古道で撮影したいと考えているのです。もちろん、忌々しいウイルスが世界に蔓延しているので、なかなか海外に出るのは難しいのですが、日本はビジネスでの渡航を認めるのではないかという情報も漏れ聞いています。

ところが、私のアルバムを日本でディストリビュートしてくれているポリドールズ・レコードは完全に腰が引けていて、「とにかくいまは来ないで欲しい」「入国できるかどうかもわからない」の一点張りで話にならないのです。

そこで、「愚か者の集い」を主催した勇気あるサランにこの計画を打ち明けているというわけです。あなたが経営する会社名がワルキューレというのもなにかの縁を感じますしね。

私は海外でステージに立つ機会が多いので、アイスランドの外務省には通じています。出国するのはおそらく大丈夫だという話です（また、アイスランドは七月十五日より、日本からの入国制限を解除しています）。問題は日本側の受け入れ態勢ですが、できましたら、もう少し詳しい状況を調べてもらえないでしょうか。そちらに行くのは私ひとりです。

そして、熊野古道での撮影許可と、カメラ・照明など撮影スタッフの手配をお願いできませんか。

撮りたいのは中辺路《なかへち》の古道（添付ファイルを見てください。だいたいこのようなイメージの路《みち》です）と那智《なち》の滝です。いちどは、日本のスタッフに風景だけを撮影してそれを送ってもらい、こちらで私の姿と合成する案も検討いたしましたが、いい結果にはならないだろうという意見がもっぱらでした。それに、私も熊野の神霊に浸されたいと思いますし、緑のスクリーンの前ではどう振る舞えばいいかわからないので（＊白石注　合成を前提とする映像を撮影するときは被写体は緑の幕の前で撮影します）。

ひさしぶりに日本に行ってみたいという気持ちもあります。いつ以来だろう。七年前にフジヤマロックに出演したとき以来になるのかな。それにやっぱり熊野古道はちょっとでいいから歩いてみたい。モリゾノにも挨拶したいし、サランにも会ってみたいから。

お返事お待ちしています。

ビョルグより

北極海に浮かぶ島国から

ビョルグ様からの通信は以上です。映像スタッフの手配はこちらでできます。つきましては、熊野古道の撮影の許諾やその近辺での宿泊などの手配をツタエテ様にお手伝いしていただくことは可能でしょうか？　もちろん、こちらのほうからそのぶんのギャランティはお支払いさせていただきます。全体の制作費についてまだ先方と話を詰めていない段階なので、額面についてはなんとも申し上げられないことを、お詫びいたします。

この案が前に進むようでしたら、もちろん私も森園とともに現場にうかがいます。柴田様とは一度お目にかかりたいと思っております。

ご検討いただけましたら幸いです。

ワルキューレ代表　白石サラン

ビョルグが来る！　この熊野古道に！　ビョルグに会える！　柴田は思わず目まいを感じ、動悸《どうき》さえしてきた。

　しかし、日本は外国からの渡航を受け入れているのだろうか？　心配になった柴田はすぐに調べた。しかし、渡航を許諾しているというニュースはどのサイトにも見つからなかった。駄目だ。アイスランドを出国できたとしても、日本はビョルグの入国を許さないだろう。

　しかし、そこはサランが手を打っていた。――この俺を使って。

　この年の六月からふたたび開園した東京上野動物園は、入園に事前予約を求めていたこともあり、また平日の夕方ということもあってか、園内は閑散としていた。

　待ち合わせの小屋の前に立って、俺はガラス越しに中を覗いていた。別の場所で眠っているのだろうか、パンダの姿はそこにはなかった。

「お待たせしました」

　すこし離れたところから届いた声に振り返ると、マスクをした青年がこちらに歩いてきていた。

「いや、まちがえてレッサーパンダのほうに行っちゃいました」

「まちがえますか、ふつう」

　俺は呆れた。

「それに、待ち合わせをここに指定したのは吉良さんですよ」

相手は肩をすくめ、

「世事に疎いもので」

と言って、またすぐ歩きはじめた。この男が、警察にふたりいる黒木の知人のもうひとり、吉良大介警視正である。

俺たちはパンダの観覧スペースを後にして、「ゾウのすむ森」のほうに足を向けた。

「やはり、人はまばらですね」

あたりを見回しながら吉良が言った。吉良は警備畑の警官で、たしか以前のポジションは警備局外事情報部の国際テロリズム対策課課長だった。いまは内閣府の直轄組織である国家防衛安全保障会議、通称ＤＡＳＰＡ《ダスパ》にいるらしい。組織の名前のとおり安全保障に関わる仕事をしている。言ってみれば、黒木とは畑が同じということになる。安全保障に関わっている連中はおしなべて用心深い。俺から会いたいと連絡があったので、これは黒木の件だなとピンときたのだろう。俺も吉良も、黒木との関係を探られると困る。面会するのにこんな場所を指定してきたのは、周りに目や耳があるのを恐れてにちがいない。平日の動物園は人もまばらで、そのほとんどが親子連れとカップルなので、その手の人間が近くにいればさすがに目立つという算段なのだ。もちろんその前に俺たちが目立っているわけだが。

「その節はいろいろとお世話になりました」

ふと立ち止まり、吉良がそう言ったので俺はちょっと驚いた。

「いえ、とんでもない、あの時はこちらこそ失礼しました」

実は吉良とは、サランが強行した「愚か者の集い」の件で、一悶着《ひともんちゃく》あり、たがいに歯に衣《きぬ》着せぬ物言いをし、かなり激しいやりとりになった。ただ、相手は会社で言えば取締役に当たる警視正、こちらはヒラの巡査長だ。自分がついた悪態を思い返すと冷や汗が出る。俺はさっさと本題に入ることにした。

「警視正はビョルグというミュージシャンをご存知ですか」

「いや、僕もあいつと同じでクラシックしか聴かないので」

知っているはずの黒木の本名を口にしないで、警視正はそう言った。俺も追及しない。互いにそれを暗黙のルールと感じている。

「有名なんですか？」

と吉良に訊かれた俺は、

「少しマニアックなところもありますが、世界的に有名なミュージシャンだと言っていいでしょう」

「で、彼女、……女性ですか、そのビョルグって人は？」

俺はうなずいた。

「彼女が来日して熊野古道で撮影したいと。そしてあいつが来日させたがっているというわけですか」

「来日に直接関わっているのはワルキューレです」

「ワルキューレって、あの『愚か者の集い』の？」

俺はもう一度うなずいた。警視正はサル山の前で立ち止まった。

「ワルキューレとあいつとの関係を教えてもらえますか」

「出資者ですよ」

吉良はマスクの上の目だけで笑って、

「なるほど」

と言った。この年の晩春、ワルキューレの活動を阻止しようと俺を使ったこのキャリア官僚は、秋の初めには、俺から逆にワルキューレのために一肌脱げと迫られているわけだ。

「あの若い社長はどうしてますか？　えっと白石サランだったかな」

「いまはホサれてますね。ＳＮＳでも誹謗中傷の嵐です」

吉良は首を振ってため息をついた。

「警視正、これは、あいつが白石とワルキューレのためにこしらえたチャンスなんですよ」

となかば強引に話を広げてみせた俺は、このチャンスは柴田とツタエテのためでもあるな、と思い至った。

「うむ、チャンスか」

と吉良はその言葉を口の中で味わってから、

「それで？」

と首を振ってこちらを見返してきた。

「ビョルグを来日させられる可能性はないかというご相談です。先方は日本はビジネスでの渡航を受け入れるという情報を掴んでいるようですが」

　吉良のマスクの上の目がすっと細くなった。

「どこからの情報ですか、それは」

「いや、わかりませんが……」

「確かに、シンガポールなど感染爆発していない国や都市との間で限定的にビジネストラックを再開させようという話はあります。というかこれは決定事項です」

　さすがはキャリア官僚、情報を吸い上げる力は、サル山の下で芋の皮を食っている俺とは段違いだ、と感心した。

「けれど、そのリストにアイスランドは入っていません。ちょっと覚えていませんが、対象国はかなり限定されていて、シンガポールと韓国くらいなんじゃないかな」

「そこを警視正の力でなんとか」

　俺が真顔で言うと、相手は顔の前で手を振った。

「僕は外務省の官僚じゃないですよ」

「だけど、テロ対策の専門家じゃないですか。入管とはテロリストの水際対策で頻繁にやりとりしているはずですよね」

　吉良はため息をついて、

「巡査長、あれに関わるとろくなことないですよ」

と忠告めいた言葉を口にしたあとで、声をひそめ、

「県警の公安が探りを入れてます」

と内部情報を漏らした。

「どこの署ですか」

驚いて、俺は尋ねた。

「田辺署です。中辺路町の川合に数名の捜査員が探りを入れていました。いまはもう落ち着いているようですが」

落ち着いている。つまり、公安が完全に警戒を解くことはないぞという含みを持たせた忠告である。確かに、関わらないほうが無難だ。

「だけど」

と俺は言った。

「あいつには借りがあるのでしょうがないんですよ」

すると、相手は真顔になって、

「それは俺もそうです」

とうなずいた。

そして俺たちはサル山を眺めた。吉良はじっと黙り込んだきりなにも言わない。俺は、そこをなんとかと頼んだものの、本来は水際対策という入れないほうに力を発揮するテロ対策の専門家に、入れるほうに便宜を図れなどと言うのはない物ねだりだったのでは、と勝手に反省しはじめていた。

「いるんですかね、はぐれ猿って」

吉良が突然そう言った。

「こういう柵で囲まれたサル山でも、はぐれるやつははぐれるんでしょうか」

なるほど、こういう狭い世界に閉じ込められていては、はぐれたくてもなかなかそうはいかないな、と俺はようやく理解したが、それでもそんな質問をする意図がわからなかった。

「場所はちがえど、この柵の中の同じサル山にいるわけです、僕も巡査長も」

吉良は続けた。警視正と巡査長では、同じと言うのがためらわれるくらいポジションがちがう。ただ、ともに同じサル山の中、警察機構、そして日本という国民国家の柵の内側にいることはたしかだろう。

「実は二日前に連絡があったんですよ」

一瞬の間ののちに俺は、

「はぐれ猿から？」

と訊き、相手がうなずくのを認めた。

「いちおう連絡を取れるようにはしてあるんです。おそらく巡査長と同じ手法でしょう。そこにはね、近いうちに巡査長が俺に接触してくるかもしれない。その時になにか頼みごとをするならば、それは自分の要求でもあると考えてくれ、そんなことが書いてあったんです」

そこまで読まれていたのかと俺は呆れた。吉良はしばらくまた黙っていたが急に、

「では今日はこれで」

と言い捨てて歩きだした。驚きつつも、追わないほうがいいと思い、俺はそのまま見送った。吉良は突き当たりを左に折れて、見えなくなった。おそらく橋を渡って西園に出て、弁《べん》天門《てんもん》のほうから退園するのだろう。

俺はしばらくその場に突っ立っていたが、せっかくだから、熊野古道にちなんで熊でも見て帰るか、と思い立ち、足をそちらへ向けた。そして、どうして熊野って地名なんだろう、やはり古道には熊が出るんだろうかと考えた。

しかし、キャリア官僚の吉良はそんなつまらないことに頭を使っていなかった。俺と一緒にサル山を見つめていたときすでに、ビョルグを入国させるアイディアをひねり出していたのである。

十月の初旬、ビョルグはアイスランドのケプラヴィーク国際空港を東南に向かって飛び立ち、フランクフルトを経由して、約二十二時間後に羽田空港に降り立った。

イミグレーションカウンターでビョルグはパスポートと一緒にいちまいの紙を突き出した。係員はその英文の書類を見た。

東京オリンピック関係者（アスリート外）による特別入国

この者は来年開催予定のＴＯＫＹＯ　２０２０の関係者であるので、その準備のため特別に入国を認める。

国名　アイスランド

分類　非アスリート

組織　アディッショナル・チーム・オフィシャル

種目　ハンドボール

宿泊先　和歌山県田辺市中辺路町

備考　上記の理由により、ＰＣＲ検査後に、南紀《なんき》白浜空港までの航空手段による移動を認め、十四日間の隔離を免除する。

これを読んだ係員は用紙をいちまい取り出して、ボールペンと一緒にビョルグに突き出した。

用紙には、［オリンピック関係者（非アスリート）誓約書］という見出しがあり、私は三密を回避し、ソーシャルディスタンスを確保します、マスクの着用を徹底します、手洗いや手指消毒を徹底します、咳《せき》エチケットを遵守して、大声は出しません、食事や休憩時のルールを遵守します、握手やハイタッチなどは自粛いたします、共用品などは必ず使用する前と後は清拭《せいしき》します、室内の換気を徹底します、体調管理には周到に気を配ります、業務・活動時間外の行動は控えます、などと書かれており、以上を誓いますという一文の下に、サイン欄があった。ボールペンを取って、ビョルグはサインした。

約一時間後にＰＣＲ検査陰性の結果が出て、こんどは国内線に搭乗した。ビョルグを乗せたボーイング機は、富士山《ふじさん》上空を南西に進み、約一時間後に夕刻の南紀白浜空港に着陸した。

空港の到着口にはサランが立っていた。

この日、俺とサランと森園は、一足先に朝の便で白浜空港に到着し、すぐそばのレンタカーショップで借りたバンに乗って、ツタエテ処に向かった。

引き戸を開けて、ごめんください、東京組到着しました、と声を上げると、若い女が、いらっしゃいと土間に下りてきた。ツタエテのホームページを覗くことさえなかった俺は、このときはじめて代表幹事の顔を見た。このころ東京では、新型ウイルスによる感染拡大のために、外出時にはマスクをする慣習ができあがって、町をゆく人々から表情が消えてしまい、刑事たちは、犯罪の目撃者に聴取しても、手がかりを摑むのに手こずっていたものだから、俺には柴田が素顔を曝《さら》してくれたことが新鮮に感じられた。

柴田は、顎にかけて細くすぼんでいくきれいな輪郭とほんのすこし捲れた上唇、濃い眉と潤いのあるどことなく寂しげな瞳の持ち主で、肌理《きめ》の細かい肌を誇るかのようにほとんど化粧をしていなかった。ああ、苦しいと言ってマスクを取ったサランを「すっごい美人」と賞賛した柴田もまちがいなく美しい女の部類に入ると思ったが、このときの彼女の出で立ちは艶《あで》やかとは言いがたかった。

「ちょっとここを直しているもので」

言い訳するように言った柴田は、デニムの上下に軍手をしてハタキを手にしていた。パートの主婦の手を借りて、ギャラリー兼カフェだったこの場所をビョルグが宿泊できるよう改装していたところなのだと言うので、俺たちも自然と手伝うことになった。

板間にあった棚は取り外し、その上に陳列していた商品もどかして、新たにソファーを持ち込んで居住空間に様変わりさせたときに心地よく感じられるものだけは残すことにした。その選定は柴田がおこなった。ただ、黒木の桐製スピーカーは残したほうがいいと俺が提案し、専用スタンドを戻してもらい、ソファーの前に置いて、その上にこのスピーカーを載せた。

はじきだした棚と商品はいったん倉庫のほうに収め、その代わり、ツタエテ処がギャラリー兼カフェになったときに引退させた黒木の机と椅子を復帰させた。

裏山の斜面に向かう奥の間にはベッドを入れ、ここにもツタエテの伝統工芸品を置いた。つまり、中辺路に滞在中、ビョルグにはツタエテのモデルルームに宿泊してもらう、というのが柴田の狙いだった。そして柴田は、ファンならではの想像力を働かせ、ビョルグならどんな部屋が気に入るかを考え抜いて、部屋の飾りつけをした。

さて、ここで話をこの日の夕刻の南紀白浜空港に戻そう。

ビョルグをピックアップしたサランは、乗り込んだバンから柴田に電話した。

「いま乗せました。あと四十分くらいで着くと思います」

この電話を合図に、柴田はスペシャルゲストを迎えるべく、庭に向かって並ぶガラス戸を拭くペースを上げた。俺は縁側に箒《ほうき》をかけた。森園だけは、庭の竈の石に腰かけ、デジタルハンディレコーダーを手に、遠い山の上に輪を描いている鳶《とんび》の鳴き声なんか録音していたが、

「こら、そんなもの明日やればいいだろ、お前もどこか雑巾がけでもしろ」

と俺に叱られると、上に向けていた視線を坂の下におろして、

「はあ。でも、もう来たみたいですよ」

と眼下を指さした。

川沿いの国道をバンがやって来るのが見えた。

庭に停まったバンからビョルグが降りてきて、まず森園に、掌《て》の代わりに肘を突き出して、

「モリゾノ、ずっとあなたに会いたかったのよ」

と言い、森園もこれに肘をこすりつけて握手の代わりにした。ゴミ出しの日をまちがえて俺に叱られ、いまもひとりサボって鳶の声なんか録音していた役立たずが、世界的に有名なミュージシャンにこんな親密な挨拶を送られているのは不可思議ではあるが、人生そういうこともなければ面白くない、と思うことにしている。

サランもバンから降りてきた。ビョルグは長いフライトと時差で疲れていて、機内食でお腹も膨れているから、今日はこのまま寝たいのだそうだ、と車内で聞かされた話を俺たちに伝えた。

宿泊施設ツタエテ処を案内しようと待ち構えていた柴田は拍子抜けしたが、ゲストがそう言うのならしかたがない。トイレと風呂だけ見せて、申し訳ないがシャワーは出ない、風呂

も薪で沸かすので、あした自分が沸かしに来る、と説明してから、奥の寝室へ連れて行った。

オーケー、オーケー、とにかく明日また話しましょう、とビョルグが言って、柴田は自宅へ、俺たちは川向こうの民宿へと引き上げた。

あくる朝の六時に、柴田が朝食を作りにツタエテ処に行った時、すでに玄関の戸は開いていて、竈には火が入っており、ビョルグは板間のソファーでコーヒーを飲んでいた。そうか、あんなに早くベッドに入ったんだから、寝床を離れる時刻をもっと早く想定するべきだった、と柴田は後悔した。

ビョルグは、モーニンと挨拶してから、台所に入って勝手にコーヒーを沸かして飲んでるの、と言って、手にしたマグを持ち上げてみせた。

「寒いですか」

と火が入っている竈を指して柴田は訊いた。

いや薪を焼《く》べてみたかっただけ、ストーブで火を熾《おこ》すと暑くなりそうだったので竈にしたの、とビョルグは言った。いや、言った気がした。英語があまり得意でない柴田だったが、北欧人のビョルグの英語はわりと聞き取りやすかった。

「あなたは？」

とビョルグが改まって尋ねた。

「私はミオ・シバタ。ツタエテという日本の伝統工芸品を作る有望な若手クラフトマンを支援し、その作品を売る仕事をしています。ここはふだんはギャラリー兼カフェなのですが、あなたの来日に合わせ、泊まれるようにアレンジしました」

と柴田は昨日できなかった自己紹介をした。

ビョルグは「おお」と口をすぼめて驚いて、ここは本当に素晴らしい。置いてあるものはみな神が宿っているようだ。ここに座っていると住みたくなってくる。そのくらいに快適だ、と言った（気がした）。そして、これもいい、売っているのなら買いたいと言って、手にしたマグをもういちど持ち上げたのに柴田が感動したのは、それが黒木にあげたのに、ここに置き去りにされてしまったあのマグだったからである。

柴田はお返しに、ファンとしてビョルグの楽曲を褒めなければ、という気にもなったが、それは後回しにしようと思い直して、タブレット端末を取り出し、写真を見せた。いちまいは茶粥《ちゃがゆ》（ここで言う〝おかいさん〟）とお新香、鯵《あじ》の開きに、土屋さん家《ち》の卵で焼いた卵焼きと味付け海苔《のり》と出荷がはじまったばかりの蜜柑《みかん》。もういちまいはハムエッグとトーストとヨーグルトとやはり蜜柑。ビョルグは洋風メニューのほうを指さした。

とてもおいしい、とハムエッグの卵を頬張って、ビョルグは言った。

「それはスピーカーよね」

ビョルグは皿の上で動かしていた両手を止めて、右手に持ったナイフをソファーの正面に置かれたスピーカーに向けた。

イエス、とビョルグのマグにコーヒーを足しながら柴田は答えたものの、このあとどんな質問が続くのだろうと、不安に思っていたのだが、そのとき引き戸が開《あ》いて、サランが俺を引き連れてやって来た。留学経験のあるサランは、ゆうべはよく眠れたか、時差ボケはないか、朝食はオーケーかと流暢《りゅうちょう》な英語でビョルグに訊いた。ビョルグは、ファイン、ファインとなんどか言ったあとで、特に卵がおいしいと言い、そこは聞き取れた柴田が、近くに住んでいる炭焼き職人が庭で放し飼いにしている鶏が産んだ卵ですと日本語で言って、サランがそれを英語に直した。とてもおいしい、明日も食べたいとビョルグは言ったあと、また柴田を見て、

「このスピーカー、さっき持ち上げてみたんだけど、とても軽い。なんの素材でできているの」

と尋ねた。

「桐です」

と答えたのは俺だった。paulownia なんて英語は知ってるはずはなかったが、なんて言うのかなと思い、スマホで調べておいたのだ。ついでに、

「東ヨーロッパにチターという楽器があるでしょう」

と言って映画『第三の男』のテーマ曲を二小節ハミングしてから、

「日本にも、ＫＯＴＯという似た構造の楽器があるんですが、それも桐で作るんです」

とつけ足した。

ビョルグは、コト、ポォーロォウニィア、ジャパニーズ・ジダー、と嚙みしめるように言

ったあとで、

「このスピーカーで、私のパソコンに入っている音声ファイルを鳴らすことはできる？」

と尋ねた。

「できます」

と俺は言った。実は和歌山に来ることになり、このスピーカーを聴くことを楽しみにしていた俺は、黒木が送ってくれたデジタルアンプとＤＡＣを持参していた。

「シンギョウジはワルキューレのアドバイザーです」

とサランが俺を紹介した。

「そうなの。シンギョウジはなにをアドバイスするの」

とすこし冗談めかしてビョルグが訊いた。俺は持ってきたアンプとＤＡＣの接続に取りかかりながら、

「音響機材《オーディオ》です」

と言った。

ミスター・シンギョウジは森園と私のために自宅を改造して、録音できるようスタジオを作ってくれた、とサランが補足した。素晴らしい素晴らしいとビョルグがあまりに賞賛するので、ひょっとしたらアビィ・ロードのような立派なのを想像しているのでは、と俺はすこし決まりが悪かった。

「さてと、まずはテストで俺の音源を鳴らしてみます」

俺はチャンネルと位相をチェックした後、自分のタブレットから選んでかけた。

「シガー・ロスの『アゲイティス・ビリュン』ね」

曲が鳴り出すとビョルグは言った。

「友達の曲をかけてくれてありがとう」

シガー・ロスもアイスランドのバンドである。もちろん彼女が彼らと親交があるのを知った上での選曲だった。歓待のつもりで本人の曲をいきなりかけてドン引きされたらまずいだろうと思い、これを選んだ。聴き込んだアルバムなので、俺にもビョルグにも、スピーカーの性格診断には適している。

「まろやかな音ね」

とビョルグは言った。

「スピーカーの癖があまりなく、いい感じで鳴っている」

同じ感想を持った俺もうなずいた。

「それになんてきれいなの。塗装はどうしているの」

「漆です」

と柴田が日本語で言って、サランもその英語がとっさに出ずに、ウルシという木の樹液《サップ》だと答えた。ビョルグはまた美しいを連呼し、それを聞いた柴田はこの上ない幸福感を感じていたが、

「これもツタエテの商品なの」

とビョルグに訊かれて我に返った。

「広く言えばそうです」

と解釈に困るような答えを柴田が日本語で言って、面倒だったのだろう、サランがただイエスとだけ言うと、北欧の島国からきた歌姫は、

「ではこれを買ってアイスランドに持ち帰ります」

と宣言するように言ったので、柴田は困ったようだったが、やはり、

「これはあるお客さんの特別注文で作った一点ものなんです」

と言わざるを得ず、

「それなら、同じものを注文するわ」

と言われたときには、

「そのクラフトマンは去年の秋に死んでしまいました。あの桐箪笥が最後の作品です」

と返事したとたんに、彼女の目からこぼれ落ちるものがあって、

「ごめんなさい」

と言いながらサランに借りたハンカチで涙を拭いた。どうも場の空気がおかしなことになったので、俺は思いきって、

「よろしい、このスピーカー、差し上げます」

と英語で言った。三人の女は驚いて俺を見た。

「このスピーカーのオーナーは私の友人です。彼は少し前に私にこれをくれると言ったので

す。彼は音楽好きなんですが、とにかくひとところにじっとしていられない奴《やつ》でしてね、世界中のあちこちを飛び回って、現地でスピーカーをセルフメイドしている。音はいいんですが、いつもはニスも塗らずにノーメイクなんです。トップクラスのマイスターに依頼したのは、彼としてはめずらしい。ともあれ、彼がくれると言ったんだから、私のものです。ですから、私があなたにあげることになんの問題もありません」

　本当なのか、とビョルグは喜んだ。そこで俺は、

「ただ、ひとつお願いをしてもいいですか」

　と言った。

「このスピーカーのオーナーは、ツタエテのアイディアを出した男です。そして、私もサランもモリゾノも実はツタエテというチームの一員です。ですから、できたらあなたがツタエテのスピーカーを愛していることをどこかで表明してもらいたい」

　そういうと、ビョルグは、

「喜んで。私もチームの一員になりましょう」

　と、どこまで本気なのかわからないが嬉しいことを言ってくれた。この主賓のひとことで、さっきまでの湿っぽい空気は一変した。実に、うまくまとめたじゃないか、と俺が悦に入っていると、ガラガラと引き戸が開く音がして、

「お、朝からシガー・ロス。暗っ」

　と場の空気をまったく読むことなく、森園が入ってきた。

「腹減ったなあ。素泊まりの予約だから、朝ご飯は出せませんなんて悲しいこと言われちゃってさ。あ、ビョルグ、ハーイ」

　ビョルグは森園にハーイと返し、

「モリゾノが来てくれたのでちょうどよかった。スピーカーを鳴らしたかったのは、私の新作を聴いてもらいたかったから。この前送ったのはラフミックスで、出国の直前にミックスがほぼコンプリートしたのを持ってきた」

　と言って自分のソファーの横に置いてあったノートＰＣを取り出した。俺はそれを借りて、ＤＡＣにつなげ、パソコンの音声出力を切り替え、ビョルグに戻した。

　ビョルグは自分の隣を叩いて森園をそこに座らせた。柴田、サランはソファーの左右の床に腰を下ろしたが、両スピーカーのセンターで聴きたかった俺は、ビョルグの後ろに立った。曲が流れた。メランコリックな、現《うつつ》と夢の狭間《はざま》を彷徨《さまよ》うような曲調が変拍子のリズムと相まって、オーロラみたいな捉えどころのない揺らぎを醸《かも》し出し、いま自分がいるこの部屋でさえ仮の姿のような気分になり、日常が崩れ落ちる快感に変わると同時にちょっと怖くなったところで、曲は終わった。

　ビョルグが森園を見た。

　森園は親指を突き立てた。俺の視線は、その横でほっとしているサランの表情を捉えた。ここで、いつものように「いや、かなりクズじゃないですか、これ」とやられたらどうしようかと焦っていたにちがいない。俺が思っている以上に、実は社交性があるのか、それともたまたまこの曲を本当に気に入ったのでサムズアップしたのか、そこのところはわからない。とにかく、森園が余計なことを言わないうちに話題を変えようと思ったのだろう、サランは腰の位置をずらして、ビョルグの前に回った。

「素晴らしい曲を聴かせてくれてありがとう。それでは、今日のスケジュールについて確認させてください」

　オーケー。ビョルグはうなずいた。

「今日の午後から、撮影スタッフが来ますのでここで打ち合わせをします。チームは、撮影監督に助手が二人。撮影監督はアメリカのＵＣＬＡへの留学経験があるので英語が話せます。照明スタッフは二人と少ないのですが、熊野古道を大きな照明機材を持って移動するのは難しいので、なるべく自然光を生かしたものにしたいとのことです。これは午後に撮監《DP》から説明があると思います」

「わかった」

「それと、メイクアップはご自分でするということでよろしいのですね」

「イエス。自分でやります」

「メイクアップと衣装についてのヘルプは私がします」

「サンキュー」

「熊野古道のロケーションのアレンジについては、ツタエテのミオ・シバタにお願いしています」

「サンキュー、ミオ」

「ミオさんには、熊野古道のこんな場所で撮影できればいいのだけれどとビョルグが送ってくれた写真を見てもらっています。それが熊野古道のどこなのかについても調べていただきました。あとほかにも候補を挙げてもらっていますので、チームで効率のいい撮影スケジュールを探っていきたいと思います」

サランの説明はまだまだ続きそうだったが、俺は、背後から森園の肩を叩いて、ちょっと話があるから外に出ろと合図した。

「なんですか」

一緒に庭に出た森園は不思議そうな顔つきで言った。

「いや、なんで居候のお前がソファーに座って、俺が後ろで突っ立ってなきゃいけないのかな、と思ってさ」

「え。だって、ビョルグが隣をパンパンして、来いっていうから」

「そんな時こそ、いつも世話になってる俺を立てるチャンスとは考えないのか」

「え、あ、……すみません」

「――なんて冗談だよ、ばか」

「なんだ、やめてくださいよ」

「お前、しょっちゅう引っかかるな」

「だって、冗談だろうなと思ったら、このあいだマジギレしてたし」

「あれか。勝手に俺のCD売り飛ばして、俺が怒らないとでも」

「だって……」

「だってなんだ」

森園はうつむいてもじもじしている。さきほど威勢よく登場したときとはおおちがいである。すると、ふと顔を上げて、

「あれ」

俺の肩越しに前方を見た。

「なんだ、あの恰好。フニクリ・フニクラかよ」

「なに言ってんだ、話をそらすんじゃない」

「だって……」

「だってなんだ、って訊いてんだ俺は」

と、もういちど凄んだ時、

「来てましたか」

と言って横に立ったのは黒木だった。

「ボビーさん、似合ってませんよ、それ」

森園が目を細めて言った。黒木はプルオーバーのジャケットにダウンパンツ、背中には大きなリュックを背負っている。

「ワンダーフォーゲル部みたいじゃないですか」

「お前、ちょっとあっちに行ってろ。俺はボビーと話がある」

俺は森園を解放することにした。

「あ、もういいんですか。てか、呼び出されたのはひょっとしてソファーの件をからかうため？」

「なわけないだろ。その話はまたこんどだ。それから、中じゃサランが真面目に打ち合わせしてるんだから、お前は入るな」

「え、朝飯《あさめし》は」

「コンビニでなんか買ってこい」

「ないですよ、このあたりには」

「じゃあ一食抜け。死にはしない」

「死にます死にます」

森園とのこういうやり取りはいつものことだが、どこで収めるかが難しい。今日は黒木が割って入ってくれた。

「じゃあ、御飯ができたら呼んであげるから、ちょっとそのへん散歩してきたら」

と黒木がリュックを下ろしながら言った。

「え、飯はどこで調達するんだ」

驚いて俺が尋ねた。

「ここです」

黒木は庭に組んだ石の竈を指さした。

「君も警視正の計らいで入国したのか？」

森園を追い払って、裏から薪を取ってきた俺は、竈に焼《く》べながら訊いた。

「え、オリンピック関係者ってことですか。まさか、ちがいますよ」

「じゃあ、入国はどうやって？」

黒木は竈に網をかけ、その上でソーセージを転がしはじめた。隣には、目玉焼きが三つまだ黄身が柔らかいままフライパンの中でジュウジュウいっている。俺は返事が返ってくるのを諦めて別の質問をした。

「ツタエテに入れあげている理由は？」

「こいつと一緒です」

黒木はフライパンを引き上げて、代わりに水を張ったコッヘルを置いた。

「気分は中世。そう言ってたんですけどね」

「なんだそりゃ」

「なんとなく不便なことをしたいんですよ」

俺は、頭に閃いたことを言おうか言うまいか、考えてから、やはり言った。

「なんか、仕事で悩んでるのか」

黒木は笑った。

「僕はずっと悩んでますよ。悩みなんかないように見えますか」

俺は答えなかった。そう見えていたぞ、と返すのが正直だ。しかし、正直がいつもいいわけではない。――俺がよく森園に説教するように。

「けれど、このあたりを公安がうろうろしてたっていうから危険だぞ」

俺は話題をそらすことにした。

「ええ、だから長居する気はありませんよ。さ、もういいでしょう、森園君呼んであげましょうよ、あれ、もう来てる」

坂の下から小太りの少年が身体を揺すって大儀そうに登ってきていた。

「もう、腹が減って腹が減って」

「俺が呼ぶまでぶらぶらしてろって言っただろ」

「ぶらぶらするところなんて、ないんですよ！」

窮《きゅう》鼠《そ》猫《ねこ》を嚙《か》むって感じで森園が怒ったので、俺と黒木は笑った。それから三人で、卵とフランクフルト、それから黒木が持ってきたカップ麺を食べた。その後はコーヒー。へんな朝食だった。


この日の午後、柴田はサランとともに、午前の便で白浜に到着した撮影隊と合流し、午後にツタエテ処で打ち合わせをしてから、あくる日、撮影候補地の下見に出かけた。

森園も撮影隊に連れられて行った。人手が足りないので小間使いをさせるのだとサランが言っていた。かえって迷惑をかけるんじゃないか、と俺は心配したが、サランが言うには、ビョルグは森園と話していると機嫌がいいのだそうだ。さすが一流アーティストともなると嗜好《しこう》がぶっとんでいるな、と俺は感心した。スタッフが少ないのでサランも柴田も雑務に追われているから、ビョルグにじゅうぶんなケアができないので、森園が頼りなんだそうだ。確かに、ビョルグだって、言葉が通じない異国の撮影現場でほったらかしにされればストレスが溜まるだろう。ただ森園は英語ができないじゃないか、と言うと、柴田は、いや大丈夫でしょう、なんとなく通じてるみたいですよ、と平気だった。

　俺はひとりツタエテ処で居残りさせてもらうことにした。そしてソファーに座り、桐のスピーカーで持参したロックを聴いていた。赤レンガ邸とはまったくちがって、なんともまろやかな音である。なにより見栄えがする。漆が塗られた佇《たたず》まいの雅《みやび》なことと言ったらない。

　ガラガラと戸の引かれる音がした。それがちょうど曲の合間だったので、来たな、と思った。

　靴を脱いで、畳の部屋の囲炉裏のそばにリュックを下ろし、俺のいる板の間まで微笑みながら歩いてきて、ソファーの隣に腰を下ろすと、スピーカーを見つめながら、

「どうですか」

　と黒木は尋ねた。

「いいと思うな」

「ですよね。でも最初はヤバいとけっこう焦ったんですよ」

「わざわざ和歌山まで来た甲斐《かい》があったよ」

「これを取りに来たってわけですか」

「まあ、そのつもりでもあったんだが、結局ビョルグにあげることになった。ツタエテのためにね。ところで、ツタエテと君の関係を聞かせてくれよ」

と切り出して、俺はツタエテ発足までの細かい経緯《いきさつ》を黒木から聞いた。那智の滝を見たあと勝浦から田辺に来て、この中辺路の国道で柴田に拾われてから、ここに家を借り、柴田を焚きつけてツタエテを発足させ、自分はまた海外に出るまでのあらましを。

その間に、一緒に昼飯を食った。話に出てきた、おかいさんという茶粥を、黒木が土間の竈でこしらえてくれた。それから、やはり竈で沸かした湯で淹れたコーヒーを何杯も飲みながら、聞き続けた。

しだいに俺の心に、黒木は柴田をどう思っているんだろう、これほどまでのご指導ご鞭撻《べんたつ》は惚れているが故のものなのか、という実に下世話な、けれどごくごく自然な疑問が湧いてきた。けれど、黒木が金融資本主義の弊害を説き、バブルが起きない資産として伝統工芸品が考えられるのではと高尚な説を垂れているのに、「ところで君は柴田さんに惚れてるのか」なんて訊けやしない、という常識的な礼儀作法の感覚が先に立って、その質問は胸にしまっておくことにした。

夕方になった。話し終えて、黒木は立った。囲炉裏の横に置いたリュックを取り上げて、

「じゃ、また」

と言った。俺も、

「気をつけて」

　と言って見送った。そして、ひとりになってから「あれ」と思った。

　さっき黒木と交わした短い別れの挨拶「じゃ、また」と「気をつけて」を、このまままた海外に発つという意味に俺は解していたが、考えてみれば、黒木は柴田に会ってない。サランにもだ。黒木ファンのサランは、森園から「ボビーさん、来てたよ、俺、昨日いっしょにカップ麺食った」などと聞き、ひと言の挨拶もなくまたどこかへ姿をくらましたと知ったら、これは怒る。柴田についてははっきりしたことは言えないし、黒木もそのような話し方をしなかったが、なんとなく、彼女は黒木に惚れてるんじゃないかと俺は勘ぐっていた。第一、ビョルグの来日はここ一番の大勝負なんだから、ツタエテの陰の仕掛け人が顔も見せずに去るのは、さみしいだろう。

　また、戸がガラガラと鳴った。忘れ物でもして戻ってきたのかなと思ったが、現れたのは髪をきれいになでつけ、襟付きのシャツを着てツイードのジャケットを羽織った三十代なかばと、口ひげを蓄えアノラックを被ってジュラルミンの箱を抱えた、こちらは四十後半くらいの、男の二人組だった。

「あれ、ここの人はもうロケハンに出ましたが」

　と俺はソファーに座ったまま言った。銀色のジュラルミンの箱を見て、撮影隊の応援かと思ったのだ。

「あ、いえ、実は、柴田さんのほうから連絡をいただきまして、ビョルグさんの取材が可能になったとのことで、小英社の『アーツ＆クラフト』からやって参りました」

「ああ、そうなんですか、それはよかった。よろしくお願いします。ただ、いま代表は出ておりまして」

「いえ、今日はちょっと下見に来た次第です。ライティングなどもろもろありまして」

「下見というのは」

「ここで柴田さんとビョルグさんの対談を収録することに急きょ決まったんですよ」

そうですか、ではどうぞどうぞ、と言って、俺はふたりを上にあげた。ツイードのジャケットのほうがポケットから名刺を出した。

株式会社小英社　『アーツ＆クラフト』編集部　高沢康久

この文字面《もじづら》を見ても、彼が「編集子Ｔ」であるとはうっかりして気がつかなかった。そして、高沢が柴田澪と過去にいろいろとあり、黒木に嫉妬しているとはこの時点では思いもよらなかったから、

「柴田さんは編集長が担当してるんですが、急な話でして、あいにくどうしても外せない用があって東京を離れられないので、今回の取材は僕が担当させていただくことになりました」

と高沢に多少気まずそうに説明されても、

「あ、さようですか。どうぞよろしく」

と笑顔を作って頭を下げた。そして、あまり気乗りはしないものの、やはり礼儀としてこちらも名乗るべきだろうと思い、

「真行寺と申します」

と名乗ったあと、

「ツタエテがいつもお世話になっています」

と身分についてはお茶を濁した。高沢のほうも、目の前の男が、自分が書いた「勇敢と無謀」をボロクソに腐した「チャンスはきっとあるはずだ」のゴーストライターだとは気づいていないようだった。彼はカメラポジションを決めると、外の風景の写真も何枚か押さえましょう、などとカメラマンと相談したあとで、俺には、

「それでは当日はどうぞよろしくお願いします」

と言い、俺もまた、

「こちらこそどうぞよろしく。どうか、いい記事でお引き立てをお願いします」

などと言って見送った。

けれど、俺はうっかりしていた。さきほど高沢は、ツタエテ処の引き戸を開けるその手前の庭先で、黒木とすれちがっていたのである。

高沢は、ツタエテ処の玄関から黒木が出てきたのを見た。

ただ、この時、カメラマンも一緒だったので、そのまま下見をすませた。そして、タクシ

ーで白浜のホテルに戻ってから、また男の顔を思い出した。以下は、俺の想像だが、高沢はおそらくこう考えたのではないだろうか。

髪の長いあの男、あいつは気に入らない。もとはと言えばみんなあいつのせいだ。そもそも「詐欺の疑いがある」と田辺署に届け出たのも、あいつと柴田の親密なやりとりを見せつけられて嫉妬したからだ。ただ、今日ああしてまたツタエテに出入りしているところを見ると、田辺署はまったく動いてくれなかったか、動いても尻尾《しっぽ》を摑めなかったのだろう。けれど、癪だ。「勇敢と無謀」を書いて、編集長に叱られるはめになったのもあいつのせいだ。それがきっかけで、いまや柴田は雑誌に連載ページを持っている。昔は俺が「もうすこししたら誌面を用意してやるよ」などと言っていたのに。

だけど、いまツタエテと事を構えるわけにはいかない。〝ツタエテ推し〟の方針は編集長が決定したので、これは我慢するしかない。

だが、あいつのことを田辺署で話したら、警視庁から公安がやってきた。そして、あれこれ訊かれた。その後はなんの音沙汰もないが、去り際に刑事は言った。

「とにかく、なにかありましたら、どんなささいなことでも結構ですので、連絡をください」

ならば電話くらいしてもいいだろう。小英社の社員としては雑誌の方針に逆らってはいけないが、国民としては警察に通報するべきだ。

――などと俺が勝手に想像している部分は多々あるだろうが、当たらずとも遠からずではないか。とにかく、高沢は公安捜査員からもらった名刺の番号に電話したのである。

さて、日が暮れかかった頃になって、撮影隊と柴田とサランは森園とビョルグを連れてツタエテ処に帰還し、囲炉裏が切ってある大きな掘り炬燵を囲んで、ロケハンを踏まえたミーティングをはじめた。このようすを俺は板間のソファーに座って見ていた。

そして、明日《あす》一日《いちにち》で撮ってしまうことが撮影の大前提となった。

「二日欲しいなあ」と撮監《さつかん》は渋っていたが、柴田は、明後日《あさって》は降水確率１００％、暴風波浪《ぼうふうはろう》警報さえ出そうだと知らせた上で、とにかく強い風と雨に見舞われたあとでは、古道はどれだけ荒れるかわからない、復旧にも時間がかかるので、求める画《え》が撮れるようになるまで待機しなければならなくなる、ビョルグの滞在期間も限られているし、撮り切ってしまいましょう、いやしまわなければなりません、と説き伏せた。

そんなわけで、スケジュールはかなりタイトなものになり、俺も当日はドライバーを仰せつかることになった。

あくる朝、俺たちは暗いうちから手分けして機材を積み、バンに乗り込んだ。発心門王子《ほっしんもんおうじ》口《ぐち》に向かう車中でおのおのおにぎりを食べて腹ごしらえをする。

「どうぞ」

ハンドルを握っている俺に助手席にいる柴田がラップを剥がして渡してくれた。

大量のおにぎりは昨晩、柴田と俺が盛大に米を炊いて、握っておいたものだ。竈の上の大釜がしゅうしゅう湯気を吹き上げるのを見た俺が、

「助かったな、電気釜だと三回ほど炊かなきゃならなかっただろう」

と言うと柴田は、

「これ、ずいぶん前からオブジェと化してたんだけど、黒木さんが灰を掻き出したり、錆を落として使えるように直したんですよ」

と教えてくれた。〝気分は中世〟のスイッチはこのとき本格的に入ったのかもしれない。

発心門王子口には、五十分程でついた。熊野古道には王子と名のつく道しるべがあちこちにある。みんなひっくるめて九十九王子《くじゅうくおうじ》と呼んでいる。

王子とは、そもそもは子供の姿で現れる神様なんだそうだ。ただ、場所を指して王子と言うときは、その神を祀る神社を意味するのでややこしい。熊野の場合は、仏や菩薩が姿を変えて現れた神様の子供版と考えればいいようである。中世に熊野詣でが人気を博すと、この王子観が全国に広まった。東京の八王子もこの流れでつけられた地名なんだそうだ。

駐車場にバンを駐め、機材を下ろし、国道の横腹を穿《うが》つように延びる暗い山道に足を踏み入れる。とたんに空気がひんやりしたものに変わる。ちがう世界、ちがう時代に迷い込んだ気分だ。

古道には街灯などない。懐中電灯で前を照らしながら、そろそろと足をくり出し、緩斜面を下っていく。俺はビョルグの衣装とメイクアップ道具を背負って、足下の木の根がはみ出

した道を照らしながら、前へ前へと足を下ろしていく。しだいに、夢の中へ沈んでいくような気持ちになってきた。ようやく、道が平らになったあたりで、先頭の柴田が立ち止まり、このへんですと言ったので、撮影隊が機材を下ろした。

真っ暗な中、機材箱が開けられ、カメラやレンズや三脚などが取り出される。ここに来るまでは山登りの恰好だったビョルグも、柴田が道に張った簡易テントの中で撮影用の衣装に着替える。完全に道を塞いでしまっているが、夜明け前の古道を通る人はいない。

やがて、梢《こずえ》の間から覗く空がほんのり明るくなって、木立の間を朝の光が斜めに差し込んでくると、古道は幽玄な姿を現す。

「おおいいね」

と撮影監督は露出計を手に取りながら言った。

「光が消えないうちに撮ってしまおう」

ビョルグが古道を歩くシーンを、前方と背後からいくつも撮る。難しい撮影ではないと思ったが、浮遊するような滑らかな映像を得ようと、撮影監督は黒いギプスみたいなベストを着て、そこに手ぶれを抑える装置を取り付けた上で、木の根が浮かぶ道の上を後ろに下がりながら、重いカメラを操るのだから、大変な重労働だ。

撮った映像はその場で再生し、カメラについたモニター画面で、ビョルグも確認する。最終的なオーケーを出すのはビョルグである。

サランはこの日に撮るショットの絵をタブレットで確認し、撮影済みのものは消去して、いつも時計を気にしていた。柴田は、次の段取りを意識して、先回りして、ビョルグに椅子を勧めたり、山中の冷気で身体が冷えないように毛布を掛けたりして、気を配っていた。皆が撮影が効率的に進むよう心を集中させている中、森園はハンディレコーダーを手に山中のノイズを録音したりして、それに飽きると、

「ここでホラー映画撮ったらいいと思うな。『鬼の古道の地獄小僧』」

とか、

「発心門王子の看板にテンを打ちたいなあ。発心門玉子のほうがよくね」

とか、実にくだらない、いつもなら腹に一発お見舞いしてやるような戯《ざ》れ言《ごと》を言って喜んでいたが、不思議なことに、なぜかビョルグも一緒に笑っていたので、できかねた。

ただ、さすがにときどき、

「黙れ！　本番だよ！」

とサランに怒鳴られていたけれど。

　課題のショットをこなすと、俺たちはすぐに機材をかたづけて、バンに乗り込み、次の撮影現場である熊野本宮大社《くまのほんぐうたいしゃ》に向かった。

　社殿の前にビョルグを中心に全員横一列で並んで参拝したあと、そこかしこにたたずみ歌うビョルグのショットを撮り終えたときには、日はかなり高くなっていた。

　近くの茶屋に入って、めはり寿司定食で腹をこしらえた後は、ビョルグにバンですこし休んでもらい、その間に撮影隊は、近くの古道の石段を撮ったり、ドローンを飛ばして本宮大社の俯《ふ》瞰《かん》図《ず》を撮影したりして、ショット数を稼ぐ。

　運転席で待機していた俺は、撮影隊がバンに戻るとすぐに発進させた。車は国道１６８号線を東南方向へ下り、42号線経由で那智勝浦新宮道路に入った。

「この先のインターで降りたら、那智の滝まではもうすぐですよ」

　助手席から柴田が説明してくれた。

「当初のスケジュールに照らすと？」

「ここまでほぼ予定どおりですね。すごいなサランさん」

　那智大社の入り口、世界遺産の鳥居に続く石段の横に立っている注意書きの看板を見て、森園が、

「なんじゃこりゃ」

　と喜んでいるので俺も見てみた。

「熊野の神様仏様は大自然そのものです」と書いてあるのはうなずける。隣の「古道を歩くとき次の約束を守ってください」という行もわかる。しかし、

●持ってきたもんは全部持って帰ってよ。

●残していってええのは足跡だけやで。
●持って帰ってかまんのは土産と思い出だけやで。

といきなり土地の言葉で洒落を飛ばされると、これから長い石段を登るのに脱力してしまうではないか。

「関西のノリなんだろうな」

とつぶやいた東京生まれの俺に、

「このへんは結構観光地化してますね」

と返事したのは森園ではなかった。

「いつ着いたんだ」

と驚いて、俺は黒木に言った。

「ついさっきです。いや、ちょうどよかった」

この日は登山風の出で立ちではなく、スラックスに襟付きのコットンのシャツを着て、上にツイードのジャケットを羽織っていた。

「どの車で？」

と俺は駐車場のほうを見やる。

「いや、車じゃないんですよ」

「電車か。田辺駅から乗ったのか」

と尋ねた時、背後で
「あ、来てくれたんだ」

と女の明るい声がして、柴田がそばに来た。

「ああ、来たよ」

「あしたビョルグさんと私、対談するんですよ、ツタエテ処で。これってチャンスですよね」

「たぶん」

「なんか、運命感じる」

「運命って？」

「きっかけは、ビョルグの歌だったでしょ。そのビョルグと対談できるなんて。あ、またあとで。私、ちょっと社務所に撮影許可の確認に行かなきゃならないから」

柴田は、撮影機材と思しき銀色のケースを抱えて、石段を登っていった。

「おい、お前も手伝え」

俺が森園に言うと、

「これ、手ぶらでもキツいですよ」

とまた甘えたことを言う。黙って睨みつけてやると、俺たちの横を、軽そうなポーチを肩にビョルグが登りはじめたのを見つけて、

「ビョルグ、それ俺が持つ」

と駆けて行った。

俺もバッテリーボックスを持って石段を登り、全員が揃ったところで、またビョルグを真ん中にして社殿に向かって横一列で参拝。この時は、柴田とサランにせがまれて、黒木も列に加わった。頭を上げて、列が崩れた時、俺がビョルグに、彼があのスピーカーを設計して発注した人物です、と黒木を紹介した。

社殿を歩くビョルグを撮る。八咫烏《やたがらす》の前でも撮る。撮影隊がバッテリーを換えている間、ビョルグが、

「この鳥は神様なの？」

と柴田に訊いた。八咫烏を英語で説明するのは難しい。頼りのサランは近くにいない。俺の英語もあやしい上に、そもそも八咫烏がどんな鳥なのかよく知らないから、助けてやりようがない。

「日本の神話に出てくる鳥です。熊野の険しい道を行くのは危険でしょう。だから、その道案内をしてくれる鳥なんです」

助け船を出したのは黒木だった。

「この神社はムスビカミという神を祀っているんですが、その孫の化身《けしん》とも言われてます」

「へえ、北欧の神話の鳥はたいてい白いんだけど」

「白鳥の化身と言えばワルキューレでしょう」

「サランの会社ね。――あなたは北欧神話に詳しいの」

「ワーグナーが好きなので」

「ジークフリートね。私もワーグナーは好き」

「北欧神話には鷲《わし》もいますよ。確かフレスベルグとかいう」

「ああ、フレスベルグ。羽根を羽ばたかせると、世界に風が吹くの。ユグドラシルって世界の中心に立つ樹のてっぺんにとまっている。あなたお名前は？」

黒木はただにやにや笑っていたが、横にいた柴田が、

「彼も樹なんですよ。クロキ。ブラック・ツリーって意味です」

と口を挟んだ。

「なるほど。それでファーストネームは」

「透です」

これも柴田が言った。透は黒木が津越木工房で適当につけた偽名であるが、ビョルグは目を丸くした。

「トール。私が作ってモリゾノが参加した曲がそうよ」

「そう偶然なんです」

と柴田が言った。

「じゃあ、あなたが呼ぶのは風じゃなくて雷雨ね」

とビョルグは愉快そうに笑った。

このやりとりは、北欧神話に因んだなにかだな、と横で聞いていた俺は思ったが、その妙

味は味わえなかった。黒木は、自分の名前についての話題から離れたかったのだろう、那智大社の横に建つ地味な色合いの木造建築物を指さした。

「あれは青岸渡寺《せいがんとじ》という仏寺です。折角だからお参りしませんか」

と言ってビョルグを連れて行った。俺もボディガードを兼ねて付いていく。ビョルグは本堂の前まで来ると、暗い中に視線を投げて言った。

「神道ってのは神々に対する信仰でしょ。それがブッディズムと一緒になっているなんて不思議だなあ」

「ええ、日本人は神と仏をともに大切にしてきました。仏や菩薩が神様に姿を変えて現れてくれた、なんておかしな理屈をつけてね」

「うまく折り合いをつけたのね。ヨーロッパとは対照的。一神教の教えが広まると神々は消えていった」

「ラグナロクですね」

「そう。なんて訳しているの、日本では」

「〝神々の黄昏《たそがれ》〟って訳すことが多いみたいです」

「トワイライトか。なるほど」

「ただ、日本も近代国家になろうとして、一神教的なシステムを国に導入しようとしたことがありました。そのとき仏教は排撃されました。ただ、ラッキーなことにこの寺は残ったそうです」

「どうして」

「わかりません。でも、統治する側もたったひとつのプリンシプルに頼って国を治めるのは無理があると思っていたのかも。これは僕の考えですが、プリンシプルなんてものは三つくらいあったほうがいいんです。せめてふたつは欲しい。日本人が仏と神々をともに拝んだように、中国だって儒教と道教っていうふたつのプリンシプルがありましたよね」

「なるほど」

ビョルグ、スタンバイ！　サランが向こうで呼んでいた。ビョルグはわかったと言って、向こうに去って行った。

　太陽が西に傾きはじめた頃、最後の撮影現場である那智の滝の正面に移動した。また石段を下りて滝の近くまで行く時間がないことを見越して、柴田が寺の中の防災道路を通してもらえるように手配していた。

　あと三つショットをこなしたら撮影終了となるのだが、ここではカメラを梃子《てこ》のようなものの先に取り付けて引き上げたり、レールの上を滑らせたりするので、準備に時間がかかるようだった。手伝えるなら手伝いたいが、勝手がわからないので俺は滝を見ることにした。近くに寄っていくと、森園がデジタルレコーダーを持った手を滝に向けて、水音を録音していた。俺はすこし離れたところから大滝をふり仰いだ。

いま那智の滝は正面にある。大きな滝である。遠目には白い糸の束に見えていた滝の水は、いま目の前に滔々《とうとう》と流れ落ちている。けれど、大がかりな視覚効果に慣れてしまっている俺の目に、一筋の白い水が落ちる光景は、むしろ素朴だった。石段を登るときに見た看板の影響もあって、観光スポットのひとつ、テーマパークの出し物を眺める目で、それとなく見ていた。

しかし、霧のような飛沫《ひまつ》を頰に受けながら、大滝を仰いでいるうちに妙な気持ちになってきた。岩壁を白い煙を上げながら落下する水を目で追っていると、酔ったような気分になる。水はなかばで岩に当たっていったん砕け、さらに太く激しく勢いを増して落ちていく。不思議なことに、こんどは水が下から上へ昇っていくような気になってきた。水の粒子は光を乱反射し、オーロラのような明るい模様を生む。落下する水は風を起こし、風に応えて木々が梢を揺らしてざやめく。目をさらに上に向けると、水を吐き出す滝口の上に広がる空の青には暗い闇が混じっていた。これは自分の脳の中の滝なのかそれとも自分の外に存在する滝なのかがわからなくなり、酩酊《めいてい》状態に陥りそうになった時、とつぜん、悲鳴混じりの、理解できない言葉が聞こえた。横を見るとビョルグが首を振って、なにか言っている。アイスランド語だろう。滝を見ていて、似たような症状を起こしたにちがいない。

「あまりじっと見つめているとトランス状態になりますよ」

また、どこからともなく現れた黒木がビョルグに声をかけた。

「本当だ、危なかった。この滝そのものが神様なのね」

イエスと黒木は答え、那智大社に祀られている牟須美神《むすびかみ》は千手観音という菩薩が姿を変えて現れたもの、なんてややこしいことを英語で説明しはじめた。聞くともなしに聞きながら、俺はため息をついて、さっき黒木がビョルグにしていた説明、廃仏毀釈《はいぶつきしゃく》が盛んだった頃にも青岸渡寺が取り壊しを免《まぬか》れたのは、統治する側がひとつの統治原理だけでは収めきれないことを知っていたのでお目こぼしに与《あずか》った、という説はちがうなと思った。実は、那智の滝の圧倒的な霊力が、仏だの神だのというような境界を曖昧にしてしまったからではないか。入り口のあのふざけた看板も、圧倒的な霊力ゆえに、霊場としてのこの地の威厳を損なったりしないのではないか。

「トール、さっきあなたはプリンシプルはふたつはなきゃいけないって言ってたわね」

水が激しく落ちる音に混じってビョルグの声が聞こえた。

「あなたはこの人の世はどんなプリンシプルで動いていたほうがいいと思う？」

がぜん、俺は興味を持った。

黒木はしばらく滝を見つめていたが、

「いい質問だなあ」

と言って笑った。

「ただ、最近思うのは、人間が世界を合理的に見つめて、これをコントロールするってプリンシプルだけでいくのは無理なのではないかと」

俺は驚いた。黒木がここまで素直に自分の信条を吐露することはめずらしい。

「人間は信じるってことと手を切ることはできないと思う。合理的に動いているつもりでも、どこかで宗教的な熱狂が顔を出す」

聞きながら俺は、リーマン・ショックのことを言っているのだなと思った。

「だとしたら、もっと日頃から、神々とおだやかに対話をしているほうがいい気がしますね。身体《からだ》を使うことが大事なのかもしれません。合理は頭が生み出すものだが、対話には身体を使う。熊野古道を訪れる人は、歩くことによって神と交信し、見つめることによって、滝は神になる。——なんだかうまく説明できてないですね」

黒木はそう言って笑ったが、ビョルグは神妙にうなずいていた。柴田がやってきて、準備が整ったのでスタンバイしてくれと言った。

撮影は終わった。チームは最後の力を振り絞って機材をバンに詰め込んだ。疲れ切ったスタッフにサランは、本当は勝浦で温泉に入らせてあげたいのだけれど、これから天候が崩れるので、すぐに戻りましょう、と説明し、中辺路の民宿でご馳走《ちそう》用意してますから、と柴田が言ってフォローした。

「柴田さん、詰めればあいつひとりくらい乗れるだろうから、乗ってけって言ってやってください。電車で中辺路まで戻るのはめんどうでしょ」

バンの後部ハッチに機材を積み込みながら、俺が黒木のほうに視線を向けてそう言うと、柴田は、やだ電車だと大回りになっちゃうよ、と言って黒木に駆け寄り、しばらく話していたが、結局ひとりで戻ってきた。

「今日は勝浦に泊まるそうです。明日は顔を出してくれるそうですけど」

助手席に乗り込んで、シートベルトをしながら柴田は言った。

「勝浦ってのはこのあたり？」

駐車場から車を出す時、俺たちを見送る黒木をバックミラーの中に見ながら、そう尋ねた。

「そうです。山と海のセットで那智勝浦。那智山に滝があって、海のほうに勝浦がある。温泉も出るけど、漁業も盛んです」

「あいつは宿に泊まるって言ったんですよね。泊まるとしたらここらへんになるのかな」

「ええ。荷物ももう勝浦の宿に置いてあるからって言ってました。そういえば出会ったときも、那智にお詣りしてから中辺路に来たって言ってたな。このあたりのカフェで買った豆で淹れたコーヒーを紙コップで飲もうとするから、もうちょっとマシなので飲もうよ、と言ってあげたマグカップがビョルグに気に入ってもらえたやつです」

未明からの撮影で疲れ切っていたスタッフは後ろのシートで寝ていたので、俺は尋ねた。

「そもそもは、中辺路の国道を歩いてたところをピックアップしたって聞いたけど」

「ええ。これは降りるバス停まちがえたなって思って車を寄せて声をかけたら、津越先生のところに行くって言うから。それがきっかけでした」

それから俺は、帰る途中の車中で、柴田が黒木と出会ってからツタエテを発足するまでの経緯を聞いた。大筋では黒木の話と合致した。ただ、あたりまえだけれど、省略するところ、あっさり流すところ、熱を帯びて語るところが、それぞれにちがっていた。

合理的にドライブしているはずの金融資本主義に突如として宗教的な熱狂が起きる理由を説明する段になると、急にテンポを落として、子細に語った黒木に対し、柴田のほうは、伝統工芸に懸ける自分の思いを黒木がどう受け止めているのかが不安だし、ツタエテの始動をもちかけた本当の意図もいまだによくわからない、と熱っぽく訴えた。

彼女は自身についての黒木からの評価を気にしていた。どう思いますか？　と訊かれたけれど、俺だってよくわからない。こちらのつきあいも似たようなものだ。黒木はしょっちゅう俺のことを馬鹿にするが、その割にはつきあいは悪くない。ただ、俺たちの間にはどこか、「ふん」って感じの冷淡な突っ張りあいがある。おそらく黒木は、柴田に対しても同じように接しているつもりなんだろうが、柴田のほうはもっとたがいに情熱を傾けてぶつかりあいたいのだろう。それはサランにも感じることだ。俗な言葉で言えば、黒木はクールに決めててモテてるってことになる。けしからんな、まったく。

もっとも柴田は、高沢のことは意図的に端折っていた。『アーツ&クラフト』のこの人がカメラマンを連れて下見に来て，当日はよろしくと言っていた、ともらった名刺を渡しても「そうですか」とあっさり応じただけだった。だから俺はこのときになっても、あの男が「編集子T」だということも、柴田との仲をやっかんで田辺署に黒木のことを通報した馬鹿だということにも気がつかないでいた。

宿に帰ると、とりあえず風呂に入った。風呂は皆で押し寄せるとすこし狭かったが、檜《ひのき》の香りが心地よかった。湯船に浸かりながら、山間《やまあい》の風景を見て目を慰めていると、葉叢《はむら》を雨が細かく叩く音が耳に届きだした。その音はあっという間に大きくなり、世界は心地よいノイズに包まれた。

「うわあ、降ってきた」

浴槽の縁《へり》にタオルを置いてその上に頭を乗せ、湯の中で仰向いていた撮影監督がつぶやいた。

「なんとか撮り切れてよかったなあ」

また逢う日まで

あくる朝、俺は、激しい雨の中を、撮影隊をバンに乗せ、南紀白浜空港まで送って行った。雨脚はさらに強まって、フロントガラスは、ワイパーが払っても払っても、瞬《またた》く間《ま》に雨粒に覆われた。

柴田澪とビョルグの対談がはじまる午後には土砂降りになって、風も出てきた。暴風波浪警報が和歌山県と三重県沿岸部に出た。雨に閉じ込められた室内は冷え、縁側のガラスと玄関の引き戸が薄く開けられた上で、薪ストーブが焚かれた。

ビョルグと柴田の対談は雨の音を聞きながら板間でおこなわれることになった。くの字に組まれた二脚のソファーに柴田とビョルグがはす向かいに座り、これを二点に二等辺三角形を作るように置かれた椅子に座って、サランが通訳を務める。

対談がはじまる直前、薄く開いたドアの隙間から、アノラックから雨をしたたらせながら黒木がすっと入ってきて、土間にいる俺の横に立った。俺の目には、柴田の顔がほんのすこし輝いたように映った。

それではじめましょうか。板間からすこし下がって、尻に座布団を当てている高沢が三人に声をかけた。土間に背中を向けている彼は、黒木が自分の背後に立っているとも知らずに、ビョルグに最初の発言を促した。

ツタエテという活動拠点を熊野古道に近いこの村に置いたセンスがいい、とビョルグは褒めた。そして、若い伝統工芸士をバックアップするツタエテは素晴らしい、と賞賛した上で、セレクションも私好みだと表明し、この桐のスピーカーは、あまりに美しいので、アイスランドに持って帰ることにした、と打ち明けた。

これを受けて柴田は、褒めていただいてとても嬉しい。だけど、これを作った工芸士は去年の秋に亡くなった。彼には弟子がいなかったので、注文をもらってももう作ることができないだろう。伝統というものは一度途切れると、復元するのはとてもやっかいだ。福岡県の遠賀《おんが》郡にある芦屋町《あしやまち》は芦屋釜という茶の湯釜の産地として知られているが、この釜づくりは江戸の初期に廃れてしまい、職人達が資料を残してくれなかったのもあって、長い間ひとつも作れなかった。若手の職人と学芸員が試行錯誤を重ねた末にやっと数年前復元できたのである。これらのことを踏まえて、ツタエテでは、職人達の生産工程を事細かく映像資料として残す準備もはじめている、と述べた。

ビョルグは、自分がやっているロックミュージックは、新しい技術を取り入れて前進してきたジャンルだ。そもそもエレキギターなんてものがそうだし、シンセサイザーもそう。最近では新しいデジタル通信技術のおかげで、世界中の様々なミュージシャンのサポートを得ることができる。その中のひとりは、日本のミュージシャンのモリゾノで、インターネットを介した彼との縁がきっかけで、こんな状況でもなんとか日本に来ることができ、そして、思いがけなくこのツタエテという素晴らしい運動に接することができた。そう思うと新しい技術も悪くない。だけど、それだけではいけないと私は思う。昨日、撮影しているときに、ある人が私に言った。「ひとつだけの原理で進むんじゃなくて、少なくともふたつで考えるほうがいい」と。

現在《いま》から未来に向かって流れている時間の中で私たちは生きている。けれど、現在《いま》は過去からできている。過去から目を背けて未来だけを見つめて生きることはできない。だって未来は明るいかもしれないけれど、その向こうにはかならず死がある。死を手懐《てなず》けるのは昔の人のほうがずっと上手だった。それはおそらく、彼らが霊的なものを感じていたからだろう。伝統的な工芸品に私が興味を覚えるのはそこに霊性が宿っているからかもしれない。これは私の次のアルバム『ラグナロク』にも通じるテーマです。

対談をコントロールしているのはビョルグだった。また柴田とツタエテに花を持たせるためにそうしている、と俺は感じて感謝し、最後は自分の新譜の宣伝で締めくくったことに感心もした。それに、歌い手だけあって、彼女の声は天井の高い木造の日本家屋にきれいに響いて、薄く開けた戸の間から忍び込んでくる雨の音も、遠くの雷鳴もまるで伴奏のようだった。

対談のあと、カメラマンが、柴田とビョルグふたりの写真を撮るのでセッティングに時間をくれといい、照明を直しはじめた。

突然、スマホの着信音がした。高沢が尻のポケットからスマホを抜き出して、耳に当て、土間のほうに振り返った。高沢の視線は俺の横に立っている黒木を捉えた。高沢は表情を硬くしながら、はいはい、いまですか、ええ大丈夫です、と言いながら、席を外すために土間へと下りてきた。そして、そのまま黒木と俺の横を通り抜け、戸口に向かった。俺はてっきり、対談はつつがなく進んでいるか、と確認する編集部からの電話だろうと思いながら見送った。しかし、わざわざ玄関の引き戸の隙間から、遠雷さえ聞こえる中、激しい雨が降る軒下に出て行ったのは妙だった。開いたドアの隙間から、

「ええ、どんなささいなことでも結構ですので、連絡をくださいと言われたもので一応……」

と聞こえたときにはじめて俺は、この電話は編集部からではない、と直感した。「どんなささいなことでも結構ですので連絡をください」は鑑取《かんど》りに出向いた警察が去り際に残していく決まり文句だ。俺の脳裏にあの日の動物園で吉良が放った、「県警の公安が探りを入れてます」のひとことが甦《よみがえ》る。

「じゃあ、僕はこのへんで」

俺の耳に口を寄せて黒木が言った。そして、天井を指さした。

俺はうなずいた。

黒木はアノラックのフードを被った。

雨音に混じって高沢が声をひそめつつ、

「ええ、いまここにいますが……」

という声が戸口から聞こえた。板間で白い閃光が起こる。カメラマンがフラッシュを焚きながらシャッターを切りはじめた。

黒木が動くほうへ柴田の視線も流れたが、こちらに目線お願いしますとカメラマンに言われ、すぐ戻された。

黒木は玄関口とは逆の裏口へ動いた。フラッシュの合間にビョルグも黒木を見て、手を挙げた。黒木はかるく会釈して、裏口に消えた。雨脚がまた一段と強くなった。電話が終わった高沢がひっそり土間に戻ってきて、周りを見回し、黒木がいないのを見て不思議そうな顔つきになった。さっきまで遠かった雷鳴も近づいていた。またフラッシュが焚かれた。

「あの、さっきここにいた方のお名前は……」

と高沢が俺に尋ねた時、激しい音を立ててすぐ近くに落雷した。その音のすさまじさに皆が驚いて、座が落ち着かなくなったので、俺はその質問に答えなくてもよくなった。猛烈な音とともにもう一発落ちた。

「トール」

とビョルグが言ってひとりで笑った。

後日、トールが北欧神話に出てくる神の名で雷鳴を意味することを知った俺は、あのとき一緒に笑ってあげられればよかった、と悔やんだ。

十分後には、制服を着た巡査がやってきて、家の中を見回し、高沢さんはこちらにおられますかと言った。高沢は巡査を外へと促して、後ろ手に戸を閉めた。軒下とはいえ、この豪雨の中、外に出て喋ったりすれば、濡れるに決まっている。しかし、この時は、対談が終わったばかりで、ビョルグと柴田は着替えに奥の間へ引っ込んでいたし、サランと森園は対談用に変更を加えたレイアウトを元に戻したり、カメラマンはライトスタンドを外したりしていたので、高沢の行動を不思議そうな目で見ていたのは俺だけだった。

やがて戸が開き、高沢だけが戻ってきた。その高沢もカメラマンが機材をしまうと、ではこれで、ゲラができたら編集長のほうからお送りしますので、と柴田によそよそしく言ってそそくさと退散した。

それから天候はまたいちだんと荒れだし、ついには暴風雨となった。吹きすさぶ嵐と雷の音をＢＧＭに、俺と森園とサランと柴田とビョルグは、掘り炬燵に足を入れて、囲炉裏を囲み、コーヒーとクッキーで歓談した。

それは、サランが、対談の後半にビョルグの話が難しくなって日本語に訳しあぐねて困ったと苦笑し、ビョルグが、昨日は熱心にデジタルレコーダーでなにを録音していたの、と森園に尋ね、山のしじまとか滝の音とかだよと森園が答えると、ぜひ聞きたいので、サウンドファイルを送ってくれと言っていたときだった。引き戸が開《あ》いて、男がふたり入ってきた。

雨具はもう役に立たなかったのだろう、男たちのスーツはぐっしょりと濡れ、手にした傘から盛大にしたたる水が、土間の床を黒く染めた。

柴田が腰を浮かす前に、俺が土間に下り、男たちと向き合った。

「ここに登山服を着た三十過ぎぐらいで、髪の長い男がおったと思うんやけど」

中のひとりが言った。

「ええ、見ましたね」

と俺は答えた。

「ほんで、いまは？」

「一時間ほど前に、それでは失礼しますと仰って出て行かれましたが」

「どこへ？」

「さあ。でも、東京に帰られるのなら、白浜空港か田辺駅じゃないんですか」

「東京？　なんで東京へ向かう思《おも》た？」

「え、小英社の方ではないんですか」

「なんやて、小英社」

「いや、なんか自然に取材の様子を見てたんで、てっきり出版社の人かと」

そういうと相手は焦《じ》れったそうになって、

「どこに泊まってるか知らんか」

「泊まってるんですか？　飛行機なら日帰りできますけど」

「この暴風雨で夕方の便は欠航！　ほんでその男は二日前にも確認されてんや！」

思わずそう叫んだ男の肩を、後ろにいた背の高いのが叩き、踵《きびす》を返して、出て行った。

黒木の身柄確保に向けて、警視庁と田辺署の公安が取った行動は、だいたい俺が想像したとおりだった。高沢に名刺を渡し、「なにかあったら連絡を」と言い残した警視庁の公安刑事は、高沢が温泉から上がって電話をした昨夕《さくゆう》は不在だったが、この日の午後に出張先から東京に戻り、デスクの上にあった伝言のメモを見つけて、高沢に電話した。高沢は、どんな些細《ささい》なことでも連絡をくれと言われたので電話したんですが、と前置いて、長い髪の黒木という男はいまここにおります、と教えた。それを聞いて、警視庁の公安刑事は、言われた住所をメモるとすぐに、県警本部をすっ飛ばして田辺署に直接連絡を取って住所を告げ、すぐに身柄を確保するように指示した。

各都道府県警は、言ってみれば、それぞれ別会社である。東京の警視庁から、和歌山県警の署にこんな命令を出すことはできない。いや、できなくはないが、段取りというものが必要だ。でないと、県警がへそを曲げて話がこじれ、あとあと面倒になる。だけど、公安はちがう。中央からの命令は絶対である。田辺署の公安はすぐ動いた。まず、栗栖川《くりすがわ》駐在所に電話して、ツタエテ処に臨場しろ、そして、そこにいる高沢に教えてもらい、黒木という男の身柄を確保しろ、と言った。駐在所の巡査はミニパトに乗って向かったが、着いたときには黒木の姿はなかった。

しかし、署はこう考えた。どこへ行くにせよ、川沿いの国道を使うしかない。ならば川上と川下の二ヶ所で非常線を張れば捕獲できるはずだ。署は、上流と下流に捜査員を配置し、通る車を検問した。そもそも交通量が少ない道で、さらにこの暴風雨なので取りこぼしはないものと思われた。

長い髪を後ろで縛った男が乗ったバンがあったので、これだと思って免許証の提示を求め、懐中電灯で照らしたうえで事情を聞いたが、いましがたツタエテ処で写真を撮っていたカメラマンだとわかった。つまり、助手席に乗っていたのは通報した高沢だった。

それから、三時間もの間、署は検問を続けたが、網に魚は引っかからなかった。激しい雨の中、立ち続けた警官らは、一体自分たちが網を張っている捜査対象《マルタイ》は何者なんだろうと不審に思いはじめた。急きょ駆り出された捜査員らに与えられた情報は、年格好と人相と髪型、そして服装くらいだった。それ以上のことは、田辺署の公安も知らなかった。これが公安警察の特徴だ。他部署から情報をもらいたがるが、出すことは渋る。中央は周辺部から情報を吸い上げるが、落とすことはない。駆り出された他部署の捜査員たちの不満は高まり、田辺署の公安の刑事は仲間から嫌みを言われた挙げ句、未明に非常線を解除し、「マルタイ確保できず」と県警本部と警視庁に連絡しなければならなくなった。なぜだ、事実上、一本しかない逃走ルートの上と下で網を張ってなぜ確保できない、と責められたが、申し訳ありません、と言うしかなかった。

以上のことを俺が吉良から聞いたのはすこし先、東京に戻ってからのことである。

黒木がツタエテ処から姿をくらました翌日も雨は降り続いた。森園は、熊野古道と那智の滝での録音を再生し、加工したものを例のスピーカーでビョルグに聴かせたりしていた。さらに、これをビョルグが今回持ってきてくれた「ラグナロク」にミックスしてみたので、聴いてくれるかと森園が言い、ビョルグも聴きたいと言って、ふたりで聴いて、なにやら意見を交換していた。

　実はこれは俺の提案だった。黒木と三人で外でカップ麺を食べていたときに俺が、

「お前、さっきの『ラグナロク』どう思った？」

　と切り出した。

「どうって。よかったんじゃないんですか？」

「いい曲だけど、俺はなにか足りないと思ったな。というかあと一押ししたら傑作になると思ったよ」

「え、そうなんですか」

「あれにお前も参戦しろ」

「参戦って？」

「お前の音を足させてもらえ」

「だって、もうミックス終わってるじゃないですか」

「ほぼ終わってるとは言ってたけどな。マスタリング前なんだからなんとでもなるさ。撮影のためにあの音源はもらわなきゃいけないだろ」

「そうですね。曲に合わせて口動かすんですから」

「そいつにお前の音を足して、日本にいるうちに聴いてもらえ」

一方、柴田とサランは宿のカフェのテーブルで、ここまでにかかった経費の精算をしていた。俺はなにもやることがなかったから、裏口から黒木のクロスバイクを引っ張り出して、津越木工房から柴田に取ってきてもらったオイルでギヤや変速機に給油し、タイヤに空気も入れた。そうして、雨が上がった夕方には、これに跨がって村の周辺をのんびり走った。道路には吹き飛ばされた木の枝があちこちに散らばって、道は荒れていた。これでは熊野古道はしばらく入れないだろうな、と思った。

あくる日はきれいに晴れた。午前中、柴田は、ビョルグとサランと森園を南紀白浜空港まで送って行った。羽田ではサランがアテンドし、ビョルグをフランクフルト経由のケプラヴィーク国際空港行きに乗せることを請けあっていた。

ひとり残った俺は、レンタルしたバンに乗って、出かけた。

補陀落《ふだらく》の海は燦《きら》めいていた。

補陀落とは観音様が住む浄土だそうだ。熊野灘《くまのなだ》は補陀落の海と呼ばれていた。この海の彼方《かなた》に理想郷、常世《とこよ》の国がある、この土地の人はそう信じた。学生時代、沖縄で遊んだときも似たような知識を得た。あちらはたしかニライカナイと呼んでいた。どちらもそう信じたくなる気持ちがわかる、美しい海だった。

しかし、熊野がヤバいのはそのあとだ。この近くに補陀洛山寺《ふだらくさんじ》という寺がある。ここの坊さんは六十歳になると浄土を目指して船出したらしい。小さな船室だけの小さな舟に乗り込み、お経を唱えながら補陀落へと旅立ったそうだ。こういうと聞こえはいいが、船室の外に出られないように釘が打たれているので、海の上をあてどなく流されながら、死んでいくわけである。

「お待たせしました」

俺が視線を上げると、黒木はリュックを下ろして床に置き、テーブルの向かいに腰を下ろした。

「なに読んでたんですか」

黒木は俺が手にしていたリーフレットを興味深そうにのぞき込んだ。

「店に置いてあったんで、暇つぶしに読んでた」

と言って、俺はそれを黒木に渡した。

「ふむ、補陀落《ふだらく》渡海《とかい》ですか」

紙に目を落として、黒木は言った。

「ああ、中には無理やり舟に押し込められて海に流されたのもいたんだろうな、やれやれ、かわいそうに」

「かもしれない」

「天国はない、ただ海があるだけ、と言ってやりたくなる」

「ジョン・レノンの『イマジン』ですか」

「聴いたことあるのか」

「あまりに有名なので」

「もっとも海じゃなくて空なんだけどな。やっぱり俺には、ビョルグよりジョンのロックのほうがしっくりくるよ。国も国境も宗教もない平和な世界。目指すのはそっちだろ」

「そうとも限りませんよ。それにジョン・レノンだってどこまで本気だったのかわからない」

「どうしてそう思う」

ロックファンとしては、ジョンの代表曲を腐《くさ》されて黙っているわけにはいかない。

「だって、別に想像《イマジン》しなくたって、世界は、国も国境も宗教も消えてひとつになりつつありますよ。というか、そういう方向に世界を進めようとしている人たち、グローバリストとか新自由主義者とか呼ばれている人たちが、絶大なパワーを握る世界が現れつつある。彼らのパワーはこのウイルスの感染拡大でさらに巨大化しています。それに『イマジン』でジョンは、所有ってものもないって教えてくれてるけど、だとしたら、自分の死後は、稼いだ金や著作権を、国連にでも譲渡すべきでしたね」

気づくのが遅すぎたが、和歌山に来て黒木はすこしおかしくなっていた。こいつは常日頃から、国なんてものはいずれなくなるんだとか、自由なんてどこにもない、ただ自由って言葉があるだけだなんて言って、俺を惑わせていたはずなのに、それがいまでは、伝統だとか、言霊なんて不吉な言葉を口にしはじめている。これも熊野の霊力のしわざなんだろうか。

俺はもういちど海原に視線を投げた。水平線が緩やかに弧を描き、その面《おもて》に秋の光を閃かせて静かに横たわる広い広い海を見た。霊と対話していた俺たちの先祖が、その最果ての向こうに浄土を幻視し、ある者は小さな舟に乗り込んで旅立った寂しい海を。そして、時が流れ、もはや、その向こうにはなにもないと知ってしまった海を。

店員が注文を取りに来た。黒木はメニューを取り上げた。その最上段に「勝浦ブレンド」とある。黒木が柴田と一緒に飲んだコーヒーはここの豆だと、オーダーしたときに俺は知った。黒木も同じものを注文した。

「あの激しい雨の中、ここまで歩くのは大変だったろう」

俺は話題を変えた。

「確かに雨はキツかったんですが、なんども歩いた道なので、迷いませんでした」

「高原《たかはら》から入ったのか」

「ええ、真行寺さんが泊まっている宿の近くから古道に入って、それから徹夜で進みました」

「灯《あか》りのない中、あの雨と風でよく歩けたな」

「まあ、結構大変でしたけど、倒木で道が塞がれてるってことはなかったので」

「だけど、今回は夜間に歩いたわけだろ」

「これを使いました」

黒木はポケットから煙草の箱くらいの大きさの機器を取り出して見せてくれた。

「GPSです。自転車と一緒に買ったんですが、こいつはもともと登山用なんですよね」

「なんども歩いたって言ってたけど、撮影のとき那智大社で会ったときも？」

「ええ、電車じゃなくて歩いて那智に抜けたんですよ。予行演習も兼ねてね。そのあとで近くのホテルにチェックインして、着替えてから那智大社で合流したんです」

「ということは、こういう事態になるということを」

「いちおう想定はしてました。だから今回の雨と風はある意味じゃ助かりましたね。難路にはなりましたけど、追っ手の心配はしなくてよかったから」

二日前、ツタエテ処の裏口から豪雨の中に出ていく直前、黒木は天井を指さした。クラウドに伝言を残す、という意味だと察知した俺は、Gmail のアカウントの下書きフォルダに残されていたメッセージを読み、熊野古道を逃走ルートに使って、紀伊半島の東側、勝浦に抜けるつもりなのを知った。これでは国道の上と下で網を張っても引っかからないわけである。

「すこしは寝たのか」

「ええ、簡易テントも入れていたので、岩陰や大樹の下でうとうとしました」

「水分は雨水？」

「最初はそうですね。ただ、給水できるポイントをいくつか調べておいたので、そこで水筒に詰めました」

「食事はどうした？　そのままだとガス切れしちゃうだろ」

「ええ、カロリーメイトを持っていたので、歩きながら。昔、アメリカでの仕事が終わったあと、ヨーロッパを回った時、スペインのバルに入ったら、テレビで自転車レースをやっていて、選手が走りながらクッキーを食べてました。２００キロ近い長距離をピレネー山脈を越えて走るので、途中でなにか食べないとハンガーノックになっちゃうらしいんですよ。それを真似してみたんです。そういえばお腹空いてたんだ。なにか食べよう」

コーヒーを運んできた店員に黒木はカツカレーを注文した。真行寺さんは食べたんですか、と訊かれ、そう言えばもう食べてもいい頃だと思い、同じものをと言った。

「これからどうする？」

カレーをスプーンですくいながら俺は言った。

「名古屋《なごや》に出ます、とりあえず」

「そこから国外へ？」

「まあ、いちど出たほうがいいでしょうね」

「だけど、出国カウンターは確実に網を張られているぞ」

「それは大丈夫です」

「なんだ、外交官にでもなりすますのか。なら服は着替えなきゃな」

黒木のアノラックとレインパンツは、豪雨の中の二日間にわたる逃走の間に、ずいぶん薄汚れていた。

「確かに。名古屋に出たらなにか買って着替えますよ」

「ツタエテの代表になにか伝えることは？」

「すべては情報である、――ですかね」

俺はそれを伝えたときの柴田の顔を想像し、

「そんな伝言は御免こうむりたいな」

と言った。

「じゃあ、これを持って行ってください」

黒木はリュックの中からクリアファイルに挟んだ紙を取り出した。

「なんだ、これは」

「津越さんに作ってもらった桐のスピーカーの設計図です。漆の問題はありますが、これがあれば復元できると思います。それから、伝統工芸品の制作工程の映像はなるべく詳細なものにしておけと言っておいてください」

言い方はちがっているが、内容は変わっていないじゃないか。やれやれ。要するに、すべては情報である、だ。

「それじゃ納得しないと思うぞ。最終的に彼女が提案に乗ったことはたしかだが、君がけしかけたのは事実だし、もうすこし丁寧にフォローしてやったほうがいいんじゃないか」

「だって組合員もいるわけだし」

「組合員と言ったって、出資金一円だぜ。金を用意したのは君だ。だいたいあんなプロジェクトにどうしてヘッジファンドの金を動かしたんだ」

「だから、通貨の信用が揺らいでいるので、世界的にモノで持とうって動きがあるんですよ」

「それはわかるが、数年間は資本を引き上げさせないって契約を取れたのはどうしてなんだ。金融資本ってのは流動性が命なんだろ」

「それは僕の友人のジョセフが元金を保証したからです」

「なぜそんな危険な真似を？」

黒木はしばし黙ったあとで言った。

「それが僕の馬鹿なところでして」

「言え」

俺の声は、自分でも意外に思うほど、有無を言わさぬ調子だった。

「まあ、金融で使う僕のプログラムの技術を彼に一任することにしたんですよ。これまでは僕にいちいち許諾を取っていたんですが、これからは必要なくなるわけです。あれくらいの出資金を保証するのは安いと思ったたってコトですね」

俺は呆れた。

「なんでそんなことまでしてやるんだ」

思いつく理由は、ふたつしかなかった。ひとつは柴田澪に惚れているから、もうひとつは、本気で金融資本主義の仕事と縁を切り、ものづくり（しかも手作り！）に希望を見出しているが故にというものだ。ただ、黒木が柴田澪に惚れているとは思えなかった。これはたいした根拠のないただの勘である。もうひとつのほうは、まさかとは思いつつも、信じられる気がした。だとしたら、ジョン・レノンに悪態をつく自由がこいつにはある。しかし、なに考えてるんだ、ドン・キホーテかよお前は、くらいは言いたかった。

カフェの駐車場に駐めていたバンの後部ハッチから、黒木のクロスバイクを下ろした。

「これで名古屋まで行くのか」

「ええ、３００キロくらいでしょ。どこかで一泊すれば余裕ですよ」

「疲れてるだろ、名古屋まで送ってやってもいいぞ」

「いや、ここから先は海沿いのサイクリングロードを走って行きます」

黒木は、ポケットからＧＰＳを出すとハンドルバーに取り付けた。

「ちょっと待ってくれ」

片足を地面につけ、黒木がサドルの上で振り向いた。

「手土産代わりに悩みとやらを聞かせてくれ」

黒木は意外そうな顔をした。

「仕事で悩んでるのか、と俺が訊いた時、ずっと悩んでるって言ってたじゃないか」

「どうして」

「お前にも悩みがあるってのが愉快なんだよ」

黒木は笑った。

「金融で使う僕のプログラムの技術ってのは、コンピュータの負荷を下げ、軽くすることだってのは言いましたよね」

俺はうなずいた。

「それってドローンに使える技術なんですよ。軍事用のドローンって搭載しているコンピュータにものすごく負荷がかかるので」

ああ、と俺は言った。金融資本主義に加担するのがいやで逃れたら、こんどはテレビゲームの感覚で人殺しができる兵器の開発に手を貸していたってわけだ。おまけにドローンによる攻撃では、かならずと言っていいほど民間人が巻き添えになる。

黒木はさびしそうな笑いを口の端に浮かべて、GPSの電源を入れた。

「とりあえず新宮に行ってきます。熊《くま》野《の》三山《さんざん》のうち速玉《はやたま》大社《たいしゃ》にはまだお詣りしていないので。じゃあ」

声はいつもの快活な調子に戻っていた。それから、尻を上げ、こぎ出すと、太平洋を右手に自転車道を遠ざかって、そしてすぐに見えなくなった。

スピーカーの図面を柴田に渡すと、案の定ひどく憤慨された。黒木に持たされた勝浦ブレンドをおまけにつけても効果がなかったので、俺は弱った。

目標の達成に向けて今後どのようにツタエテを推進していくのかを話し合いたい、その目標は自分だけのものじゃないはずだ、と柴田は力説した。哀愁の影が漂う彼女の瞳に怒りの光が宿り、その瞳に睨まれながら、ごもっともです、と俺はうなずいていた。

結局俺は根負けし、もういちど黒木に引き合わせようと約束して、いったん東京に引き上げた。

Gmailの下書きフォルダの伝言板でやり取りしたところによると、黒木は新宮の熊野速玉大社に詣でてから三重県に入って和歌山県警の捜査網から逃れ、適当なところで自転車を乗り捨てたあとは電車を利用して名古屋に到着し、そこからまた移動していたが、まだ日本にいて、出国の手配を整えている最中だった。俺は、休暇の最後の日を柴田と黒木の再会のために使うことにして、また東京を出た。

関空《かんくう》からの便で先に到着していた柴田が、「真行寺様」と書かれたボール紙を持った男と一緒に俺を出迎えてくれた。

「お疲れ様です。涼森《すずもり》と申します。吉良警視正とおなじくＤＡＳＰＡで働いております」

そう言って長身の男は自己紹介した。吉良警視正からは、防衛省から来ている同僚がアレンジしてくれるので、そいつに頼れと言われていた。涼森に、

「国内なのに申し訳ないのですが、場所が場所だけにＰＣＲ検査を受けてください」

と言われて、別室に連れて行かれ、陰性の結果が出るまで一時間ほど待たされた。

「お待たせしました」

とふたりに言って、連れだって空港の建物を出たとたん、十月とは思えないほど強い日差しに照らされた。やはり沖縄である。

涼森が運転する車でゲートの近くまで行き、そこで三人ぶんのＰＣＲ検査の用紙を出した上で、涼森が身分証明書を提示すると、通してもらえた。その先は、日本の領土の中にあるアメリカだった。米軍施設キャンプ・コートニーに俺たちは入った。

涼森は明るいレストランに俺たちを案内すると、

「僕はここで。終わったら呼んでください」

と言って席を外した。黒木は壁を背にし、スーツを着て店の隅に座っていた。こんな姿を見たことがなかった俺は驚いた。

「どういうことなの」

黒木の前に腰を下ろすと柴田は言った。この状況を飲み込めないのも無理はなかった。ただ、黒木がこれに対してまともな解説をよこすわけはない。俺は隣の席から、

「時間がないからツタエテのことを話したほうがいい」

と声をかけた。

「津越さんの桐箪笥の注文は来ているかい」

と黒木が言った。

「もう在庫はみんなはけたよ」

「だったら、僕のぶんも売れればいい。ビョルグとの記事はいつ載るの」

「十一月十九日売りの十二月号。カラーで6ページ割いてもらえることになった」

「いいね。効くと思う。津越さんのスピーカーも再生産できるようにしたほうがいい」

柴田は黙っていた。

「あとはブランド化を推し進めることだよ」

「わかった」

と柴田は言った。

「がんばる」

とも。それから、

「だけど」

と言ったあとですこし黙ってから、

「やっぱり私、まだ答えをもらってない気がする」

「えっと、なんの答えだっけ？」

柴田はやれやれと首を振って、

「どうしてあなたがあんな気まぐれなことをしたのかよくわからない」

気まぐれじゃ自分の技術を売ってまであんな大金出せないぞ、と俺は隣のテーブルから言ってやりたかったが、黙っていた。黒木は、ああ、と思い出したようにうなずいた。

「こんな世の中はおかしい、そう君は思っていたわけだろ」

柴田はうなずいた。

「僕はちょっと別の方向で考えてた」

「別の方向？」

「こんな世界は早いとこ終わっちまえばいい、ってね」

「終わってどうなるの」

「さあ、わからない。まあ、そういう気分だったわけだ」

「ああ」

「だけど、終わんないんだな、これが」

「そりゃ急に終わられても困るからね」

「だろ。だから、ちょっと戻ってみたくなったんだ、世界がこんなにひからびていない時代に」

「気分は中世、か。それで、熊野古道に？」

「まあ、それもある。あとちょっと個人的な因縁もあってね」

「それは聞かせてもらえないの」

「まあ、いまはよそうよ」

柴田はすこし恨めしそうに黒木を見たあとで、

「どうだった？」

と尋ねた。

「中世に戻った気分は」

黒木はすこし考えるそぶりを見せてから、衝撃のひとことを放った。

「戻れないんだよ、本当はね」

柴田は言葉を失って黙っている。

「勝浦にいても、この沖縄にいても、海の向こうに補陀落やニライカナイを見ることは僕にはできない。君がどうなのかはわからないけどね」

「私には見える！」と柴田が叫んでくれることを俺は期待したが、彼女はただため息をついただけだった。

「この世界は行き詰まっている。だけど、なかなか終わらない。かと言って、元に戻ることもできない。僕らは前に進むしかない。いっそのことスピードを上げて、この駄目な世界をダメダメにして早いとこ終わらしちまえなんて言う人もいる。僕の中にもそんな気分があった。だけど、それはやっぱり言論空間のパフォーマンスにすぎない。言ってる本人は気持ちいいだろうし、受けてもいるみたいだけど、やっぱりニヒリストになるわけにはいかないんだ」

なんだって⁉　ニヒリストじゃなかったのかよ、と横で聞いていた俺は驚いた。

「だから、過去や伝統から、ヒントをもらうことができればなって思った。また、ヒントは残しておくべきだ、ともね。君と僕はこの世を生きる息苦しさの感覚は共通してるんじゃないかな。だから手を貸したんだよ。武器も渡した。戦ってくれ。健闘を祈るよ」

柴田はしょんぼりと笑って、そうか、とうなずいてから、

「身体《からだ》目当てじゃなかったんだね」

とつぶやいてまた笑った。

意味がわからなかったのだろう、黒木はきょとんとしている。代わりに俺が柴田と一緒に笑ってやった。

軍服を着た兵士が現れて、時間だと言った。

「じゃあ、出国するよ」

黒木は腰を上げた。軍用機で発つのだろう。

そして行ってしまった。時計を見ると腰を下ろしてから十分も経っていない。間の抜けたタイミングでスタッフがオーダーを取りに来た。柴田がビールを頼んだ。つきあおう、と俺は言った。

「あんなやつなんだよ」

グラスを持って俺は言ったが、その言葉の意味するところは自分でもわからない。柴田はしばらく琥珀色《こはくいろ》に染まったグラスを見つめていたが急に、

「あいつとビールを呑んだことがあって」

とつぶやいた。そりゃあっただろうよと思いつつ、

「ああ」

と俺は曖昧に応じる。

「そのときにね乾杯したんだけど」

ああ、と俺はまた言った。

「なんのために乾杯したのかわからなかった」

と柴田はその場面を思い出してひとりでくすりと笑い、

「じゃあ、あんなやつに」

と言ってグラスを捧げた。

「あんなやつに」

と俺も応じてグラスを合わせた。柴田は一気にぐっと呑んで、グラスをほとんど空にした。

「ちくしょう」

そう言って残りを呑みほした。

けれど、泣きはしなかった。

あとがき

「巡査長 真行寺弘道」シリーズのスピンオフ作品『マネーの魔術師 ハッカー黒木の告白』をお届けします。

本シリーズには黒木という謎の多いキャラクターが登場しますが、彼がいったい何を求めているのかがじわじわとあぶり出される物語を、僕の故郷でもある和歌山県の紀南地方を舞台に、書いてみました。真行寺シリーズのプロローグとしても読める作品に仕上がったと思います。もちろん、すでにシリーズをお読みいただいている読者の方々には新しい世界が開けるのではないか、とも自負しております。

作中の、スペインの古都サラマンカにある大聖堂のモデルは新サラマンカ大聖堂であり、作中のパイプオルガンは「天使の歌声」と謳《うた》われていたものの、その音色を二百年にもわたってわれわれ人類が聴くことのできなかった同教会のそれをモデルにしています。また、このオルガンを修復したのは日本人であったことに黒木が心を動かされるくだりは、辻宏《つじひろし》氏のエピソードを参考にさせていただきました。ただ、辻氏が修復を終えた年は一九九〇年であり、作中の黒木がこの地を訪れて、修復されたばかりの音に耳を傾ける部分とは、時間的に齟齬《そご》が生じています。しかし、これはあくまでもフィクションという手法を駆使した表現であると受け止めていただければ、幸いです。

なお、本作もまた重枝義樹《しげえだよしき》氏との長時間にわたるコーヒータイムなしには成立しませんでした。金で持たないでモノで持とうとする潮流が生まれた時、伝統工芸が資産としての可能性を持つのではないか、というアイディアを話してくれたのは、重枝氏であることもここに記しておきたいと思います。

また、和歌山県の県職員のみなさまをはじめ、田辺市中辺路《なかへち》町《ちょう》にお住まいになられている宮原典弘《みやはらのりひろ》様ほか、さまざまな方に取材へのご協力をいただきました。心より御礼申し上げます。

二〇二一年　九月

榎本憲男

【参考文献】

『すべての経済はバブルに通じる』（小幡績著　光文社新書）
『アフターバブル』（小幡績著　東洋経済新報社）
『変貌する資本主義と現代社会』（正村俊之著　有斐閣）
『コレクションと資本主義』（水野和夫・山本豊津著　角川新書）
『なぜ、トヨタはテキサスに拠点を移したのか？』（倉石灯・中野博著　日本実業出版社）
『教養としてのお金とアート』（山本豊津・田中靖浩著　ＫＡＤＯＫＡＷＡ）
『ユートピアだより』（ウィリアム・モリス著　川端康雄訳　岩波文庫）
『人間の条件』（ハンナ・アレント著　志水速雄訳　ちくま学芸文庫）
『奇跡の経済教室 戦略編』（中野剛志著　ベストセラーズ）
『ブランド王国スイスの秘密』（磯山友幸著　日経ＢＰ）
『なんでもわかるキリスト教大事典』（八木谷涼子著　朝日文庫）
『リーマン・ショック・コンフィデンシャル　上・下』（アンドリュー・ロス・ソーキン著　加賀山卓朗訳　ハヤカワ文庫）
『東京五輪後の日本経済』（白井さゆり著　小学館）
『世紀の空売り』（マイケル・ルイス著　東江一紀訳　文春文庫）
『聖地巡礼 ライジング』（内田樹・釈徹宗著　東京書籍）
『熊野古道』（小山靖憲著　岩波新書）

『聖地・熊野と世界遺産』（田中滋・寺田憲弘 編著　晃洋書房）
『オルガンは歌う』（辻宏著　日本キリスト教団出版局）

【執筆協力】

庄司　渉（プログラマー）
中川　彩
宮原典弘
日根かがり（和歌山県東京事務所長）
杉本吉美（和歌山県企画部企画総務課）
仲　克幸（世界遺産センター）

実在する団体等が登場いたしますが、
この作品はフィクションです。

本書は書き下ろしです。

中公文庫

マネーの魔術師《まじゅつし》
――ハッカー黒木《くろき》の告白《こくはく》

2022年1月25日　初版発行

著　者　榎本《えのもと》 憲男《のりお》

発行者　松田 陽三

発行所　中央公論新社
〒100-8152　東京都千代田区大手町1-7-1
電話　販売 03-5299-1730　編集 03-5299-1890
URL http://www.chuko.co.jp/

DTP　嵐下英治
印　刷　大日本印刷
製　本　大日本印刷

Published by CHUOKORON-SHINSHA, INC.
Printed in Japan　ISBN978-4-12-207167-4 C1193

中公文庫既刊より

各書目の下段の数字はISBNコードです。978-4-12が省略してあります。

え-21-1 **巡査長 真行寺弘道** 榎本憲男

五十三歳で捜査一課のヒラ捜査員――出世拒否×バツイチ×ロック狂のニュータイプ刑事登場。圧倒的なスケールの痛快エンターテインメント！〈解説〉北上次郎

206553-6

え-21-2 **ブルーロータス 巡査長 真行寺弘道** 榎本憲男

真行寺弘道は、五十三歳で捜査一課ヒラ刑事という変わり種。インド人の変死体が発見され、インドを専門とする若き研究者・時任の協力で捜査を進めると……。

206634-2

え-21-3 **ワルキューレ 巡査長 真行寺弘道** 榎本憲男

元モデルだという十七歳の少女・麻倉瞳が誘拐された。真行寺刑事は、評論家デボラ・ヨハンソンの秘書を務める瞳の母に、早速聞き込みを始めたが――。

206723-3

え-21-4 **エージェント 巡査長 真行寺弘道** 榎本憲男

「令和」初の総選挙当日――。首相の経済政策を酷評し躍進する新党に批判的な男が、騒動を起こす。現場に居合わせた真行寺は騒ぎに巻き込まれるが……。

206796-7

え-21-5 **インフォデミック 巡査長 真行寺弘道** 榎本憲男

二〇二〇年、新型ウイルスが世界を席巻する。真実が不透明な中、人々は不確かな情報に「感染」。真行寺は捜査一課長からの密命を帯び……。文庫書き下ろし。

206986-2

と-25-21 **長き雨の烙印** 堂場瞬一

地方都市・汐灘の海岸で起きた幼女殺害未遂事件。ベテラン刑事の予断に満ちた捜査に疑いをもった後輩の伊達は、独自の調べを始める。〈解説〉香山二三郎

205392-2

と-25-23 **断絶** 堂場瞬一

汐灘の海岸で発見された女性の変死体。県警は自殺と結論づけたが、刑事・石神は独自に捜査を継続、地元政界の権力闘争との接点が浮上する。〈解説〉池上冬樹

205505-6

各書目の下段の数字はＩＳＢＮコードです。978－4－12が省略してあります。

ほ-17-12
ノワール　硝子の太陽　誉田　哲也
沖縄の活動家死亡事故を機に反米軍基地デモが全国で激化。その最中、この国を深い闇へと誘う動きを、東警部補は察知する……。〈解説〉友清　哲
206676-2

ほ-17-13
アクセス　誉田　哲也
高校生たちに襲いかかる殺人の連鎖。仮想現実を支配する「極限の悪意」を相手に、壮絶な戦いが始まる！　著者のダークサイドの原点！〈解説〉大矢博子
206938-1

わ-16-1
プレゼント　若竹　七海
トラブルメイカーのフリーターと、ピンクの子供用自転車で現場に駆けつける警部補――。間抜けで罪のない隣人たちが起こす事件はいつも危険すぎる！
203306-1

わ-16-2
御子柴くんの甘味と捜査　若竹　七海
長野県から警視庁へ出向した御子柴刑事。甘党の同僚や上司からなにかしらスイーツを要求されるが、日々起こる事件は甘くない――。文庫オリジナル短篇集。
205960-3

わ-16-3
御子柴くんと遠距離バディ　若竹　七海
長野県警から警視庁へ出向中の御子柴刑事は平穏な日々を送っていたが、年末につぎつぎと事件に遭遇し、さらには凶刃に襲われてしまう！　シリーズ第二弾。
206492-8

う-15-10
情報の文明学　梅棹　忠夫
今日の情報化社会を明確に予見した「情報産業論」を起点に、価値の生産と消費の意味を文明史的に考察し、現代を解読する。〈解説〉高田公理
203398-6

は-19-4
日本史のしくみ　変革と情報の史観　林屋辰三郎　梅棹　忠夫編　山崎　正和
編者に上田正昭、司馬遼太郎、原田伴彦、村井康彦を加えた多彩な執筆陣が「変革」を縦軸、「情報」を横軸に日本史を捉え直した記念碑的著作の待望の新装版。
206700-4

や-9-3
社交する人間　ホモ・ソシアビリス　山崎　正和
グローバル化によって衰退する組織原理。国家や企業を離れ、茫漠とした「地球社会」のなかに曝される現代人に、心の居場所はあるのか。〈解説〉三浦雅士
204689-4